星中逐夏

七朗 著

北京联合出版公司
Beijing United Publishing Co.,Ltd.

图书在版编目（CIP）数据

星中逐夏 / 七朗著 . -- 北京 ： 北京联合出版公司，
2023.6

ISBN 978-7-5596-6835-6

Ⅰ . ①星… Ⅱ . ①七… Ⅲ . ①长篇小说－中国－当代
Ⅳ . ① I247.5

中国国家版本馆 CIP 数据核字（2023）第 060279 号

星中逐夏

作　　者：七　朗
出 品 人：赵红仕
责任编辑：徐　鹏
封面设计：吴黛君

北京联合出版公司出版
（北京市西城区德外大街83号楼9层 100088）
北京新华先锋出版科技有限公司发行
涿州汇美亿浓印刷有限公司印刷　新华书店经销
字数269千字　620毫米×889毫米　1/16　20印张
2023年6月第1版　2023年6月第1次印刷
ISBN 978-7-5596-6835-6

定价：49.00元

一 /

S 集团作为一家经营着地产、外贸、娱乐等多种业务的老牌上市公司，每年年会自然办得华丽隆重。往年这个时候最辛苦的就是行政部和各位大佬的秘书，张罗活动场地、流程、颁奖、抽奖、晚会节目，忙得不亦乐乎。今年稍有不同，年会地点从豪华时尚的 W 酒店改到了一家稍显寒酸老旧的老牌酒店，从旋转门进去，有一股浓重的消毒水味，唯有矗立在大堂中心的巨大圣诞树勉强撑起了一点场面。

顾晓君踩着红底高跟鞋踏上暗红色地毯的时候，S 集团旗下各个公司的老板们已经快到齐了。她一向守时，但临出门前突然看自己配的手包不太顺眼，先绕到 SKP 挑了一款金黄色的手包。尽管今年她负责的好看娱乐的成绩并没有让集团满意，可"最美女高管"的气质不能颓。

"下面有请，好看娱乐总裁赵海、好看娱乐内容总监顾晓君，闪亮登场！"一位穿得像门童一样的男主持人扯着脖子喊，把顾晓君吓了一跳。她挽着赵海走上了红毯，余光隐约看到赵海雪白的衬衫领子上沾了口红印。

"赵总衣服上沾了红酒，待会儿我让秘书给您拿一件新的。"顾晓君微微回头，在赵海耳边轻声细语道。

赵海干笑了两声："太不小心了，还是你心细，你应该早点来，帮我挡一挡这些神仙。"

"是我耽误事了，待会儿我多张罗几杯。"

舞台上音乐已经响起了，她的秘书安雅像只小鹿一样一路蹦跶着把她接到放着"顾晓君"名牌的主桌位置上。刚刚在红毯主持的"门童"继续扯着脖子喊，浮华的辞藻通过廉价的音响听来很是刺耳。顾晓君环顾四周，找寻好看娱乐员工的位置，寻找自己的朋友们。

好看娱乐的同事被安排在会场最后两排，离得太远，顾晓君看不清张婉婉坐在哪里，不知道她今天会不会给面子出席这种她最鄙视的活动。张婉婉曾说，年会、团建都是资本家洗脑劳动人民的手段，是管理层炫耀的舞台，如果真的感谢员工，为什么不直接往工资卡里打钱？编剧说话总是这么毒舌，更何况曾经还是最红的情感专栏作家。顾晓君倒是在人群里看到了杨祎，她挺着肚子像尊大佛一样坐着，举着荧光棒和台上的歌手一起摇摆，一点都没有孕妇的样子。

微信"少说话"群组里弹出对话。

顾晓君：@杨祎 你一个孕妇在这儿凑什么热闹，现场这么吵你身体能行吗？

杨祎：我还行，我坚持到抽完大奖就回去。

张婉婉：你一个豪门少奶奶跟着起什么哄，你家刘大磊一使劲都能把好看娱乐这公司买了。

顾晓君：@张婉婉 你来了吗？

张婉婉：来了。

杨祎：太阳从西边出来了，你怎么来了，与民同乐呀？

张婉婉：大师说了，今天是我的幸运日，出门向东，有好事发生。

顾晓君：这个活动的酒店位于这座城市的正北方，你的地理是体育老师教的吗？

张婉婉：告辞！

杨祎：陪我待会儿！等会儿还有优秀员工颁奖，晓君没准又高生（错别字）了呢？

顾晓君：生也是你这个孕妇先生。

杨祎眼皮一直跳，她觉得这是中奖的预兆。

张婉婉坐到了她旁边，给她倒了一杯热茶，监视她不让她喝酒。

终于熬到了年终大奖的抽奖环节，这是每一届年会中万众期待的保留节目，由 S 集团的老总黄毅楠亲自开奖。前几年的奖品是汽车，后来因为给车上牌儿麻烦，换成了给现金，抽到的人等于多拿一年的工资，所以大家都异常积极。可是越是在乎的东西越不容易得到，前年这个奖被刚来公司一个月的保洁阿姨抽到了，去年是被刚刚转正的实习生抽到了。大家愤愤不平，又没什么立场生气。运气这东西最实在，有就是有，没有就是没有，怎么求都没用。

此时舞台上的聚光灯已经亮起，后排很多同事纷纷站了起来，等待老总开奖。

大腹便便的黄毅楠站到了舞台中央，聚光灯把他的头顶照得发光。

前排的顾晓君趁着这会儿不会有人来敬酒，给自己补了次口红。她发现自己的老板赵海脸色不对，头上冒汗，不停地喝水。想起十分钟前集团里的财务老大郑红来跟他说了几句话，当时赵海一改往日的笑脸，面色有些愠怒。

"喂！喂！"台上头顶发光的老总终于开口，刺耳的音响声让所有人从喜悦的期盼回到现实。"大家好。今天 S 集团旗下公司所有员工欢聚一堂，感谢各位在这一年中的付出，特别是在年初，大家坚守岗位，展现了良好的工作状态和奉献精神。众所周知，今年市场整体情况下滑，我们的股票也一路下跌，我们正面临有史以来最艰难的时段。在这样的情况下，S 集团这艘大船如何在巨浪中乘风破浪，走出这片乌云，是我们所有人的挑战。我相信无论集团做出什么样的决定，都是尊重大家的努力和付出的，都是为了 S 集团和大家美好的明天。"

顾晓君坐直了身子，她意识到老总的话风向不对，看向对面的赵海。赵海已经把头低下，头顶的白发清晰可见。

台上的老总继续说："所以，由我代表集团董事会宣布，我们将进行一轮人员结构调整，把效益差的业务暂停，保证财报的良性，给股东交代。首先，我们要缩减的是视频业务，好看娱乐进行第一波裁员，以后这部分业务由集团市场部直接负责。总部人力已经将具体人员变化名单通知给赵海总，明天由赵总组织员工大会，宣布裁员名单和补偿政策……"

现场瞬间一片哗然，老总后面说的话顾晓君一句也没听进去，只觉得自己从脚趾到发丝都在发热，心却像掉进了冰窟窿，甚至开始耳鸣。再抬眼，对面的赵海已经离开了座位，她急着出去找，想问问究竟是什么情况，却脚麻得站不起来。这双红底高跟鞋怎么这么难踩？她咬牙站起来，眼前一阵眩晕。

张婉婉从后面把她扶住："晓君，没事吧？"

顾晓君摆摆手："我没事，老赵呢？"

张婉婉："我哪顾得上他啊，外面已经开始有人闹起来了，保安都出动了。咱们快点走吧，万一打起来别被误伤！杨祎已经去停车场了，她家司机在门口等着咱们呢，再晚点连酒店都出不去了。"

张婉婉拉着顾晓君从人群里匆匆挤出来，迎面碰到几个好看娱乐的同事。他们纷纷冲过来七嘴八舌地问："顾总，公司真的要倒闭吗？""顾总我们怎么办啊？""这事怎么一点风声都没有啊？""有什么补偿政策啊？"

顾晓君对劈头盖脸的问题一概不答，从金黄色的包里拿出墨镜戴上，仿佛自己此刻是个瞎子，看不到乱糟糟的人群。

一行人一路小跑终于上了杨祎的车，还没等坐稳，司机一脚油门开出了好远。

"这都什么情况啊？也太突然了吧？"张婉婉抱怨。

"对啊，怎么直接公布公司倒闭了呢？为了不抽奖也不用这么狠吧？"杨祎惊魂未定。

"大师说我今天有好事我才出的门，这倒好，年会晚宴变散伙饭了。"张婉婉脱掉自己的外套，擦了擦汗。

"让你亲临了一场大戏，看看什么叫树倒猢狲散。集团也真做得出来。晓君，这事你和老赵一点也不知道吗？"

"我要知道这消息今天就不买新包了。"顾晓君打不通赵海的电话，嘴里嘟囔着。

"这包是好看，金黄色特别闪亮。"杨祎拿过顾晓君手里的包打量。

"你就不应该买黄色的，你看，公司黄了吧！"日常迷信的张婉婉一脸认真。

顾晓君笑不出来，她放弃了寻找赵海，这时候赵海一定也是一脑袋糨糊。对安雅等下属打来的电话、发来的信息，她统一回复：以公司官方信息为准，明日全员大会具体通知。

车一路晃荡，窗外烟雾缭绕，把这座城市紧紧抱住，让城市喘不过气。笔直的一条马路只能看到不远处两排路灯发出的晕黄的光，抬头看不见星光。

车安静地行驶着，车上的三个女人一言不发，各怀心事。

杨祎愤愤不平，她曾经是光鲜亮丽的女演员，演戏之路走得不顺才嫁人的，生完第一胎不愿在家待着，才找了现在这个艺人统筹的工作，试图找回生活的平衡。工作顺不顺利、报酬高不高对她来说都不重要，只要能证明自己的价值就够了，说得夸张一点，她连自己的工资是多少都不太清楚。可是想到就要被裁员，她不免失落。

她依然记得自己重回职场前一天，老公刘大磊给她安排了一辆商务车，让司机每天接送她上下班，被她严词拒绝："我是去上班赚钱不是去逛街，打工人就要有打工人的样子。"

刘大磊听了一乐："那你坐地铁？"

杨祎才想起自己住在别墅区，最近的地铁站在三公里开外。她咳嗽了两声，一本正经地回答："坐地铁也不方便。我太漂亮了，造成拥堵也不好。我还是自己开车去吧。"于是杨祎跟着刘大磊在车库里挑了一辆红色的 MINI Cooper，找出了自己尘封多年的驾照，一脸得意地坐上车，上车之后左摸摸右看看，拿出手机先自拍一张，看着照片里美丽的自己甚是满意，然后问刘大磊："哪边是油门来着？"

在刘大磊亲自指导一番之后，杨祎勉强可以正常行驶，就是还不太会倒车入库，但她觉得没关系，先开到公司再说，大不了找人帮她停车。第二天她全副武装，一身都市丽人的打扮十分抢眼，开开心心出发，一直很顺利，没想到还有两个路口就到公司的时候出了岔子。她一时大意走错了道，想要并线的时候旁边的车一直不给她让路，她气得一直按喇叭，对方无动于衷。

眼看就要迟到，她直接摇下车窗跟人咆哮："你开车怎么那么'肉'啊！不观察周围环境吗？你要跟我并驾齐驱到什么时候？不能让我一下吗？"由于她的注意力都在嘴上，手没把持住，两辆车直接来了一个"亲密接触"。这简直是火上浇油，杨祎下车就跟人理论，对面车下来一个男士，看了看车身的划痕，跟杨祎说："你走吧，我就不报警了，并线让直行，交警来了你全责，都有保险，算了，你着急你先走。"

这句话在杨祎看来简直是对她这个女司机的蔑视，早上精心画的眉毛都要飞出来了，看了一下时间确实要迟到，没时间跟对方纠缠，她扭头上了车扬长而去。在公司地库绕了两圈，好不容易找到车位，可是她怎么也停不进车位，在打算弃车而去的时候，路上跟她撞车的男士出现在她的车后。男士走过来敲了敲她的车窗，杨祎看见他气就不打一处来："怎么着？你后悔了是吗？非要报警处理吧，报吧！"

男士笑着指了指头顶的指示牌"固定车位"，说："美女，这是我的车位。"

"有车位了不起啊！你帮我找个车位停进去，这个车位自然就给你停了！"杨祎很是不讲道理，她今天第一天出来混，她是要在这栋写字楼顶层干一番大事业的，决不能在地下停车场就败了。男士很是爽快，二话没说，让杨祎下车，帮她把车开到斜对面的车位，然后把自己的车停到自己车位，潇洒地上了电梯。

"德行！"杨祎暗骂。

杨祎特意多等了一趟电梯，就是为了跟这个惹她眼的男人避开，可是她走进会议室的门后彻底傻了，这个男士不是别人，正是这家公司的老大、顾晓君的领导——赵海。于是，上班第一天撞领导的车、占领导的车位、跟领导耍无赖让人给自己停车的"佳话"传遍了整个公司，杨祎顺利成了公司的焦点人物。也正是因为这样开朗爽快的性格，她在公司混得风生水起，人缘极好。一转眼三年过去了，如今，杨祎再过几个月就生二胎了，被裁员就算再难过，也顾不上那么多了，她真正担心的是顾晓君和张婉婉没工作了该怎么办？顾晓君那么要强，怎么能接受这个现实？张婉婉也不容易，毕竟眼下行业不太景气。

张婉婉则没有杨祎这么操心，她是一个洒脱的人，早年出版行业境况好，她一个小有名气的两性情感专栏作家完全可以靠稿费和版税活着，后来出版行业境况不好，书卖不动了，但她依然没戒掉舒适的生活习惯。她改行写剧本，不得不说她运气是真的好，同一年两个爆款女性话题的剧都是她的手笔。她开始膨胀，用下眼皮看人，看不上圈里的"热钱"，标榜要坚持自己的追求，不被资本绑架，因此得罪了很多同行和影视公司。可是人生起起落落，她的好日子断送在了一个男人身上。

当年，那个男人是个不入流的导演，她死心塌地地跟着他好几年，突然有一天这个男人告诉她他要结婚了，新娘是他的青梅竹马，出身文艺世家。张婉婉心死了不知道多少次，手里的工作全部搁置，支付违约金的速度跟红酒灌进她喉咙里的速度一样快。之后这个男人有了点成就，又回来找她，跟她纠缠。于是谣言四起，她变得臭名昭著，渐渐地接受现实，不再清高地追求艺术，能活着就行。

她在好看娱乐工作完全是为了交社保，有购房指标，打算自己买一套房子。买房子这件事她考虑了很久，原本她觉得租房自由，买房贷款压力大，影响生活质量，直到顾晓君的话点醒了她：买房子是给自己的一份保障。这里的房子不会贬值，如果以后不想在这座城市生活了，把房子卖了也能拿一笔钱走。她对这座城市没有什么依恋，来这里就是因为一个男人，现在这个男人让她痛苦，摇摇欲坠的情感如果有一天真的崩塌了，她去哪儿都一样，只要还能写东西，她的名字就是招牌，就能换钱，不愁吃穿。所以张婉婉盘算的是如果被裁了，社保可不能断，得找个地方接着交。

但是从另一个角度来看，张婉婉在好看娱乐工作，倒也不单纯是为了找个单位交社保。张婉婉在好看娱乐这几年，事业上还是有些成绩的，她像个打字机器一样，什么火写什么，不挑题材，交的稿子质量又好，除了有拖稿的毛病，就连她捏着鼻子写的那部之前最瞧不上的无脑甜宠剧，竟然也成了当年的流量剧。她的剧本被甲方认可，媒体捧她，替她发新闻稿，标题是"婉婉执笔必属精品"。好多制片人也不在乎她名声好不好了，都想挖她写剧本，哪怕只让她提提意见，挂个名字也能多卖点钱。作品优秀不代表人就没问题，张婉婉最大的问题就是在公司里人缘不好。

第一，她从不遵守公司制度，甚至对公司制度视若无睹，什么考勤、绩效、运营流程在她这儿通通不好使，谁要指出她不合规，她当场就翻脸，准备收拾东西随时走人，让人完全下不来台。

二是她早年树敌太多，那时候她风头正劲，毫不在意公司编审或者其他同事给她剧本提出的意见，面对意见她脸上就像写着三个大字"你有事？"有不长眼的责编跟她叫板，她会直接回复："你们写过剧本吗，就给我提意见？"

对方不服："我没写过，但我看的剧多，就有话语权。"

"麻醉师看的病人也多，手术时他能直接上手开刀吗？不是会在豆瓣上写影评就能给编剧提意见，我的剧本是给导演、演员、主创团队看的，他们看得懂就行，我写得再花，拍不了有什么用？"

在多次沟通无果后她也烦了，干脆在全员大会上直接挑明："如果觉得我写得不好，把这笔款给我结了，以后就不用看我写的这破玩意儿了。"

可是风水轮流转，她当年得罪过的甲方、导演、同行、后辈，在行业蓬勃发展的阶段，大多都早早地冲上了金字塔顶端，就连她当年带过的助理现在都是按集数收钱的策划老师了。如今只要看到"张婉婉"三个字，大家的意见就如同潮水般涌来，恨不得冲破剧本直接指着张婉婉的鼻子开骂，导致她现在对自己的剧本越发没有信心。

第三，她绝不赚不该赚的钱。张婉婉的职业信仰是宁愿不干了，也不能去忽悠人，绝对不当"大纲编剧"。所谓"大纲编剧"就是前期和甲方"同频共振"，甲方的所有要求都能满足，快速铺开大纲，写完大纲收钱大吉。只要甲方有其他要求，马上放弃继续创作，迅速接下一个戏。这样的工作方式"短平快"，收入颇丰，至于剧本能不能继续完成，就要看甲方的能力和财力了。所以当甲方提出一个新想法时，张婉婉一旦觉得有问题，会第一时间提出，把人问得一愣一愣的。她这样的态度并不是因为她天生刻薄，为人执拗，而是在她的价值观里，简单直接是一种真诚——态度不暧昧，问题不回避。圆滑的人太多了，不值钱。真诚才无价。当然她也知道这样会伤害一些玻璃心，把"金主爸爸"拒之门外，但她会用实际行动，全力以赴，给对方一个满意的结果。只要她答应接了这个活，她拼了老命也要做完。白天跟你吹胡子瞪眼，晚上为你挑灯夜战。用杨祎的话说，"张婉婉就是说着最'丧'的话，干着最靠谱的事"。用顾晓君的话说，"我外号是'娱乐圈黑寡妇'，张婉婉的外号就应该是'编剧界的灭绝师太'"。

三人里心情最复杂的是顾晓君。她从一个娱乐记者一路鏖战，得到今天的一切，背后承受的辛苦和煎熬是常人无法想象的。一个女人要成功，身后的流言蜚语不必多说，明枪暗箭更是家常便饭。别人都说她是"娱乐圈黑寡妇"，又"丧"又狠，可她知道自己是谁。好看娱乐的成败意味着她的成败，决定一个企业前景好坏的因素有很多：资金、人员、效益、市场风险、政策变化，可说到一个人的成败，这些借口都没有用，因为结果必须自己承担。她心里很清楚近两年好看娱乐的业绩不如从前，长视频受短视频围剿，制作成本迟迟无法下调，一线明星难请，年轻演员断层，制作公司如雨后春笋般冒出，从而导致竞争激烈等等问题都牵制了好看娱乐的发展。公司进入瓶颈期，适当调整是有必要的，可是直接裁掉一个公司？集团过于心狠手辣了，她觉得里面一定有蹊跷。

　　除了事业上的不甘心，就她个人而言，如今她站在职业生涯的顶端，能不能再往上走不好说，但一定不能往下，她不能接受自己事业的失败。事业是她的安全感，是她人生里唯一可以量化的东西。她不敢想象，公司宣布倒闭之后，她失去了女高管的身份，再行走江湖旁人会怎么看她。特别是在捧高踩低的娱乐圈，那些曾经被她欺负过的人、被她拒绝过的人，把她捧上天的人，看到被集团抛弃的她，会以什么面目相对。站得有多高，摔得就有多疼，这个道理她比谁都懂。抛开自己的担忧，她更想知道为什么集团的这个决定她自己没听到一点风声，这太奇怪了。从今晚的现场情况来看，她的老板赵海也是被临时通知的。她了解赵海，赵海虽然城府颇深，也不至于隐瞒这么大的事情，对他没有什么好处。如果集团真的是为了不打草惊蛇，斩草除根地把好看娱乐一窝端了，赵海也会是枚弃子。棋盘被掀翻了，他这颗棋子会飞得最远。

　　果然寒冬无情，再绚丽的烟花也会被风吹散，化成青烟消失在夜里，只留下刺鼻的火药味，伴着冷风钻进鼻腔，让人想打喷嚏。

　　三人给彼此简单的鼓励之后就准备散了，相约明日一起参加公司的员工大会，面对接下来的糟心事。杨祎表态誓与姐妹共进退，扬言实在不行就把好看娱乐直接买了算了。张婉婉安慰顾晓君公司散了也好，省得跟一群小心眼的老爷们儿钩心斗角，自己干点啥都比上班强。顾晓君给了两人拥抱，让她们放心，自己内心很强大，不会想不开的，明天的烦恼交给明天吧。

分别之后，顾晓君给石墨发了自己的定位，几分钟后石墨就出现在她面前。

石墨高挑的身材真是一绝，这张脸蛋和顾晓君的巴掌一样大，棱角仿佛是雕塑一般。顾晓君忍不住站高了一层台阶去捏他的脸，看到现在亚洲最受欢迎的超模在她手里，她的心舒缓了不少。

"不是说今晚公司有活动，不回来吗？"石墨问。

"想你了，怕你又飞走了，就赶回来见你。"这句话很不像顾晓君会说出来的话，这个时候从顾晓君嘴里说出来，淡淡的，却很性感。

石墨笑着把她搂进怀里，凑过来在她额头上亲了一下，然后牵起她的手。石墨一只手牵着顾晓君，另一只手伸进自己的夹克口袋。他用手紧紧握住口袋里的绒布盒子，里面是一枚求婚戒指。这是他去意大利的时候特意找当地最好的工匠定做的。铂金圆环上镶着一颗大大的钻石，圆环里侧刻着两人的名字。

他原本想跟她求婚，"嫁给我"这三个字最近频繁出现在他的脑海里，他不断地想象那一刻：他单膝跪地，仰头看着她，说出这三个字。他知道顾晓君不是一个喜欢追求浪漫的人，他自己也习惯了潇洒自由，可不知为何他一直幻想这个时刻，他想永远把顾晓君留在身边，永远紧紧地牵着她戴着这枚戒指的手。

他知道，今天不是时候。他在来的路上看到了好看娱乐即将解散的消息，他知道顾晓君此刻一定不好受，她需要收拾心情，处理工作上的麻烦。等雨过天晴，他拿出这枚戒指会更合适。

顾晓君没有发现石墨的异样，她大步向前，时不时侧过头看向石墨，两人相视一笑。石墨是顾晓君这两年遇到的最让她珍惜的男人，或者说男孩，毕竟以石墨的年纪，做她侄子都没问题，但石墨并不像同龄人那样贪玩。石墨思想成熟、举止稳重。每当顾晓君难过的时候，都想在石墨的怀里躺一下，就像是给自己充电。

越是内心急躁不安越需要些刺激，就像酒精可以麻醉痛苦，热烈的情感也能抚慰心灵。

在这座城市的夜晚，和三个女人同样面对裁员的还有很多人，比如好看娱乐的数百名员工。他们中有刚刚入职的大学生，有刚刚升职的业务主管，有跳槽多次的"老油条"，也有一批元老级的前辈，职业理想、生存压力、个人情绪在这一夜变得格外凶猛，从头顶猛烈冲击而下，把人打得措手不及，直至麻木。

好事不出门坏事传千里，好看娱乐迅速登上了热搜，朋友圈、微博、抖音、豆瓣小组都在聊，人们仿佛在死守一个爆炸新闻，抓到一个热点就一拥而上，好像今晚不把它扒干净就如同错过了一个亿。大部分人都在看热闹，拍手称好，说烂片公司早就该倒闭；也有人在缅怀细数好看娱乐出品的影视剧、制造明星的佳话，感叹这个行业的一个时代又要过去；只有少数人合理地分析了 S 集团的财报，横向对比好看娱乐的各项业务数据指标，比财务还认真，做了详细的表格，给出结论：好看娱乐的发展模式陈旧，内容储备不够，邀请不到一线明星对发行不利，光靠电视台和视频网站买片无法实现盈利，无法进一步融资。S 集团现在决定长痛不如短痛，把有限的资金投入更被市场看好的新能源业务上。

然而一个时代不会因为一个娱乐公司的倒闭就真的过去，只要有人在，就永远不缺娱乐。一个公司倒闭了，就会有无数的新公司站起来，这门生意总有人愿意做。包括好看娱乐的员工在内，没有人知道如何才能挽救这家成立了十年、创造过无数"爆款"奇迹的影视公司，一切看天命。

也许是老天也不愿意背这个"锅"，恨不得再惹点麻烦，看着这群人团团转。

凌晨十二点，好看娱乐全体员工接到公司通知：

本月 15 日上午 10：00 在公司一号会议室召开员工大会，公司全员 300 人，保留 10 人，进入集团市场部，继续负责集团业务或转岗其他公司职能部门。其余人员全部解除劳动合同，具体名单和补偿方案将于会议现场公布。

杨祎夜里上厕所，顺便看了一眼手机，读到这条信息惊呼："300进10！怎么弄得跟《超级女声》似的？"

张婉婉正在熬夜写专栏，听到手机提示音，扫了一眼信息，心里骂道：这人力有没有脑子啊，半夜发这种通知，还让不让人睡觉了？临倒闭都不给员工留点好印象，不干也罢。

顾晓君早已在石墨怀里睡去，梦里她想起了一件往事——那时她还是记者，一个人背着相机躲在黑暗的楼道里，等着当时最红的偶像明星出现。她隐约听到脚步声，然后传来一男一女的对话，却怎么也听不清内容，接着就是一声惨叫。顾晓君看到一把刀在月光下发出银光。现实里的顾晓君满头大汗，紧紧地抱住石墨的胳膊。石墨知道她又做噩梦了，轻轻拍着她的肩膀，在她耳边说着没事，没事，有我在。

这座北方城市冬季干冷，很少下雪，天经常是灰蒙蒙的，今天却格外晴朗。

城郊某栋别墅里，杨祎依然是一副贵妇模样，正费力把三岁的女儿抱起来。这孩子一直嚷个不停，杨祎喊不过她，随手把电视早间新闻的声音调到最低。

自从怀孕到现在，她就没睡过一次好觉，她还没反应过来为什么自己三十岁就生了孩子，现在老大刚上幼儿园，她又怀了老二，这一定是刘大磊这个男人的阴谋。

她在给老大穿衣服的时候，这个小胖丫头嘴里叼着一把勺子，腮帮子鼓得像偷吃了一把花生的松鼠。

"快把勺子吐出来,穿好衣服要上幼儿园了!"

"妈妈我不想上幼儿园!"

"别的小朋友都去幼儿园了,老师会问刘子彤小朋友为什么没来啊?"

"哎,妈妈那你就说我丢了吧!"

刘子彤这个小胖丫头满脸委屈地说出了她人生里第一句至理名言,充满了对世间的无奈,又有种相忘于江湖的洒脱和不羁。杨祎哭笑不得,挺着肚子好不容易给老大穿上了衣服,老二又在她肚皮上狠狠踹了一脚,似乎在寻求关注。她忍不住疼,大骂老公:"刘大磊你这个挨千刀的!你给老娘死哪儿去了?老娘上班都要迟到了!大的不听话,小的不老实,都让我一个人管啊?!你在厕所下蛋呢?有本事你躲一辈子别出来!"

刘大磊是个大胖子,用肚皮顶开卫生间的门,一边提裤子一边撇着两只脚走出来,像只唐老鸭,下巴上还沾着牙膏,满脸堆笑:"老婆我来啦,我来看看是谁欺负我老婆了!"这时候保姆丽丽已经搭了手,熟练地给孩子穿上了衣服,轻声细语道:"我来吧!"

刘大磊满面春风,像是吃了什么"神仙药",继续讨好老婆:"宝贝,今天还去公司啊?这么辛苦,我刚看了新闻,你那公司都要倒闭了,咱就别去了,去了也是添堵。那点赔偿金弥补不了什么,咱别要了,正好给那S集团减轻点负担。"

"刘大磊,你就等着这一天呢吧?我工作丢了正称了你的心,你就想让我在家相夫教子!你真缺德!"

"怎么我又缺德了呢?那公司经营不善也不是我造成的!宝宝,现在就是市场环境不好,我去年就跟你说了,现在影视行业不行了,实业都没钱,谁还有钱搞影视啊?咱们就务实一点搞搞餐饮,老百姓不看电视,但得吃饭啊。"

"你就知道吃!看你胖的,赶紧给我减肥,挨着你睡觉我都嫌热!你赚你的钱,我搞我的事业,咱俩谁也不耽误谁!"

"好好好，你搞事业，你搞事业，反正你也快生了，你那事业也搞不了多长时间了。"刘大磊说完就得意扬扬地坐在餐桌旁吃起了早点。

杨祎说起事业，自己也心虚。在外人眼里她不过是个早早退圈嫁人的十八线女演员，入行五年没有代表作，嫁人五年二胎即将出生，孩子是她三十年人生里的代表作。起初，她只是不想在家闲着，整天围着锅台转，脑子越来越不好用，和社会也越来越脱节，于是决定重新出来工作。演戏是不可能了，女演员结完婚，生完孩子就很难有好角色演了，杨祎一万个不愿意。再说，全国那么多演员都没戏拍，她实在不想再趟这摊浑水，和一群小姑娘争得头破血流。刘大磊嘲讽她找不到工作，还是放弃算了。杨祎和他打赌一周之内绝对能找到工作，可事情就像刘大磊说的一样，生完孩子再就业确实不容易，最好的出路是创业或经商，可杨祎这脑子有时候连乘法口诀都能背串，不用点人脉资源是不行了。

她想出来工作的想法第一时间得到了顾晓君的支持，顾晓君手下新成立了艺人合作部，正缺一个在圈里有人脉、视野广、有热情的人，于是三言两语就把她安排到好看娱乐，让她负责艺人资源整合。这个岗位让杨祎非常满意，简直就是专门为她设立的，毕竟她混过娱乐圈，虽然这几年和圈里人联系少了，但还有在娱乐圈活跃着的朋友；再有，这个行业特殊，不用她上下班打卡，只要每周固定汇报工作就好，她有时间抽空管一管老公和孩子。这个决定没有第一时间得到老公刘大磊的支持，刘大磊说她身在福中不知福，工作就是给自己添堵，不在家照顾孩子而去伺候老板，根本没有必要。

杨祎早就想好了一套强有力的说辞：女人要自强不息，必须顶起半边天，没有自己的事业就是慢性自杀，自己经济独立才比伸手问老公要钱腰杆硬；再说伺候老板比照顾孩子简单多了，不用为老板的一生负责。这"三板斧"下来把刘大磊搞定了。刘大磊只有一个要求：不要带着工作情绪回家。这点杨祎完全没做到，经常在家一边给孩子喂饭，一边对着电话和人吵架，严肃紧张的样子仿佛是外交谈判，搞得全家都不敢说话。虽然给剧组找演员对她来说不是难事，可是处理各种复杂的人际关系和谈判着实令人焦躁。所以综合来说，想在这个领域干成宏伟的事业确实有些牵强，她自己琢磨，好看娱乐这次裁员名单里一定会有她。

刘大磊吃完饭开车带着保姆方丽丽送老大去幼儿园了，方丽丽是刘大磊的远房亲戚推荐的，之前在一个当红女明星家干过，很有经验。杨祎觉得她人干净得体，虽然不如自己的亲姐妹，但还算信得过。不过不管怎么样都比她亲妈金花女士强。她亲妈金花女士现在指不定在谁家麻将桌上大杀四方呢。她发现怀孕的第一天，金花女士就发来了贺电，表示恭喜和祝贺，激动得鼻涕一把泪一把，然后话锋一转，强调自己一辈子不会伺候人，要不也不能早早地就和她爸离婚，说自己命苦，注定孤苦漂泊，最好还是远离孩子，不给女儿和外孙添麻烦和晦气。

杨祎太了解她妈这人了，爱好结婚，擅长离婚，每一段婚姻都轰轰烈烈，从塞北大漠到江南水乡，都留下过金花女士的婚纱照。她是发自内心地爱拍婚纱照，而且一定要洗成 24 寸大相片挂在墙上，吵架或分手就摔碎相框，把照片里的新郎撕掉。

这种爱好是追求个人幸福，杨祎作为女儿无权干涉，可是金花女士太不靠谱，有一件事杨祎是无法原谅的：但凡靠谱点的妈都不会让自己闺女叫杨祎，这个"祎"字百分之五十的人读"伟"，百分之四十九的人不认识，能读对的人她至今没见过，就因为这么个名字她被从小嘲笑到大。后来上了艺校签经纪公司，经纪人觉得她可爱，希望她走可爱教主的路线，让她把名字改成了"杨妙可"，英文名"Mico"，整个人洋气了好几个档次。顶着"Mico"这个洋气又可爱的名字，她演了三部戏：一部演小三，一部演青楼女子，还有一部终于是正经人了，却是个哑巴，前三集都没有词，第四集就挂了。金花女士实在拿不出手跟亲朋好友炫耀，原本经常组织大伙兴致勃勃地在电视前守着看，结果杨祎一出场就让大家陷入尴尬。后来，杨祎干脆不告诉金花女士自己拍了什么戏。这事其实导致杨祎内心有点自卑，她知道自己距离最佳女主角的梦想还差十万八千里，某天午夜梦回突然想开了：人生只有可爱可不行，自己还差太远了，梦想的道路充满荆棘。越想越疲惫无助，她看着自己柜子里两排代购来的名牌包，哭出声来，号了一整夜，她在天亮之前做了一个决定：既然这么难，干脆换一个梦想。

在她梦想交替的时候，她被刘大磊这个傻子钻了空子，捡了便宜。刘大磊的父母经商，他从小耳濡目染，很有商业头脑，很会利用资源，十年前就和明星合伙开饭店，全国各地都有他的饭店，也算京城里的一号人物。只要饭店不关门，杨祎这辈子吃穿是不愁了。

刘大磊没有辜负她，婚礼办得很是铺张，在市中心最高的酒店里包了两层，从宴会厅的玻璃窗可以俯瞰整座城市。婚礼的嘉宾非富即贵。所有人都羡慕杨祎嫁入豪门，原来叫她"杨 wei"的人都改口叫她一声"Mico 姐"。她戴着她自己都不知道是几克拉的鸽子蛋，不停地活动手指关节，嘴里念叨着这玩意儿啥时候能摘了，太紧了手指都勒麻了。

她的伴娘是她的好闺蜜张婉婉，她们相识于微时，张婉婉替杨祎在酒桌上挡过酒，把投资人喝出了胃出血，隔天就住院了，戏也黄了。杨祎是知恩图报的人，在剧组拍摄现场，张婉婉因为不给导演女朋友加戏被导演骂是猪头，杨祎伸手薅掉导演的假发问你自己照照镜子谁是猪头。现场一片哗然，杨祎在导演的怒吼下滚出了摄影棚，滚的时候还不忘拉着张婉婉的手劝她别跟猪头一般见识。之后两人合租在一起，"相濡以沫"多年。

婚礼上，杨祎拿着手捧花，亲自交到了张婉婉手里，说，宝贝，你一定要比我幸福。张婉婉哭得鼻青脸肿，真成了猪头。

终于送走了孩子和老公，杨祎穿戴整齐。为了表现自己不满的态度，她找出了一套豹纹皮草，配上烟熏眼妆，涂上"死亡芭比粉"口红，照着镜子转了两圈觉得自己复古又洋气，挺着大肚子酷毙了，哪个孕妇能比自己飒？！现在她确实和刚刚一边喂孩子吃饭一边骂老公的家庭妇女截然不同了，毕竟今天她是要去公司被开除的。

临出门，杨祎拿起遥控器要关掉电视，无意间注意到电视新闻的内容，屏幕上的信息让她像傻子一样**蠢**在沙发旁一动不动，脑子里只有四个字：祸不单行。

顾晓君依然躺在石墨宽阔的胸膛里，半梦半醒之间，不自觉用手握住了对方的手，十指紧扣。她喜欢这男人身上散发的带着一点汗味的沐浴露味道，这种温暖的感觉治愈了她昨晚的噩梦。她在疗愈的同时享受着优越感，毕竟这个男人是如此优秀。她经常想，石墨的身材和脸应该是人类的公共财产，值得被记录在人类进化史里，留给后人或外星人研究，告诉他们在二十一世纪有一个标杆一般的形象存在。现在这个"人类公共财产"正被顾晓君一个人霸占，多少人知道后会疯掉？石墨昨晚和顾晓君耳鬓厮磨的时候说了很多情话，那是这张冷漠的高级脸之外的模样，眼神温柔，嘴唇微张，牙齿洁白整齐。顾晓君完全不用听他到底说了什么，光盯着这张脸就足以血脉偾张。

这几年随着顾晓君的权力越来越大，身价水涨船高，追求她的男人也层出不穷。顾晓君是个异常冷静的女子，事业永远第一。她鄙视"恋爱脑"，很清楚大多数追她的人是希望靠近她，分一点光彩，而不是双方对等的势均力敌。而真正势均力敌的男人不会喜欢她这样的女人，她太不温柔，太不解风情了，更不会相夫教子。所以大部分人很难靠近她，但石墨对她来说是个例外，用她的话说，"石墨的眼睛永远清澈"，别人只看到他穿着盔甲的时候。放下外在的包装，他本人格外真诚，甚至有些憨，让顾晓君感到舒适。

石墨醒了，摸了摸顾晓君的头，轻轻翻身起床，套上一条短裤去厨房准备早饭。他常年健身，早饭都是自己准备。顾晓君迷迷糊糊揉着眼，看见厨房石墨的背影，上身赤裸，只系个围裙。阳光洒进来，照在石墨的肩膀上，画面太美，让顾晓君精神了不少。她从地上捡起手机，打开之后无数条信息潮水般涌进来，她看到第二条时整个人就僵住了，石墨在厨房喊她，她仿佛听不到。她打开衣柜找衣服穿，慌乱中碰掉了石墨昨天穿的夹克，绒布盒子掉了出来。她俯身捡起，小心翼翼地打开，看到钻戒的一刻，她的心漏跳了一拍。她轻轻吻了一下戒指上面的钻石，她多么渴望将这枚戒指套在她的无名指上，可理智告诉她现在还不是时候，她是个绯闻缠身、即将被辞退的女人，配不上全世界最好的石墨。

石墨唤了顾晓君几声，见她没反应，回到了卧室。听到声音的顾晓君手忙脚乱地把戒指放回去，用最快的速度拿出一件衣服迎着石墨扑过去："我有急事要出去，今天可能要很晚回来。"

石墨看着顾晓君通红的脸，双臂轻轻将她环住："天大的事都别急，我等你。"

顾晓君在石墨的下巴上亲了一下，她意识到了事态的严重，她清楚地知道自己要面对怎样一场风暴。她要处理的不仅是公司的裁员，更大的危机同时到来了。那个她曾经最怕的事情可能会再次发生，令她束手无策。她给张婉婉和杨祎都发了一则消息：今天务必到公司参加会议！

三个人先后赶到好看娱乐的会议室，此刻的情景让顾晓君十分恍惚，昨日在年会才刚刚见到大家，一夜之隔再见面，大家的表情凝重，显得陌生。

赵海已经站到了会议室最前面，手拿话筒，失去了往日的风采。他的眼袋耷拉着，眼球带着血丝。秘书给他送来热茶，他喝了一口开始讲话："公司的事情，集团老总昨日已经讲过了，现在我带着非常沉重的心情和大家见面，不得不一起面对这次痛苦艰难的决定。集团拿掉好看娱乐不是因为我们业务能力差，而是因为策略调整，等集团渡过难关之后我们有机会重新开始。我们中的一部分人会去集团市场部继续负责这部分业务，其余的人会拿到法定补贴，财务和人力待会儿在隔壁的会议室为大家办理手续。我看着大家一路走来付出的艰辛，公司从十几个人发展到300人规模，创造了那么多优秀的成绩，挑战不可能完成的任务，大家早已像一家人了，我要向即将分别的伙伴说对不起。"赵海哽咽着，向台下深深地鞠躬。

现场静如死灰，大家不知道该怎么接受老板的歉意，鼓掌肯定不符合悲伤的气氛，说话又不知道说什么，而且好像也轮不到自己说。

这时，负责内容营销的吴文光站了起来。吴文光这个人长得圆滚滚的，戴副眼镜，小平头，心思活络，普通话不好但能说会道，总是能讨得领导欢心："赵总，我想说两句。"得到赵海的许可后，他接过麦克风，清了清嗓子说道："我特别能理解赵总此刻的心情，我是公司第一批员工，那时候我们是一家完全不起眼的创业公司，我还记得自己交出第一份年度计划的时候手都是颤巍巍的，紧张又期待。后来公司业务不断完善，在赵总的带领下，我们孵化出自己的原创IP，受到了行业的关注和好评，开始把剧发行到全网平台，价格也不断提高，形势一片大好。当然中间我们也遇到了很多困难，但我们从来没有怕过，因为团队彼此信任，彼此支撑，我们的凝聚力可以战胜困难。也许，我们一时没有办法改变现在的情况，但我相信我们一定可以渡过难关。赵总不会忘了我们，集团还会需要大家的。"

一番动情的演说结束，老赵在台上差点哭出声来，很多同事也都被打动，眼眶湿润。

"他这是要竞选副总吗？这时候'舔'领导还有必要吗？"张婉婉翻了一个白眼，冲顾晓君和杨祎小声嘀咕。

"是啊，吴文光的求生欲也太强了吧，平常不见对公司有什么贡献，这时候出来说这些漂亮话有什么用啊。"杨祎附和。

顾晓君没心思理会，默不作声。

赵海擦干眼泪，继续说："感谢大文，也感谢大家，希望集团渡过难关后我们再次相聚，一起奋斗。接下来我们分批次去和人力、财务签署手续，人比较多，大家不要着急。我念到名字的可以先去办。第一批：吴文光……"

吴文光整个人愣在座位上，脸色蜡黄，和刚刚激情演说的样子判若两人。

　　杨祎不小心笑出了声。

　　念完第一批，后面的名单直接显示在大屏幕上。杨祎找了半天也没找到自己，她十分纳闷："怎么没有我啊？"

　　张婉婉指了指杨祎的肚子。

　　"你什么意思啊？"

　　"你个法盲，你是孕妇，受国家劳动法保护，现在谁也动不了你，你等着被通知去总部吧。"

　　"啊？那不行，上面有你名字！我要和你同进退！"

　　"打住！你别跟我同进退了，你是少奶奶，我是丫鬟命，不在一个起跑线上。我早点回家睡一觉好接着赶稿，催着要呢。对了，晓君，你需要我干什么？"张婉婉应该是全场最淡定的人，这一切跟她好像一点关系都没有，就像是个局外人。

　　"我肯定不会轻易放弃，早上的新闻你们也看到了，我得想个办法，去和集团谈判，该是我的我必须要拿回来，他们没办法，我有！"顾晓君严肃地看向杨祎和张婉婉。

　　"什么办法？"

　　"我要用我的过去搏一搏。"

/二

电视、网络上播放着一条娱乐新闻：

就在今日上午9点，我市警方正式通报：曾经红极一时的男子组合 BOYS 成员江初尧因涉嫌诈骗被通缉。五年前江初尧神秘消失，曾有网友爆料在上海偶遇他，当时他怀抱一个孩童。虽然消息未经证实，但也不免让人猜想他和孩童的关系，这个男孩难道就是传闻中他和粉丝李丽娇的孩子吗？江初尧这位19岁出道的传奇偶像出道便迎来巅峰，和罗俊阳组成男子组合，风头一时无人能及。可就在他们的组合如日中天的时候，却传出和疯狂粉丝的丑闻。一名叫李丽娇的女子秘密生子后被刀刺中腹部，死于江初尧所居住的公寓楼下，引起轩然大波。然而加速这场悲剧发生的记者顾晓君因拿到了独家重磅新闻，声名鹊起，事业扶摇直上，现任 S 集团旗下好看娱乐公司的内容总监，被媒体评为"娱乐圈第一女魔头"，被网友戏称为"娱乐圈黑寡妇"。这一次江初尧重回大众视线，顾晓君是否知道内幕？此时 S 集团宣布关闭好看娱乐，两件事是否有牵连？江初尧究竟牵扯进了什么案件呢？我们将持续关注报道。

这则新闻像炸弹一样，"轰"的一声让这座城市硝烟四起。

张婉婉来的路上，连出租车司机都热情地跟她聊起这条新闻，问她还记不记得江初尧，就是那个唱歌的，和粉丝生了孩子，粉丝被刀刺中腹部之后，他就再也没出现。好多人都说他被抓了，今天新闻报道说他正在被通缉，是个诈骗犯……

张婉婉不耐烦地戴上耳机，全当没听见。张婉婉和杨祎一样，都很担心江初尧被通缉一事对顾晓君有影响。顾晓君和江初尧的事情现在她俩谁都不敢提，那是顾晓君人生的至暗时刻，也是她隐藏最深的秘密。

"什么？你要拿江初尧的事情去和集团谈判？晓君，你疯了吧？！"杨祎听完顾晓君的提议后第一个反对。

"是啊，江初尧和公司倒闭是两码事，有什么好交换的，咱大不了不干了，日后东山再起，不至于剑走偏锋，冒这个险。江初尧现在还被警方通缉呢，你千万不要掺和进去。"张婉婉格外冷静。

"这两件事都和我有关，又同时发生。"

"所以呢？你觉得这是命中注定？老天爷在暗示你？别傻了。张婉婉你跟她说。"

"亲爱的，我觉得你现在很不冷静，公司把你调回集团市场部继续负责内容业务，职位是变低了，但你可以找机会翻身啊，不用这么急着出招儿。以你的能力和人脉，等集团恢复这条业务了你随时可以东山再起啊。"张婉婉分析得很有条理。

"如果现在不能拿出一个足够吸引人的提案挽回集团的信任，我们以后的日子会更难过，就算现在没被裁掉，回到总部没有业绩，浑水摸鱼过上半年，还是会被开掉。"

"你为什么这么确定？"

"我们是做内容的，但决策者是商人。商人的首要目的是逐利，我们如果想留下来，就应该跟决策者的目的达成一致，不然就算去了集团，工作还是会被砍掉，我不想去搞新能源或去卖房子。"

"那就换一家公司啊！何必在一棵树上吊死！你这么优秀，想要你的人多了去了。"

"换一家公司，可能是一样的。"

顾晓君说得坚定，她一向是个偏执的人，想好的事从未想过放弃，从来是这样。她曾深思过：到底是什么支撑自己这么坚定？有一天午夜梦回，她自己突然想到了答案，是危机！她身边不乏有才华、有财力的人，有人像竹子一样努力，每天都高出一节；有人年少成名；有人一炮而红；有人不停进取，拓展边界；有人消失在电话记录里，聊天记录停留在上次的拜年信息。成功的人都宣扬自己的所得都源于自己的努力，那些没成功的人只能假装自己很努力。行业里的人来来往往，就像坐地铁，谁也不知道下一趟车会跟谁同行。这个行业很真实也很虚假，统一的说法叫"现实"。吵过架的、撕破过脸的人只要看到利益，就可以做姐妹，曾经的闺密也可以为了利益互不相认。只要有利益，就能和平地坐上同一班地铁，开往下一个春天。顾晓君不怕从头再来，但是她不能轻易放弃。

当然，她这么做还有一个原因，但这是不能说的秘密，跟最亲近的人也不行。事以密成，她要步步为营，去接近那个目标。

"我为好看娱乐付出了太多，我的时间、精力、创意都投入在里面，大到战略方向，小到一个 logo（公司或机构的标识），我不能就这样看着它消失。而且我能找工作，其他人怎么办？"

顾晓君说完，拉着杨祎和张婉婉从会议室走到走廊。长长的走廊站满了同事，有的在签署补偿协议，有的在收拾东西，有的在和财务吵架。原本井然有序、生气勃勃的公司现在像一个二手交易市场，乌烟瘴气。

这时，一位保洁大姐小心翼翼地凑了过来："不好意思，顾总，我有个不情之请。"

"您说。"

"我也被公司裁员了，今天应该是我最后一天在这家公司上班。刚刚你们的对话我听到了，我不知道你们有什么工作计划，但我想说，如果你们要重新开始，能不能带上我。"大姐很腼腆，眼睛却炯炯有神。

"带上您？"

"我会很多东西，虽然我没有系统学过，但我很喜欢看电视剧、音乐剧和话剧。我在公司这几年，一直在偷偷跟着你们学习，你们开剧本会、策划会、预算会我都会听。我知道最新的电视剧有哪些，也知道最红的演员和导演都是谁。我用业余时间考了经纪人资格证，自己还有一个颤音账号，叫'娱乐圈保洁员'，现在有 100 多万的粉丝。我就希望有机会做自己喜欢的工作，给自己一次机会。"

顾晓君听后大吃一惊，她努力回想，好像公司里确实有一个保洁大姐经常出现在她视野里，帮她浇花、拿快递文件。每次她只是微笑表示感谢，从没有说过话。

"大姐，你可太优秀了，你粉丝比我都多，让我很惭愧啊！"杨祎说。

"杨祎小姐你这么漂亮，我再怎么努力也比不了。"大姐不好意思地笑了。

杨祎也笑了，回头对顾晓君说："你看，咱们公司藏龙卧虎啊。"

"大姐，你有那么多粉丝，接广告赚的肯定比干保洁多啊，你为啥一直在这儿啊？多委屈您啊？"张婉婉很是不解。

"那些都是快钱，短期糊口罢了。想要飞得高、走得远就要跟厉害的人在一起，在什么位置干什么事。我不觉得委屈，为了获得就得付出，我在这儿偷偷学了东西、涨了见识，公司也没跟我要钱啊。"大姐呵呵地笑。

大姐的一席话让顾晓君对她刮目相看，这姐姐有智慧。她上下打量这位大姐，对方身材匀称，脖颈上有淡淡的纹路，但皮肤白皙，面色红润，笑容腼腆，眼睛有神，看得出年轻时候是个美人。

"大姐，我也没有想好到底要做什么，你为什么信任我，愿意让我带你？"

"因为我曾经看见你为了自己的原则一次又一次地努力，看见你在公司加班到深夜，第二天一早依然神采奕奕地和董事开会。这几年，你一直坚强，果断，不怕苦难，没什么困难在你面前不能解决。我相信你能为自己喜欢的事业负责，为自己的选择坚持不放弃。说出来不怕你笑话，我多羡慕你啊，有时候我都幻想在办公室里的人是我，那该有多好啊！可是我没有那个条件，只能靠最笨的方法慢慢来。"

大姐的话打动了顾晓君，她从不知道在她工作的时候有一双眼睛在关注着她，也不曾想到在她落魄的时候第一个愿意站出来跟着她的人是一位默默无闻的保洁大姐。她很意外，也很欣慰，这对她来说是一种支持和鼓励。

"谢谢你，我应该怎么称呼你？"

"我叫王平。"

"平姐，谢谢你在这时候对我说的这些话，我当然是不会放弃的。但我现在没有把握能带你实现你的理想，我需要时间。"

"我能等！顾总，你一定能行，我前几个月可以不要工资，你觉得我行我再留下，干得不好我就继续当保洁。"

"你有这份坚持，一定能干好。"顾晓君说完回头看向杨祎和张婉婉，"现在你们还劝我放弃吗？我们要不要干一票大的？"

张婉婉叹气："晓君，你不要意气用事，这件事情没那么简单，你……"

杨祎举手："我愿意！气氛都烘到这儿了！女人不强天不容！我要向平姐学习，追求自己的事业，绝不放弃！大不了跟集团打一架！"

张婉婉："你俩慢点作，我先说好，我可不陪你俩疯，集团倒闭是他们活该，万恶的资本家、吸血鬼，瞧他们干的是人事吗？什么壮士断腕啊，他们就是瞎折腾，等他们把手里这点人、这点钱都折腾没了，就真的进入寒冬了，就该永远冬眠了，如此没有眼光的企业我是不看好的。一个企业最重要地不是钱，是人，人好企业就能好，人都走没了还干个屁啊。咱们又不用靠这公司吃饭，在这儿给它打什么工啊，还没干够啊？"

顾晓君："你说得有道理，但我们不能被动地等他们开刀。我们有拿回属于我们的东西的权利，所以我们要继续战斗！"

"对，"杨祎强行拉起张婉婉，以及顾晓君的手，"继续战斗！"

张婉婉无奈叹气，不愿意趟这摊浑水。杨祎却笑得开心，她就是不嫌事大的性格。

顾晓君心里并没有十足的把握，今天的局面是她始料未及的，越是慌乱的时候越要冷静："一切过往皆为序章，我们可能都需要一个危险的时刻，让我们打起精神去面对前方的未知，迎接下一次绚烂。"这是崔老告诉她的，崔老永远有智慧，有胆识。

她脑子里不停地循环一个问题，她跳出困住自己的迷局，像一个旁观者一样看着眼前如热锅上蚂蚁般的人群，问自己：如果主角不是自己，你会劝她怎么办？

在到达公司之前，她收到了赵海和集团的通知，让她自己选择是回总部就职，还是和其他同事一样拿了补偿离开。她把同样的问题抛给了赵海，赵海没有直接回答她，说暂时保密。顾晓君觉得赵海一定是需要自己的人，顾晓君在职多年，一直受赵海的照顾，也给赵海创造了不错的业绩。赵海总要比集团那些高高在上的管理层好，而且对集团的人来说赵海也是个外人，没准他也在寻求一个出路，走出僵局。况且，从实际需求来说，赵海的儿子刚刚出国留学，老婆也在国外，每年需要大笔的费用，赵海不会不为自己的收入考虑。

她把自己的想法和杨祎、张婉婉说完后，杨祎提议直接杀回集团，拿回属于自己的东西！

顾晓君却不急，她给赵海发了一条信息：

　　长风破浪会有时。

二十分钟后赵海回复：

　　直挂云帆济沧海。

杨祎一头雾水，这是什么暗号？
　　顾晓君微微一笑："今晚微博见！"
　　深夜十二点，顾晓君打开尘封多年的微博，一个字一个字小心地敲上去：

　　多事之秋，无心睡眠，过往的一幕幕浮现眼前，很多遗憾和误会无法释怀，一切言语都显得苍白。希望有机会可以将我了解的真相拍成一部电影，坦白一段不为人知的往事，纪念一段不平凡的岁月。

　　顾晓君这个女人果然可怕，无愧"娱乐圈黑寡妇"这个称号，她的微博发出不到二十分钟就被多家娱乐媒体转载，登上了娱乐版热搜。其中带节奏的几个媒体都是她多年好友，工作上没少受她照顾。顾晓君几通电话过去，这些账号就疯狂"输出"，一系列猛料把矛头暗暗指向江初尧。
　　一顿操作之后，网友的好梦都被她这条微博搅醒，大家都在猜测她到底要讲什么故事？不管具体内容是什么，在这个节骨眼上，大家相信主角一定是江初尧，或者说希望是江初尧！这个年代最喜闻乐见的就是娱乐八卦，这是所有人社交的话题。

一个小时后，顾晓君连续接到三家影视公司的电话或信息，内容几乎一模一样："顾总，我们愿意支持你！""顾总，能不能跟我们聊一聊。""晓君，好久不见，明天我来接你吃饭。"

顾晓君关了手机，拉上窗帘，把喧闹的夜晚隔绝在外。

让今晚的风继续吹吧，她不怕吹得再大一点。

／三

对于现代人来说，只要是别人的事情，没有一件可以在网上维持三天以上的热度。网络就像汪洋大海，一波未平一波又起，后浪推着前浪，最后上岸的全是泡沫。

顾晓君这次准备速战速决，手起刀落。

她这一晚睡得格外踏实，醒来已经到了十二点。她听到厨房传出窸窸窣窣的声音，光脚出去，看到石墨在煮粥。

"你怎么来了？怎么不叫醒我。"

"我看到你的微博，打电话你关机，怕你不舒服就直接过来了。钥匙我放回门口的花盆里了。"石墨满脸关心，说完继续回头在灶台上忙碌。

顾晓君一向不喜欢别人来她家，她总觉得家是蜗牛背上的壳，只属于蜗牛，挤不下别人。除了杨祎和张婉婉以外没有朋友来过她家。但石墨不一样，石墨总是在她需要的时候出现，有时候石墨对于这个家熟悉的程度，让她恍惚觉得石墨才是这里的主人。

顾晓君回到卧室打开手机，她有点兴奋，这一刻让她想起上小学的时候第一次参加运动会。她报了百米算数，跑道上距起跑线五十米远的地方放了一块小黑板，上面有一道数学题，参赛者要写出答案，拿着黑

板冲向终点。她看着自己的小白鞋，甩了甩辫子，站在起点，等待一声枪响，做好枪响后冲出去的准备，第一个奔向终点。前一晚她紧张得睡不着，爸爸跟她说，脑子里想着自己冲过终点的这一幕，不断想，等你做的时候，就不会紧张，就可以做到。

这个办法果然奏效，之后的很多时刻，只要紧张，她就用这个办法，所以她总是更自信，更坦荡。

打开手机，信息不断蹦出来，一个接一个。

顾晓君笑了，都在射程范围内。

她找到了赵海的电话，拨了回去："喂，赵总，我昨晚吃了安眠药，睡得很好。"

"昨晚这世界除了你没人睡得好。"

"那太抱歉了。"

"下午两点，来集团大厦，董事会要见你。"

"见我？"

电话那头赵海笑了一声："机会只有一次。"

"明白，您费心了。"

赵海此刻能想到顾晓君接电话的样子：眉头微蹙，眼眸低垂，心里装满了主意。他很熟悉这样的顾晓君，莫名紧张又期待着那个重要时刻的到来。

石墨的手艺特别好。他和顾晓君第一次见面就是在朋友家里的聚会上，石墨下厨做了一桌子菜。顾晓君的胃是最挑剔的，她觉得做饭最好吃的是她爸，现在她爸后面可以放上石墨。石墨说他的手艺是在国外做模特的时候闲来无事琢磨的，他在全世界各地工作之余，都会去拜访当地的名厨，钻研不同国家的菜，还学会了做甜品。

石墨今天做的是鲜贝粥，上面撒了一点秋葵，口感很滑，极易入口。

对于她工作的事情，石墨从来不问。顾晓君很喜欢他这一点，和喜欢他的厨艺一样。

顾晓君呼啦啦喝完整碗粥："我吃饱了，大厨可以放我去上班了吗？"

"去吧，哪儿也关不住你。"

顾晓君笑着去换了一套纯黑色的西服，镜子里映出一张白皙的脸。她觉得自己今天很好看，妆也合适——淡一分寡，艳一分俗。

顾晓君准时出现在S集团。眼前这座建筑气派得很，建造在城市中央，设计师却能利用周围的自然景观，平地勾勒出一幅"黑山白水"，远看像一幅画卷，走近便能感受到威严。有人说这里风水不好，奇形怪状的楼不招财，也有人说这是香港的大师摆的阵，为了守住这里的人气。不过目前来看，S集团有点人财两空的趋势，正需要一些挽救举措。

电梯停在35层，顾晓君走出电梯，她的秘书安雅不顾一字裙的束缚一路小跑，迎着毫无表情的顾晓君打招呼。

"果然是你，消息永远灵通。"顾晓君笑着给安雅一个眼色。

安雅微微有一点尴尬，一秒后表情又恢复如初："姐这么重要的时刻，我肯定得陪在你身边。"

安雅跟在顾晓君身边多年，入职之前是汽车销售，最大的优点就是会看别人的眼色，对付难缠的人很有一套功夫。然而从今年9月份开始，顾晓君就意识到安雅有点不对劲，总是过于积极。开会的时候顾晓君偶尔没来得及开口，安雅就抢先回答老赵的问题，一开始顾晓君以为她是按捺不住性子了，急于出头。顾晓君也有过这个时期，人总想往高处走嘛。安雅这几年学会的东西也不少，逐渐有了独当一面的本事，人脉资源也不错，上位是早晚的事。顾晓君的心胸宽广，不会拦着。

上个月，顾晓君送了安雅一支香水当生日礼物，是一个小众的牌子，不容易买，味道很特殊，而且留存时间长，是顾晓君特意挑的。然而第二天在公司的例会上，顾晓君挨着赵海坐，竟然隐隐约约闻到了这支香水的味道。顾晓君开始留意安雅和赵海，果然赵海说话的时候安雅总是聚精会神地听，偶尔两人四目交会，赵海总是自然地避开，而安雅毕竟年轻，嘴角会不自觉地上扬。年会那天，赵海衬衫领子上的口红估计就是安雅不小心留下的。

顾晓君几次想提醒安雅不要陷得太深，这不是一条明智的道路，以后会吃亏的，但不知道该如何不伤害感情又说得体面，最终没能开得了口。

顾晓君没有停留，继续往会议室走。安雅快走两步，凑过来小声说："林奕龙在里面，他升职了，很快就会公布他掌管集团市场部的消息，级别可能比赵总还高。"

"这你都知道。"

安雅知道自己说漏嘴了，有些尴尬，正常情况下这种消息只有集团高层才知道，是不会被她这个级别的员工这么快知道的。她只能强作镇定："都传开了，姐，他可是你的死对头，你待会儿小心，别吃他的亏。"

安雅说完，小心翼翼地观察顾晓君的神情。公司开大会那天，她一个人坐在角落，内心百感交集，压抑紧张的情绪快把她整个人都撑爆了。她像逃离凶案现场一般躲到公司楼梯间点了一根烟，正巧碰上第一个被点到名字的吴文光。他收拾好东西准备离开，经过她，拍了拍她的肩膀："小安啊，你跟顾总这么多年，她去总部带你了吗？"安雅没有说话，吴文光叹气："你这些年兢兢业业，成绩有目共睹，这时候她都不为你争取，人心凉薄啊！你要为自己想办法，不能指望别人记着你的好，我就是你的前车之鉴啊。"这几句话让安雅很不是滋味，她怎么会步吴文光的后尘，吴文光怎么能跟她比呢？

"吴总年富力强，到哪儿都能干一番大事业。您也不用担心我，顾总不会不管我的。"

吴文光似笑非笑："你就是太规矩了，好处都是顾晓君的，谁能看见你？职场如战场，手无寸铁能打过谁啊？"说完离开了。

吴文光留下的这几句话像唐僧的紧箍咒，一直折磨着安雅，她知道自己不能坐以待毙，所以今天早早地来到集团总部。不管有没有人邀请她参会，她都要跟着顾晓君一起进去，伺机而动。

精明如顾晓君，不会不知道安雅的心思，但她现在确实顾不上跟对方解释。她相信只要她今天把事情办成了，之后安雅自然会理解她的。

她冲安雅笑了笑："嗯，我倒是很期待'影帝'待会儿的表演。"

全公司都知道林奕龙是个"戏精"，背后都叫他"影帝"。

会议室里董事会的人排排坐，林奕龙坐在第一排中心的位置，梳着大背头，整个人神采奕奕，一副即将主持大局的姿态，就差给他打一束追光了。

赵海看到顾晓君进来，示意她坐到自己身边。顾晓君坐定后，赵海开始发言："我们今天把集团的各位领导召集在一起，主要是汇报一下好看娱乐员工遣散工作的具体情况；另一方面，在座的都是骨干，谈一下大家今后的去留和分工问题。"

在年会上发言的老板黄毅楠附和："对，在开会之前我来正式宣布一个任命决定，经过集团管理层的同意，集团任命林奕龙接管集团市场部，带领大家接管遗留的视频业务，以及后面的广告业务，实现更多变现。希望大家配合好奕龙。"他说得十分流畅，丝毫没有注意身旁的赵海，好像这件事情和赵海没有关系一样。

赵海轻轻咳嗽了两声，带头鼓掌："大家恭喜奕龙。"

林奕龙的眼睛已经眯成了一条缝，脸上的肉堆在了一起，泛着油光。

"好，那请奕龙主持今天的会吧。"赵海识趣地把装大的机会让给了林奕龙。

"谢谢，谢谢董事会和各位同人的支持，好看娱乐员工的遣散工作还是由赵总汇报。我主要和大家沟通一下好看娱乐业务收回到集团市场部之后的工作计划。我接下来……"

没等林奕龙继续说，集团财务老大郑红递给老板黄毅楠最新的财务报告，然后凑过去说了几句话。

"奕龙，抱歉我打断一下，我们的股票有所上涨，网上关于我们集团的讨论声音很大，特别是昨晚，顾晓君在吗？"

"在。"顾晓君点头示意。

"你在网上说的是什么意思？"

林奕龙脸色开始难看，瞪着顾晓君。

"老板，最近接二连三发生了一些意想不到的事情。昨晚夜深人静，我有感而发，希望把我的心情和一些大家一直好奇的事情讲出来，算是我的私事吧。"

"网上都在传你要把江初尧的故事拍成电影，是真的吗？"郑红懒得卖关子，直接问道。

"如果有机会，我会好好策划。"

"这个选题很好，是现在的热点新闻，可以拍成悬疑犯罪电影，是现在最流行的，你又是当年的当事人。像刘德华拍的那个电影《解救吾先生》，就是明星的真人真事改编。如果可以做江初尧的案子，我们有机会大卖。"郑红兴奋地说。

"是，这个选题特别好，但是晓君，这是你的私事，我们不应该为了公司的利益逼迫你拿出来讲，不能把舆论都对准你一个弱女子。如果你不愿意，我们不会利用你。"赵海说得情深意切。

"怎么能是利用呢？刚刚晓君说了是她分享一些自己的心情，憋在心里也不好，容易得病，不如讲出来，我愿意支持你。"郑红说完看向黄毅楠。

郑红这个人可谓是集团最得力的干将，一心奔钱使劲，投机钻营、唯利是图在他这里都属于优良品质。只要能为集团赚钱，别人爱怎么说怎么说，他只管守住集团的财库。

"奕龙，你觉得呢？"黄毅楠把皮球踢给了林奕龙。

林奕龙这个老狐狸现在不敢表态，因为他还没摸清老板黄毅楠的脉，并不知道黄毅楠心里到底怎么想。他自然不希望顾晓君能翻身，他好不容易从好看娱乐市场部的头儿一下蹿到集团市场部老大的位置，简直就是一步登天。终于能把顾晓君开了，他怎么可能再给她翻身的机会？顾晓君的能力和水平他是清楚的，顾晓君如果想翻身，一定会用尽办法。这次让她操纵了舆论的导向，是他自己大意了。他昨天接到集团人力的任命通知，喜悦过头了，没注意到深夜顾晓君趁着他放松警惕的时候使了花招儿。他现在看到顾晓君一脸云淡风轻的样子气就不打一处来，她此刻心里一定十分得意。他一定不能让她得逞，顾晓君这种人，绝对不能给她翻身的机会，必须直接按死，不然后患无穷。

"这个选题是新鲜，但涉及真实案件，特别是警方正在追捕江初尧，我们还是不要碰了，比较敏感，风险太高了。"林奕龙郑重其事地说，眉头都挤在一起了。

"高风险才有高回报，问题都能解决，但机会错过就没有了，而且这个故事如果先被其他人拿去做，我们就被动了，再说林总你不就是做市场关系出身的吗？这点问题对你不是难事吧。"

郑红今天这是怎么了？话这么多！林奕龙很是不悦，但嘴上又不能发作，现在集团危机，财务最大。林奕龙脸上堆着笑："郑总说得是，这个案子我会带领团队重点讨论。"

"林总，您带领团队讨论？"顾晓君终于开口。

"晓君，你现在的心情我很理解，谁能想到正巧遇到了这么大的新闻！但作为老同事，我们都很关心你；而且作为现在集团市场部的最高负责人，我必须要对集团的利益负责，不能轻举妄动。另外，晓君，我必须提醒你，你还是 S 集团的人，你必须注意你的一言一行，你不是个人。"

"你才不是个人呢！"顾晓君假装生气地怒瞪林奕龙。

"晓君，你怎么骂人呢？我的意思是你也算公众人物，一举一动都代表着集团形象，现在新闻铺天盖地飞，就算真的要启动这个项目，在决策之前我们有必要知道事件的真相，准备好公关策略，把对公司的损害减到最低。"林奕龙一口气说完，还不忘补一句，"晓君，我绝对是为了公司好，不是针对你啊。"

"谢谢林总关心，我知道你不是针对我，您身居高位，格局更大，都是为了集团好，我怎么会不理解呢？"顾晓君脸上露出一个笑。

会议室的气氛变得有些凝重，顾晓君知道在座的不少人等着看她的笑话，另一部分人都急着"吃瓜"，谁都想得到一手信息，能亲耳听到当事人的爆料更是刺激。她环顾一圈，在场的人一个个都面色红润，腰板比平时都直。

赵海这时候恰如其分地发话："晓君，你是做记者出身，不管是不是你的原因，现在你已经在风口浪尖了，你是躲不掉的。当年的事件从娱乐新闻发展成了社会事件，你从记者变成当事人，一开始勉强算推波助澜，可事情迅速发展到了无法控制的地步，你不知不觉地被推到风口浪尖。现在情况眼看要卷土重来，江初尧正式被警方通缉了，但今时不同往日，你已经不是当年那个小记者了。虽然好看娱乐现在不得已被收掉了，但你依然是娱乐圈里非常有影响力的制作人，会有更多的目光投向你。如果你选择继续为集团奋斗，今天你有必要交一个实底，江初尧的事情你到底了解多少？你现在有没有做好准备？能不能为集团负责？"

黄毅楠和郑红等人都把目光投向顾晓君，他们的忐忑和期待顾晓君心里明白，他们都急需一个热点挽救集团视频业务的业绩，不然不会有人来投资，他们将彻底失去给股东讲故事的机会。她现在在命运的安排下有了一次翻身的机会，她有了被利用的价值。不过，如果她说不出个所以然来，她依然一文不值，即使过去的她再辉煌，走出这个门，她就是一个焦头烂额、绯闻缠身、即将失业的女人。

"赵总，从今早开盘以来，我们集团的股票一路飘红，我们的新闻台和新媒体流量都突破了这个季度的最高值，现在我们还没有发任何PR（公关稿），全国都在等着我们的态度和发言。先不说集团有人事变动了，现在就算员工在微博上'手滑'点个赞都可能迅速上热搜。任何危机都有可能是机遇，这句话是我进集团的第一天听您在员工大会上讲的。爆发过的火山不代表不会再爆发，当年的事件有当年的结论，现在的余震对我们来说也不见得是灾难。我想把当年的案子当作选题，拍成电影，不管我在哪儿，我都想尝试去做。如果现在集团觉得这个选题有价值，我愿意动用我所有的资源尽快启动项目，做出完整的项目书和预算方案给集团审核。当然这些都需要一点时间，对于大家的好奇，我只能回复四个字：问心无愧。关于方案的方向，我现在只能回复一句话：机遇与挑战并存。大家都有选择的机会和权利。"

顾晓君这一套说辞滴水不漏，给了老板交代，给了同事说法，也给了自己时间。特别是最后一句"大家都有选择的机会和权利"，传达出她有主动权，不会一味被动地被选择，她现在有谈判的资本。

顾晓君从未觉得自己是谈判高手，相反，她时常觉得自己是一个不会表达的人。直到大学毕业之前，她甚至一着急说话还会结巴。她总结自己的每一次职场名场面都是"狗急跳墙"。兔子急了还咬人呢，何况是大活人，自己不为自己说话，转身可就是万丈深渊。

林奕龙突然站起来，把椅子推得吱吱响，他还是不肯让顾晓君有翻盘的机会："晓君，你现在的身份不适合参与进去制定方案，所谓旁观者清当局者迷，你是当年事件的当事人，不应该再做任何相关工作。我建议顾总抽身出来，不要再参与，这件事交给我们集团市场部来处理。我们频繁和媒体打交道，媒体也会给我们一些面子，能控制住舆情；另一方面，作为多年同事，我建议顾总休息一段时间，调整一下状态，等这阵风波过去，再回来。"

"谢谢林总的好意，正因为我是当事人，我更了解情况，我来亲自处理最合适。媒体关系也是供需关系，有时候钱都不管用，但有时候不用钱也能行，只要提供他们需要的新闻。还有你不必担心我，如果我和他的案子有牵连，今天被通缉的就该是我，我有问题警察自然会来查我，我不会还能坐在你对面给你添堵。"顾晓君对付林奕龙驾轻就熟。

"顾晓君，这直接关系到集团利益，请你不要一意孤行。我们市场部一直在为你们视频业务擦屁股，你们总是把集团推到风口浪尖，我们经历了多少艰难险阻，多少死里逃生，哪次不是我们在危急关头站出来帮你做危机公关处理，挽回声誉和口碑？如果公司是你个人的，我不会管你，但公司的成就是大家共同努力的成果，你现在的举动就是在玩火。你不顾集团声誉，不顾大家奋斗的心血，你太自私了！"

林奕龙的脸憋得通红，整个人像只炸子鸡，头上冒着烟。这个老狐狸，明明是为了自己的利益，却能说成是为了集体的荣辱，都不带眨一下眼睛的。

顾晓君没有急着反驳，静静地看着林奕龙，突然笑了出来。

林奕龙非常诧异，瞪大了眼睛，这个时候她怎么能笑呢？

"林奕龙啊，这么多年了，你的演技还是这么浮夸，你什么时候能演够啊，你不就是想让大家觉得事态严重，大难临头，不愿意蹚这趟浑水吗？你这时候站出来立功吗？你不累吗？把我手里的工作接过去你就成人生赢家了吗？当然了，你不会管事情到底是不是真的能解决，反正你都不会承担任何后果，我都被你安排出国了，那'锅'不都是我的了吗？你不过是想让我把舞台交给你这个英雄亮相！同事都是互相搭台唱戏，之前你演一演，闹一闹，不涉及大是大非我都睁一只眼闭一只眼，偶尔配合你一下，可现在是最要紧的关头，我不能再陪你胡闹了。林奕龙啊，见好就收吧，再说就损害同事感情了，你说呢？"

"你这是说的什么话？我好心帮你，怎么到你嘴里我就成小人了呢？黄总您评评理啊！"林奕龙气得额前的头发都翘起来了，多厚的发胶都压不住。

整个过程黄毅楠一直没说话，作为董事长，他见惯了各个主管撕来撕去，前一秒还面红耳赤下一秒就亲如一家，在职场要是没点这种本事也很难干到主管的位置。这些衣着光鲜的人在他面前吵来吵去，时间长了他倒是养成了爱看热闹的"恶习"。要不是林奕龙向他求助，他还能喝口茶再看一会儿。当领导的格局必然是要比这些主管大的，视野和心胸都更广阔。谁能给他干活，谁是瞎吆喝的他心里门儿清，谁有困境、谁有小九九他心里都大差不差地知道。林奕龙是出了名的爱邀功，爱咋呼，性格使然，同事们对他颇有微词，这么多年没换掉他是因为他确实有本事。他这套惯用的组合拳对付媒体很有用，只要不是实事，只要是务虚，林奕龙能多虚就有多虚，反倒吓唬住不少人，等到干实事的时候自然有人能干，所以他能稳稳地坐在市场部主管位置，这么多年都屹立不倒。在企业里，换一个人的成本远比培养一个人的成本高，何况是一个知根知底的老熟人，沟通成本足够低，这个道理黄毅楠太清楚了。

黄毅楠清了清嗓子，终于开口："你们都多大的人了，还跟小孩子一样吵，奕龙这次你辛苦一些，多关注舆情。至于江初尧改编电影这个案子我觉得搞一搞也无妨，晓君是我们自己人，愿意贡献自己的故事和力量为集团出力，我们必须支持和鼓励，具体的工作还是让晓君来处理，依然直接汇报给赵海。但晓君我把丑话说在前面，我的要求不止控制成本，还要收益，我们这个行业遇到风浪很正常，风浪不可怕，关键要战胜它。我等你的方案，你有什么要说的吗？"

目前的状况基本达到了顾晓君的目的，黄毅楠现在等于是同意让她负责视频业务，好看娱乐不会被全员解散了。她身边的安雅已经按捺不住内心胜利的雀跃，激动得眼睛放光。赵海也默默地松了一口气。

可是顾晓君并没有要就此打住，她不能放弃这次难得集团高层都在的机会，俗话说"打蛇打七寸"，不解决关键的制度问题，就算她的人留下，做不成项目也是早晚要卷铺盖滚蛋的，有些话今天必须要说清楚。

所有人都在等顾晓君的回答，她不紧不慢地从文件袋里掏出几张纸递到黄毅楠面前。

"黄总，您看，我们的对家都在做什么？"

黄总看着顾晓君递过来的文件，是一份S集团最大的两个竞争对手的合作方案，《TSB娱乐联手悦新娱乐打造最新娱乐生态》。方案显示两家公司将强强联合，资源互补，策划三档针对不同用户人群的系列电影、一档音乐节目、一档引进韩国版权的真人秀。

"这份资料哪儿来的，你是什么意思？"

赵海也不知道顾晓君葫芦里卖的什么药，紧张地看了一眼方案，冲顾晓君使眼色，让她不要轻举妄动，见好就收。

顾晓君全当看不见，向黄毅楠解释："这个方案他们下周就会正式发布，是从广告客户那边传出来的，信息准确。我的意思很简单，就是告诉大家，为什么我们会失败，会有现在被动的局面，会有今天这一次会面。我们可以说是市场不好，是行业不景气，疫情影响了实体经济，进而影响了我们行业。可是大家想一想，行业里早就出现过危机信号，我们的对手也面临不景气的问题。而别人在强强联合的时候，我们在干什么？"

顾晓君看着今天一直没有发言的邱大志，邱大志今天着实低调了，大家都忘了这位负责策略制定的老大也在场。

邱大志是个胖子，动一下都能出汗，现在被顾晓君盯得发毛，不自觉地拿出手帕擦了擦额头："晓君，你有话直说。"邱大志说完就后悔了，他预判被逼急了的顾晓君可能真的要有话直说，顾不得他的颜面了。

"从去年开始，我们制定了一些关于公司项目立项的规定，制定了详细的提案过会制度。每一个项目都要经过评审委员会的评估和打分，对剧本、演员等详细情况都规范了严格的标准和尺度。但大家忽视了一个最重要的问题：标准永远是兼顾最下面，够不到最上面。我们制定的标准只能规定最低标准，可是创意往往没有标准。而我们恰恰是最需要创意的文化行业，过会制度的标准意味着所有取向都要趋同，等于放弃了创新和另外一种可能。"

顾晓君说完，现场全部哗然，这段言论太刺激了。之前大家对公司制度多少都有一些意见，可是谁也不敢当着高层的面直接说出来，特别是当着老板黄毅楠和邱大志的面，一个决策人，一个规则制定人，给他们提意见不是等着被穿小鞋吗？一份工作而已，按月拿工资、有奖金就万事大吉，小细胳膊何必非要去拧大腿？

顾晓君不是不懂这个道理，可是现在大难临头，裁员马上就裁到自己头上了，再不说就没有机会说了。

邱大志脸色发绿："晓君啊，今天开会是讨论好看娱乐的未来，跟过会制度是两回事，咱们不要混淆。"

"工作方式有问题，公司就不会有未来。"顾晓君今天铁了心要把局面撕开，开弓没有回头箭，就算死也要死个明白。

"这个过会制度是当初大家一起讨论的，公司需要一个标准来要求各个项目组，不能让大家随意做项目，一团散沙啊！"邱大志也急了。

"当初制定制度的时候没有经过实践，我们不予评论。现在经过了这么长时间的实践，我们有必要总结它的利弊。我举个例子，前面几个项目过会成功了，必然会成为一种参考标准，影响用哪个演员和导演，拍摄周期和多少预算。用 A 演员能过会那后面的项目就都去找 A，这样 A 的价格就水涨船高，根本不是 A 自己要涨价，是我们把他的价格抬起来了，于是，项目的成本越来越高。除了演员之外，其他方面也一样。我这里有一份全年的项目总结和分析，从这份报告里大家可以清晰地看出哪些坑是我们自己给自己挖的。"顾晓君说着又从包里拿出另外一份文件。

大家面面相觑，顾晓君这一套说辞直指策略部邱大志，大家都等着这位策略部的老大发言。

"晓君总，您这么说可是给我们扣了太大的帽子了，咱们的策略是当初大家做了严谨的调研和数据分析之后制定的，而且很多公司都把咱们的策略当成了参考模板，难道整个行业都错了？项目上有问题可以单独分析项目，但把所有责任都归结为规则有问题太偏颇了。我们制定规则肯定是为了出好作品、取得好收益、利于集团的。规则是死的，人是活的，是不是我们的团队对策略理解有误，或者执行上出现了误差，这肯定是一个综合问题，不好都归结到策略上啊。"

"邱总，我今天说这些肯定不是针对您个人和您的团队，也不是否定大家之前的工作成果，我只是复盘总结之前失败的原因，也是在寻找更好的方法。您说制定策略是为了做好作品、为了集团更好，这没有错，但我们需要看看结果。我们的公司业绩和集团有没有变得更好？乃至于到了今天要裁掉整个好看娱乐的局面？这显然没有达到预期的效果。"

邱大志刚想反驳，又被顾晓君打断："刚刚邱总提到了团队人员的问题，正好提醒了我。我们的人才流失非常严重，从去年开始不断有人跳槽，而且大部分是在公司工作超过三年的员工，是在公司取得成绩、成长起来的那一批人。他们出走的原因一个是工资待遇，更大的原因是得不到尊重。我们花钱买了他们的时间，却没有尊重他们的劳动，他们只能去寻找更加认可他们工作的领导和公司。他们的离开促进了我们竞争对手项目储备和生产力的增长，给我们造成了非常大的隐形损失。这个问题我们也需要正视。"

这时候大家又把目光投向了负责人力资源的老大刘总。刘总是跟着黄毅楠一起创业的元老，顾晓君敢在刘总头上动土，大家觉得顾晓君一定是疯了，这个场面太刺激了。顾晓君不愧被人叫作"娱乐圈黑寡妇"。大家都盯着刘总的一举一动，大气都不敢喘。

刘总做人事工作多年，看人无数，看顾晓君今天像机关枪一般挨个扫射，倒也能理解：她是在撒气，也是被逼急了。顾晓君的发言多少也有点人之将死其言也善的英勇无畏。

刘总并没有生气，先露出一个善意的笑："晓君啊，你说的这些问题我们和黄总有过深刻的探讨，特别是这次裁之前，我们对好看娱乐的人员建构和工作分配都相当充分地了解了，人员流动在咱们行业里也算正常情况，对咱们造成的损失确实是不能忽视的，所以在这次裁员中，我们保留了中流砥柱，让这些人回到集团总部，也希望他们调整之后能东山再起。"

"刘总，运营一家公司最重要的不是先进的科技和伟大的策略，最宝贵的是人才。我们之前对员工的成长和培养投入不够，关键的岗位一旦空缺，第一时间是外部招聘，没有考虑晋升为公司服务多年的老员工，甚至是年轻员工。我们对制度的使用不够灵活，用人不大胆，工作没惊喜，老人和新人都看不到机会，自然会去服务其他公司。我们不能要求大家限制自己的个人发展吧？怎么把员工的个人发展和公司发展结合是我们之后要重点做的工作。刘总您觉得呢？"

"晓君总说得是，我们需要不断总结，应对变化。"刘总嘴上不反驳，在心里骂娘，顾晓君你现在打"嘴炮"有什么意义呢？公司都被裁掉了，想要起死回生就要乖乖听话，求集团留着你，在这儿得罪人岂不是自找不痛快嘛！

"刘总，我记得我刚来的时候您对我们特别照顾，是您带着我跟黄总提了两点要求：第一公司不能要求制片人打卡，因为我们的工作性质就是随时随地都有可能要处理工作，不能硬性要求工作时间；第二条是要提高我们的报销额度，因为制片人就是要不断出去组局，请别人吃饭，人的关系好了能解决更多的问题，节省更多的成本。您对我们的照顾和重视对我们的工作无比重要，我们都需要您的支持。"

刘总听了这段话，脸色瞬间变绿了。公司赔到要倒闭了的时候，你顾晓君说这些干什么？这哪是夸我，这不是在告诉黄毅楠你们的成本花费高是我当初给你们争取的吗？顾晓君真的是疯了。可这些话表面听着都是感谢的话，刘总挤出了一个只能维持一秒钟的笑。

黄毅楠看了半天热闹，整个人都有点出汗了，他喝了一口水，心里想你们这些人到底吵架吵够了没有，现在该轮到我说话了吧？

"晓君，你刚刚拿出来的这些文件我会亲自过目，既然你早有准备，直接说你的想法，都是自己人。"黄毅楠看这情况十辆马车也拉不住顾晓君，干脆让她一次性都说清楚。这时候不用在乎谁的面子，一家公司都能被砍掉了，面子是最不值钱的东西。

"我需要留下一部分员工，重新组建好看娱乐，不仅要成立团队专门负责江初尧这个电影案子，同时要把之前已经开机在做后期的项目都跟完。好看娱乐最值钱的是声誉和影响力，这是我们所有人花了这么多年时间和精力创立的品牌，这块招牌倒了，一定会损害资本对我们整个集团的信心。黄总，给我半年时间，我的目标是好看娱乐实现扭亏为盈。"顾晓君说得十分坚定，特别是"扭亏为盈"四个字，掷地有声。

没等黄毅楠说话，林奕龙第一个跳出来反对，直接撕破脸皮："顾晓君，别以为你'嘴炮'打得响就能异想天开，要是能实现盈利这么多年你干吗去了？非要等到集团决定裁掉这个业务你才想办法扭亏为盈？你给谁画大饼呢？现在的话说得多漂亮以后'打脸'声就有多响亮！再说集团的决定就是决定，不是个屁说放就放了，泼出去的水你收不回来，想要起死回生哪有那么容易？"

顾晓君一点也不惊讶于林奕龙的态度，因为如果她保住了视频业务，继续负责，等于林奕龙没能扩张权力范围，他难得有机会干掉这些对手执掌大权，怎么可能轻易放弃？

"林总，能不能做成是我的本事，你可以不相信，但不代表我做不成。你的格局也就在这儿了，但黄总和在座的其他人不一定这么想。我既然敢在这个时候直面问题，不惜得罪各位老大，说明我已经决定破釜沉舟放手一搏了，置之死地而后生。我们太需要创造一个未来了，等死不是我们集团的座右铭，敢想敢拼才是。我并没有逼集团收回决定，我只是申请留住一部分人和业务，给大家最后一次机会，这样既争取了成功的可能，也能稳定人心，将负面舆论降到最低，告诉外界我们不是冷血的资本家。我们是有计划地在经营，在蓄力，保留外界对我们的信心。黄总，扭亏为盈绝不是说说而已，现在的影视行业不是赚快钱的时代了，马上就该看到成效了，我们是长跑，不能因为路程遥远就退出比赛，把路让给别人。S集团需要一个更伟大的故事，好看娱乐也需要集团的信任和扶持。黄总，您的决定牵动着整个影视行业，请您相信我们，给我们最后一次机会。"顾晓君绝不退让，说都说到这个份儿上了，回头也是死，往前拼才有生的机会。她已经尽最大的努力顾及老板的面子，给足集团说辞和台阶了，她相信黄毅楠一定明白她话里的意思。

赵海的汗也下来了，他真是低估了顾晓君的战斗力，他现在是骑虎难下：顾晓君败了对他没有任何好处，顾晓君赢了他才不算输，就还能在集团拥有一席之地，不至于被林奕龙分走权力。此刻他心里无比紧张，眼前这个局面，作为老板的黄毅楠到底会怎么回应？

黄毅楠现在表面风平浪静，内心也是天人交战。已经公布了裁员，现在收回决定岂不是自己"打脸"？虽然顾晓君给了他台阶和说辞，但林奕龙说得也有道理，公司经营是生意，不是儿戏。他反复琢磨，头有些痛，脑子里反复回荡着顾晓君说的"扭亏为盈"四个字。顾晓君今天火力全开，把所有人都得罪了一遍，他相信顾晓君不是真的疯了，她极其克制和冷静，是做了准备才来的，那些报告就是证明。她的话能不能信确实需要打一个问号，但如果不给她这个机会她会怎么样呢？服从公司安排回到总部的可能性不大了，毕竟已经把策略和人力部门的老大都不带脏字地骂了一遍。黄毅楠想到这里恍然大悟，顾晓君是在向自己施压啊——给你一个机会让我帮你扭亏为盈，留我你不吃亏，如果你不按我说的做，我必然重整旗鼓，另立山头。一定是这样，不然她提人事的事干吗？那些她要留下的人一定是她有把握的人，都是她的部下，只要有工资，在哪儿都是干活。

黄毅楠纵横商海快三十年，第一次被一个女人这么施压。顾晓君的话字字句句都是为集团、为他好，他想发作都没有由头，像吃了闷亏。顾晓君啊，顾晓君，你心可诛啊！

黄毅楠想到这里，知道再怎么研究也不会有更好的办法，不如先稳住局面。既然已经吃了闷亏，就不能再丢了老板的气度，当然更不能当着这么多人的面就给了顾晓君这个梯子，让她爬上去，今天要是就这么被顾晓君拿捏住了，以后他这个老板的威信何在？今天是顾晓君，指不定明天又出来个王晓君、李晓君。黄毅楠镇定了一下，道："今天的讨论已经很充分了，各位的困难和为公司的良苦用心我都明白，大家辛苦了，今天就到这里，我们需要时间消化一下，各位都先去干活吧。"

就这么完了吗？刚刚剑拔弩张、明枪暗箭的场面就这么戛然而止了？众人有些扫兴，同时也稍微松了一口气。

林奕龙很是不服气地瞪了顾晓君一眼。

黄毅楠假装漏掉了什么问题："对了，赵海和顾晓君来我办公室一趟。"说完头也不回地快步走出会议室。

林奕龙听到黄毅楠的话就不干了，要叫住老板的时候老板已经如同遁形一般迅速撤离这个是非之地了。

在集团里能坐在这个屋里开会的，都是在职场摸爬滚打多年的"老麻雀"，老板的这个套路大家都懂，是所谓的"大会闹哄哄小会定乾坤"。大会上如果下属有意见分歧，老板一时无法做决定或不方便直接做决定的时候，为了不伤害任何一方，会战术性"休庭"。最关键的一环是看老板会后叫谁去他的办公室，哪一方被叫到就代表偏向哪一方，另外一方自然能领会老板的意思，然后两方会私下想办法达成某种程度的一致，这样老板面子上不会为难，下面也能一团和气。这是做老板的艺术，也是下面和管理层的一种默契。

现在黄毅楠叫了赵海和顾晓君去办公室，意图就一目了然了。林奕龙再去争取也无济于事，驳老板面子对他没有好处。他只能看向邱大志和大刘等人，其他人除了无奈叹气也没有别的办法。大家都懂，职场嘛，事缓则圆，不是所有人都像顾晓君。

被黄毅楠叫出来的赵海和顾晓君在走廊上互相看了一眼。赵海神情复杂，眼神意味深长。他后悔今天出门没看黄历，怎么非得要历这个劫？

黄毅楠回到办公室一屁股坐到椅子上。没等他开口，赵海先发制人，抱着刚刚在会议室里顾晓君拿出的一摞资料狠狠摔在地上，冲着顾晓君呵斥道："顾晓君，你刚刚在会议室说的那些话到底什么意思？你做事怎么那么冲动？你刚跟邱总、刘总、林总说的那些话是什么意思？大家都是一个战壕的战友，都是自己人，你因为集团遇到一点困难，你的事业受到一点阻力，就不顾往日情谊，把话能说多狠就说多狠，你这是要一拍两散吗？你这是不顾大局！你把黄总和我还放在眼里吗？"

赵海这一操作着实把黄毅楠给吓得一激灵，赵海在他麾下这么多年，向来温文尔雅、不急不躁，极少发火，黄毅楠十分欣赏他这一点。看来这次他真的是生气了。

顾晓君并没有被赵海的行为吓到，不但没有闪躲，反而向前一步，眼睛直直地瞪着赵海，有些骇人："赵总，我们在一起共事多年，好看娱乐是我们共同奋斗的成果，我们为它花了多少心思？我们跟员工在一起的时间比跟家人在一起的都多！如今它就要解散了，你能狠心看着它从此消失？那我们的工作成果呢？什么都没留下吗？"

"留下了什么？留下了一堆债务？我们欠的钱比赚的多！要是我们经营得好，集团会做这样的决定吗？"

"正是因为这个现实，我们不是更应该好好总结反思吗？更不能因为一句业绩下滑就把所有人都砍掉啊？"

"这些就是你的分析成果、你的反思？"赵海指着地上散落的文件。

"对！这只是一部分，还不够！你说我不顾往日战友情面，我已经够客气的了。更直接的我还没说呢！"

"来，你现在说，让我听听还有多难听！"

"当初集团为了做业绩不断扩大公司的规模，我们照做。我们挖了一山头的坑，都挖完了，现在说不用这些坑了，都撤了吧，这叫什么？管挖不管埋！"

"可现在市场就是这样，资金短缺、政策限制、物价飞涨、变现能力差，电视台、网站这些甲方的日子都不好过。你是在第一线管生产的，你不会不知道现在的市场情况，大家都在割腕自救。"

"正因为现在市场不好，我们作为在行业里有很大影响力的企业，更应该肩负起社会责任，不能依靠这种一刀切的方式解决问题，闭上眼睛当问题不存在问题就解决了？"

"这是集团的决定，我们是集团的员工我们必须执行，你懂不懂？"

"我懂，就算集团把你和我都裁了，我们也不会饿死，会找到体面的工作营生。但你有没有想过那些即将被你裁掉的、为了好看娱乐这个招牌、为了你和我的名声而选择一起工作的员工的处境？你让他们一夜之间失业了，他们今后去哪儿？你也知道现在市场不好，你让他们都改行去送外卖、送快递吗？"

"在任何行业都有风险，我们也入不敷出，也无能为力啊！"

"就算不考虑他们，那我们自己呢？我们的职业理想呢？面临一个行业的困境，我们就这么随波逐流了？为什么不能一起想办法扭亏为盈呢？半年，我们只需要半年就能看到成效。"

"顾晓君，黄总当着那么多人面不好意思跟你说是给你留着面子，你不要得寸进尺，我再跟你说一遍，现在的结果是集团的决定，我们不能翻手为云覆手为雨地做事情。"

"翻手为云覆手为雨？赵总，翻手为云覆手为雨的事情我们做得少吗？项目流程朝令夕改，项目策略、开机时间、投资预算哪个环节不是变了又变？这种种情况导致项目趋同、不符合生产规律，过去嫌项目太少，后来又抱怨项目太多，现在干脆连公司都被砍掉了，到底是谁翻手为云覆手为雨。你以为外面那些人制定的规则流程真的是为了集团好吗？"

"你越说越过分了！外面那些人！他们都是为公司立下过汗马功劳、有充足经验的后盾，你连他们的工作也要否定？"

"我没有否定他们，我是在否定你！他们做的这些无用功都是因为你！"

"因为我？"赵海简直不敢相信自己的耳朵。

"对！因为你懒政！你不敢承担风险，找他们来帮你减轻内心的不安和彷徨，营造他们工作了你就有安全感的假象！"

"顾晓君，顾晓君！"赵海用手按住自己的心脏，往后退了两步，一屁股栽倒在身后的沙发上。

坐在对面的黄毅楠终于受不了了："好了你们俩不要吵了！"顾晓君的这些话看似是和赵海说的，可句句都是冲着他来的，他怎么会听不出来。

"顾晓君，你刚说的这些站在你的角度也许是对的，但我作为老板，作为一个商人，我告诉你，你说得不对！我凭什么拿几个亿给你们还有那些演员、导演实现理想？我是真金白银地在往公司账上打钱，到头来回报呢？在现在的环境下，你就是折腾出花来也是螳臂当车。你越努力死得越快，这是商业现实，你再有理想，再有本事也得认，也得忍。这种无奈你不做企业永远无法了解。钱不是你站着说话就往你兜里蹦的，你们一个剧组三四百人干了两三个月最后干不过一个做直播的网红，这就是现实！你去这栋写字楼里看看，有多少做其他行业的人不见日夜地加班、没完没了地开会、不要脸地去跟客户攀关系，一分一分地抠成本，一年到头才能实现盈利，甚至只能保个本！这还是得运气好，相关政策友好，策略制定没大毛病，没有同行坑你，没人找你麻烦！你以为我真的是为了把你们都裁了止损、节约开销吗？我是想劝你们大部分人赶紧换一个行业，能改行的改行，找个赚钱的地方糊口，不要真的等我们一分钱都发不出去了，你们没钱给孩子上学了，还不起房贷了，没钱吃饭了，来堵集团的大门！我希望好看娱乐的所有人不管在哪儿工作，都能简单地生活，简单地赚钱，简单地回馈这个社会，而不是千疮百孔、殚精竭虑！"

黄毅楠是商人，也是企业家，他在商海浸淫多年，吃过的苦、受过的累不是一般人能体会的，他看到的比一般人都远。他知道，日积月累的财富一旦被敲碎，坍塌只在瞬间，这种损坏是不可逆的，需要更多的时间和努力才能重新积累。

他说完这些话，办公室陷入安静。

顾晓君沉默了，黄毅楠比她想象的要坚强和坚定，他的话真诚有力，包含了一个老板的无奈和决绝。

"但是顾晓君，你刚刚说的话还是打动了我，跟你说这些是希望你能理解公司的难处，更要懂得你肩负的是什么！你再努力也改变不了整个行业，但如果能对这个行业有一点点积极的作用，那这件事就值得你去做。这次裁员不是为了让大家吃不上饭，是给大家一些缓冲和提醒，人总归是不会饿死的。我可以留一部分人给你，记住你刚才说的，扭亏为盈，顾晓君，这四个字是你说的！"黄毅楠咬着牙一字一字从嘴里说出来。

"黄总，晓君一时冲动说大话了，好看娱乐除了手里已经开机的项目，还有待清退的项目，这些都需要时间处理，何况现在要筹备新的项目？要实现扭亏为盈的目标是需要时间的，不是靠意气用事就能达成的啊。"赵海义正词严。

"好了，就再给晓君一次机会，你说半年，我给你一年！我要在明年的第四季度看到回报！并且从现在开始的每个季度我都要看到财报的明显上扬。这件事涉及集团利益，具体方案需要慎重讨论才能执行。从今天起赵海你直接向我汇报，你负责牵头这次好看娱乐的重组工作。你们的工作直接向我汇报，其他部门配合你们工作。如果集团都做到这些了，好看娱乐还是没有完成目标，顾晓君，你知道你要面临什么，集团将没有任何位置留给你，而且你拿不到集团的任何补偿。"

赵海和顾晓君同时回答"收到""明白"。

"快去干活吧！"黄毅楠的头快炸了，他已经懒得去想赵海和顾晓君是在他面前做戏还是真的吵架，决定再给他们一次机会，再给好看娱乐一次机会。集团的股票能涨上去，他就高兴。

走出黄毅楠办公室，赵海下意识擦了擦额头的汗，讳莫如深地看了一眼顾晓君。

"谢谢。"顾晓君打心眼里感谢赵海，他刚刚装作站在她的对立面跟她吵架，其实是替黄毅楠把顾虑都说出来，争取了更多的时间，同时把没完成的后果降到最低。当然，这个结果他自己也不吃亏，他以后能直接向黄毅楠汇报，等于保住了职位。

大多数人大难临头各自飞，少部分人能做到锦上添花，个别人才能做到雪中送炭。赵海这样雪中送炭顺便温暖了自己的人，才是真有格局和本事。

赵海微微点头，注意到林奕龙在走廊不远处看着他们。他大方地走过去，经过林奕龙时拍了拍对方的肩膀，算是安抚："以后还是拜托奕龙多关照好看娱乐了。"

赵海的话等于告诉林奕龙结果，打消他的侥幸，局面已经被顾晓君逆转了。

顾晓君也朝他走过来，林奕龙咬着牙，从牙缝里挤出一句话："好啊，有你的顾晓君。"

"我就当你夸我了，对了，还没恭喜林总高升。"

林奕龙气得脸红脖子粗，再说不出一句话，甩手离开了。

刚刚还吵得热火朝天的会议室安静了，顾晓君走进去关上门，站到落地窗前，俯视着这座挤满各种欲望和梦想的城市。她的心跳得很快，手却依然冰凉，她搓了搓手，今天是她职业生涯新的开始，她知道自己将踏上一段异常艰辛、凶险的征程。她这样做并非为了自己，除了事业，她还有更重要的、割舍不了的目标。

她看向远处，天地之间仿佛没有分割线，她像是困在这座牢笼里的小鸟，注定飞不出欲望的枷锁。

江初尧，对不起，我需要你帮我一下，我相信你能理解我，因为只有这样，我才能帮你。

两行泪静静地落下，窗外突然飘起了雪花。

四 /

冬天的北方空气干燥，顾晓君从小鼻子就爱流血，她打开了家里所有的加湿器，用被子把自己裹得严严实实，躺在床上。

石墨出差了，临走的时候把家里打扫得干干净净，顾晓君觉得遇到石墨比中了彩票大奖还幸运。她知道石墨的所有过去，在认识石墨第一天她就知道了。

那天是在朋友家里聚会，石墨把精致的晚餐端到桌上，朋友们觥筹交错，好不快活。几杯酒下肚之后，有人提议做游戏，转酒瓶，转的人可以向瓶口指向的人提一个问题，对方必须诚实回答。第一个被转到的人就是石墨，在场的人开始起哄叫好，其中一个女孩子害羞又兴奋地期待石墨回答问题。毕竟这么一个大帅哥，成为焦点人物是必然。张婉婉给了顾晓君一个眼神，她瞬间明白这场聚会有一半的目的是想撮合那个女孩和石墨。顾晓君打量了一下那个女孩，精致得像芭比娃娃，两人算是登对。

第一个问题是石墨交过几个女朋友，石墨回答一个。

有人开始尖叫。

紧接着大家像作弊一样，每次都把瓶口对准石墨，于是问题一个接着一个。

顾晓君一直没有作声，静静地听，很快就拼凑出一个完整的剧情：

石墨和初恋女友在学校认识，他被选入田径队，女友被选入排球队。之后他为了赚给女友买生日礼物的钱，参加了模特大赛，一夜成名，随后出国学习和工作。两人开始异地恋，坚持了四年。石墨回国后，在他的引荐下，女友也成了一名平面模特，他们可谓模特界的"金童玉女"。很多时尚杂志和广告客户纷纷向他们投出橄榄枝，他们很快成了最受瞩目的一对时尚情侣，拥有了一批粉丝。

可好景不长，女孩有心退出模特行业，用攒下来的钱回家做生意。她知道自己早晚都要结婚嫁人，希望有一个稳定的家庭，相夫教子。但石墨想周游世界。于是两人开始争吵，开始冷战，最后负气分手。

石墨回答问题的时候很坦然，回答完一个问题都喝一杯酒。嘴唇触碰杯口，完美的侧脸，性感的下颌线，喉结一动一动的，喝完一杯之后自然地用大拇指划下嘴角，嘴唇粉红，这一切顾晓君都看在眼里。

终于轮到了顾晓君转瓶子，她有些心不在焉，手腕轻轻用力，空酒瓶在桌子上一圈一圈转动，最终瓶口依然指向了石墨。

所有人大笑，石墨挠挠头，然后摊手，一副"随便吧"的样子。

顾晓君对眼前这位弟弟并没有太多心思，她一个年过三十岁的女人看到这样的弟弟已经免疫了。她随口问了一句："如果你前女友回来跟你复合，你会答应吗？"

石墨回答："不会。"

顾晓君："如果她跟你说，我知道这样不对，你有新的女朋友，但我还是放不下你，我愿意跟她道歉，愿意承担所有指责和惩罚，我什么都不要了，我只想要你。如果是这样，你会怎么办？"

石墨的表情突然凝固，他嘴巴微张，眼神暗淡下来，态度变得认真。

这时候张婉婉凑过来跟顾晓君咬耳朵："大姐你砸场子啊，人家认真了。"

顾晓君搓搓肩膀，准备敬一杯酒化解尴尬，然而酒杯还没端起来，石墨开口："我可能会。"

全场安静，空气凝固了几秒，然后张婉婉带头打圆场，大家一起举杯，顾晓君隐约感到那个女生有些沮丧。

之后大家结束了这个游戏，开始捉对厮杀，单独敬酒。石墨喝了很多，眼神有些迷离了。顾晓君无聊地一个人走进阳台。那晚的月亮很圆，楼下茂密的树干连成排，在风里摇曳，空气里飘着桂花香。顾晓君想当年苏轼是不是因为看过这样的月亮，才写下千古绝唱。

没等她把苏轼的诗词默念完，石墨突然走进来，站在她旁边。

顾晓君有些尴尬，用自己的杯碰了碰石墨的杯："对不起，刚刚开玩笑的，你别往心里去。"

石墨："晚了，我已经往心里去了。"

顾晓君："那姐姐跟你道歉。"

石墨掏出电话，说："我其实一直都留着她的电话，我特别想给她打一个电话，但始终没有勇气。刚刚你问完我特别难受，想起了很多她的画面。我现在特别想给她打一个电话。"说着就按下了拨通键。

顾晓君立刻就慌了，这事因她而起。石墨喝多了，第二天酒醒后知道自己昨晚给前女友打了电话，一定恨死顾晓君这个八婆。

顾晓君顾不得什么风度和体面，一把抢下了石墨的手机，试图挂断电话。

石墨反手夺回手机，凭巨大的身高优势把顾晓君压制住。

顾晓君这个女人最大的特点就是从不服输、不肯放弃，她跳起来再次夺回手机，但她实在低估了一个男人的反应速度。她全身后退，想要躲避石墨的进攻，还没看清楚石墨的动作，她已经被石墨重重地扑倒，只听到玻璃窗被撞碎的声音以及自己落地的声音，接着就是耳鸣声。

事后张婉婉回忆这一幕，所有人都在屋里喝酒的时候，石墨抱着顾晓君从阳台打破玻璃飞进了客厅，玻璃碎了一地，他们的样子仿佛是成龙抱着杨紫琼。

顾晓君恢复意识的时候头已经在流血了，她用最后一点力气挂断了刚刚拨通的电话。石墨从她的身上跟跄地爬起来，整个人酒醒了。

第二天顾晓君是在医院病床上度过的，医生担心她脑震荡，让她留院观察。她很想告诉医生她在医院呕吐不是因为头撞了玻璃，而是因为喝了酒。

之后的几天石墨充当起了男护工的角色，推掉工作一直陪护着顾晓君。衣食住行，事无巨细，两人便日久生情。

张婉婉得知这个消息后冲着顾晓君竖起大拇指："姐姐不愧是姐姐，洒狗血，不对，下了血本就是比转瓶子来得快。"

石墨给顾晓君的生活带来太多变化，把她的世界照亮了，她整个人都柔软了许多，不想再过心惊胆战、剽悍难缠的生活了。她把这个想法说给张婉婉和杨祎听，两人举双手赞成。杨祎羡慕不已，感叹谁不想和小鲜肉谈恋爱。张婉婉则感叹：有机会谁不想过安稳日子？

顾晓君在石墨的爱中飘飘然，时不时会提醒自己要克制，因为相比石墨的坦率，顾晓君却不敢将过去和盘托出，她的故事说来话长。她不是刻意隐瞒，但有些事情说不清楚，就算说清楚了石墨也未必能接受。如果说出口有风险，不如苟且一天是一天，遇到问题再解决问题吧，恋爱中的男女不都是这样吗？

顾晓君不知不觉睡着了，又再重复那个噩梦：黑暗的楼梯间、脚步声、争吵、一把闪着银光的刀，紧接着就会有人喊救命。但这次不同的是，她蜷缩在角落捂上耳朵的时候，有人从后面将她抱住。她吓了一跳，"别怕"，一个熟悉的声音从耳畔传来。她回头，是石墨，石墨这次来救她了。

一阵电话铃声，顾晓君惊醒，她发现自己的衣服已经湿透了。

她疲惫地接起电话。"顾总，出事了，季洁在公司顶楼要跳楼，我们拦不住。"电话那头的安雅急得快哭了。

季洁？顾晓君在脑子里拼命回忆这个名字，就是想不起来。

安雅在电话那头说："季洁，就是内容部那个总戴一顶红色帽子的小姑娘，大学没毕业就开始在公司实习，转正后一直在内容部做策划，已经三年了。她可能对这次公司裁员接受不了，情绪失控了，现在很危险，姐你快来看看吧，我已经报警了。"

顾晓君这才有了印象，每次开会的时候最后一排总坐着一个戴红帽子的姑娘，小圆脸，不爱说话，一声不吭地用电脑键盘噼里啪啦地做着记录。

顾晓君挂了电话，用最快的速度赶到公司。她冲过保安，快把电梯的按钮按烂了，心里拼命默念千万不要出人命，终于坐上电梯上了天台。

天台站满了人，但都不敢靠近季洁。季洁一个人站在天台防水台的边缘，目光暗淡，静静地看着远处出神。

"季洁，顾总来了，你有什么事跟顾总说，有顾总在，都能帮你解决，你快下来！"安雅像等到了救世主一般，对着季洁高呼。

"季洁，你怎么了？有事我们下来说，我来帮你。"顾晓君喘着粗气。

季洁回过头，看到顾晓君后下意识地鞠躬，由于站得太久腿有点麻，踉跄一下，身子晃了晃，把顾晓君吓得大喊："你别动，我过来跟你说。"

"你别过来，顾总，你帮不了我，你们都回去吧，不要劝我了，我已经决定了。"季洁声音清脆，这是顾晓君第一次听到她说话。

"你这个决定是错误的！你还这么年轻，很多事都能解决，没什么大不了的，你有什么不痛快都说出来，我来帮你！"

"你怎么帮我？我工作这么长时间您都没有正眼看过我吧？今天要不是我站在这儿，你都不会多看我一眼吧？"季洁苦笑。

"对不起，之前公司人多，我确实忽略了你的感受，但你的努力和认真我都有看到，你是非常踏实的小女孩，你值得更好的对待。我向你道歉，以后我来照顾你好不好？"

"我的努力你看到了？那为什么我这么快就被裁了？我要是真的

优秀为什么会被裁员？你知道我为了好看娱乐付出了多少吗？凭什么商量都不商量就把公司关闭了，你们是谁，你们凭什么高高在上地做了这个残忍的决定？！我们那么好的项目没做完，我们投入了那么多的心血，就这样被轻视，被践踏，被辜负，凭什么！"季洁的情绪开始激动。

"公司倒闭不是你的错，你的付出没有错，我和你一样都面临这样被动的局面，我也特别难受。但我和你不一样的是，我没有放弃，我没有认命，伤害自己没有任何意义，你的生命只能换回同情，不能换回希望，你明白吗？"

"你当然不会放弃，因为你已经站在了行业顶端，你已经成功了，你有资本从头再来。但我不是，我从小就不被重视，我想得到什么都要拼命努力才行！我每次考试都考第一才能换来父母的一句称赞，我好不容易读完大学找到工作，每个月往家里汇钱向他们和亲戚证明我过得很好，我在大城市很有本事。如果他们知道我被裁员了，公司倒闭了，我就真的完了。我就成了他们最看不起的那类人——失败的人。"季洁提到父母时哭了，把心里的委屈终于说了出来。

顾晓君整理了一下情绪，继续说："我明白，我懂你的这种感受，我来自边陲小城，和你一样要用不断努力来证明自己，为自己想要的东西努力争取。好看娱乐是你的第一份工作，你的起点比我高，我的第一份工作是狗仔，有上顿没下顿，租不起房子，住地下室，后来地下室的房租都交不起了，只能厚着脸皮住在朋友家。我经历的难事是你想象不到的，我亲眼看到当红偶像在我面前倒下，我经历过网络暴力，骂我的帖子上千条，我全家都被诅咒，每天都有人堵在我家门口，泼油漆、砸门都是轻的。后来有好心人收留我，我才有了喘息的机会，我才能一步一步走到今天。其实我和你一样，被公司解雇了，我是好看娱乐的元老，集团裁员的时候也没通知我，但这就是现实。我去骂人、去指责谁都没有意义，我更不会靠伤害自己去表达不满，去和不公对抗，因为死了就真的什么都没有了，没有了证明自己的机会，没有了翻盘的机会，没有了站在对手面前给他耳光的机会。你还这么年轻，年轻不应惧怕寒冬，年轻也不会有寒冬。如果你怕了，你放弃了，你之前的所有努力就都白费了，你明白吗？"

季洁已经泣不成声。

"答应我，今天就当发泄一下，就当自己已经死过一次了，接下来的日子我们一起重新开始，好不好？"顾晓君一边说着一边朝季洁走过去。

季洁明显被她的话打动了，但依然犹豫不决地站在台阶上。

"我告诉你，如果你连自己都战胜不了，没有勇气面对自己，放弃自己，就真没有人会在乎你了，那样的话你就永远没有办法翻身了。"

季洁被顾晓君的话彻底打动了，她缓缓伸出自己的手。顾晓君牵住她的手，用力把她从台阶上拽下来，警察出现了，围过来保护两个人。顾晓君抱着季洁，用力抱紧这个傻姑娘，才发现自己也哭了。

顾晓君并没有为了救人说谎，当年的情况要比现在更糟糕。那一切都源于江初尧。

江初尧事件的爆炸程度在娱乐圈绝对是空前绝后的，要被载入"娱乐圈史册"，毕竟从娱乐头版演变成社会新闻绝不是买通稿、买热搜炒作就能做到的。

当年顾晓君刚刚走出校园，进入社会，她带着优等生的优越感，信心满满，觉得前途一片光明。毕业那天她在学校等待父亲参加她的毕业典礼，却迟迟不见父亲的身影，直到天黑等来的却是父亲因公司经营不善欠下巨额债务，跳楼自杀的消息。

丧父之痛差一点将她击垮，她无法理解一向乐观的父亲、她依靠的父亲会选择这条路。父亲是她唯一的亲人，那以后，她在这个世界上再也没有亲人了。但生活还是得面对，她强忍悲痛，在老师的介绍下进入杂志社实习。为了糊口，她只能当起了狗仔，跟踪当时最红偶像组合，挖他们的新闻。

顾晓君一个正经新闻系毕业、怀揣新闻理想的有志青年对这份工作是嗤之以鼻的，可是不做就没有饭吃。大部分当狗仔的是男生，他们上山下河无所不能。顾晓君没有那么灵活，只能守株待兔，也许是女生的关系，顾晓君更适合伪装，在连续蹲点、跟踪了几天后，终于有了动静。本以为只是花边新闻，没想到却是惊天动地，还闹出了人命。

张婉婉接到顾晓君的求助电话后赶到警局，看到顾晓君当时整个人都吓傻了。那个叫李丽娇的粉丝被刀刺中，倒在了她面前。

接下来的日子顾晓君连续接受警方的询问，作为现场证人出庭做证，帮助法庭还原当晚的情况。她看到李丽娇从包里拿出了一把刀，刺向江初尧，江初尧属于正当防卫。两人拉扯中李丽娇不幸被刀刺中要害，流血过多身亡。

根据顾晓君的有力证词和她相机里的视频，经过多次开庭，江初尧最终被判定为正当防卫。但死者家属不认可，坚定地认为顾晓君收了江初尧的贿赂做假口供、娱乐圈蛇鼠一窝，坚持上诉，但结果是维持原判。

这个结果让李丽娇的姐姐无法接受，她坚持认为有资本帮江初尧"洗白"，顾晓君这个记者的证据都是伪造的，顾晓君所有的话也都是一派胡言。她不相信一向乖巧的妹妹会做出如此荒唐的事情，自己的妹妹还是个学生，是被这些偶像迷惑了才跟家里疏远，都是江初尧害了自己的妹妹。既然法律不给江初尧治罪，那么她要用自己的方式给妹妹申冤，让所有害妹妹的人都付出代价。

某天，李丽娇的姐姐李丽霞冲进了顾晓君的住所，挥舞着一把尖刀冲她的手臂砍了下去。万幸的是张婉婉和杨祎及时回家，制止了一场悲剧。李丽霞因此被警方带走。

三个月之后，风波过去了。顾晓君被李丽娇姐姐攻击所留下的伤偶尔还隐隐作痛，那天去医院拆了绷带，她独自走在回家的路上。她寄宿在杨祎和张婉婉的出租屋里，那是藏在胡同里的一栋破旧的矮楼，回家要经过一条很长的巷子。她失眠很久了，整个身体疲惫不堪，双腿不像是自己的，麻木地移动。经过没有路灯的巷子时，她感觉背后凉飕飕的，不由得加快了脚步。突然，她的头顶闪过一个阴影，她吓了一跳，接着传来两声猫叫，是野猫。她不敢抬头，拼命在心里安慰自己。

惊魂未定的顾晓君眼看离巷子那头喧闹的街道越来越近，两个人出现在街角，挡在她面前，借着月光她看清是张婉婉和杨祎。两人手里提着菜喊她的名字。她朝两人跑过去，抱着她们哭了。她已经很久没哭过了。

本以为雨过天晴，可那才是顾晓君人生至暗时刻的开始，她经历了一场没有血腥却异常残忍的网络暴力，被"网络喷子"塑造成了一个恶毒贪婪的记者，被污蔑是她害得偶像江初尧身败名裂，害得一个花季少女中刀身亡，害得少女的姐姐锒铛入狱。她肮脏，卑鄙，下作，是一个为了钱无所不用其极的婊子。她的全家人都被"扒"了个精光，连她爸爸的死也被虚构成是因为恨她"畏罪"自杀。

多年之后，顾晓君当时哭着说的话杨祎大部分都记不清楚了，但有一句她一直忘不了。顾晓君说：我们都只看到了自己想看的那一面，可是人和事都有最不堪和最脆弱的一面，再完美的人也经不住推敲；同样，再卑微的人也会有最坚强的时刻等待某日卷土重来。杨祎感叹顾晓君不愧是记者，说话文绉绉的，甚至有点酸，有点像 QQ 的个性签名，就算不明白到底什么意思也知道这是很有道理的话。

被救下来的季洁披着顾晓君的外套，被顾晓君和安雅一起送回家。季洁住在郊区的出租屋里，整排的灰色塔楼像是被镶在灰色的天幕中，很不真实。顾晓君想起自己当年住的地方也不比这好，阴森的地下室，常年没有光照进来，半夜她经常被厕所漏水和邻居床板的声音吵醒，那种混合着霉味的阴冷让她永生难忘。

安顿好季洁已经是下午了，顾晓君看了一下定位，再往北三十多公里就到另外一个城市了。

站在楼顶的季洁让她心痛，她想起了父亲的死，她想知道自己的父亲站在楼顶上的时候到底是怎样的绝望，可有一刻想起过她这个女儿？有什么话要跟她说吗？

想到这里她没有力气了，这份压抑和难过却不能跟旁人说。

有些委屈必须自己面对，扎在心里的刺得自己拔出来才不会疼。

她打了一个电话，准备一个人开车去办一件重要的事。

顾晓君本来想让安雅回去，安雅看出顾晓君脸色不好，坚持陪着她。顾晓君想一个女孩独自在外面，没有车是很辛苦的，干脆就一起吧。

安雅主动请缨当司机，根据顾晓君给的定位一路把车开到了河北某处的时候，天色已经不早了，远山尽处的蓝色天幕上出现一抹晚霞。

这一路弯弯绕绕，终于在公路的不远处出现了联排的灰楼，门口铁门紧锁，旁边牌子赫然写着第三监狱。

安雅憋了一路不敢问，终于开口："姐，咱们来监狱干什么啊？"

顾晓君揉了揉眼睛："有个人在里面等我们。安雅，你如果害怕就不用跟我进去，在外面等我就好。"

安雅从未来过监狱，心里有些犯嘀咕，看着高墙上高高的铁丝网，里面关着的都是违法乱纪的人，没准还有杀人放火的极恶之徒。但她一向不是个贪生怕死的人，她给自己做了一下心理建设，不自觉地昂首挺胸："姐，我不怕！"

顾晓君伸手轻轻拍了拍她的头："没那么可怕，赵律师也在，不用紧张。"

安雅从来没见过这位赵律师，但她早就听闻顾总和京城大名鼎鼎的赵谦律师是好友，去年顾晓君生日时赵谦律师还送了她很大一束花。

好友这个词其实不能准确表述赵谦和顾晓君的关系，两个人起初是在一个酒会上认识的，匆匆忙忙交换名片之后一个月没有联络，顾晓君已经忘了这个人。后来张婉婉遇到一个版权纠纷，向顾晓君求助，顾晓君恰巧在大衣兜里翻出了赵谦的名片，便拨通了赵谦的电话。赵谦简单了解情况之后爽快地应下了这件事，帮张婉婉顺利解决了纠纷。

赵谦和顾晓君再见面，是因为张婉婉设宴招待两人。宴席间顾晓君第一次认真地打量了赵谦，他是一个很有品位的男人，深蓝色西装，浅色条纹衬衫，没有系领带，领口处露出喉结。再往上是有点方的下巴，下巴中间有一道浅浅的凹槽，唇线整齐，牙齿很白，应该很少抽烟，鼻尖上隐隐看到一颗痣，再往上就撞到了他的目光。顾晓君老练地微笑，端起酒杯示意敬酒，不失风度，她抿了一口高脚杯里的气泡酒，冰冰凉，和这个男人的眼神一样冷峻。

后来两人经常约会，但高手过招儿，两人格外默契地绝口不提再进一步。

不得不承认他们真的是彼此的幸运星，自从相识之后，各自的事业都扶摇直上，越来越忙，见面的次数越来越少，成了别人口中的"好友"。

登记之后走进监狱的大院，穿过很长的走廊，赵谦出来迎接："说来也巧，我今天正在附近办事，你就说要来，你在我身上装监控了吗？"

"谢谢你陪我来。"

"你最近又瘦了，吃得不好吗？"

"我都快失业了，哪还有心情吃饭啊。"顾晓君的语气比平时亲切多了。

"你们公司少了谁也不能少了你。"

顾晓君向赵谦简单介绍了一下安雅之后，直奔主题："事情你都知道了，我左思右想还是得来看看她，她早晚要出去，有件事我还是得跟她挑明。"

"你这么想也对，但你真的做好准备了吗？她妹妹过世之后她的疯狂行径你是知道的，当年她差点害了你。因故意伤害罪入狱后她的态度变化很大，非常积极，所以获得减刑可以提前出狱。但我总觉得事情没有那么简单。"

"我知道，不管她怎么想，我都得面对她。江初尧已经藏不住了，如果她还是要报复，希望她都冲我来吧。"

"冲你来你就受得住？"

"那就受受看吧。"

安雅不能准确地判断他们在说谁，但她知道这个人就是他们今天来这儿的目的，是一个非常关键的人物。安雅竖起耳朵听，生怕自己漏掉了什么重要信息。

两名女警带出来一个身穿灰色囚服的女人，女人面色惨白，不带任何粉饰，能看出她的面容姣好。她看到顾晓君三人后，眼神瞬间从暗到明，但表情没有变化。警察让她坐下，顾晓君隔着玻璃也坐下，赵谦和安雅站在她身后。

面对面的两个人先后拿起通话器，顾晓君先开口："你还好吗，李丽霞？"

李丽霞，安雅似乎在哪儿看到过这个名字，迅速在脑子里搜索，想到了，她张大了嘴巴，不由得发出声音："她是？"

赵谦做了一个噤声的动作，凑到她耳边小声说："是的，她是当年江初尧事件意外去世的粉丝李丽娇的姐姐，李丽霞。"

结合刚刚顾晓君和赵谦的对话，安雅立刻脑补了整个事件：李丽娇因为江初尧事件意外去世之后，姐姐李丽霞实施报复，攻击了顾晓君，因此被判入狱，现在即将刑满释放。顾晓君这次是来，谈判的？天哪，如果是来谈判的，顾晓君面对曾经伤害自己的仇人，要怎么开口啊？想到这里，安雅紧紧地盯着顾晓君和李丽霞，心里紧张起来。

"我好不好不重要，重要的是我妹妹什么时候才能泉下有知，看到害死她的人受到了老天的惩罚。"李丽霞说得非常平淡，声音很小，但每个字都让顾晓君听得清清楚楚。

"当年该承担的我都承担了，你差点害死我，现在下雨天我的疤还会作痛，从法律角度我不欠你什么，从人情角度，我同情你们姐妹。我希望可以补偿你，只要你能接受。"

"你的疤隐隐作痛，但我妹妹现在连痛的机会都没有，法律制裁不了你，你就心安理得问心无愧吗？你有脸接受你现在拥有的一切吗？你吃了人血馒头，你晚上睡觉不会做噩梦吗？"

"我说过那是一场意外，但对于李丽娇的不幸我希望能补偿，虽然很微弱，但也是我的态度和心意。"

"如果是意外、你没有错，那你为什么要补偿？你就是怕，怕我出去曝光你！怕我出去曝光你们俩！你和江初尧没有一个好东西！别以为我不知道你们的关系！"

听到江初尧三个字，顾晓君迅速挂掉通话器，她死死地盯着这个女人，片刻才重新拿起："看来这几年你并不像表面看起来反省得那么好，我来的目的不是激怒你，是想安慰你，希望你接受我的补偿。钱也行，工作也行，只要能帮你尽量恢复正常生活。你有没有想过自己今后的生活？别忘了，还有一个孩子——你妹妹的孩子，那是现在世上唯一和你有血缘的亲人，就算为了这个孩子你也应该接受我的好意。"

"你拿孩子威胁我！"李丽霞仿佛下一秒就会冲过来，对着顾晓君低吼一句，即使隔着玻璃也能将那股愤怒感受得真真切切。

"我没有威胁你，我在帮你，你妹妹走了之后，你又由于自己的不理智进了监狱，孩子差一点成为孤儿，他现在能像正常孩子一样快乐地长大不是很好吗？这不是你想看到的吗？"顾晓君似乎也有些愠怒。

"我怎么能看着他被仇人养大？！你们都是一伙的！"

"李丽霞，到底怎么样才能化解你的恨意呢？你要让无辜的孩子像你一样带着恨意生活吗？不要把仇人挂在嘴边，现在是法治社会，不是武侠江湖。我再说一遍，我是来和你求和的，不是来结怨的，你要明白我的态度。如果你还是想不通，出来之后大可冲我来，提要求、谈条件，就算你来找我报仇，我都等着你。"

李丽霞死死地瞪着顾晓君，顾晓君是个不好对付的女人，她就是在威胁自己，用孩子当筹码威胁自己，那是她死去的妹妹的孩子，也是她最大的软肋，现在孩子在他们手上。她越想越气，她一定要想办法把孩子抢回来，告诉孩子真相！

顾晓君等人走出监狱大门，上了车，一路谁都没说话，赵谦主动开车："她果然没有消解恨意，现在算主动宣战了，还有一周她就出狱了，你想好后面该怎么办了吗？"

"准没准备好有什么分别？事情都会一件一件地发生，有的出人意料地好，有的出人意料地坏，没发生就都说不好，我只能等。现在就差去见他了。"

"心慌了？"赵谦透过后视镜看了一眼顾晓君。

顾晓君缓缓闭上眼睛，久久未能开口。她知道自己不是心慌，是那颗被拼凑起来的支离破碎的心又出现了裂缝，碎片要被一点一点剥落，那是一种刻骨铭心的疼。

温良、无害的女性顾晓君可能这辈子注定做不成了，她的人生注定要硬来。

五

水柱从喷头奔涌而出，张婉婉的头发被打湿，凉水不断从她的头上、脸上流下来，遍布全身，她被冻得浑身发抖，但心里依然燥热难忍。她看向镜子里这张惨白、没有血色的脸，眉眼细长，颧骨高、两腮凹陷，整个人干瘪得像一只冬天出现在墙上的壁虎，她很讨厌这样的自己。

她从浴室出来的时候孟凡已经走了，没有留下一句话。

她知道孟凡不会马上把车开走，他会坐在车里抽一根烟，发一会儿呆。

张婉婉想的没错，孟凡此刻坐在车里打开车窗，叼着一根烟发呆。他时常喜欢发呆，特别是最近。他盯着张婉婉家对面的一座桥出神，桥上布满了树的倒影。桥的左边被路灯映成了黄色，右边被月光染成了银白色，明明是一座桥，却被光一分为二，很是耐看。

火光一直烧，烫了孟凡的手指，他把烟屁股弹出去，关上车窗。车里灌满了凉风，他打了一个喷嚏，发动了车子，又看了一眼楼上亮着的阳台，缓缓离去。原本要说的话，今晚依然没有说出口。

张婉婉最近愈加不爱说话，她原本是一个特别有表达欲望的人，她的表达欲望比性欲要强。她总是不停地说，说不完或没人听了她就开始写，她也不知道自己为什么会这么喜欢说话，也许是小时候太寂寞了，小时候她母亲总是把她一个人留在家，到处去找她那个在外喝酒鬼混的父亲，所以她从小就喜欢自己跟自己说话。凭这样爱说话的天赋她成了作家和编剧。

为了满足表达欲望，她大三就开始在电台实习，做午夜情感节目的电话编辑。这个节目是台里最不受重视的节目，最大的客户是保健药厂商，台里的实习生没人喜欢这个卖药节目，争先恐后地选择新闻或音乐节目。

但张婉婉不一样，她最喜欢这个午夜说话的节目，她愿意从电话编辑做起，因为电话编辑需要不停地接电话和说话，每天晚上十点开始接听来自全国各地的热线电话，从中挑选具有代表性的故事，把热线接进直播间，再由一位穿着拖鞋、打着哈欠的主持人为热线听众答疑解惑。

大部分电话编辑会敷衍来电，因为大部分是无效来电，而且很多接进直播间的来电人的表达能力都比较差，讲话毫无逻辑，他们只想发泄，并不希望真的能解决问题。但张婉婉和一般的电话编辑不一样，她极其热心、耐心、中肯、直接，她总是坐在椅子上，交替接听面前的四部电话，孜孜不倦地分析听众的困惑，声音清脆地输出自己的观点，常常是电话还没接进直播间听众的问题就解决了。

由于在她工作的环节就解决了问题，坐在直播间的主持人能接的电话越来越少，领导及时发现了这个问题，批判教育了她两次，无果，后来领导发脾气说你这么能说，干脆你当主持人得了，谁知道这正中张婉婉的下怀，她笑着说这可是您说的，然后大大方方地走进了直播间。

张婉婉非常争气，语言犀利，思维敏捷，风格独树一帜，痛骂小三、解决婆媳矛盾、鼓励暗恋的人表白变成她主持人工作中的经典桥段，特别是对小三的谴责激起了社会很大反响，她一时间成了保卫婚姻的战士，得到了大量女性的声援，没人知道广播那端字字珠玑的主持人只是个不到 20 岁的大三学生。领导看到节目收听率暴增心里乐开了花，广告客户从保健药变成了更有钱的白酒，谁听了这个节目都想睡不着的时候喝一杯。领导和客户都很纳闷这么个小姑娘怎么会在婚姻话题上这么健谈。张婉婉似笑非笑地说自己从小就看《知音》，早熟。

没有人知道张婉婉的婚姻观和言论都来自她那个受尽渣男老公和小三折磨的母亲，她从小见惯了母亲撒泼打滚苦苦哀求父亲不要出门，多少次在放学路上看到母亲和小三在街头大打出手。直到有一天，她和往常一样放学骑车回家，经过喧闹的菜市场时，远远地看到前面一群人围成圈看热闹。她隐约听到有人哭闹，随着越来越近，她透过人群缝隙看到母亲和卖鱼的妇女撕扯在一起，装鱼的水盆被掀翻，鱼掉了一地，两个女人和鱼一样在肮脏的泥里翻滚，互相扯着头发，嘴里咒骂着，她父亲叼着烟，站在一旁试图将两人拉开，烟灰落在他深蓝色的工作服衣襟上。

她在人群最外圈的台阶上，静静地看着眼前发生的一切，不知为何这一刻她没有像之前一样害怕得哭泣、颤抖，没有像之前一样发疯地冲出去护住母亲，这一刻她很冷静，甚至冷漠，像一个和此事无关的局外人。那天是邻居发现了她，阻止了这场没羞没臊的战争，她母亲的脸上留着手印和一道伤，蹒跚地走过来，她骑着车扭头就跑，把他们都甩得远远的。那一晚她没有回家，她不想回家了。

她那时候对婚姻没有完整概念，但气愤的情绪一直压抑在心底。

节目的热线电话越来越多，她帮人找过走失儿童、挽救过自杀少女，她的节目一度成了当地夜空上最美的声音，广告商大把大把地把银子投进来，买她节目的冠名和广告。她一毕业就顺利地拿到了电台的聘书，早早地实现了经济独立，在小城里优哉游哉地生活。要不是因为一个男人，她不会闯入一线城市，用理想包裹着单薄的自己试图在芸芸众生里杀出一条血路。现在回忆起来，她觉得那段日子是她人生的高光时刻，她之后再也没有那么自由快乐过。

有天赋的人总是不会被埋没，即使没有机会自己也会创造机会施展才华。才华就像火，是包不住的。

在第三次跟孟凡分手的那段时间，她偶然在网络聊天室里认识了一个男人。两人聊得投缘就约到咖啡厅见面了，深入聊完之后通体舒畅、精神愉悦，都感觉就这么各自回家有些意犹未尽，于是男人点了一瓶威士忌，张婉婉点了一大盒卤味，啃着鸭脖子即兴和男人来了一场"说出你的故事"。张婉婉把男人的家底盘得一干二净，男人聊到初恋时甚至借着酒劲留下两行热泪，说张婉婉的眼睛和他初恋一模一样。

男人说自己一辈子都忘不了他的初恋，那是他青春年少时最意气风发的时候，干净阳光，专一纯情，炽热勇敢。他在食堂里不顾同学们敲着饭盒起哄，站到女生面前送出了一盒带着热气的红烧肉，女孩接过红烧肉，脸上泛起红晕。男人把这段懵懂的爱情描绘得堪比《山楂树之恋》，张婉婉秉承着刨根问底的态度，顺着两人感情的时间线索一路"追查"，问出了两人分手的原因：两人偷食禁果，被家长发现，女孩转学，一开始两人通过朋友中转秘密通信，不记得从什么时候起两人的信件越来越少，后来干脆断了来往。之后不到半年男孩交了第二个女朋友。帮助男人回忆起了浪漫故事的后半段，男人的酒醒了，擦干眼泪，去洗手间洗了一把脸，整理好衣服，和张婉婉作别，临走的时候问张婉婉是不是心理医生，张婉婉说自己是妇女协会副主席，男人给了她一个意味深长的目光，转身离去。

张婉婉仿佛受到了这件事情的启发，开始不断地和男人约会，有的只是聊天，用一盒卤味、一瓶酒开始一段深谈。那些男人来自各行各业，带着各自的故事和欲望。他们是完全不同的人，共同点就是他们相信张婉婉，张婉婉身上有一种不亲切的亲切、不聪明的聪明，这种感觉令她和男人之间产生了一种微妙的安全距离，男人回以不真诚的真诚，但终归放下了身份的束缚，脱掉了面具。

张婉婉问出了很多被他们埋在心底的遗憾和秘密，那些他们不曾与外人道出的故事，有的故事埋得太深，他们自己都忘了。每一个故事对张婉婉而言都像是一种鼓励，让她兴奋，这种感觉有些变态，但她沉迷于此无法自拔。这种感觉让她自以为早已麻木的神经有了知觉，她的灵魂被唤醒。特别可怕的是，有一次一个男人埋在她怀里哭的时候，她脑子里冒出了一个声音，你看，受伤害的不只是女人，男人哭起来比女人还难看。

她像集邮一样，收集不同的勋章，佩戴在身上，希望有朝一日站在伤害她的那个男人面前给他看，让她脸上有光，证明自己不是受害的那一方。这种感觉是形而上的东西，最实际的是，张婉婉像做笔记一样从这些男人口中记录了不同女人的样子，她把这些女人的故事整理成书，取名《那个男人这么说我》，发表之后一炮而红，一跃成了一线作者。她的海报出现在各大书店和小说网站上，好处是她实现了买包自由，坏处是她不能再轻松地和男人约会了，因为在很多男人眼中她在诋毁男人，是男人的敌人。

《那个男人这么说我》发表的时候还开了发布会，杨祎和顾晓君受邀出席。顾晓君看着台上对男人话题侃侃而谈的张婉婉，对杨祎说："你看，咱们婉婉老师讲得头头是道的，不是挺懂男人的吗？"

杨祎反复打量着新书封面上的照片，却不肯翻开："医者难自医，对别人的事都可懂了，到自己这儿就歇菜，婉婉同学这新书封面真好看。"

"你倒是打开看啊，哪有看书光看封面的？"

"里面的内容我又不需要，再说买哪本书不就是看哪本封面好看吗？"杨祎的话让顾晓君忍俊不禁。

那时候事业上的成就让张婉婉的人生充盈了许多，她恨不得生活里全是工作，宁愿跟可恶的工作死磕也不愿意去想孟凡，那个让她要死要活的男人。

她求助顾晓君，怎么才能让她的生活被工作填满？顾晓君毫不犹豫地回答她：请加入好看娱乐，我不能保证你一定成功，但让你忙得停不下来是肯定能做到的。

于是张婉婉开始在好看娱乐做内容策划，帮顾晓君写剧本、找选题、看小说、看剧本，和所有反对顾晓君的声音吵架。

　　"请你们开会之前好好看一下我的报告！不要再给我洗脑了，我们是影视公司不是传销组织，光说服我说服不了观众和市场啊！首先这本小说的故事就特别'水'，连地摊文学都不如，花了几百万买回来简直是脑子有泡，但凡懂一点内容的人也不会花这个冤枉钱！那你们说怎么改？改成甜宠你们嫌男女主角年纪大，说情话油腻；改成生活剧你们嫌故事没话题上不了热搜；改成喜剧你们嫌情节没笑点、太尴尬。我把人物重新定位了你们又嫌和原著不符。你们都这么有主意那你们自己做好了，为什么要浪费我的时间？"张婉婉把早上九点开会的火借着这个机会全部发泄了出来，算是彻底把起床气撒完了。

　　"张婉婉！注意你的态度！我们现在是讨论，你怎么这么抵触？"制片人被张婉婉气得满脸通红，鼓气囊腮得像个青蛙。

　　"刘总，我只不过是指出专业问题，不要解决不了问题就将话题转到态度和情绪上，公司是花钱来找我干活的，我不负责成人心理健康辅导。"

　　"你不可理喻！"

　　"对我不满你可以要求换人，要是你比我厉害你真的没必要在这儿跟我吹胡子瞪眼，我所有意见都已经在报告里体现了，你但凡好好看一看报告都明白我在说什么。刘总我再劝你一句，现在钱不好赚，没本事就得有好脾气，站着赚还是跪着赚你得占一头，不能什么都听你的。"

　　"张婉婉你别欺人太甚，你以为你真是编剧大拿吗？要不是你男朋友是导演谁会给你脸啊？说好听的那是你男朋友，说穿你就是一小三！还真拿自己当回事啊！"

　　张婉婉知道对面这个人一向没品，但没想到他真的会当面说出这么难听的话，引来众人窃窃私语。所有人的眼睛都偷偷地盯着张婉婉。

　　"看你气急败坏的样子，和气生财，这个项目你铁定亏了，我帮不了你，你另请高明吧。"张婉婉语气平和，仿佛刚刚对方骂的是别人。

张婉婉离开会议室，走出来才觉得胸闷。她在这层绕了整整一大圈都没有找到下楼的出口，今天着急出门，穿的这双新高跟鞋很不合脚，她干脆脱鞋坐到了台阶上。

那些话并没有刺痛她，她跟自己说，他懂什么？她和孟凡的事他凭什么知道？！她一生光明磊落，唯一不能放下的就是孟凡给她带来的过往。那段关系像一道很深的疤，愈合后会被重新揭开，然后再结痂，如此反复，周围的皮肤越白皙越显得这道疤丑陋。

关于孟凡，要从那个夏天说起。

大三那年暑期张婉婉来北京参加了一期文学夏令营，三个负责带队的老师中那个个子高高的男人格外惹眼，他总是戴着一顶蓝色的帽子，穿着一件白色的T恤，亲切地组织大家吃饭，指挥大家坐车。他人缘很好，所有人都喜欢和他说话。张婉婉经过他的时候瞄到他的胸牌，但担心被他发现，匆匆而过，没有看清姓氏，只看到一个"凡"字。

有一天在交流会上轮到张婉婉发言的时候她哮喘犯了，整个人栽倒在地蜷缩成一团，视线模糊，透过光隐约看到一个高大的身影拨开人群蹲到她面前，把她抱了起来。她的头靠着他的肩膀，慌乱中她又看到了胸牌上的名字，是孟凡。

张婉婉一直以为自己跳过了青春期，她从小看惯了父母之间的吵闹撕扯，父亲再婚后，继续吵闹撕扯，她对情感是失望的。她没想到她错过的青春期悄悄地回来了。

她意识到这一点的时候整个人都变得慌张，反反复复确认自己的内心，每次闭上眼睛脑海里都是她靠在孟凡肩膀的那一刻。当时孟凡把她整个人抱起，往医院跑，一路颠簸，她感受到孟凡急促的呼吸，还有自己咚咚的心跳。张婉婉第二天以身体不适的理由提前退出夏令营回了老家。从北京到老家西宁要一天一夜，然而这样的距离没有隔断青春期的慌乱，这慌乱经常在夜里发作，愈演愈烈，令她坐立不安，直到有一天她的 QQ 窗口有一个好友申请跳了出来，孟凡两个字直愣愣地撞进她的眼里。

最初孟凡只是把夏令营的照片发给她，后来偶尔问候，她不记得是谁先说了一句早安，渐渐地两人变成了定期联系。他们每天固定地同步行踪，分享自己喜欢的电影、书籍、文章，甚至是网上的笑话，像是老朋友一样。尽管相距千里，但孟凡的样子总是那么清晰地浮现在张婉婉的眼前。张婉婉保存了孟凡 QQ 相册里的每一张照片，那些聚会的照片她也会反复地看，看孟凡笑起来露出两排大白牙，笑得眼睛眯成一条缝，看他晒黑了，看他变壮了。张婉婉时常盯着这些照片发笑，想象孟凡此刻正在做什么，然后又会一阵失落。她不知道在孟凡老师心里她是什么角色，是个普通学生？是个长得还行的女孩？是下一期夏令营的潜在客户？她反复试探都没有答案。

这种联络一直维持到张婉婉大学毕业前夕，她收到了孟凡的邀请，孟凡说他终于要当导演了，他的编剧需要一个助理，问她愿不愿意来试试。张婉婉按捺住内心的雀跃，小心地说自己已经有了电台的工作，需要时间考虑。那一夜张婉婉彻夜未眠，仿佛去找孟凡的路是刀山火海，孟凡是骇人的罗刹。她即将亲手改写自己未来的人生规划，放弃从前的自己，投奔一个比自己强大的男人。

除了成了编剧之外，之后发生的事情全部超出了张婉婉的掌控。

张婉婉在因为给孟凡挑好了生日礼物扬扬得意的时候，得知了孟凡结婚的消息。对方是孟凡的青梅竹马，出身影视世家。张婉婉看着蛋糕上"生日快乐"四个字一言不发，一个人吃完了整个蛋糕，她以为自己会愤怒，会发疯，但她最终只说了一句新婚快乐。

第二天她像没事人一样去了公司，安静地写剧本，把自己当成一个局外人，这样就不会痛苦，不会难过。

这是她第一次离开孟凡。

之后她和孟凡的关系就是不断地拉锯，孟凡总是夜里来找她，却始终不对自己的婚姻做个解释，就像块贴在胳膊上的狗皮膏药，撕下来会扯着伤口，流出脓水，不撕又捂着难受。

后来，张婉婉开始搜集许多别人的故事，有了自己的代表作，有了自己的事业。只可惜她的成功并没有在孟凡那里换来任何改变。

没过多久孟凡导演了一部文艺片，送影展后获了奖，名声一跃而起，开始有更多人前呼后拥。许多人带着钱砸向他，他比之前更忙了，更没有时间理会张婉婉的情爱和自尊。可是他们依然保持着说不清道不明的关系。孟凡会来张婉婉的住所，索取热吻，和她发生关系，事后躺在铺满衣服的沙发上和张婉婉说一段关于剧本的意见，然后匆匆赶往下一个聚会，有的时候连澡都来不及洗。

张婉婉开始慢慢地厌恶原来的房子，搬了出去，但孟凡把这栋房子买下来了，房本上写了张婉婉的名字。张婉婉偶尔会来取东西，她看着她亲手刷的墨绿色的墙，回忆着在这栋房子里他们亲吻、喝酒、跳舞、欢愉，即使很多夜里张婉婉早已疲倦不堪。

影视圈太小了，小得比不过一个菜市场。不管多小的事，只要有人想听，不用一上午就能人尽皆知。张婉婉和孟凡的关系成了一些人的谈资，一个成功导演和一个文艺女青年的狗血爱情故事聊起来太过朗朗上口，不需要过多的渲染和修饰就能挑起人们的兴趣。

过去心高气傲的张婉婉因为一个男人而臭名昭著，背着小三的骂名成了过街老鼠，她的专业、她的能力在这些绯闻面前都一文不值了。即使她是最畅销的作家，也会被她的劣迹削去光芒。她的意见没人愿意真的听，于是便形成了一个恶性循环：她的平和成了讨好，她的犀利成了别人进攻的靶子。

幸运的是，顾晓君把她保护得很好，顾晓君给她足够的支持和信任。

但对顾晓君这次破釜沉舟似的反击，张婉婉是不赞同的。

受过伤的人才知道伤口被撕开有多痛，张婉婉不愿意顾晓君用这种方式跟 S 集团谈判，如果是这样她宁愿不干了。

张婉婉吃了药还是没有睡好，第二天一早她把自己整理好，收起自己的负面情绪，约杨祎出来一起商量关于顾晓君"冲动"决定的事。杨祎的脑子不够用，但关键时刻还是可以当个狗头军师，就像考试选择题可以用排除法，把杨祎的答案第一个排除，正确的概率就会提高。

杨祎接到张婉婉的电话后很激动，她最近可能是怀孕导致内分泌不协调，一种异常的亢奋在她的血液里涌动。她总是特别期待有大事发生，越大越好。

为了赴约，她顶着大太阳拉着保姆方丽丽去了一趟超市，刘大磊说晚上想吃牛排，她决定劳驾自己跑一趟，顺便在商场里给刘大磊这个甩手掌柜买两件内衣、内裤。原本这种小事不值得放在她"日理万机"的日程表里，奈何最近好看娱乐的事情闹得沸沸扬扬。刘大磊一副看好戏的嘴脸，如果她和顾晓君的事业计划要继续，还是需要取得刘大磊的支持，她觉得有必要促进一下夫妻感情。

杨祎夹着闪亮亮的手包，一身行头都是最新款，挺着大肚子在前面开道，把进超市当成了走戛纳红毯，方丽丽推着小车在她后面紧紧地跟着。

"丽丽，这段时间刘大磊怎么没见瘦啊我看着，让他控制饮食加运动怎么没效果啊？是不是还是对他不够狠啊？干脆晚上让他只吃牛排别吃别的了。"杨祎嫌弃刘大磊胖，晚上挨着他睡觉太热了，实在受不了就把刘大磊撵到书房去睡了，并命令他必须减肥，不瘦十斤不准上床。

"姐，我看着磊哥好像是瘦了点呢。"方丽丽轻声私语。

"是吗？是我要求太高了？我也是为了他的健康，他现在走几步路都喘得不行。那天晚上我还发现他在厨房里翻冰箱偷吃，简直太不像话了！你以后晚上把剩饭剩菜都倒掉，不准给他留更不准给他做夜宵！"

方丽丽笑而不语。

杨祎转到了她要买的牛排前面，只剩两盒了，刚伸手就碰到了旁边的人，那人也要拿这两盒牛排。

"呀，对不起！"杨祎抬头看见的竟然是她高中同学周燕。

"是你啊！"两人异口同声。

"哟，女明星亲自来超市买牛排啊，不怕被粉丝认出来啊，你这挺着大肚子给粉丝签名不方便了吧？"周燕的话酸得很。虽然周燕自己的人缘一般，但她也有讨厌的人，整个班级里她最瞧不上的就是杨祎。她觉得杨祎简直就是个装可爱版的绣花枕头，学习那么差还总出风头，明明什么都不如自己却总能得到男生和老师的照顾，真是除了一张好看的脸蛋之外一无是处的讨厌鬼。她令女生蒙羞，是社会发展的阻力，如果女生什么事都靠"傻白甜"来解决，那整个人类社会都会倒退！

"我一向亲力亲为，没什么架子和脾气，再说了我要不亲自来也遇不上你啊，快让我瞧瞧，身价上亿的豪门都吃什么？"杨祎也不示弱。

杨祎是个随和可爱的人，但对周燕这个人她怎么也喜欢不起来，这个人从高中起就碍她的眼，听说世上有唯一契合的灵魂，同理也应该有恰巧讨厌的灵魂。周燕这个人的每一个特点都能精准地击中杨祎，让杨祎想抽她。

高考前，周燕家里不知道怎么拿出来了少数民族身份证，高考她加了分，考上了 P 大，还读了 P 大研究生。杨祎本以为高中毕业之后不会再和这个人相遇，但万万没想到周燕会定期在高中同学群里分享自己在大学的各种成就，美其名曰让班主任高兴，同学聚会时更是三句话不离自己的学历。

每次看到周燕的动态杨祎都会翻一个大大的白眼，然后给自己运气，嘴里嘟囔她丑她丑嫁不出去，谁知道有一天早上八点就收到了周燕的新婚请柬，并附了新郎情况的介绍，"成功企业家"五个字言简意赅、惊世骇俗。这女的是不是疯了？杨祎气得亲自去参加了周燕的婚礼，想看看到底有没有新郎这个人，没准是周燕丧心病狂花钱租的。婚礼进行一半杨祎就愤然离席了，给张婉婉打电话说，原来真的会有人娶她，这到底是怎么样的一种爱？

"哎呀，要说吃啊，我们和你家肯定比不了，你家里就有个大厨啊。对了，上次我在电视上看见你们家刘大磊上新闻，旁边跟着一个大美女，我立马就和我老公介绍，这是我同学杨祎的老公，我们都羡慕，明星能上新闻，明星老公也能跟着上新闻，走到哪儿都有记者拍，真是光宗耀祖啊。"

周燕说的是刘大磊从酒吧出来被记者拍到和美女上了同一辆车的那件事，其实同行的还有一个大混子制片人。杨祎知道刘大磊有那贼心没那贼胆，是那混子制片人为了拉投资，故意塞了一个女演员给刘大磊。杨祎看到新闻假装生气，演了一出《回家的诱惑》，严厉警告刘大磊，不准再和混子来往，更不准投资什么破戏，在刘大磊写血书之前收了场。

杨祎不慌不忙把两盒牛肉放进自己的推车里："对啊，这男人有钱，有魅力啊，就是有人往上扑。还是你们好，守住家里的一亩三分地就行了，银行里存着上亿的钞票到底是什么体验啊，会不会睡不着啊？牛肉还是我受点累吃了吧，你们多吃点素，吃肉不好消化。"

"还是你胃口好啊，我害怕你吃不下饭呢！"周燕眼睛盯着被拿走的牛肉酸溜溜的。

"是啊，我吃一口肚子里的这个就吃一口，都是为了下一代，你当妈了就能体会母爱的伟大了。你怎么不要孩子啊？你是高知，又是身价过亿，生十个八个没问题啊！"

"你当养猪啊，还生十个八个！我们都奔事业，还不想生孩子。"

"行，你怎么高兴怎么来，我站累了，要回去了，回见吧您。"杨祎说完指挥着方丽丽撤退。她没想到有一天会在吵架这件事上因为怀孕占了上风，早就听说周燕想要孩子一直怀不上，也挺无奈的，但把怀孕当作女人吵架的资本可真是悲哀。

杨祎和周燕分别后匆匆来到商场二楼男装店："拿两件男士内裤，最大码的。"

"女士您要哪款？"服务员问。

杨祎想了半天，怀孕脑子慢："就直角的那个，纯棉的，好像是那个。"

服务员顺着杨祎指的位置拿下两盒灰色的内裤。

几乎是同时，方丽丽利索地从展架上取了两包蓝色的内裤："姐，是这个，大磊哥穿的是这个。"说完又补了一句，"家里的衣服都是我洗，我记得。"

"对对，就这个吧。快走，我的约会来不及了。"

方丽丽开车把杨祎送到她和张婉婉约会的咖啡厅之后驾车离去。

"你家保姆照顾人还挺到位呢，还能当司机用。"张婉婉看着窗外方丽丽开车走远。

"还行，方方面面都不错，习惯了。"

"留这么漂亮的妹妹在家里当保姆，你放心啊？"

"有什么不放心的啊？我这不天天在家吗？"

"这会儿你不就不在家啊！"

"哎呀，抬杠是吧？刘大磊去餐厅了，年底查账，忙着呢。"

"我逗你呢！你喝果汁吧。"

"要酸的，酸儿辣女。"杨祎说完，突然心里隐隐有点不舒服，于是掏出手机给刘大磊发了一条信息：我在你餐厅附近，待会儿来接我。

刘大磊这次破天荒地没回信息，杨祎整个下午都心不在焉的。

张婉婉对她噼里啪啦地分析了很多现在行业的情况：市场如何泡沫，资金如何紧缺，不是有梦想、有冲劲就能办事情的，而且人心险恶，都是用人朝前不用人朝后的，都现实得很。你火的时候叫你一声"顾总"，没权力的时候朋友圈都没人点赞……七七八八的例子举了不少。

杨祎除了"嗯""啊""是吗？""怎么这样啊？"之外没有任何有建设性意见的回答，张婉婉对这个狗头军师很是失望。

"杨祎同志，你今天怎么了？肚子太大，脑袋供血不足了？怎么没精神啊？你倒是说说想法啊？"张婉婉实在忍不了了。

"哎呀，我脑子有点乱，之前都是听你们的，我没想到自己会遇到这么大的事业危机啊，等我回家好好琢磨琢磨。"杨祎一脸虔诚。

"行吧，你真得好好想想。刘大磊这次没再反对你出来工作吗？上次因为你要出来上班，他可没少背后使绊子。要不是顾晓君是咱自己姐妹，刘大磊就得手了。"

"我知道，他不就是去找赵海要给赵海投项目，不让赵海答应我入职吗？我早就收拾他了。这次他肯定也不乐意，但由不得他，我的事我做主。"

"嗯，你也悠着点，你肚子里还有一个呢，这都是刘大磊的人！"张婉婉指着杨祎的肚子。

"怎么就是刘大磊的人了呢？我生的他，他得向着我，是我怀胎十月把他生出来的，他得向着他妈！"

"嗯，最好是。那今儿咱就聊到这儿吧，这不是马上能决定的，你就牢记坚守立场，不能让顾晓君冲动，逞一时英雄，有些事情要学会放手，资本无情，别最后害了自己。"

"明白！"

杨祎和张婉婉分开后狂打刘大磊手机，一直没人接。她有点急了：刘大磊从来不敢不接她的电话。

她用手机叫了一辆网约车，结果不一会儿，出现在她面前的竟然是一辆宾利。

"女士，不好意思，是我接的单，但我绑定约车软件账号的那辆车坏了，我临时换了一辆车开。您别介意，您看这是订单记录，这是您的手机号，您核实一下。"司机探出脑袋指着手机给杨祎看。

杨祎核对了一下信息，又着急回家，顾不上那么多，坐到了车的后排。车里一股淡淡的香水味，杨祎有些好奇，时不时透过后视镜打量司机，他皮肤黝黑，胡子也很长。

"怎么了女士？我长得不像好人吗？"司机突然问道。

"还行，但没那么像。师傅，你这是豪车啊，怎么也出来拉活啊，体验生活？"

"生活有什么好体验的啊，直接过就得了，我是为生活所迫，原来我养车，现在车养我。"

"我懂，有的富二代啊富豪啊就是为了体验民间疾苦或为了找人聊天才开网约车，顺便兜兜风。"

"你要这么说我就不瞒你了，我原来确实条件不错，就爱搜集好车，后来家里出了点事，车都卖了，就剩两辆了，为了吃饭，跑出来拉活，要不是不好停车我就送外卖了。"男人说着云淡风轻，半开玩笑的语气。

"那你这心态够好的啊，论成败人生豪迈，大不了从头再来啊。"杨祎笑了，觉得他在逗自己，也回了句说笑的话。不知为何刚刚还有点紧张的心情现在舒缓了许多。

"那你要用车以后可以联系我，多给口饭吃，待会儿您留我一电话。"

"不行，一豪车来接我逛街，显得我太不低调。"

"为什么要低调？"

"防止有人说三道四啊！"

"不管你生活什么样，都会有人说三道四的，放宽心，这车就是个代步的，跟古代的马车没区别，只不过我这匹马个头矮点、跑得快点，您踏踏实实地坐，什么马不重要，安全第一。"司机说着通过后视镜朝杨祎笑了一下。

杨祎细品了一下这句话，还很有道理："您是生活哲学家啊。"

"不敢当，顶多算一生活观察员。"

"你们司机都这么爱跟乘客聊天吗？不怕乘客烦吗？"

"那你烦我吗？"

"烦倒不至于，但觉得跟你说话挺有意思的。"

"那就行，你要累了、烦了，不想说了就甭接茬了，我自己就闭嘴了。"

"没事，再聊会儿，还有一会儿才到家呢。"

就这样两人有一搭没一搭地聊了起来，从美国总统竞选到学区房，从欧洲杯到猪头降价，都聊得津津乐道。经过高架桥，杨祎拿起手机拍了一张桥的照片，傍晚的天是粉红色的，桥上的车辆在转盘上排得整整齐齐。

"这桥真好看。"她说。

"这句话好耳熟啊，上初中的时候有一个姑娘跟我说过，她特别喜欢桥，有一个暑假我陪她满北京地找桥，找到桥就合影，拍完她都会说一句'这桥真好看'。"

他说的这一幕杨祎似曾相识，她隐约记得自己有一年暑假满市区转悠，找到桥就合影，当年陪她一起找桥的男生新学期开学的时候没有来报到。

"你在哪儿上的初中啊？"杨祎小心翼翼地问。

"师大附中，就上过一年，假期结束我就跟家人出国了。"

杨祎把目光投向窗外的桥，此刻他们离那座桥已经很远了，但她似乎能看到桥上站着一个男孩和一个女孩，指着他们的方向说说笑笑。

杨祎没有再说话，司机以为她累了，没起新的话题，就这样安安静静地把车开到了杨祎家楼下。

"您到了。"

"谢谢。"杨祎握了握手里的包，准备开车门。司机抢先下车帮她打开车门。她终于看到了司机的长相。他冲着她笑，笑起来嘴角两边隐隐出现了两个酒窝，好像港星张智霖。她上初中的时候有个男同学因为长得像张智霖还特意学他的那首《祝君好》。

"您慢点下，不着急。"

杨祎缓缓地从车里下来，轻轻点头表示谢意，关好车门准备离去的那一刻忍不住回头："还没问你叫什么名字，你不是要留电话吗？"

"哦，对，聊开心了把挣钱的事给忘了，我加你微信吧，我叫李泽，三点水的泽。"

"我叫李泽，三点水的泽。"那个男生在开学第一天就是这么和她做自我介绍的，说完没心没肺地咧嘴嘿嘿地笑了两声，然后一屁股坐到了杨祎旁边的座位，和她成了同桌。

"你怎么称呼？"

"我叫杨……妙可。"杨祎没说出自己的本名，有种莫名的心虚，不知道自己在害怕什么，心里特别不安。

"好的，那您慢走，再见。"

"再见。"

宾利快速消失在她的视野里，杨祎在路边的树下站了很久，原来有些以为这辈子不会再见到的人还是会再见啊。

杨祎回到家，刘大磊正在给女儿辅导功课，他说自己手机落在公司了。杨祎没空跟他掰扯，她现在心里有点堵，网约车约到初恋这种狗血的事真发生在她身上，她有点吃不消。

李泽没认出来自己吗？不应该啊。

她在卫生间对着镜子照了半天才想起来，对啊，她上大学那年就通过科学手段完成了"白天鹅计划"，她的双眼皮变得更精致，鼻子更高挺，下颌线简直完美。她早就不是初中时候的丑小鸭了。

杨祎的内心莫名地涌上歉意，她谁也不欠，为什么会如此难过？她不太明白。

今晚给刘大磊的"怀柔计划"彻底取消，牛排被她放进冰箱的冷藏柜里。餐桌上她嚼着方丽丽做的四菜一汤索然无味，看着刘大磊吃得满头大汗，她没有兴趣多吃一口，早早地回到卧室躺下，她感觉今天有点累了。

 /六

在顾晓君的争取下，S 集团同意保留 20 人的团队继续做视频业务，条件是顾晓君今年必须完成之前承诺的电影，拉动流量和会员，由广告代理公司负责广告招商，赵海现在的身份虽然是董事长黄毅楠的秘书，但这个项目依然由他亲自坐镇，跟几家投资公司对接，提前拿到了资金。黄毅楠表面一番鼓励，说干就干，实则一个甩手掌柜，你们自己要干，我就给你们机会，我只出一部分启动资金，剩下的赵海你自己去找，业务压力给到了顾晓君，我只等着收钱，不想干就跟其他人一样离开。

顾晓君心里明白，也懂赵海的压力，男人到中年，上有老下有小，现实生活和激情欲望都是要花钱的，没了 S 集团这层皮他出去什么都不是。黄毅楠秘书一职看似高升，其实是黄毅楠给他出的一道难题，现在 S 集团各业务线形势复杂，主管们都是不好对付的主，要把这些人摆弄明白，让集团这台机器继续运转是极其困难的，赵海现在就是黄毅楠的一块挡箭牌。

不过，赵海最近倒是气定神闲，一副一切自有办法的样子，还特意染了头发，鬓角的白发被染黑之后整个人都显得年轻了许多。

他组织会议，让顾晓君正式启动她的工作计划。

顾晓君挑了几位精兵强将加入团队，张婉婉、杨祎坐在一侧。除了

安雅等公司心腹老人外，她兑现了自己的承诺，留下了之前差点跳楼的姑娘季洁。

大家对"江初尧"这个选题都很感兴趣，纷纷畅所欲言，有人说要做成悬疑剧，从一个命案开始，揭露当红偶像如何堕落沦为阶下囚；有人说要拉动女性用户，详细描述江初尧和罗俊阳的爱恨情仇；也有人提议要往偶像爱情方向做，拍个疯狂粉丝与病娇偶像虐恋、殉情的故事。

顾晓君一言不发，张婉婉一副看好戏的样子，看着杨祎热火朝天地积极参与讨论，她忍不住出言劝阻："你少听点这些耸动的故事，对胎教不好。"

等在座的人全都说完自己的想法，顾晓君甩了一沓资料给大家："你们说得都很好，都是现在市场上流行的类型，但你们都忽略了一点，为什么大家会对江初尧感兴趣？因为他是一个真实的人，大家想看的是真实的故事，剧本永远写不出真实人生里的曲折，因为人生总有另一面。不管我们怎么改都不会比真实的江初尧更让人感兴趣。"

"那你的意思是？让江初尧自己来演？"

"这怎么可能呢？现在警察都找不到他。"

"江初尧可以由其他人饰演，但其他相关人物都尽量找本人出演，我们做一部伪纪录片！"

顾晓君说完，在场的人都张大嘴巴，伪纪录片？这是大家之前都没想到的。

"好多年没有这个类型的片子了，你确定咱们的片子能卖出去？"张婉婉第一个反对。

"只要我们的片子足够有话题和商业化，我们可以做得很好，赵总，你觉得呢？"

"倒是新颖，泰国的惊悚片经常这么干，我们还没有这么做过。我觉得有点意思，但你们一定要把案子做得全面，消减投资人的顾虑。"赵海说完，熄灭一根烟。

"你们觉得呢？"顾晓君环顾四周。她很熟悉这种感觉，她渴望得到伙伴的支持，她期待大家对自己的认可，那一刻是幸福的。

安雅拍手："顾总的提议非常好，但是……"

"大胆说。"

"当年的故事我们都是从八卦新闻上知道的，真实的故事到底什么样我们无从考证，顾总，如果真的把你知道的都贡献出来，是很大的牺牲和压力，我有点担心……"

"不用担心我，我既然做了这个决定就代表我做好了这个准备，至于故事嘛，我们有张婉婉老师呢。婉婉，你会写的，对吧？"顾晓君微笑着看向张婉婉。

"你太疯了，我虽然支持你，但不代表你做什么事都要支持。江初尧的故事牵扯太多了。"张婉婉瞪大眼睛。

"你怕自己写不好吗？"

"你少用激将法，这招儿对我不好使，我是不会写的，你另请高明吧。"张婉婉说完就要逃走，却被杨祎一把拉住。

"婉婉老师，你别尿啊，不就是写个故事吗？我陪你一起写！"

"那我就更不能写了，你要是掺和进来，我的职业生涯就彻底毁了。"

"你怎么瞧不起人啊！晓君不用她写了，她太狂了！"

张婉婉最终拂袖而去，她回想刚刚顾晓君的话，依然觉得这不是一个好的提议，顾晓君这个女人比她想象的要更可怕。她知道顾晓君一旦决定就不会放弃，她一定要保持理智，不能看着顾晓君一意孤行，陷入更大的黑暗之中，最后遍体鳞伤。她一定要想办法阻止，第一步就是绝不参与。

可是没等张婉婉想好具体怎么做的时候，她接到了孟凡的电话。

孟凡把她约到了他们常去的空中酒吧，坐在窗边可以俯瞰整座城市的东边。

张婉婉并不想喝酒，她不知道孟凡约她来干什么，像是谈正事。

"听说顾晓君手里有一个很大的案子，很多人都在盯着，你知道吧？"

"你说江初尧真人事件改编电影？"

"对，她找你了吧，你们聊得怎么样？"

"是她叫你来的？"张婉婉有些警惕，顾晓君不至于为了说服她去找孟凡做说客吧？这样太卑鄙了。

"当然不是，她一向不愿意搭理我。"

"那你问这个干什么？"

"跟你直说吧，有一笔资金想投这个项目，我能牵上线，条件是这个片要给我导。这个选题太好了，是我擅长的类型，也是我转型的机会，拍再多文艺片都不赚钱，我早就想往商业片发展，你是知道的。"

"所以你希望我去帮你找顾晓君？"

"这个事情对咱们有好处。"

"只对你有好处吧？"张婉婉已经开始生气了。

"我好就是你好。"

张婉婉忍不住苦笑："孟凡，我已经很累了，你不要再来逼我。"

"我没有逼你，你知道我的理想，你一直都是愿意支持我的，对吗？"孟凡握住张婉婉的手。

张婉婉把手抽出来："你什么都不懂！"

张婉婉说出这句话更觉得难过，孟凡怎么可能不懂？他就是太懂了，才会把自己耍得团团转，让自己离不开、放不下，现在还要把自己和他的生意搞在一起。他就像个野兽，要一点一点啃食她的残躯，连骨头渣子都不会剩下。

"我是不同意这个案子的，我和顾晓君说得很清楚，我不会帮她，更不会帮你。"

"为什么？"孟凡大吃一惊。

"我不同意她用自己的过去当赌注和现实博弈，最后受伤的只会是她自己。她是我朋友，我不能看着她这么做。就算这个片子成功了，代价也是她的全部，她会后悔的。"

"你怎么知道她会后悔？你们虽然是朋友，但你们的价值观不一样，她想要的是成功，对于她来说，只要能让她成功的办法她都愿意去尝试。她不在乎她的过去和名声，她就是一个狠心的女人，为了成功不惜任何代价！"

"你胡说！哪个女人会不在乎自己的名声？她只是一时被蒙蔽了，你不了解她不要这么去说她！"

"那你了解她？"

"当然！"

"那你知道她结过婚吗？"

"什么？"

"看来你不知道自己的好朋友的事情啊。"

"不可能！一定又是有人黑她，造谣！她结婚这么大的事情我怎么会不知道？"

"婉婉，每个人都有自己的过去，我觉得有些事情你应该站在更大的格局去看待。每个人的机遇不一样，立场不同，选择也不同，你要尊重别人的选择。"

孟凡后来说的话张婉婉一句都没有听进去，她不敢相信他说的话，怎么可能顾晓君结过婚，她却不知道？

她走出酒吧，立刻打了杨祎的电话，十分忐忑地想，不会只有她一个人不知道吧？

"杨祎，我问你，你知道顾晓君结过婚的事吗？"

"什么？晓君？结婚？"

"对，你听说过吗？"

"怎么可能呢？她和石墨还没到那步吧？没听说她有结婚的心思啊？"

"哦，可能是谣言或误传。"

"你听谁说的？"

"孟凡。"

"他没必要跟你撒这个谎吧，我们去问问晓君不就知道了？"

"我有点害怕。"

"怕什么？"

"我觉得晓君可能没那么简单，如果这件事是真的，她到底有多少事情瞒着我们？"

"你先不要这么消极地想事情，我们直接去找她问清楚不就好了。"

挂断电话，张婉婉一路向顾晓君家狂奔。穿过马路对面的一个巷子，她喘得有点厉害，停下脚步，靠着墙，掏出最后一根烟。她没想到孟凡竟然跟她提这样的要求，之前孟凡从没有在工作上跟她示弱，在她面前一直是自信的，为了事业投入全部精力，她为他执着，为他沉迷于工作的样子着迷，她觉得那是孟凡最有魅力的时候。

可现在孟凡竟然打起了江初尧原型故事的主意，这种想法和顾晓君有什么区别？他们是一丘之貉，都为了翻身、上位不顾一切。张婉婉不喜欢与自己亲密的人这样。这让她害怕，害怕自己有一天会被出卖。更令她惊恐的是，如果顾晓君真的结过婚，她作为顾晓君最好的姐妹，竟然一点都不知道，那顾晓君把她当什么？她分享了自己那么多不可明说的心里话，放下自己的防备和自尊，毫无保留地把心事和过往祖露给了自己最好的朋友，可到头来对方连结婚都没告诉自己！她感到此刻自己头上在冒烟，恨不得立刻出现在顾晓君面前，对她兴师问罪。

相比张婉婉的怒气，面对好友的质问，顾晓君显得十分淡然。

要得到朋友的支持，一定需要取得朋友的信任，藏太多秘密容易产生嫌隙，特别是女人之间。顾晓君知道纸里包不住火，这件事情早晚要坦白，她在心里早已做好了准备。

顾晓君在家里给张婉婉和杨祎准备了一餐丰盛的美食，备了很多酒，因为这个故事很长，没有酒可说不完。

和崔老结婚对于顾晓君来说实属意外，现在想起来她还觉得不真实。

那时候顾晓君刚刚遇上了江初尧事件，每天都会收到匿名的威胁和恐吓，那是她人生的至暗时刻。她本以为自己的人生就这样完蛋了，却没想到她的举动被新闻界的大佬崔老关注到。这位崔老极其神秘，行业里的人都知道有一位身居高位的富豪，没人知道他的真实姓名，都叫他崔老，也极少有人见过他，大多数人都是从明星的娱乐八卦中找出一些他的消息，传言某女星成了崔老的新女友，某前任女星女友获得一大笔补偿。这些都是捕风捉影的八卦，从来没有得到证实。顾晓君从不参与讨论，甚至没有想过会亲眼见到这位大佬。

顾晓君在网上发表个人声明的第二天，接到了一通电话，请她到公司会所为崔老本人做一篇专访。

她含泪写下声明，一字一句将自己卷入事件的关键时刻和心情表明，如泣如诉，闻者伤心听者流泪。这篇文章恰巧被崔老看到了。

接到崔老的指令她有些蒙，多少人希望采访的这位大佬为什么会挑中她这个倒霉蛋？她来不及多想，迅速收拾好东西，检查录音笔、电脑、手机之后，简单整理了一下自己就要出门。关门那一刻又折返回来，冲进卫生间往头发上喷了喷啫喱水，试图盖住一点烟味。

见到崔老那一刻，她暗自觉得这个人她见过，这一幕一定曾经发生过。

崔老轻声向她问好，说了几句鼓励她的话，示意她可以开始采访了。

顾晓君在来的路上疯狂地搜索关于崔老的新闻，整理了十几个热点问题，大多围绕着女人和财富。然而面对崔老本人的时候她无法将这些俗不可耐的问题说出口，定了定神，她问道："您绝望过吗？"

崔老笑了，他没有想到记者的第一个问题是问他绝望过吗，谁会问一个富豪是否绝望呢？他笑着说："有过。"

接下来的采访异常顺利，顾晓君没有问什么问题，几乎是顺着崔老的讲述整理出了他绝大部分的人生轨迹。不知不觉过了三个小时，要不是秘书提醒，这次采访还不会结束。

回家之后顾晓君洋洋洒洒地写了 3 万字的文章，修修改改删成 2 万字，抹掉了部分真实姓名之后她忐忑地发给了主编。主编看后大为震惊，马上就打电话过来问她是不是疯了，崔老的发家史虽然精彩，但是可以直接公之于众吗？特别是在澳门的那段发家史里有太多隐晦的内容，暗指当下市场潜规则的内容也很敏感。

顾晓君自己也没有把握，她回想从崔老的眼神里看到的坦率和坚定，她小心翼翼地和主编说自己可以和崔老本人确认，不给主编添麻烦，主编松了一口气默许了。

她再次反复检查文章后，重新整理好给崔老发送了邮件，邮件发出之后她一夜未眠。

第二天中午，她收到了崔老的邮件，一个字"发"，后面还有一个笑脸表情。

顾晓君写文章的时候并没有把这篇专访当作她逆风翻盘的机会，她不带任何功利心地和崔老完成了一次对话，但这不仅给她带来了信心，也让她的人生再次发生了一次不小的转折：她和崔老成了朋友。准确地说，她成了崔老人生最后一段道路上最得力的助手。

像灰姑娘穿上了水晶鞋，顾晓君成了舞池里最耀眼的那一个。

于是她再次成了舆论的众矢之的，成了人们口中在宫斗戏里最终胜利的女主角，她的过去被一笔带过，毕竟最大的热点变成了崔老提携她。

在外人看来，崔老阅人无数，看惯了莺莺燕燕，绝不会和这个土里土气的柴火妞有半点不伦。顾晓君就凭长相，想攀上枝头当凤凰是绝不可能的。顾晓君很明白自己在崔老的眼里不过是一个可以点拨的后辈，她命好，赶上崔老大发慈悲，给了她一次机会。所以顾晓君奋发图强，非常珍惜在事业上崔老给她的机会和舞台，所谓屁股决定脑袋，她登上了山顶，视野自然更广阔，离自己的事业理想更近了一步，她喜欢这种充实的快感，浑身充满了干劲。

在崔老的提携下，顾晓君掌握了许多技能和人脉，她陪着崔老见的都是达官显贵，听的都是最新、最可靠的消息，她甚至开始学习炒股和投资，给自己制定的目标越来越清晰。她的努力被崔老看在眼里，这样一晃就是两年，她已经成了崔老最得力的手下干将。

顾晓君从未奢求更多，她就像一辆急驶的列车，义无反顾地朝自己的目的地前进。然而生活总是爱开玩笑，某天晚上，崔老在饭桌上跟她提出一个请求——结婚。

顾晓君已经忘了自己当时的表情有多夸张，她听到这两个字后直接从椅子上摔了下去。

崔老倒是笑了起来，跟她说他是认真的，请她认真考虑。

她问为什么？

崔老说自己一生风流，欠下了太多债，活着的时候还不完，死了以后一定会有人继续讨。他旧病缠身，自觉时日无多，希望自己最后的日子由自己信任的人陪伴左右，接着拿出了一份遗嘱。顾晓君十分震惊，崔老说自己这辈子功过相抵，留下一点烂摊子需要收拾，律师已经帮他拟好了一份遗嘱，他希望有一个信任的、坚强的人在他离世之后按他的意愿安顿他和他生前的财产。他知道他死后一定会有恶鬼来讨债，没有名正言顺的身份，顾晓君就算是金刚铁骨也抵不过那些人的撕扯。除此之外，他有一个更重要的事情需要顾晓君去办。

他什么都准备好了，只要顾晓君愿意。

顾晓君看着这份遗嘱，心里很沉，说不出是一种什么情绪。

她一开始就知道崔老对她的感情不是爱，是一份信任和坦诚。她心里愈发难过，是得知自己将要失去朋友的那种难过。她从未认真思考过生老病死，崔老是她的恩人，她不能接受好友即将离去。当然，她内心还有对未来的迷茫和不安：遗嘱上的内容足够让崔老的前妻和子女来撕碎了她。

顾晓君一向敬重崔老，崔老这样的请求让她着实为难。但她来不及想太多，心里忽然冒出一个画面：她扶着崔老站在草坪上，看着天边落日，任凭长发被风卷起。无论怎么样，崔老对她恩重如山，作为报答，她一定要把这些事办好。

顾晓君同意了。她不为任何物质利益，只希望能报答崔老的恩情。

崔老听后很高兴，请她放心，他家的保姆和生活助理足够为他服务，而且他本就不是一个对生活细节要求苛刻的人。

他特别说明，自己不会与顾晓君同房，他对这方面早就没什么兴趣了。

于是他们秘密登记结婚，按照法律和遗嘱内容，顾晓君全权负责崔老财产分配的问题。

三个月后，崔老在医院安静地离开了，按照崔老的要求，并没有举办追悼会，崔老说他活着的时候足够兴风作浪了，离开的时候就不用再兴师动众了，让他安静地走，但还是拦不住崔老的合伙人、朋友们堵在家门口。

他第一任妻子早年就和他断绝了关系，烧掉了自己所有的照片，没有留下任何影像纪念，前几年已经过世了，只留下一个儿子在国外，也早已和崔老断了联系。崔老留下的最重要的任务就是请顾晓君找到他的大儿子，看看对方过得好不好。

敲门最凶的还属崔老的第二任妻子和一儿一女。他们带着人守在屋外，脏话不知说了多少，顾晓君在房间里不为所动。她知道自己出去就前功尽弃了，现在就算在外面有大炮对着她，她也要把崔老的遗嘱执行完。

她按照崔老留下的详细说明，认真地操作每一步，把遗产分配到各处，大部分钱都捐了，只有一少部分继续放在公司，股权全部转交出去，已经签过字了。当她和律师、财务把所有文件都交接好之后，门被砸开了。崔老的儿子和女婿凶神恶煞地要求她把崔老的钱都吐出来，扬言组织了最有名的律师团，要告顾晓君骗婚、伪造遗嘱。

顾晓君在众目睽睽之下拿出了一份文件，上面清晰地写了顾晓君不分任何财产，只接受崔老收藏的部分书籍和影像资料，有律师现场做证。

所有人都惊呆了，这个女人到底图什么？

　　屋内再次吵成一团。顾晓君拖着早就收拾好的行李箱在保镖的保护下走出这栋房子。黑色的裙角被风吹动，她回头看了看这座红砖别墅，这里留下了她和崔老许多温暖的瞬间：一起读书、一起绘画、一起种花、一起品酒。崔老此生应该没有遗憾了吧。想到这里，她轻轻地把手伸向花坛，从枝头摘下一朵小雏菊，小心地别在了胸前，就此作别，然后头也不回地离开了崔老的别墅。

　　顾晓君将这段故事简短地讲给张婉婉和杨祎听，语气平静得好像这一切都跟自己无关："我答应了崔老结婚的事情要保密，不然没办法帮他完成遗愿。没跟你们说不是不信任你们，是不想把你们牵扯进来。"

　　张婉婉和杨祎一时说不出话，两个人一左一右抱住顾晓君，这个疯狂的女人，很难去评价和定义她的所作所为，即使作为她最好的朋友。她们只知道，她承担了多少压力和误解，多么需要被理解和安慰。

　　许久，杨祎松开手，抬头看向张婉婉，问道："所以，孟凡找你说这个干什么？"

　　张婉婉迟疑了一下："他对我们的新工作比较感兴趣，想了解一下。"说完她偷偷瞄了一眼顾晓君。

　　顾晓君表情没有任何波澜，回头问："婉婉，你要和我们一起吗？"

　　张婉婉站了起来，走到窗前，想抽根烟，又想起杨祎怀着孕，作罢。张婉婉知道此刻的顾晓君和当年一样，需要帮助，需要同伴。也许孟凡说得对，她要尊重每一个人的选择。

　　张婉婉回头看着杨祎和顾晓君两个风姿绰约的美人："我暂时加入。"顿了顿，又补充，"不是因为孟凡，是我好心，怕你们搞出幺蛾子收不了场。"

　　话音未落，三人紧紧抱在一起。

三个女人重新站在了一起，准备大干一场。三人一起元气满满地到达公司，却在公司前台停下脚步。

　　安雅和前台吵得面红耳赤："你们太过分了，一早上就把垃圾桶都收走了，厕所的纸巾也换成最薄的了，这些我们都忍了，结果连快递都换成最便宜的了，而且发快递还需要跟自己的主管发邮件申请，这不是增加工作步骤、降低工作效率吗？你刚从集团调来第一天就给我们下马威是吧？"安雅嚷嚷着，顾晓君很久都没看到一向圆滑的安雅这么生气了。

　　"亲，我也是按照集团行政的指示办事，现在集团财政缩水，你们好看娱乐是开源节流的典型单位，你有意见去跟集团反映，我为什么一大早要看你的脸色，你以为我愿意来这儿吗？厕所的纸巾我不也得用吗？拜托你搞清楚，有时间跟我急，不如去努力提高业绩，要是继续赔钱，别说垃圾桶被收了，整个公司都得被收掉！而且是再次被收掉。"新来的前台小姑娘显然不是个好惹的主儿，吵起架来寸步不让，安雅这次算遇到硬茬了。

　　"好了，在公司门口吵不丢人吗？没什么大不了的，都少说两句，以和为贵。"顾晓君站在安雅背后开口。

　　安雅听到顾晓君说话，才发现身后已经站满了人，看到顾晓君后她一脸委屈："不是，姐，他们欺人太甚了，咱们已经从原来的办公区搬到了这栋大厦最差的楼层和位置，工位都是最小的，而且把您的办公室都撤了，就留了一间破会议室，以后咱们开会都得挤着开。连空调都没人修，屋里比走廊还冷，这不是明显在难为咱们吗？"

　　顾晓君已经明白了她们争吵的原因，也看透了事情的本质，还是那句话：资本无情，但人有情。S集团如今千疮百孔，黄毅楠作为老板能把她们留下已经算客气了，如果有条件支持，何必故意刁难？既有失体面，又伤了和气，但集团的做法也并非无意，就是想告诉她现在自己的处境，怎么用上贵的卫生纸、要回垃圾桶，就看她的本事了，顺便也考验她的决心。被捧惯的行业娇女，对现状不满意大可拍屁股走人，如果能咽下这口气，卧薪尝胆就代表了有翻盘的决心，人只要有心，就有机会。

"你不在乎就不算难为，咱们现在人少，一起办公挺好，我跟大家在一起也省得大家心里有意见，现在大家都一样，要好好工作用成绩说话。该争取的时候我会为大家争取，大家的薪资暂时不变，但如果今年没有拿出成功的项目，一定会继续裁员、降薪。大家努力吧！"顾晓君说完大步流星地走进办公区，寻找自己的工位。

接下来的几天，项目组的人都像打了鸡血，顾晓君带领团队没日没夜地开会，经常睡在公司。张婉婉也亮出了真本事，把故事大纲和人物小传反复写了不下十遍，终于完成了一稿让大家拍手叫绝的版本，可是顾晓君依然摇头。

张婉婉有些泄气，问："到底要什么？"

顾晓君眉头紧锁："这个作品，我希望都由真实人物本色主演。"

大家都愣住了。

"什么意思？警察都还没找到江初尧，咱们去哪儿找啊？"

"就是因为没有江初尧，才更应该用这种形式呈现。"

"我没明白。"

"我们用所有跟江初尧有关的人物做戏，切换不同的视角去讲述故事，最终勾勒出完整的故事。这样不仅能加强戏剧冲突、悬疑感，而且可以规避风险。"

"绝！"

"我懂了，可这实在是太难了，写不好，故事就是一盘散沙，要重新构思故事主线和人物了，你是在考验我啊！"

"如果完成了一定可以让人耳目一新，你绝对会重返一线编剧行列，我相信你的实力和水准。"

"别急着给我戴高帽，我需要试一试，找找感觉。"

接着几天张婉婉都在闭关创作，熬了几个通宵之后终于出现。顾晓君的邮箱收到了最新的大纲和人物小传，她一口气看完，故事情节跌宕起伏，人物命运交织，结尾更是耐人寻味。顾晓君觉得自己果然没有选错人，给张婉婉回了一个"赞"。

下一步是拟定主创和演员，在这个环节，大家显得谨慎许多。

顾晓君并没有听大家的讨论，她早已准备好了一套方案。

下午，将案子发给赵海之后顾晓君早早地回了家，不知不觉她已经快两周没有见到石墨了。石墨在家给她准备了丰盛的晚餐等她回去，她身心俱疲，没等到晚饭就睡过去了，睡得昏天暗地，醒来的时候天已经全黑了。她顿时觉得内心落寞，肚子咕咕叫，喊了两声石墨，无人回应。她拖着昏昏沉沉的身体，出了卧室，客厅的桌子上摆满了饭菜，旁边留了一张字条：我出去一趟，晚点回来，菜凉了你热一下。

这时，她收到了赵海的信息：

明天十点，去集团汇报项目，正式过第一次决策会。

她把消息转发到项目群组里。

锅里的汤还是温的，她盛了一大碗，一饮而尽。

项目决策会是顾晓君每个季度最重要的工作，以往她坐在会议室的中间，组织各位制片人按照顺序做项目阐述，由她给专业意见，包括赵海在内的几位核心大佬投票打分，最终统计哪些项目可以跟进，哪些项目淘汰。

所有制片人可能忙一年就是为了项目阐述的这二十分钟，有没有钱做项目，就看自己的想法能不能得到公司的支持。有的人口齿伶俐，天生会讲故事，感染力强，容易得到别人支持；有的人比较内向，不善言辞，总是吃亏。对这样的人顾晓君通常会格外关照，帮忙说几句，每一次都会尽力做到一碗水端平，不会刻意偏袒。即使有的项目主创是她非常不喜欢的人，她依然能保持公正，她只看结果。在这一点上赵海对她十分认可。

今天的策划会，顾晓君显然只能亲自和集团的各位大佬做项目阐述。项目书她交给了季洁负责，季洁接到这个任务的时候极度紧张，想不到顾晓君会把这么重要的任务交给自己。在阐述环节好的 PPT 太重要了，很多人会花钱请专业的人来做 PPT，提高项目通过率。

顾晓君看出了季洁的紧张，告诉她不用花哨，最重要的是让别人看到真诚，最真的东西才打动人，然后把自己准备好的资料同步给季洁，让她按这个思路去做。季洁好似得了一个天大的宝贝，一路屁颠屁颠地跑回工位，连续几天埋头苦干。

顾晓君停在 S 集团的大楼前面，抬头看向最顶端，只见大厦相连，仅给天空留下一道缝隙，透出闪电状的一条蓝色。这是她曾经多么向往的地方，为了挤进这座大楼，她吃了很多苦，奇怪的是当年她一路跌跌撞撞也不觉得苦，每次经过这里都暗自给自己打鸡血，告诉自己一定要坚持、要努力，反倒是现在可以站到这座大厦的高处俯视下面景象了，却觉得累了。

她知道这是欲望的代价，她已经没有退路了，只能向上继续冲。

会议室里，老板黄毅楠、财务郑红等大佬已经坐好，之前被她惹到的人力老大和策略中心的老大也早早赶到，来看她到底有几斤几两。

最外面一排空着一个位置，顾晓君挨着赵海坐下，跟大家打招呼的时候，林奕龙带了三个手下风风火火地走了进来。

他满脸堆笑，打断了大家的谈话："大家都很早啊，果然对这个项目都很重视啊。晓君，你压力不小啊，但别怕，我们都支持你！"说着，走过来用手拍了拍顾晓君的肩膀。

"谢谢林总支持。"顾晓君笑着回应。

林奕龙这个笑面虎只要笑起来肯定没好事，指不定待会儿又要出什么招儿。安雅坐在顾晓君的后排，也伸出手拍了拍顾晓君的肩膀，凑过来小声说："姐我在呢，我们都支持你！"

顾晓君回头冲她点了点头，余光注意到赵海的表情，他肯定也听到了安雅的话。

人到齐了，在赵海的组织下，会议正式开始。

顾晓君没说一句废话，直接打开PPT，在场的人看到PPT，不由自主地"哇"了一声。PPT的第一页真的太漂亮了，背景是一张手绘的海报——一个帅气的人物侧面剪影，周围布满荆棘，将他缠绕，很多只手伸向他；色彩也很大胆，暗黑的底色，上面有一层隐约的黄色星星点点地布满了整张图，像是萤火虫或者星星；文字是手写的，仿佛打开了一封手写信。

这个创意来源于顾晓君准备的资料的第一句话：

这是江初尧写给世界的一封信，他曾绚烂绽放，也曾被荆棘缠绕，遍体鳞伤。在这无处可藏的人世间，到处都是他的影子。他宁愿是那烟火，只有片刻绽放和光亮。

项目阐述非常顺利，顾晓君口才一流，对内容表述客观、专业，她看到在场有人时不时不自觉地点头。

她说完了PPT上全部的内容后，继续说："最后，我要重新告诉大家，我们为什么要做这个项目，这个故事到底在跟观众讲什么？八卦、狗血、热点、悬疑、娱乐明星，这些都只是它的外壳，都只是吸引观众来看的表象，包含在里面的才是我们要告诉观众的，任何一个人在这个世界上不可能一直都有光，每一个人都会有别人无法感同身受的痛苦，遇到别人无法感同身受的困境。每个人都会看到各自的风景，我们不能改变这个世界，但我们可以放下一点自己的欲望，去试着给别人多一点空间和包容，不要做压倒别人的最后一根稻草。当暴雪将至，灾难来临，一切都会被掩埋在苍茫的天地间。大家要时常想想，自己是否真的温暖过别人，得到过别人的温暖？人会消失，但那一点点微弱的力量会永存。这是我们要传达给观众的价值观，所以我给这部电影起了一个名字，叫作《炽烈微光》。"

阐述完毕，有人开始鼓掌。

"辛苦晓君，表述得很清楚了，大家觉得怎么样？"赵海说。

大家虽然鼓掌，但都没有急着发言，都在观察黄毅楠的眼色。他们不知道老板葫芦里到底卖的什么药，本来要关掉的公司，想要起死回生哪有那么容易？如果现在支持，日后依然失败，那岂不是证明自己眼光有问题，谁也不想承担这样的风险，都和顾晓君非亲非故，即使看在赵海的面子上也不能多说，毕竟赵海这头势力式微，对面林奕龙早已虎视眈眈，随时准备发难，现在支持赵海就是和林奕龙作对，待会儿必然会有一番争论。大家不愿意蹚这趟浑水，现在保住自己要紧。

"都没有意见，那就通过了？"黄毅楠笑眯眯地说。

"我有些意见！"林奕龙果然坐不住了，就等着这个话茬呢。

"那你说说。"

"晓君阐述得很精彩，我都感动了。能在这么短时间内完成一个完整的项目案，说明晓君是有备而来，一定下了不少功夫，专业精神值得我们学习。"林奕龙说着摘下眼镜，擦了擦又重新戴上。

顾晓君知道"但是"就要来了，这部分才是真正的重点。

"但是，这个故事还是太文艺了，明明是一个商业片，为什么没有事件的男主角？大家要看的是刺激，是真相，找一些他周围的朋友当主角，做成群像片，肯定会分散观众的注意力，节奏一下子就慢下来了，这不符合观众对这个电影的期待！而且，现在的市场反映，观众要看的是明星，是大腕，谁会真的提前冲着内容买票？讲娱乐圈的故事没有娱乐明星那不就是货不对板吗？观众肯定不买账啊。还有一个最重要的原因——预算，这不是一个能以小博大的片子，要做就一定要找最一线的演员和主创，盘子少一个亿都没戏，不然肯定一点水花都没有，咱们敢这么玩吗？"林奕龙停下，清了清嗓子，"对不起，一说到专业的问题，我就难免严肃，说得重了。晓君抱歉啊，我也是为了项目好，为了集团。"

顾晓君听完并不生气，意料之中，而且从市场角度，林奕龙说的都在点上，是有准备的，不是信口开河。

"你说的预算问题很重要，我们确实需要讨论一下。"说到钱了，财务老大郑红坐不住了。

"是的，投资是有风险的，我们能投入多少，希望有什么样的回报，这都需要重新讨论。而且有一个特别关键的因素不要忘了，电影原型江初尧正在被警方通缉，我们的电影要是给社会带来负面影响怎么办？到时候别说赚钱了，会不会惹来别的麻烦都很难预料。"林奕龙得到一点鼓励就马上顺杆往上爬。

所有的目光都投向顾晓君，她并没有急着反驳，而是回到了自己的座位坐下，正对着林奕龙："林总，很高兴听到你对这个项目的分析和指教，你果然没有让我失望，别人都说我们是对手，但我不这么认为，我觉得你像我的一面镜子，看到你就能看到我的反面。在这个项目上也是，你提出的都是它的另外一种可能，很中肯，我会认真思考你提出的问题，你让我对这个项目更有信心。凡事都有开始，没有事情可以一步到位，都要经过种种考验，如果这么轻松就能把项目做好，那大家都可以做好项目，就没有我们存在的价值了。"

说完她看向黄毅楠："黄总，既然好不容易保留下了好看娱乐，我们的目的就是做出好的项目，让集团重拾对视频业务的信心，如果遇到困难就躲，那我们干脆就不要重新开始，我尊重您和股东、评审会的意见。"

现场再次陷入安静，安雅在后排急得直冒汗，这一刻她是佩服顾晓君的，换作是她，面对这样凶险的环境肯定就放弃了，她没有顾晓君这样的本事和斗志。

安静被郑红打破："我虽然不是做视频业务的，是一个外行，但数据不会骗人，收益是实实在在的。刚才两位说的我都听明白了，你们都很有道理，不愧是专业的。今天在场的大部分人和我一样是外行，我们大多是职能部门的老大，主要业务都不是内容制作，今天也讨论不出什么结果，耗下去也没有意义。我们是不是应该找一些行业里更专业的人来开一个专题研讨会，听一听专业人士的意见。我们可以支持一些费用，虽然有限，但是一点心意，这个钱我们是愿意花也花得起的。"

"郑总说得有道理，开一个研讨会来论证一下，总会有更好的方案和办法，好的项目就是要不断完善嘛。"赵海附和。

"有这个必要吗，我们就是专业的，还要去外面找人问意见，让人笑话。再说，不对就是不对，再怎么验证也没有结果。外人不用为结果负责，说的也是风凉话，参考意义不大。"林奕龙连忙摆手。

"晓君，你觉得呢？"黄毅楠终于开口。

"开研讨会我没有意见，反正最后决定权在集团手里，我愿意多听专业意见。"顾晓君面露微笑。

"那就这么办吧，赵海你来牵头。"

"没问题，我们本周内召开研讨会，专家由我亲自来邀请，权威度请您放心。"

"我也一起邀请！"林奕龙争先恐后举手。

"可以，欢迎。"

会议结束了，顾晓君和赵海并排走出会议室，谁都没有说话，互相看了一眼，心照不宣地点头，先后离开公司各自行动。

顾晓君走出大厦。天色渐晚，她开车上了一座高架桥，两排的路灯已经亮了起来，她的车经过一个接一个的路灯，很有规律。她整个身体有些麻木，心里隐隐感到不安，她接下来要面对更大的"修罗场"。她曾经的对手、敌人，甚至没有放在眼里的"小透明"都可能出现在研讨会上，点评她，羞辱她。

也罢，有些"恩怨"早点了结也罢。

想到这里难免失落，但她没有灰心。她知道自己总有办法，她要做的事情，十个林奕龙都拦不住。

七

杨祎最近陷入了惆怅，自从偶遇李泽之后，她整晚失眠。

她半躺在床上，看着身边睡得像猪一样的刘大磊——他最近被准许回卧室睡了，突然气不打一处来，她认为是怀孕期间激素分泌异常导致的情绪不稳定。她穿过客厅，喝了一整瓶矿泉水，坐在沙发上对着漆黑的房间，安静得像只正在假寐的猫。

整个城市都睡下了，只有她在思考。

在跟刘大磊这几年的婚姻生活里，杨祎在自己有限的词汇量里找到了一个特别准确的词来形容自己——娇憨。她装得了可爱，演得了泼辣，可温顺，可甜美，既可以是《蓝色生死恋》里的宋慧乔，也可以是《野蛮女友》里的全智贤，韩剧女主角会的她都会，她尽情地扮演着女一号，而刘大磊这个男一号除了长相不及韩剧男主角，各个方面都配合得不错，跟杨祎一唱一和，也算是妇唱夫随。

杨祎到底在烦恼什么呢？杨祎想不明白自己从什么时候起变成了一个为了挣脱老公孩子热炕头的生活而拼命努力的人，虽然表面上她是强势的一方，刘大磊是个妻管严，可是杨祎内心知道刘大磊宠她是宠她，但他大男人主义得很。有点钱的男人，在原则问题上不会真的退让。

显然杨祎不太善于思考，刚思考了不到三分钟，这么多年都不怎么用的木鱼脑袋就开始发烫了,她觉得自己快发烧了。她打算趁着脑子昏昏沉沉的时候睡一会儿,可好不容易稳定了思绪,李泽笑嘻嘻的脸突然占据了她的脑子,她像一个在水里憋气太久忍不住钻出水面的人,拍着胸口大口喘气。这时候肚子里的那个也来凑热闹,踹了她一脚,仿佛在提醒她不要三心二意。

终于熬到了天亮,杨祎受不了了,她想找人聊一聊。可是顾晓君一心冲事业,好多焦头烂额的事情来不及处理,她不想打扰对方;找张婉婉?张婉婉正在没日没夜地创作,本来就要赶着给出版社交稿,现在又被委以重任,写电影大纲,也顶着很大压力,惹急了恨不得吃人,想想还是算了。

这时候杨祎接到了许久没有露面的老妈金花的电话。

"我的大宝贝,你干吗呢?"

"金花女士,你又怎么了?"

"什么叫我又怎么了,我想我闺女了,关心你不行啊?"

范伟老师说过:正愁没人教,天上掉下个粘豆包。金花女士虽然不靠谱,但也是个女人,问一问也没有坏处。

"妈,我问你,女人是不是应该有自己的事业?"

"这么正经的问题啊,我以为你问我钱够不够花呢?"

"说正事呢,正经点,我难得问你一次。"

"这我哪知道啊?"

"我挂了。"

"别啊,你这孩子!我是真不知道,但我觉得女人得知道自己要什么,脑子要拎得清,不能糊里糊涂的,不然容易被男人骗,让人瞧不起。你要是想奔事业,就朝事业努力;要是想奔家庭呢,就好好找一个好男人踏踏实实过日子,你以为家庭妇女好当呢?家庭妇女最考验智慧了,怎么教育孩子,怎么操持家务,都是学问,真不是你们想的花钱就行了,有的事花钱也没有用,必须亲力亲为,你家保姆最近怎么样?手脚干净吧？"

"她好着呢，你就甭操心这了。你说得有点道理。"

"还有点道理！我说的全是道理，你妈可是活了大半辈子，吃过的盐比你吃过的饭都多，怎么着？你遇到什么人生大事了？受刺激了？刘大磊惹你了？他惹你，你告诉我，我去治他，这么多年老娘不是白给的。"

"我知道，你不白给，你御夫有术，都是靠丰富实战经验积累的。"

"你少挤对我，别以为我听不出来，我告诉你杨祎，女人就是要比男人辛苦，因为女人既是母亲又是妻子，你还想给自己争取空间，就要付出更多。有人将家庭和事业都照顾得非常好，但那不是你一个人能解决的事，家庭需要两个人一起经营，你要动脑筋想办法，不要胡来。"

"我在想办法啊，我想得脑袋都疼。"

"你这脑袋怎么就没随我啊，就随你爸那个笨蛋了，你要随我这聪明劲，日子能好过不少。"

"是、是、是，但我这脸蛋不是随您了吗？貌美如花，倾国倾城。"

"哈哈哈，少臭美了，也就随了我一半吧。"

娘俩嬉笑着，时间过得很快，金花女士要去打麻将，挂了电话。

杨祎的心情也好多了，她想起从小到大金花女士对她都很开明，即使知道她初中的时候有暗恋对象，也只是像朋友一样跟她聊那个男生，边聊边咯咯地笑，说女孩长大了都会有这个阶段，别怕。

杨祎学生时代的初恋叫李泽，这件事情她都快忘记了。

其实杨祎没太记住李泽现在的样子，她太紧张了。后来她努力回想那天坐在车后座通过后视镜看到的李泽，但想起来的都是少年时期的李泽。

某种程度上说，杨祎的表演天赋是被李泽唤醒的。

上课的时候李泽经常不认真听讲，成绩却不错。这可能就是他的厉害之处吧。他有时会一只手支着下巴，另一只手藏在袖子里，不停地翻MP4听电子小说，把MP4的按键都磨白了。教室里安静的时候，杨祎都可以听到李泽按按钮的声音。

有一天，李泽突然从袖子里掏出一只耳机，塞到杨祎的右耳，杨祎吓了一跳，然后小心地听，耳机里刘若英唱着《成全》。李泽的手一直悬在空中，等着杨祎听完这首歌。恰巧老师走进教室，看到了这一幕，问李泽在干什么，杨祎有点慌了，学校禁止带电子设备，被发现会没收。李泽淡定地说杨祎的头发上落了一只虫子，他要帮忙拿掉，然后快速收回了手，变魔术一样把耳机塞回了袖子里。

　　老师见多识广，自然不相信他的鬼话，又懒得追究，直接罚他俩去走廊背课文，背不下来不能放学。两人并排站在走廊，面对学校二楼的阳台。李泽问杨祎听过这首歌吗，杨祎说听过，李泽让杨祎唱一遍，杨祎不唱，李泽耍无赖说不唱就不背课文，两人都别回家。杨祎着急回家看谢霆锋的新电影，不想跟他耗着，胡乱唱了一遍《成全》，李泽听完鼓掌，说可以去天桥下面赚钱了。杨祎反问他什么时候背课文，李泽说自己会背，闭着眼睛把课文背了一遍，然后得意地看着杨祎。杨祎看了看冗长的课文，深吸一口气，最后在李泽的帮助下把课文背熟了，两人才终于离开学校。

　　第二天李泽又让杨祎唱歌，条件是替她做让她头疼的物理卷子，杨祎唱了一首《很爱很爱你》。

　　第三天李泽又让杨祎每天唱歌，条件是放学帮她值日，杨祎唱了一首《我想我会一直孤单》。

　　接下来的一个月里杨祎每天都给李泽唱歌，不停地循环刘若英的专辑。

　　有天放学，杨祎手捧一大束鲜花拉着李泽坐公交，公交车上人挤人，李泽一直用身体保护鲜花不被压坏，累得满头大汗。车要到站了，李泽终于忍不住问，你这花到底送不送给我啊，不送我就回家了。杨祎说花不是送你的，是送谢霆锋的。

　　那天谢霆锋在电视台开歌迷见面会，杨祎入场之前照了照镜子，把马尾重新扎了一下，然后大步流星拉着李泽往人群里挤。但那天参加活动的人太多，严重超出场地人数限制，主办方临时取消了活动。当杨祎和李泽挤到前面的时候谢霆锋已经在保安的簇拥下上了"保姆车"，匆忙离开了。

杨祎举着花追着车屁股跑了一段路，连谢霆锋的后脑勺都没看清楚。

李泽问谢霆锋人呢？杨祎说走了。

李泽说我们是不是不应该坐公交，坐地铁能快一点。

杨祎把花塞到李泽手里，说送你了。

李泽紧紧地跟着杨祎走到马路上，踏上过街天桥，寸步不离，生怕青春期的少女没见到偶像，想不开跳桥。杨祎站到最高的一级台阶上，指着远处的灯火，说你看多……

最后一个"美"字还没说出来她就被李泽拽了下来。李泽说你别想不开，杨祎说你有病啊，她被李泽傻乎乎的样子逗笑了，说你给我唱一首歌。李泽捧着一大束花，捡起一个空瓶子当麦克风，站在天桥中间，川流不息的车和五颜六色的霓虹成了波光粼粼的背景。李泽清了清嗓子，说大家好我是谢霆锋，欢迎杨祎参加我的演唱会，我为杨祎小姐唱一首《因为爱所以爱》。

杨祎的脸红了，她不敢看李泽的眼睛，假装在晚风中迷了眼，轻轻地揉，抹掉了一滴泪。她第一次被一个男孩感动，那一刻差一点就以为眼前为自己唱歌的真的是谢霆锋。

杨祎喜欢初中时候的自己，尽管已经过去了很多年，她依然记得那张黝黑的天真无邪的脸，那时候她的眼里有他。

现在的杨祎对着镜子看自己的脸，看到的却是一块黄斑，孕妇脸上都会长斑。早上杨祎用最贵的粉底盖了厚厚的一层，到了晚上斑还是会暴露出来，不断地提醒她她现在是孕妇。这块斑显得这张脸更加疲惫，从少女到孕妇，从嘴角的笑到腮旁的斑，谁能说岁月有情？杨祎顺着脸向下看，脖颈、乳房、肚子，现在她的肚子已经很大了，里面躺着她的骨肉。她轻轻地把裙子脱掉，让整个肚皮露在外面，肚皮像西瓜一样，上面的纹路和西瓜皮很像。她突然哭了起来，这场面震撼又悲怆，此刻杨祎一个人就是千军万马，喜怒哀乐、酸甜苦辣只有她自己知道。

孕妇情绪起伏比较大，杨祎知道这样对胎儿不好，可就是控制不住情绪。不一会儿，她的肚子开始痛，她立刻停止了哭泣，摸着肚子说："好了好了妈妈不哭了，你别踢了。"她继续深呼吸，可还是难忍疼痛，她开始害怕了，冲着屋外喊老公和保姆的名字。她不敢用力喊，肚子会更痛，可是喊了几声都没有人应答。该死，人都去哪儿了？

她费劲地摸出电话，翻到通讯录的最近联络人，第一个是她妈妈，不行，她不太靠谱，跟她说可能不仅解决不了问题，反而会害得她过于担惊受怕。

她打张婉婉和顾晓君的电话，都转到了语音留言，她只好留了一句："我肚子不行了！快来救我！"

再往下翻是李泽，那天她留了李泽的电话。李泽说以后有用车的活儿记得找他，她当时录入的备注是专车司机。

杨祎此刻腹痛难忍，再多一秒她都会失去理智，她犹豫着，手指却停在李泽的电话号码上，想"死就死吧"，她拨通了李泽的电话，电话接通："快来我家接我，我肚子不行了！"

李泽正在开车，他看了一眼号码，对上号了，是那位孕妇，他们聊得不错："你怎么了？要生了吗？"

"不知道，我家里没人，你来接我去医院！"

"你不要挂电话，等我！坚持住！"

李泽果断把车后座的乘客请下车，乘客深明大义地留下一句"快去接你媳妇吧"就下了车。

李泽一路往杨祎下车的地方开，听着电话那头杨祎的惨叫，他心急如焚，人命关天，十万火急，他不敢怠慢。

到了地方，根据杨祎的指示，他冲进了杨祎家，杨祎撑着最后一点力气打开了门。她满头大汗，发梢都是湿的，头发凌乱，有些骇人。

"拿我的电话，打给刘大磊，我老公，让他通知第一妇产医院的张医生，然后直接去妇产医院等我。"

杨祎浑身发抖，她被李泽搀扶着坐上车。李泽跟刘大磊通了电话，说自己是司机，转述了杨祎的话。刘大磊听了，二话不说赶去医院。

后面的事情杨祎记得有些混乱，她整个人昏昏沉沉的，好像做了一场梦。

梦里有医院的消毒水味，混合着刘大磊身上的烟味，这个挨千刀的又在外面抽烟了，她冲上去扇了刘大磊一个耳光；画面跳转，她看到了保姆方丽丽端了一碗药过来，被她挥手打翻；她看到棚顶白色的灯总是闪，闪得她头晕。她吐了，她实在太难受了，额头上的青筋一跳一跳地疼，令她无法安静下来。开始有人轻轻地拍她，她听到了一首歌，很熟悉的旋律，听着听着，她睡着了。

不知睡了多久，杨祎终于醒了，她睁开眼睛，面前三颗脑袋伸过来俯视着她，张婉婉、顾晓君、刘大磊，好像《西游记》的名场面，就差一句"大师兄，你醒了"！

"啊，你们要吓死我啊，干吗围着我看啊？！"杨祎声音很小，显得有点娇嗔。

"你要吓死我们了知道吗？你白天好像是中邪了。"张婉婉说。

"老婆，你醒了就好。"刘大磊满脸疲倦，右脸隐约有一道血红。

"孩子没事吧？"杨祎摸着自己的肚子。

"孩子没事，动了胎气，需要静养，在医院观察一天，没事就能出院了。"

"刘大磊，你上午干什么去了？不在家，我喊你喊得嗓子都哑了，我多害怕你知道吗？"杨祎说着眼角又湿了。

"我错了老婆，我、我去公司了。之后我哪儿都不去了，就在家陪你。"刘大磊满脸歉意。

"你的脸是怎么弄的？跟人打架了？"杨祎指着他的脸。

"都是你打的啊，你忘了，你发疯了一样一顿乱抓，跟哈士奇似的，破坏力极强。"张婉婉继续吐槽。

"我说我身上怎么这么疼呢，你们还手了？"杨祎满脸委屈。

"要是能还手早就揍你了。"张婉婉冲杨祎挤眉弄眼。

"好了，醒了就没事了，医生说你情绪波动太大了，需要好好休息，你饿不饿？大磊，你去买点吃的吧。"顾晓君说完，刘大磊颠颠地出去弄吃的了，他也受到不小惊吓。

刘大磊刚出去，张婉婉一屁股坐到了床边，盯着杨祎："外面那人谁啊？"

"什么外面的人？"

"送你来的那个人，还在外面坐着呢？"

"啊？"李泽？杨祎都忘了是李泽送她来的医院，她的脸唰地红了，"司机啊，家里没人，我就叫了车，他是司机。"

"那他为什么不走啊？刚刘大磊以为是没收到车费在这儿等着呢，给人钱人没要，说跟你是同学。"

晴天霹雳，杨祎的头又疼了起来，他怎么认出自己来了？

"我同学吗？那太巧了，呵呵。"杨祎嘴上强撑着。

"你老实交代啊，刚刚人家跑前跑后地帮你办住院，你家刘大磊就知道在那儿哭哭唧唧的。"

"你怎么跟审犯人似的？人家现在是病人，不能受刺激，我头又该疼了。"

"好了，不要逼她了，她嘴硬着呢，让你同学进来跟你说两句？"顾晓君笑着逗她。

"哎呀，对，我得谢谢人家。"

顾晓君把坐在门口的李泽请了进来。

"你好点了吧？"

"我没事了，把你吓着了吧，对不起啊，谢谢你送我过来，给你添

110

麻烦了。"

　　顾晓君拉着张婉婉从病房里退出来，俩人坐在门口看着屋里像小学生一样的两个人，都笑了。

　　"你认出我了？"杨祎问。

　　"一开始就觉得眼熟，说话也熟悉，送你来的路上你自己说的。"

　　"我都说什么了？"

　　"断断续续说了不少话，说自己可能要死了，让我记得你。"

　　"好了！停！"杨祎自己都受不了，太羞耻了！情急之下怎么能丧失理智到这个地步。

　　"逗你玩呢！"李泽笑了。

　　"别逗了，我到底说没说？"

　　"你想我怎么回答？"

　　"算了，不重要，反正你已经认出我了，歌也是你放的？"

　　"你那会儿好像特别难受，情绪很激动，放了音乐你就安静了。"

　　"你放的哪一首，我想不起来了。"

　　"刘若英，《成全》。"

　　李泽没待一会儿就走了，走之前还在杨祎的床头柜上放了一束满天星。

　　确认杨祎没什么大碍之后，张婉婉和顾晓君离开医院。两人回到公司，准备迎战下一轮的研讨会。

　　"什么狗屁研讨会啊？要做就做，不做就不做，这么折腾人有意思吗？"张婉婉对于这个会议非常不满。

　　"要开就开嘛，真金不怕火炼。"

　　"一群土包子，只认钱不识货的主儿，自己没有魄力就把皮球往外踢，找一群江湖骗子来开什么会。林奕龙找的那些人里能有几个是懂内容的？动不动就说不符合市场需求，好像市场是他们家开的。"

"也有有真本事的。"

"有真本事的都在忙自己的事呢，谁有时间看热闹啊。"

"那怎么办，我们就这么放弃了？"

"晓君，我真的不明白，你为什么偏偏咬住好看娱乐这一棵歪脖树啊？你要能力有能力，要远见有远见，他们都那么对你了，你为什么不走啊？在这儿跟这群臭男人斗什么啊？你出去一定大有作为。"

"你以为出去了就不用和这群男人斗了吗？这个行业圈子就这么大，在哪儿都要做这些事，总会遇到同样的问题。"

"可是跟着他们干，你真的情愿吗？他们连收掉好看娱乐都没有提前跟你商量，甚至没有提前通知把你调回总部，分给林奕龙管，在年会上宣布这个消息，太伤害你了。"

"他们也没有通知赵海啊，我的老板都在受委屈，我有什么好抱怨的，我去帮我老板打抱不平吗？还是为自己打抱不平？去闹？去哭？更不会有好结果。"

"那什么样的结果是你要的好结果？"

"打场翻身仗。"

"用江初尧这个项目？"

"是。"

"你确定要做？"

"这是我心里的一个念头，不能放弃实现它的任何机会，我已经决定了，一旦决定了，就不能回头。"

"你对自己太狠了顾晓君，你真的不怕自己这次失败？"

"还能怎么失败？大不了就回到年会集团宣布裁员那天，重新开始。"

张婉婉还是不能理解，她沉默了很久，反复思忖，终于问出了这几天困在她心里的问题："你这次要跟孟凡合作吗？"

"孟凡怎么跟你说的？"

"他让我推荐他。"

"如果他不找你，你还会进这个项目帮我吗？"

张婉婉一时语塞："我不同意这个项目，是因为我不愿意看见你再受到伤害。我们都是三十几岁的人了，不是二十几岁、天不怕地不怕的小姑娘了，她们有的是时间和斗志，而你不能冲动，但我肯定不会袖手旁观的。"

"我知道你会帮我。你觉得孟凡合适吗？"

"我不知道。"

"你不忍心拒绝他？"

"我不知道，我心里很乱。"

"如果我拒绝了他呢？"

张婉婉再次沉默，这一刻她内心天人交战：孟凡，这个纠缠了她十年的男人，她该恨这个人吗？她有时候恨他到底，但她更恨她自己，恨自己的软弱，恨自己拖泥带水，恨自己陷入深渊，无法自拔。她有时候很羡慕顾晓君，可以对自己这么狠。

良久，张婉婉没有想好，但还是开口："你可以给他一个机会，我不介意。"

顾晓君伸手把张婉婉散落的一缕头发别到她耳后："这个事情不重要，重要的是你要想好之后怎么办。你要尽快做一个决定，一直耗着才是委屈自己。"

张婉婉落下了一滴泪，她连忙擦去，点头回应顾晓君："我们开始工作吧，不管怎么样，都先把眼前这关过了。"

与此同时，赵海出现在黄毅楠的会所里。今天S集团宴请客户，会所的客厅里，每个人都拿着一杯酒，互相应酬。

黄毅楠今天显得有些疲惫，最近集团的危机给他带来了巨大的压力，但是瘦死的骆驼比马大，他心里有自己的打算。

"找我？"他看见赵海，冲赵海招手。他知道赵海肯定是奔着好看娱乐的事来的。

"黄总，待会儿少喝点，你最近太忙了，得休息一下。"

"没办法，出口贸易的单子都停了，最近正在谈新能源的合作，我们要加把劲啊。你那边怎样了？"

"我这边都还顺利，就是晓君的那个项目，我来听听您的意见。"

"你的意见呢？"黄毅楠把皮球踢回去。

"视频业务不一定真的不赚钱，越是寒冬越应该好好储备弹药，伺机而动，等待一鸣惊人的机会。晓君那个项目不错，也确实有挑战，想要做成不能没有您的支持。"

"我知道，老赵啊，我和崔老是好朋友，不管怎么说，顾晓君都是崔老的遗孀，我是一个念旧情的人，哪怕她的项目做折了，只要她愿意，我会一直照顾她。但这些都不必让她知道，她是个很要强的人。"

"黄总有情有义，但是，崔老当年对您……"

"过去的事都过去了，当年我们生意失败，崔老全部撤资，确实让很多人都遭殃了。可是现在回头想想，在那个时候他做那样的决定并没有错，没有那场磨难我不会卧薪尝胆，东山再起，我也学到了关键时刻必须要稳准狠，当断则断。再说崔老人都不在了，我更不应该计较。"

"黄总大气啊，又跟您学到了。"

"胡说八道。"黄毅楠笑着和赵海碰杯。

崔老和顾晓君的事没几个人知道，当年他们是秘密登记结婚的，直到崔老离世分家产的时候顾晓君才公布了实情。当时在场的只有几个亲友和生意伙伴，大家也都按照崔老的遗愿，并未声张。崔老和黄毅楠的生意背景更是极少有人了解，连顾晓君都不知道，当年黄毅楠的事业刚刚起步的时候，和崔老一同经历过一场商战风云。

回去路上，赵海反复思忖黄毅楠的话。他既然说自己不介意前尘往事，愿意帮顾晓君，那他就有底气助顾晓君一臂之力，可是这样真的能帮到顾晓君吗？怎么能让顾晓君领了这个情呢？搞到最后鸡飞蛋打就糟糕了，赵海一夜都没睡安稳。

顾晓君也一晚没睡，在公司带着团队重新开会讨论项目方案，几个年轻人都睡着了，她一个人坐在电脑前咬着手指，眉头紧锁。她有一种感觉：她要的东西，正在朝她走来，轮廓越来越清晰了。

这时从她身后走过一个人，打断了她的思绪。

"季洁，你怎么没睡？"

"姐，我刚刚醒了，你饿不饿，我去给你买早饭？"

"你这么说我还真的饿了，走，咱们出去吃，顺便带一些早点给大家。"

两人走出公司大楼，绕过地上停车场，走进街角的商铺，一家烧烤店开着，门口挂着早点的招牌。

顾晓君带着季洁进去，大门正对面的一个妇女身上系着红色围裙，忙碌地包着包子，嘴上招呼着客人。

大大的口罩遮住了女人的半张脸，但眉宇看着很眼熟。

季洁认出了女人："平姐！"

女人抬头："呀，你们来了，快坐快坐，吃包子和粥吧？我给你们端。"

平姐娴熟地打开热气腾腾的锅，夹出一盘包子。

季洁坐好，问顾晓君："晓君总，你知道平姐在这儿开店啊？"

"嗯，平姐临时在这儿帮忙，这是她老乡借饭店的摊位开的早餐摊，平姐不愿意离开这儿回老家，想着这里离公司近，要是公司效益好了，还能再回来。"

"平姐真好。我刚来实习的时候。平姐看我们小孩总不吃早饭，就多带一点饭，跟我们分着吃，平姐包的包子可好吃了。"

"那待会儿你多吃几个。"

顾晓君从来不知道在公司的茶水间里，保洁阿姨和实习生之间曾有这么温暖的小事。作为领导，她似乎只会提要求，从来没有关心照顾过他们。想来有些内疚，集团人力整天喊着要学习企业文化，可是什么是企业文化，写在墙上的大字不是，统一发的 T 恤不是，而是这些温暖的人和小事。它们最能打动人，也最能留住人。

"晓君总，平姐还能回公司工作吗？"季洁小声问顾晓君。

"只要我们干得好，之前的同事都有机会回来。"

"嗯，我好好干。"

说话间，包子和粥已经端上了，每碗粥里都放了一颗咸鸭蛋。

平姐笑着看她们："一看就是又熬夜工作，快吃，吃饱了才有力气干活。"

"平姐，打包十屉包子，我给同事带回去。"

"好嘞。"

顾晓君喝了一口粥，整个人都回魂了，来了精神："季洁，你觉得我是不是一个好领导？"

"是啊，当然是，你是我的偶像。"

"那你觉得我做得够好吗？"

"晓君总，说实话，有时候我觉得你离我很遥远，一直很冷酷；有时候你的意思我也不能完全明白，可能我比较笨。"季洁说着挠挠头。

"所以你工作得很辛苦？"

"同事都说您是女魔头，你动动嘴，下面的人跑断腿，但经过这次好看娱乐的重新启动，在你的带领下，留下的人重新燃起了斗志。大家看到了你的坚持和魄力，都打心底佩服你，愿意和你一起干。"

顾晓君摸了摸季洁的头："我们会好的，加油！"

飘在天上的人不会看到地上的人的悲喜，顾晓君这么多年来享受着"升级打怪"的快感和被人追捧的优越，早就无法体会最朴实、真挚的情感。但这确实不能怪她，永远保持一颗清澈的心太难了，毕竟到她这个年纪，看到的事情太多了，多到她都不需要等待结果，看一眼就能猜出其中脉络。她没有时间，也没有心力去了解更多。所以她自然失去了很多简单的快乐，多了很多负担。

也许人只有被打到谷底后才能冷静地反思自己的得失。顾晓君觉得好看娱乐的危机是在给她提一个醒，告诉她再这样盲目地往前，路只会越来越窄，她需要转弯了。

日出又日落，顾晓君终于忙完手里的工作，可以回家了。石墨这个"二十四孝"男朋友已经把车停在了公司楼下等她。顾晓君握住石墨的手，把身体凑过去，用力闻了闻石墨身上的味道，好香，她好想就这样靠上去睡一觉。

但她想起杨祎出院了好几天，一直待在家里，没有动静，有些担心，让石墨先送她去杨祎家探望。

杨祎在家闲得都快长毛了，整天只能躺在床上看电视，遥控器都被她按烂了。电视里播的每个电视剧都不能让她满意，她总是能看到当年和她一起演戏的演员在剧里出现，特别是那两个当年和她一起出道、条件没她好的人都已经演女一号了，看到就让她心烦。

她这会儿正无聊呢，见到顾晓君很是兴奋，大声尖叫。

"看样子你的身体很健康，但精神可能有点不正常。"顾晓君逗她。

"我真的太想你了。"

"你家老大还在奶奶家呢？"

"是啊，一直在奶奶家呢，过几天刘大磊说让我也去和他妈一起住。"

"去啊，难得有机会让婆婆照顾你。"

"我才不愿意，我宁愿自己在家也不想去，怀老大的时候就是在他妈那儿，跟犯人一样定点吃饭睡觉，他妈只考虑胎儿，完全不考虑我的想法。刘大磊什么都听他妈的，也不替我说话。男人啊，只要是'妈宝'就不能要。"

"你悠着点，情绪不能激动。刘大磊呢？又去公司了？"

"去给老大开家长会了，幼儿园还开家长会，私立幼儿园真是不嫌麻烦。"

顾晓君在客厅看着杨祎和刘大磊挂在墙上的结婚照。照片里的杨祎明艳动人，刘大磊那时候没有现在胖，也算明眸皓齿，笑得格外真心。婚礼上的一幕一幕恍如隔日，一转眼杨祎都快生二胎了。

"预产期定了吗？"

"两个月之后吧，估计在月中那几天，医院房间都订好了，你就放心吧。"

"你最近没有再难受吧？"

"没有，但是记忆力越来越差了，那天真奇了怪了，明明早上我给刘大磊拿了一条新内裤，让他换上。晚上回来他上厕所，我进去擦乳液，就发现他的内裤和早上的好像不一样，早上是白色的，晚上是蓝色的，他非常肯定地说我记错了。你说我这脑子，现在连这点小事都记不住，是真不够使的。"

顾晓君听完沉默，不敢多说什么，杨祎有孕在身，身体很不稳定。

"你早点休息，我也回家休息了，这几天一直在忙，你有事随时叫我。"顾晓君说完准备离开，正巧碰上保姆方丽丽拎着大包小包的蔬菜、水果进门。

方丽丽点头和顾晓君打招呼，顾晓君微笑，擦身而过。

回到车里，顾晓君一路没有说话，石墨奇怪："怎么了？"

"如果以后你老婆怀孕了，你会在外面'偷吃'完，回家时给老婆带一份她最爱吃的东西吗？"

"不会。为什么这么问？"

"男人都一样，管不住自己的嘴。"

"冤枉，我好好开车为什么无辜挨枪子。"

正在这时顾晓君突然收到刘大磊的电话："晓君，你来家里怎么不多待一会儿？我正有事要找你呢！"

"什么事？"顾晓君反应冷淡。

"电话里说不清，明天晚上我做东，顺便带几个朋友给你认识。"

"行，正好我也有事情跟你说。"

顾晓君知道刘大磊不是坏人，但老婆怀孕期间出去开小差这事刘大磊也不是干不出来。他是一个富得流油的老板，别人稍微往上贴一贴他都有可能招架不住。杨祎反应慢，但她不傻，如果她知道了一定会受不了。顾晓君最担心的是杨祎的身体，如果得了产后抑郁就严重了，她不能坐视不理。

刘大磊的酒店经常有影视圈大佬光顾，影视圈繁荣的时候店里每晚都有大明星和大导演的身影。圈内有个说法，圈钱的白天都在某咖啡厅卖PPT，有钱的晚上都去刘大磊的酒店聚会。而如今影视寒冬，在咖啡厅里谈几个亿项目的人明显少了很多，酒店的生意也冷清了些。

刘大磊今天的宴请办得极其隆重，包间的服务员和客人一样多。

顾晓君在车上简单补了个妆，她最近很憔悴，姗姗来迟，推开包房看到这么隆重的场景稍微有点吃惊。刘大磊请了四位西装革履的男士，都在等她。杨祎坐在刘大磊身边吃着燕窝，顾晓君不知道刘大磊在预谋什么，只能微笑着走进去。

刘大磊起身迎接顾晓君："给你们介绍一下，这位就是大名鼎鼎的制片人顾晓君顾总——我老婆的好闺密，我闺女的干妈。"然后向顾晓君依次介绍了四位男士，是某投资公司的高层和业务主管。

顾晓君很不喜欢这种应酬，特别是这种明显有目的的饭局，刘大磊还把大着肚子的杨祎拉出来撑面子，她就更反感。但她顾及面子不能表现出不悦，杨祎又冲她撒娇地做了一个鬼脸，顾晓君无奈，好在应付这种场合她早已得心应手，打起精神就是了。

寒暄之间，桌上摆满了美味佳肴，有她最爱吃的醉蟹和空运来的牛肉和松茸，但她没什么食欲，安静地等着刘大磊切入正题。

刘大磊端着酒杯说了半天，绕来绕去，最终的目的其实很简单。在场的几位老板希望拉拢顾晓君去他们旗下的影视公司做主管。这家公司刘大磊应该也有股份，开出的条件是买断顾晓君的项目，给顾晓君干股。

天上不会白白掉馅饼，这么好的条件一定是有代价的。顾晓君喝了一口热水，不紧不慢地开口："这么好的机会，我该怎么回报各位的赏识呢？"

"顾总是明白人，也是自己人，我们的目标是做强做大，将公司上市。这样就有更多的资金让顾总做喜欢的项目了，我相信顾总的眼光。"其中一位老板张牙舞爪地说。

"现在本来就是影视寒冬，上市就更有难度了，需要特别多的项目，还要做出业绩，我恐怕很难胜任啊。"

"晓君你别妄自菲薄啊，你的本事我是知道的，要不然我不会引荐你，你手里那么多项目，现在Ｓ集团明显已经放弃好看娱乐了，你还在那儿苦苦撑着，太辛苦了，和他们干不如自己创业。几位老板有钱，你有资源、有团队，想做项目还不容易！"刘大磊吃得满嘴油，眼睛眯成一条缝。

"话是这么说，但做起来没有那么容易，需要做的工作太多了。"

"顾总有要求直接提。"

顾晓君想了想："我希望整个业务我有绝对的话语权，我要做的项目必须投入，同时不能逼我什么项目都做；第二，团队必须由我组建，不能走关系塞人。"

现场安静了，杨祎停下了筷子，她知道顾晓君此刻是认真的。顾晓君提出这么苛刻的条件已经代表拒绝了，如果对方再提要求，顾晓君可能会直接驳大哥的面子。她很想打个圆场，但脑子却转不动，想不出合适的话。

还是刘大磊先开口："晓君，这些要求咱们可以慢慢商量嘛，我们今天是先和几位老板认识一下，合作的细节慢慢说。"

"我也只是闲聊，今天是朋友聚会，不聊这些让人头疼的事。"

"对对对，今天主要是请晓君吃饭。这几道是酒店的新菜，你嘴最习了，来给我们大厨提提意见。"刘大磊继续打圆场。

"顾晓君，你牛什么啊？真拿自己当盘菜了？"对面的人突然发飙。

顾晓君仔细看着这个人，越看越眼熟。对方黑黑瘦瘦的，皮包骨，眼睛凹陷，颧骨突出。她想起来了，这个人是赵海搭档的秘书，最早跟着他的领导负责好看娱乐的戏剧业务，一直没有什么成绩，整天纸醉金迷，出入各种酒局舞会，结识权贵、明星，后来他领导主张投资一部大制作奇幻电影，剧本狗屁不通，却拿钱"砸"来一众明星，最后票房和口碑双双严重"扑街"，让公司惨赔 1.5 亿。

这事之后顾晓君才入职好看娱乐，分管了这位大哥的项目，这位大哥跟着被公司劝退，走的时候给顾晓君留了一堆烂摊子。顾晓君屁股还没擦完，这个大哥又通过赵海来要片头署名，当年顾晓君正是年轻气盛，坚决不给，大哥扬言要跟好看娱乐打官司，黄毅楠亲自出面才解决这件事。顾晓君当年就觉得这人是个娱乐圈混子、老赖，叫什么来着，对，王大永。

娱乐真是个圈，转来转去总能遇见几个对头。

"好多年不见了王总，刚刚就觉得眼熟，原来您改名了，刚刚介绍您叫王德乾，难怪我没对上号。几年不见，您可还好？"

"原来是熟人啊，那就更好了，自己人不多说了，喝酒，喝酒。"刘大磊嗅到了很大的火药味，想赶紧打岔过去。

"顾总别客气，知道今天要见你，我很期待，以为你能长点见识，结果还是这么不识抬举。"王大永像吃了火药似的对顾晓君开火。

"你喝多了吧？"杨祎坐不住了，她不能眼看着别人欺负自己姐妹，而且还是在自己的地盘。

"肯定是有什么误会，没事没事，都是自己人，我们喝酒喝酒。"

"喝什么酒啊，跟这种没有品的人喝酒烦不烦啊！"杨祎不依不饶。

顾晓君用手拍拍杨祎的肩膀："没事，我和王总把话说开了就没事了，王总您对我有什么不满可以直接说，我不会生气。今天是刘大磊请我来的，这个面子我是给的，如果能解决你对我的误会也是好事。"

"顾晓君，你的手段别人不知道我还不知道吗？你命好赶上了好看娱乐最好的时候，集团有钱支持你，让你做出一些成绩。可是好看娱乐后来不断走下坡，直到集团没钱了，差点把你开除，这时候有人愿意接着你，你应该感恩，还敢提条件？你也太把自己当回事了，知不知道像你这样的制片人有的是，你之前能干是因为有资本支持，要是没了资本你算啥啊，在市场上怀才不遇的人有的是，没必要非得捧着你。"

"德乾，这么说过分了。"刘大磊也听不下去了。

"王总，你说得对，没有资本支持，我们不可能完成项目，圈里不缺乏有梦想、有才华的人，他们都需要一次证明自己的机会。但是选对人很重要，人品、能力、思路、视野决定了一个人在这个行业里能走多远，站多高。我承认我运气好，赶上了公司大力发展影视业务的时候，我有更好的条件去实现好的内容，现在公司和集团遇到了难处，我并没有把自己当回事，反而更克制和冷静了，我也是这时候才明白我最值钱的经验不是成功的那些，而是失败的那些。我不想答应你们的邀请不是因为我装，而是因为我知道我该做什么，这和你没有关系。对于你来说一家公司不过是一堆数字，但对我来说，一间公司容纳了太多人的理想和责任，我不能随便把这些交给别人，它们都应该被尊重，被小心呵护。希望我说的这些你能明白。"

"不要用梦想来包装现实，这一套给别人洗脑行，我不吃这一套，说白了就是你想要更多的钱、更好的条件，你要多少股份你直说吧！"

顾晓君笑了："刚刚的话就算我白说了，咱们没必要往下聊了。"

"顾晓君，你之前做的那些事我都知道，你是一个为了达到目的无所不用其极的人，你能把赵海安排得服服帖帖，在 S 集团已经决定砍掉好看娱乐的时候还能挽回你的团队，让集团给你们一个机会，我不相信你没用手段。你连江初尧的事都能拿出来炒作，你还有什么事干不出来啊？我知道你从进公司那会儿就看不上我，你给赵海写邮件告我的状我都知道，你说我无利不起早。顾晓君其实咱俩是一类人，都是看得清局势的聪明人，你好好想想吧，我大气，可以不计前嫌地跟你合作，希望你在关键时候拎得清，你现在腹背受敌，只有我能帮你。"

"王总这话怎么听都不像好话，我们还真不是一类人，道不同不相为谋，我祝你财源兴旺，我们互不干涉。如果真到了需要互相取暖的一天，我能做到雪中送炭，总归是一个圈子的，多个朋友好过多个敌人，今天我是来吃饭的，不是来树敌的。"

之后杨祎嚷嚷肚子疼，让顾晓君送她回家，留下刘大磊收拾他自己张罗的烂摊子。

回去的车上，杨祎满脸歉意："晓君，对不起，我真不知道他们是这样的人，我也不认识他们。刘大磊说能帮你渡过难关，我想着是好事，谁知道那人那么没品啊，你没真生气吧？晚上刘大磊回来我就让他跪搓衣板。"

"可得了吧，没交上新朋友，别把刘大磊也得罪了。"

"对不起嘛！"

"没事，再难听的话我都听过，偶尔听一听别人对自己的评价也挺好，有助于锻炼更强大的心脏。"

"他们知道什么啊，都胡说八道，你别往心里去。我们晓君最好了，就是太优秀，惹他们嫉妒。"

"嗯，说明我还是有点故事的，没白在圈里混这么多年。"顾晓君轻轻地抚摸杨祎的肚子，"你好好养胎，其他的事情不需要你操心。"

杨祎心疼顾晓君，挽住她的胳膊把头靠上去。

/八

傍晚时分，这座城市毫无征兆地下了一场暴雨。顾晓君把羊皮高跟鞋换成了靴子，从地库缓缓开出车子。道路两侧积了水，车轮轧上去，水面就开了花。

本来顾晓君这时候应该在家开视频会议，因为明天就要开研讨会了，成败在此一举，但她刚刚收到了一条信息，此刻必须去见一个人。

车子一路北上，开到了城北某处的隐秘别墅，当年崔老最爱来这儿泡温泉。崔老走后，按照他的意思，这里被改造成了一间养老院。崔老说顾晓君这代人以后养老是个问题，不如提前投资，对自己也是一个保障。

顾晓君停好车，独自走进院子，对面是一片宽阔的平地，小草绿油油的。她撑着伞静静地望着不远处的一片向日葵，雨滴再打，向日葵依然抬起头，等待着乌云散去之后的太阳。

穿过草坪，经过铺满向日葵的院子，她走向后面的一栋矮楼。她看到屋檐下挂一串风铃，风铃在风中摇曳，但声音被雨声覆盖，听不到声响。她在门前踟蹰一会儿，迟迟没有敲门，正在她犹豫的时候，面前的门被打开了，一个熟悉又陌生的男人站在她面前。

顾晓君无数次幻想过这样的场景，那是她潜意识里一个意气风发的

少年最美好的样子——在舞台上闪闪发光的明星，在生活里暖得像明媚的阳光。现在眼前的人和当年的偶像大相径庭，满脸疲惫，眼睛里的星星不见了，整个人清瘦得像根竹竿。

"你好吗？好久不见。"男人先开口。

"好久不见。"顾晓君嘴角微微颤抖，她的思绪被拉得太远了。

"我以为你认不出我了呢。"

"怎么会呢。"

顾晓君走进客厅，男人替她倒好了一杯茶。茶叶在杯子里翻滚，味道很香。

"之前没来过这里吧？"顾晓君问道。

"是，这里景色也不错。"

"这里空了很久，这片区域私密性也很好，不会有人来打扰。"

"你费心了。你说是你朋友的房子，他不会回来吗？"

顾晓君抿了一口茶，眼睛暗淡了一些："对，是朋友的，他过世了，准确地说，是我前夫。"

男人安静了许久，喝完一杯茶才又开口："去看看小宝？"

顾晓君点头。

"已经睡下了，你可以去看看他。"

男人把顾晓君带到走廊最里面一间卧室，轻轻推开门。黄色的灯光穿过门缝，照映在床上，映出了一个男孩的侧脸。他有长长的睫毛，眉眼和当年的少年很像，高挺的鼻梁下面是两片粉红色的薄唇，嘴角隐约有一颗痣。这孩子睡得十分香甜。

怕吵醒孩子，顾晓君小心地退出房间，轻轻地关上门。

"时间过得真快，总觉得他还是当年小小的、软软的样子，像个糯米团子，现在都长这么大了。放心吧，我会尽力照顾好他的。"

男人点头："你电话里说的事情我明白，但你的计划可能还不够周全，我需要认真考虑。"

"我知道你会帮忙的。"

男人陪着顾晓君走到门口，目送顾晓君匆匆离开。

顾晓君摇下车窗，想透透气，此刻她很想点根烟，但又不喜欢烟味，想想还是算了。风从车窗外吹进来，把她的思绪拉得好远。她想起了一段遥远的故事，故事关乎太多个人隐私，有关江初尧年少的经历，带着伤痛和苦涩。她每每想到那些艰难的日子，都像是替江初尧挨过一遍，痛苦一次。

顾晓君的痛苦来自同情和怜惜，共情能力强的人就是容易痛苦。

相比之下，江初尧的痛苦像是一种药剂，不知不觉慢慢随着血液深入骨髓，痛已经不是唯一症状，带着恨、咬着牙、面目狰狞地藏在心底最深处。每到夜里，他总是辗转反侧，难以入眠，很快就连痛也不觉得了。

江初尧出生在北方的一个矿区，那里的人粗犷能干，盖起来的房子连成排。年幼时期他常被母亲绑在背后，母亲一边劳作，一边给他唱歌。他在母亲背后睡得流口水，口水夹杂着母亲的汗水在母亲后背的衣服上浸出一个圆形。

他的不幸从四岁开始，那天母亲把他放在一边，去搬水泥，不料摞得高高的水泥从她身后倒下来将她压在底下，一瞬间烟尘漫布，母亲的头部血流不止，没等送到市区医院就离开人世了，只留下哭到声音沙哑的江初尧和满眼通红的父亲。

没过几年父亲南下打工，把他留给年迈的奶奶，从此便杳无音讯。有人说他父亲做集资发了财，不要他了；有人说他父亲出海时遭遇海难丧生；还有人说在广州的天桥下看到他瘸了一条腿，乞讨为生。

真相不得而知，江初尧从来没有想过找他，本就不熟的父子，谁没了谁都能活着。

江初尧勉强读完初中，年迈的奶奶也过世了，他一个人默默地锁上了老屋的门锁，把高中录取通知书折成方正的卡片，放进行李包里，头也不回地搭车到市里谋生。他打过很多工，端盘子，洗碗，刷漆，搬砖，学会了开车，自学英语，偶然在工地里听说接壤国正在招工，工资丰厚。

他毫无牵绊，最适合远走他乡，于是坐了一天的轮船，踏上异国的土地，跟着年长的师傅一起修路、修树，虽然很辛苦，但也温饱、安然地度过了一年。要不是某天在树上哼起了中文歌的他被星探发现，他的人生也不会被改写。

多年后，他只记得那天天色湛蓝，云彩很淡，他坐在梯子上，把剪刀揣进米色背带裤胸前的口袋里，抬头看着蓝天，擦了擦额头的汗，想起过去的某个时刻曾看过这样的蓝天，有过同样的心平气和，不知不觉地哼起歌来。他不知道梯子下面一个身着黑色西装的男人正在安静地观察他。不知过了多久，他的歌声停下来，男人才走上前，转到他正面，向他挥手问好。男人自我介绍之后给了他一张名片，原来男人是娱乐公司的星探，邀请他去参加广告试镜，并和善地告诉他报酬丰厚。江初尧在心里盘算，这笔钱将近他两个月工资的总和。

到了约定时间，他身穿一件白色衬衫、一条米色长裤、一双蓝色帆布鞋，出现在面试现场。他简单说了两句蹩脚的外语，按照要求做了几个表情。那是他第一次面对镜头，有些羞涩，又觉得好笑，忍不住抿嘴，嘴角扬起。看了回放画面后他才知道自己笑起来左边嘴角会有一个似有似无的酒窝。很快他就接到了广告邀约，经纪人给他发来文件，需要他签字，他看不懂，只能回宿舍找工友帮忙翻译，大家反复看，连蒙带猜地知道了大概意思。

想到片酬不菲，可以早点回国，江初尧鼓起勇气，工工整整地签下了自己的名字。

广告推出之后产品大受欢迎，大街小巷有屏幕的地方都循环播放着江初尧的画面，对这个中国男孩的女性关注度迅速被更大的娱乐公司所注意。江初尧搬出了工人宿舍，住进了条件更好的公寓，从六人间变成了双人间。

那段时间很艰苦，对江初尧来说却很珍贵，他仿佛回到了他渴望的学生时代，白天学习声乐、表演和舞蹈，晚上学习语言，每天只能睡 5 个小时。高强度的训练让很多同期的学员都退缩了，陆续有人离开公司。江初尧从不抱怨，再加上他确实很有天分，很快成了同期学员里的佼佼者，被公司高层当作重点培养对象。不出意外的话，不到一年他就可以在公司的安排下正式出道，演出戏剧和录制音乐专辑。这就引来了周围一些人的嫉妒目光，背后很多双眼睛盯着他，想取代他。

有一天深夜他结束了训练，在浴室打开水龙头，冰凉的水从头浇到脚底，他整个人被激得精神了。他习惯了洗冷水澡，浑身都被冷水浇得惨白，白得似乎快要变得透明。他隐约听见身后有窸窸窣窣的声音，警觉起来。侧面高处的玻璃倒映出江初尧身后出现了三四个人，他们手里拿着棍子慢慢向他围了过来。他没有慌张，将手里的毛巾在水里打湿，紧紧地拧成长长一条。

一道阴影闪过，江初尧迅速回身，侧过身体躲闪，同时敏捷地用毛巾将当头落下的棍子卷起，抬腿一脚将对方踹倒在地。另外三个人同时冲过来，江初尧用打湿的毛巾在空中画了一个弧形，毛巾依次划过三人的眼睛。三人被迷了眼睛，嘴里叽里哇啦骂了一通。江初尧用毛巾裹着身体向门口冲去，跑到门口，发现门竟然被锁住了。他只能折回，面向四个手持铁棍的男人。

江初尧踩到一条水管，弯腰捡起，水管像机关枪一样打出"子弹"，对面的人被突如其来的水柱滋得哇哇叫，眼看第二波进攻又被防住了。他们彻底被激怒了，将手里的铁棍丢过来，重重地砸向江初尧。随着一声闷响，江初尧一阵晕眩，温热的鲜血从他的额头渗出，他疼得龇牙。

浴室的灯被铁棍打到，像秋千一样荡来荡去，整个浴室忽明忽暗，面前的人伺机向前移动，在忽明忽暗的光线下像极了电影里面的瞬移。江初尧的脑子一片混乱，看来今天免不了一场恶战，他努力想办法让自己尽量冷静，找出对策。

千钧一发之际，他听到门外传来一阵响动，紧接着门上的玻璃被打破，钻出一只被玻璃划伤的、流着血的手。那只手像支离人[1]的一样，拿出一串钥匙从里面打开了门锁，锁啪的一声落到地上，接着是门被撞开。

那只带着血的手，用力拉住江初尧，奋力往外跑。

江初尧跃过在门口被打倒的两人，光着脚跟在后面奔跑，暗淡的光线下，他分辨出拉住自己的人是新来的训练生，好像叫罗俊阳，两人一直没有说过话。

他怎么知道自己遇到了危险？江初尧来不及思考太多，两人已经跑到了走廊的拐角。后面的人还在追，他们躲到电梯对面安全出口的门后。脚步声越来越近，罗俊阳冲江初尧比了一个嘘声的动作，江初尧这才发现他们两个人紧挨在一起。尴尬的是，刚刚还在洗澡的江初尧此刻着实有些"坦荡"。

追过来的几个人咒骂着，坐电梯追去楼下。确认安全之后，两人终于松了一口气，一滴血从江初尧的额头滑过脸颊滴落到胸前，打破了安静。江初尧迅速和罗俊阳分开，用毛巾遮住自己的重要部位。

以上这些往事是当年江初尧跟顾晓君最后一次见面的时候讲给她听的。顾晓君听得起劲，缠着江初尧继续讲，江初尧却卖起了关子，不愿多提，接着嘱托了一些事情给顾晓君。顾晓君感受到了江初尧的落寞，不再逼他。

朦朦胧胧的月色，让整个城市都被一层寂寞的滋味包裹了。顾晓君望着窗外，这几天忐忑的心情在见到江初尧之后平复了许多，此刻她像是站在一艘漂在大海上的轮船上，海浪一波一波地起起伏伏，她看着远处的灯塔，不知何时可以靠岸。

只要人回来了，就有希望，都会好的吧。她在心里暗下决心：计划

---

[1] 出自卫斯理的科幻小说《支离人》，书中描写了一位支离人，他的头颅、手脚可以离开身体，自由活动。

要加快落实。

顾晓君在石墨的公寓门口脱下高跟鞋，整个人瘫倒在地毯上，叫了两声无人应答，她才想起石墨白天给她打电话说他要去外地参加一个活动，这两天不在家。显然石墨这里已经成了顾晓君的避难所，她像被雨淋湿的鸟儿一样躲进一棵大树的枝头，借着头顶茂密的叶子抖一抖湿漉漉的羽毛。

顾晓君最近实在太累了，索性在石墨家睡了一晚，上床之前她还给石墨的猫开了一盒罐头，看着猫吃完她才回到卧室。即使躺下了，她还是辗转反侧，难以入眠。窗外的建筑渐渐被涂上了金色的轮廓，她终于觉得眼皮发沉，平躺合眼。然而没过多久，她就被急促的铃声叫醒了。

今天就是召开项目研讨会的日子，她要全力以赴。

顾晓君的文件夹里放着一份文件，两天前赵海神神秘秘地给了她这份名单，上面是被邀请参加研讨会的业内人士，有导演、编剧、影评人、发行等。赵海把他和林奕龙邀请的人分别做了标记。顾晓君认真看完，会心一笑。林奕龙果然不会轻易放过她，邀请的都是顾晓君的对手，里面有两个之前被顾晓君开除的编剧。

"我这边请的人你放心，都会帮忙，林奕龙请的人有点麻烦，你看看哪些人你有把握，剩下的我再想办法。"

"你想什么办法？"

"你就别管了，你安心准备，这个圈子本来就不大，早晚要相见，总有互相用得着的时候。"

"林奕龙也会这么跟他们说。你看，"顾晓君指了一下名单，"连万玲儿这号人物他都请来了，这摆明了要开战，他这次是要下狠手的。"

赵海看着万玲儿的名字，确实有点头疼。这位女演员行事风格一向泼辣，做事不留后路，之前为了演顾晓君的一部戏的女一号动用了很多人脉，连顾晓君多年未见的大学老师都亲自打来电话拜托帮忙，但顾晓君觉得万玲儿和她心中预想的女一号形象相差甚远，果断拒绝了她。她就到处发通稿黑这部剧最终定的女一号，说人家不合适，选角有问题。

顾晓君不屑于和这种人牵扯，万玲儿看顾晓君没有反应，愈加生气，顾晓君这个"黑寡妇"怎么不跟自己打啊？发律师函啊！发声明啊！自己花钱唱独角戏那钱不是白花了吗？这还怎么炒作啊？于是她开始买采访稿，声泪俱下地说自己惨遭换角，暗指幕后黑手是顾晓君。谁料收到消息的顾晓君，直接一通电话打给记者，原定发布的采访被换成了顾晓君的新戏宣传。这一通操作把万玲儿气得牙痒痒。

按理说娱乐圈发生这种事很正常，所有人都有种"慕强"心态，知道顾晓君厉害的万玲儿不敢再造次，乖乖地向顾晓君示好。可如今眼看顾晓君的公司不如昨日辉煌，再加上林奕龙的撑腰，她必然不会放过这次报仇的机会。

"万玲儿还不是最大的障碍，你再看看这儿！"赵海指了指名单上倒数第二排最后一个名字——罗杰。

"罗杰？"

"你记不记得年会第二天在公司组织了一次员工大会，其间有位同事特别激动，把周围人的情绪都煽动起来了，差点酿成大祸，就是那个人。"

顾晓君回忆起当天的情况，赵海在台上发表最后一次讲话，向各位员工道歉。

"每一位员工都像是我的家人，我们曾经一起为好看娱乐的美好未来努力奋斗。非常遗憾，今天不得已做出这样的决定，我必须向各位道歉。我有不可推卸的责任，没有把大家保护好，没有创造一个更好的环境，辜负了大家的一腔热血。也请……"

没等赵海说完，一位个子矮矮的男人突然站了起来，打断了赵海的发言。

"你当然要向大家道歉，你是这个公司最大的领导，前几年你是怎么制定工作目标的？你有没有想过你的错误决定直接导致公司今天的惨状！"

赵海一时哑口无言。

"你说不出来，那我帮你回忆回忆！你先搞人海战术，不停扩充员工人数，到处挖人，你以为你挖来的都是人才，能创造效益，新人的级别、工资都比老员工要高。我在公司干了五年不如在外面公司干过一年跳槽进来的人工资高！我们跟 HR（Human Resources，简称 HR，即人事）提出来，得到的回复是公司需要新鲜血液，那我们老的呢？晋级机会都被新人占了，我们就得吃亏等死，看不到头吗？"

这段话引起了一阵喧哗，大家纷纷讨论。

"第二件，为了方便你管理，增加了多少繁杂的工作步骤，原本一封邮件就可以搞定的问题现在要五六个人批复，你以为这样可以互相检查，批到你那儿你就安心了吗？这样只会让他们互相推诿，为了不承担责任减缓批复节奏，工作效率大大降低，底层执行苦不堪言，早就丧失了工作热情和积极性，这一切都是管理层为了省事。这不是管理高效，这是管理偷懒！"

现场开始有人鼓掌了。

"当然这些都不是最致命的，最致命的是你盲目拓展项目，本来盘子就这么大，你非要搞'大跃进'，钱迅速花完了，但是收益跟不上，因为你根本就不懂一个项目的制作周期和收益周期。影视这行不是搞商品批发，今天缝一双袜子明天就能去市场卖了，一部影视作品从策划到上线没有三年时间下不来，你的钱滚出去了就得不停投入。如果其间没有新的资本进来，没有现金流，账上一直亏空，哪个投资人会投你这个无底洞，现在没钱了，你不解散谁解散？"

现场群众的热情被推向了高潮，陆续有人加入指责。

"对！你们还给剧本打分！给剧本打分的人都不看剧本！给项目定级的人都不看项目！"

"你们胡乱发行，5 月杀青 6 月就要播，后期都没时间做，最后播放数据烂骂我们拍得不行，根本就是你们破坏制作流程导致的！"

"都是因为你们太自以为是了，不问问导演意见就随便定演员，你要统治娱乐圈吗？！"

一场道歉会变成了一次彻底的批斗大会，有人义愤填膺地斥责，有人捶胸顿足地讨论，有人激动得掩面而泣。甚至有人高喊："集团第一个开除的就应该是你！"

赵海颜面无存，被秘书搀扶着匆匆离场。

想起这码事，顾晓君内心五味杂陈，看着身边的赵海，这几天他的鬓角又白了一些："我想起来了，你没事吧？那些都是气话，大家没站在你的角度考虑。"

"我还好，大家说得对，是我的问题。"

赵海在影视行业混了这么多年，又是金融出身，不会不懂影视规律，相反，他对市场有敏锐的洞察力，若不是被资本裹挟，有难言之隐，也不会被质问得无言以对。

任何行业都有自己的无奈，每个人的角度不同，无法全面了解彼此的困境，人类的悲喜本不相通，所以理解才能万岁。

"这个罗杰为什么会出现在名单里，他现在在哪儿工作？"

"我才知道，他舅舅是集团的某个大股东。"

顾晓君大吃一惊："这人是你介绍进来的，这层关系你会不知道？"

赵海低头："我的失误。不过你也没比我好多少，你连人家名字都不知道。"

"唉，我们之前都太自大了。"

两人相对无言，悔不当初。

过去的事不能翻篇也得翻篇了，决定好看娱乐命运的研讨会终于到来。

张婉婉和安雅都早早到了公司，季洁等人反复检查资料，确定无误。

杨祎则发来贺电表示支持。

一切具备，只欠东风了。

顾晓君到了公司，迎接她的不是安雅，而是警察。

警察一早就登门拜访了，刚才被安雅请到了安静的会议室。

顾晓君的耳朵有些发烫，她能感受到背后有无数只眼睛盯着她。厕所、茶水间、电话里的人都在议论她，她隔着玻璃看到了林奕龙赤红的脸，仿佛连鼻子上的脓包都在跳跃。

她第一时间通知了赵谦。很快，赵谦作为她的律师赶到。

顾晓君坐到警察对面。两位警察身穿便衣，一老一少，出示工作证之后，没有寒暄，直截了当地问："顾女士，昨天你去了城郊的一处豪宅，是去做什么的？"

顾晓君："去见朋友。"

"什么朋友。"

"一个老朋友。"

"请不要兜圈子，希望你配合我们的询问。你昨天见的是不是江初尧？他现在是通缉犯，如果你包庇他，就是违法，是要付出代价的。你是明白人，不需要我多说什么，所以请直接回答我的问题！"年轻的警察忍不住开口。

"警察同志，我一定积极配合，我知道你们很不容易，既然来问我，我一定知无不言言无不尽。但是事关这么大的案件，我也很紧张，怕自己表达不清楚。为了更好地配合您的工作，让对话更有效，具体情况还是请我的律师赵谦先生回答吧，他完全可以代表我。"

赵谦很自然地接过了顾晓君的话："两位好，我是顾女士的律师，昨晚下班之后顾女士去见了一位老朋友，但对方身份特殊。如果没有特殊原因，我们希望保护对方隐私，但我可以肯定，她见的并不是正在被通缉的江初尧先生。"

两位警察对看了一秒："不是江初尧，是谁？"

"我们暂时不方便透露。"

"请您配合，赵律师你知道说谎会对你和顾女士不利。"

"我没有说谎，但对方的身份特殊，属于商业机密，不便透露，不好意思。"

这时老警察的电话响起，他慢慢接起，对着电话连应了两声，挂断了电话，然后冲着小警察使了个眼色："感谢两位的配合，鉴于顾女士和江初尧关系匪浅，又是当年案件的关键证人，请你近期不要离开本地，我们可能需要随时找你询问，感谢，今天打扰了。"说完两位警察走出会议室，离开了。

安雅在门口毕恭毕敬地给警察送行，刚到电梯口，迎面就碰到了行色匆匆的赵海和他的秘书。安雅敷衍地和警察挥手送别，没等电梯门关上就迅速返回刚刚的会议室。

"姐，赵总在门外。"安雅走进来说道。

顾晓君点头，轻轻挑眉，看着安雅，这个姑娘今天格外镇定，她直觉安雅有些不对劲，好像事先早有准备。

赵谦和安雅退出会议室，把空间留给了赵海和顾晓君。

"会议室里人都到齐了，你被警察堵到了门口！这事传出去会造成什么影响你知不知道！你之前是怎么和我保证的？"

"对不起赵总，这是个意外，给您添麻烦了，警察是正常询问，我积极配合，没什么问题。"

"等真的出现问题就晚了，林奕龙他们就在外面等着看我怎么处理这件事！现在集团关系错综复杂，任何风吹草动都会影响格局，这些和你的私事比起来孰轻孰重，你不会分不清楚。"

"赵总，您知道我不会因为个人的牵绊置集团利益不顾，这点您要永远相信我。"

"我相信你，外面那些人能相信你吗？"

顾晓君看着眼前这个男人——赵海。他平时总是一副似笑非笑的模样，说话慢声细语，带着南方男人的细腻腔调。员工都说他是好老板，从不用权势压人，总是有商有量，从不让人难堪，可是顾晓君知道，这样的人最心思缜密，别人吵成一团时也能沉稳自若，表面不轻易表态，实则内心已有主意。

"赵总，您有什么意见，我听您的。"

赵海语调不再急切，恢复了平常的温柔："你遇到了麻烦，集团要第一时间保护你，不应该把你再推到前面，先把今天这关过了，之后咱们从长计议。"

"你的意思是让我休息？"

"回避一段时间，你知道这个在节骨眼集团不想惹上麻烦。"

"这是你的意思还是集团的意思？"

"有区别吗？"

"我明白了，是要把我手头的事情转交出去吗？"

"我还没想好，你有什么意见吗？"

"交给林奕龙。"

赵海诧异，不知道顾晓君葫芦里卖的什么药，怎么会愿意把工作交给自己的对头？

"林总在集团内部影响力很大，人熟好办事，临危受命，他不会乱来。交给一个你了解的对手总好过交给一个陌生的敌人。"

"林总那边我会沟通。"

"还有一点，请让安雅跟我一起休息。"

赵海不自觉地睁大眼睛，很是疑惑，顾晓君今天这到底是什么套路？先是主动交出权力，还点名要交给对手，又让自己亲手培养起来的心腹跟自己一起休息，不留一点余地给自己，这三板大斧着实是让深谙世事的赵海有点蒙。

他来不及多想，身后的秘书催促说研讨会马上开始了。

"那就先这么定，先把外面那群人的嘴堵上。"

"十分钟之后我准时开始介绍项目。"

他点头表示同意，然后转身离开会议室。

顾晓君紧随其后，把守在门口的安雅带回自己的办公室。

安雅一路低着头，心思沉重，进办公室后立刻关上门。

"安雅，你跟了我这么多年，你的心思我是明白的，但现在还不是时候。"顾晓君开门见山。

"姐，你说什么我没明白。"安雅有点慌神。

"只有你知道我的行程，我的行踪是你透露的。"顾晓君说得斩钉截铁。

"姐，我……"

"警察已经跟我说了，是你向他们提供的线索。"

"姐，你听我解释，警察不是我找来的，赵总也是关心你。"

顾晓君做了一个噤声的动作："我只是随便说说，诈你一下。我不想知道更多，但我劝你不要轻易相信承诺，早晚有一天你会栽跟头，而且就算我离开，集团也不会信任你，把工作交给你。我帮你请了假，跟我一起休息，希望这些事情能早点过去，希望我回公司的时候，你能在这里等我。"

顾晓君把安雅狡辩的话堵得死死的，安雅知道自己一定暴露了，暴露了自己的野心，也暴露了自己和赵海的关系，可是顾晓君是什么时候知道的呢？她知道多少？想到这儿，安雅的背后一阵发凉。

四年前，安雅走进好看娱乐的第一天便吸引了众人的目光，她傲人的身姿成了公司的一道风景，成了当天午餐时大家的八卦话题。她走进顾晓君的办公室报到，顾晓君把眼睛从电脑上移开，在她身上停留了两秒钟，给了她一份文件："帮我复印一下。"

顾晓君从未奢望一个全能的完美秘书，如果真的以她挑剔的原则去要求秘书，那她可能永远不会有秘书。经过了前几任秘书的"历练"，她现在的要求是能做资料的简单整理、会议安排，长得好看一点、聪明一点就可以了，长相不出众、不会干活、脑子还笨的更令她生气，不如找一个赏心悦目的花瓶，做不好工作也不至于让她发脾气。

安雅小心翼翼，之前便听说顾晓君是名副其实的美女高管、影视圈的"女魔头"，经常出其不意。安雅在面试时候就领教了这一点，顾晓君只是隔着玻璃看了她一眼，便和 HR 说可以直接试用。

同事们都觉得安雅干不长，美女老板怎么会留一个更美的秘书在身边？于是有的人对安雅不是很客气。

有天人力部的同事拿了一盒子身份证给她："明天公司团建，帮我复印一下同事的身份证。"

安雅接过盒子："这是全公司的身份证？"

"对。"

"可是……"安雅看着时间，已经快下班了。

"帮帮忙，顾总也不在公司，不会找你的。"

安雅明知道这个人在欺负她，但她不敢拒绝，硬着头皮到复印机前开始复印，一张又一张，机器"唰唰"地响。快复印到一半的时候复印机突然卡住了，后勤早就下班了，安雅找不到修理师傅，只好自己照着复印机旁边的《操作说明》，卸下侧面的盖子，取出卡住的白纸，鼓弄了半天，手上沾满黑墨，白色裙子上也是，越着急越做不好。

同事一个一个离开，公司的灯都关了，只留下安雅一个人倔强地和复印机较劲。

这时候顾晓君出现在她身后："你在这儿干什么？"

安雅被吓了一跳："我在帮人力复印身份证。"

"这不是你的工作。"

"可是，他们找我帮忙。"

看着狼狈的安雅，顾晓君拿出手机，拨通了人力部老大的电话："让你的人现在到公司复印身份证，我在一天，安雅就是我的人，还轮不到他指使。"

人力部门老大连忙道歉，说马上了解情况。

顾晓君递给安雅一张湿巾："擦干净，我的秘书不准脏兮兮的。"

安雅十分感动，差点哭出来："谢谢顾总，您怎么回来了？"

"我来拿片子。没吃饭吧？陪我去吃饭。"

那是她们第一次一起吃饭，安雅有些拘谨。顾晓君给了她很多鼓励，让她不要怕，好好工作，以后没人敢欺负她。

之后安雅对顾晓君更加崇拜，也日渐亲近，开始在私下管顾晓君叫姐，两人关系像是蜜月期的夫妻。

可工作难免残酷，顾晓君总是给安雅出难题，让安雅吃不消。

跟着顾晓君一起工作，安雅学了不少东西，见了不少世面，对实际业务渐渐有了自己的想法。各个制片组的同事为了工作方便，也十分配合安雅的工作。安雅不再只是简单的秘书，更像是一个办公室主任，解决了很多实际问题。

欲望开始在她心里悄悄发芽，或者说她本来就是一个有欲望的人，现在它们被周围的肯定和恭维唤醒了，她越发不满足只做一个秘书。无数个夜里，当她合上电脑的那一刻，她都会闭上眼睛，回想白天的工作。为什么同样是聪明貌美的女人，站在台上讲话的是顾晓君，在侧台服务的是自己？自己什么时候才能走上台阶？

这一路顾晓君并没有忽视安雅，反而时常鼓励安雅，跟她讲当你觉得这段路很难走的时候，一定是上坡路。

奈何安雅只把这些话当作鸡汤，是老板PUA[1]员工的手段，并不买账，她觉得这些大道理都没有取得业务实权、早日名利双收、实现财务自由来得实在。她从前走的是独木桥，现在面前是康庄大道，她早就回

---

[1] 全称"Pick-up Artist"，原意为"搭讪艺术家"，是指男性接受系统化的学习，并通过实践提升情商的行为，后泛指擅长吸引异性的行为，渐渐演变为指通过言语或行为上的打击，达成对他人精神控制的行为方式。

不去了。

只要成功了，你的路就是对的。

她看了太多那些曾经求着她、捧着她，甚至耍手段让她觉得不耻的人一个一个争取到了机会，获得了利益，又反过头以胜利者的姿态俯视她。她痛下决心，小秘书是没有前途的，想要发展，必须要等一个翻身的机会。

她等机会等了太久，机会终于来了，虽然万分凶险，她知道失败的严重后果，但她忍不住想要试一试，富贵险中求，一切都值得。

她并没有把自己的野心透露给赵海。当她真的有机会和赵海发展亲密关系的时候，她反倒希望他们之间可以纯粹一些。说来可笑，明明不是正大光明的事情，反而希望隐秘而伟大。

她知道在赵海的事业版图里她不过是一颗最小的棋子，甚至连棋子都不算，但她却为这个男人着迷。她暗暗记下这个男人的喜好、记下这个男人的作息，她会在赵海洗完澡后帮赵海点一根烟，从后面抱住赵海，他们贴在一起，她安静乖巧，却又坚定自若，让赵海这个看破红尘的人都为她心动。她真的不图赵海什么，只希望获得一点安全感和爱意。

九

飞机落在南部某市，带着潮气的风把头发卷起，吹得老高。张婉婉给自己套了一件登山服，暖和了一点，听着久违的乡音，奔波时急躁的心莫名踏实了一些。

她辗转坐上了绿皮火车，晃悠悠的火车把她带回了老家。

这次回来，她是来参加父亲葬礼的。

她很久没有坐过绿皮火车了，冰冷的硬座凉得她直咬牙。上一次坐绿皮火车是她去大学报到的时候。那天她穿了一件深蓝色的衬衫，黑色长裤，随便把头发扎成马尾，手里拎着一袋水果，是她爸爸硬塞给她的。

她妈妈紧紧地跟在她身边，嘴里不停地说要按时给家里打电话、省着点用钱、不要交男朋友、一定要拿奖学金。她爸爸一个人在后面拖着一只半人高的行李箱，把行李箱扛到车上行李架的时候，不忘给她一个提醒的眼神，示意她看好行李箱，因为最底下的隔层里有他前一天放进去的 1500 块钱。

那时候她爸妈已经很久不跟彼此说话了，维持着僵持的关系，始终不离婚。张婉婉知道他们等她上大学后就会办离婚手续，拖了这么久，无非是她还小。

假装一家人的压抑她早就受够了，她恨不得火车马上就开走，把这个家甩得远远的。

火车渐渐开动，她看向窗外，妈妈抹着眼泪，爸爸站在站牌旁边轻轻跟她挥手，她好久没有看到这样的爸爸了，隐约记得读小学的时候有一次放学，爸爸就是这样出现在学校门口冲她招手，那一刻她的心里像被什么东西扎了一下。

她第一次意识到自己其实从来没有好好看过爸爸，她发现爸爸的个子其实没有她想的那么高，身材也没有那么魁梧。站在站牌旁边的男人很瘦、很小，像个小老头，脸上好像带着一点憨笑。

可她再也见不到爸爸了。她在参加研讨会的时候接到妈妈的电话，妈妈语气冷淡地跟她说她爸爸脑出血过世了。

张婉婉赶到奶奶家，门口站了很多亲戚，屋里哭成一团。她在人群的角落找到了妈妈。妈妈看到了她，把她一下抱住，身体发抖，本来忍着的眼泪夺眶而出。她妈妈不知道多少次咒骂过这个男人去死，如今这个男人真的死了，她自己却哭得如此狼狈。

张婉婉安抚了母亲，问了问具体情况。

她妈妈说，说来奇怪，离婚之后他们早就没有往来了，前天晚上她爸爸突然来敲门，说想要一张婉婉小时候的照片。这对曾经的夫妻已经很久没见面了，因为一见面就打架。她妈妈这次意外地不想恶语相向，礼貌地开了门，听到男人的来意，转身进卧室翻出压在床底的老相册，递给男人。

她爸爸坐在那张矮旧的黄色沙发上安静地翻着相册。这本相册的年头很久了，但因为很少有人翻动，所以看着还很新。封面上的模特现在已经是大明星了。每一页上都有个位置是空着的，男人知道这些空着的位置上的照片因为有自己而被撕掉了，还有一些照片干脆只剩下一半。男人一言不发，看到女儿的照片偶尔笑一下，然后抽出一张照片拿在手里看来看去。把照片插回去的时候，他发现照片背后还有一张，偷偷地看了看在对面餐桌吃饭的女人，舍不得地只放回去一张。

"想要就拿走，别出门又骂我抠门！"

"我就留一张，过一阵可能去外地，有个工程，给婉婉赚点嫁妆。"

放在以前，她妈妈一定会说几句话讽刺男人，可是这次她没有。她也不知道为什么，可能是累了，也可能是看他可怜。

离婚后他娶的小老婆带着两个孩子，把他之前做生意攒的老本快掏空了。本来离婚的时候就没分多少，为了供两个继子上学、结婚他累得够呛。小老婆长得俊俏，性子泼辣，把他拿捏住了，他不敢发火，也不出去喝酒了，把之前的毛病都改了。以前他好酒成性，老婆打爆电话，拎着菜刀追到酒桌都拉不回来，经常是被女人扛回家然后把家砸得一塌糊涂。

那样的事再没有在他身上发生过，现在的他简直是丈夫的楷模。

男人把一张张婉婉小时候穿着黄色裙子在公园门口石狮子前照的照片小心地揣进衬衫的口袋里，起身要走。女人没有留，只看了他一眼。男人缓缓地走出大门，轻轻关上，没有说再见。

男人出去后去了同事的酒局，跟大伙告别，说自己要出去干活了，明年回来，然后只喝了一杯白酒就倒在地上，起都起不来，被送进医院抢救了一晚，还是没有熬过第二天。

人活着的时候吵得天翻地覆，人没了又哭得肝肠寸断。张婉婉不明白这到底是为什么。

她拉着妈妈回家，给妈妈做了一碗面。妈妈的眼睛已经哭肿了，一句话不说，只默默地流眼泪，一滴一滴落进面汤里。

没等妈妈吃完一碗面，家里来了人，是爸爸的小老婆，张婉婉叫她红姨。

红姨一生坎坷，前两个丈夫都没了，带着两个孩子嫁给了张婉婉她爸。一个女人辛苦地支撑着卖鱼的小摊，供两个孩子读到高中，实在供不起他们读大学了，还好那时候老张愿意跟她过日子，她的生活才有了点起色，开始愿意打扮了，脸上不再总是挂着一缕碎发，嘴巴都有了颜色。

她被两个一米八几的儿子搀扶着来找张婉婉母女,不为别的,白天的哭戏已经做足了,晚上见面直奔主题,要问明白老张的存款到底去哪儿了。

红姨哭的样子和张婉婉她妈完全不一样,红姨带着一股娇气,侧着身子,哭腔像猫叫,手里的一团纸巾被揉成了碎渣也不松手,时不时擦一下一直流不下来的鼻涕。

"大姐,我知道你不喜欢我,但现在老张已经死了,我还有什么指望呢?我也是老张的合法妻子,老张走得太匆忙,一句话都没留下,你知道我的心有多痛吗?我的命怎么这么苦啊!我知道老张每个月除了给我生活费,自己还存了一笔打工钱。现在这个钱不在存折上,你说还能去哪儿呢?"红姨虽然带着哭腔,但要钱的时候一点不含糊。

"我哪知道他的钱去哪儿了?!你俩好了那么多年,他早就不跟我联系了,我怎么会知道钱放哪儿了?你俩的事不要把我扯进去,我嫌恶心。"张婉婉妈妈很不客气。

红姨大儿子刚要开口,被红姨拦住了,红姨说:"我知道你心里有气,我也是没有办法了才来跟你商量。钱没留给你,那是不是给婉婉了?老张最疼婉婉,这几年夜里时常翻来覆去不睡觉,拿着婉婉的书反复摩挲,当个宝贝。他心里想婉婉我知道,婉婉有没有收到这笔存款?"说完看向张婉婉。

张婉婉从未听说爸爸会买她的书,心里五味杂陈。

"上一辈儿的事别牵扯孩子!婉婉一直在北京,她都不跟张德福(张婉婉爸爸)联系,她怎么能知道存款在哪儿?她从来没收到过什么存款,再说张德福能有几个钱?我闺女是大作家,能看得上他那几个子儿吗?你以后不要再来了!我现在累了,你们快走吧!"妈妈开始赶人了。

"大姐,我现在是张德福的合法妻子,我问过律师了,他的钱就是我的，我必须知道这个钱的去处。哪怕我一分都不要，那也是我大度，但这个钱是我的，是我和张德福的共同财产，你们娘俩不能独吞！"红姨也不客气了。

"你放屁，活着的时候抢人，死了又要钱！你还有脸说！婉婉是他亲闺女，就算不给婉婉，他张德福的亲妈还活着呢，轮得到老太太都轮不到你！"

张婉婉怕她妈妈说出更难听的话，使劲拦着也拦不住。

"你怎么说话呢？！我妈好心来看看你，你别不识抬举，现在我们跟你好好说，等我们告到法院你一分钱也拿不到，你们最好现在把钱都拿出来！"红姨大儿子终于没忍住，说出了混账话。

"你少跟我妈嚷嚷，我给红姨面子，但没必要惯着你！我上大学之后，他除了送我去车站的前一天给我留过 1500 块钱之外再没给过一分钱，我也从来没问他要过钱。他倒是给你俩供得上了大学，还娶了媳妇，也够可以的了。人没了你们还要啃他的骨头，你们有没有点良心？要告快点去法院告，我不想跟你们吵，你们快走吧！"张婉婉眼睛通红，瞪着对面的娘仨，怕自己忍不住冲上去打人。

"别以为你在城里出过几本破书就厉害了，我们就怕你，你最好快点把属于我妈的钱交出来，不然我跟你没完！"红姨大儿子站起来用手指着张婉婉的鼻子。

张婉婉刚要伸手打掉对方指过来的手，她妈妈已经抄起地上的扫帚向对面的三人用力挥过去，嘴里大叫着让他们滚出去。

要不是邻居听到了争吵赶过来拉架，今晚注定两败俱伤。

红姨在外人面前再次表演了头晕目眩的受害者形象，被人搀着离开了，但嘴里的意思是要是不把属于她的钱交出来，这事没完。

张婉婉和妈妈收拾客厅的残局，刚刚的面碗被摔碎了，面条都扣在了地上。

"那个死人走了还留下恶心人的事，真是上辈子欠他的。婉婉，他没给你钱吧？要是那个死人真的有心给你留了钱也算他老了活明白了。"

"妈你别再骂了，你总是骂他，你要是对他好一点，好好说话，不一哭二闹的他也不至于去找别的女人！"张婉婉情绪激动，说出这句话的瞬间就后悔了。

妈妈愣在原地，像被偷走了魂儿，愣了好久才站起来，一言不发地回到自己房间，关上了门。

房间里格外安静，安静得让人害怕。

张婉婉总觉得他爸回来了，躲在某处看着这一场闹剧和她们娘俩此刻的隔阂。他到底会怎么想？会不会后悔这一生。

良久，卧室里传来母亲的哭声，张婉婉在隔壁，用被子把自己全部盖住，她努力控制着，好让自己不哭出声来，眼泪打湿了被子。她有点想那个送她坐上绿皮车的男人，想那个小时候接她放学的男人，想那个把她的小说当作珍宝的男人。可是他们父女的缘分太薄了，薄得都没有留下一张完整的合影，照片几乎都在他们夫妻吵架的时候被她妈妈撕掉了，仅存的一张被她压在别的照片底下。她爸爸倒下的时候口袋里的照片是他们父女仅存的一张合影。

第二天，妈妈照常起来做早饭，好像昨晚的一切都没发生过。

饭桌上，张婉婉把手机递给她妈妈："我收到过一笔钱，是他汇给我的，说让我帮他炒股，等他看好股票让我帮他买。我没当回事，原来他是为了把钱留给我。"

妈妈接过手机，仔细看着短信数字："他竟然攒了这么多钱！"

"我以为是他和那女的一起攒的，现在看来不是，都是他自己偷偷攒的。"

"二婚就是留着心眼，张德福那浑蛋也不傻，毕竟你才是他亲生的。"

"这钱你想怎么处理？"

"张福德留给你的，肯定不能给那娘仨啊，再说这钱跟他们有什么关系，张德福本来就该给你留遗产，这是他亏欠你的！"

"我不缺钱。"

"那你什么意思？"

"留给我奶奶吧，每月给我二叔家打钱，让他们伺候我奶奶。老太太快九十了，知道儿子没了已经把眼睛哭瞎了，希望二叔对我奶奶好一点，我爸没管我，但我奶奶一直对我很好，小时候你们每次吵架我奶奶都会把我接走。"

妈妈没再说话，默认了这个方案。她知道张婉婉不想要她爸的钱。

张婉婉在老家留了三天，一直等到父亲下葬这天，她买了墓地、骨灰盒、张罗了白事酒席，和二叔交代了奶奶的赡养费，带着妈妈离开了老家。为了避免和红姨发生不必要的冲突，她们赶了最早的一列火车。

离开老家之前，她一个人跑到墓地，在父亲的坟前倒了一瓶二锅头，倒酒的时候嘴里嘟囔道："小时候你总让我给你买酒，又总因为喝酒跟我妈吵架，我就再也不给你买酒了。明天我就要带妈妈走了，你们再也不会吵架了，我会照顾好她，也会照护好自己。你留给我的钱我会给我奶奶留着，我想你也是这个意思，你放心吧，以后馋酒了托梦给我。我实实在在地恨过你，也真真切切地爱你。老张，再见！"

火车开动了，透过玻璃窗，张婉婉看到红姨带着两个儿子来迟一步，对着火车上的她们咒骂。

死者入土为安，俗世的纷纷扰扰都归于尘土，一切都安静了，活着的人只能继续坚强地面对不可预料的痛苦和折磨，寻找活下去的希望。

孟凡到车站接张婉婉母女，张母在车上一路没有说话，偷偷地在后面打量这个器宇不凡的男人。回到家没等脱下鞋子她就开始"审问"张婉婉，恨不得连孟凡的生辰八字都知道清楚。张婉婉说他是合作的同事，企图搪塞过去。张母明显不信，惹得张婉婉心烦，躲到卧室。

刚躺下，她收到了孟凡的信息。

别太难过,这几天有需要我随时来陪你。阿姨需要什么跟我说。

张婉婉有点后悔在火车上没忍住拨通了他的电话。知道了张婉婉的遭遇,电话那头一直在安慰,张婉婉很受用。

可张婉婉知道自己不可能正大光明地把孟凡介绍给她妈妈,因为一个有妇之夫没资格当别人的男朋友,如果妈妈知道她成了别人的小三一定会对她失望透顶。

张婉婉身心疲惫,忙了几天的事情,她整个人清瘦了许多。她很想知道顾晓君那边的项目情况,那日她临时离开,不知道研讨会的结果怎么样。

还没等她联系顾晓君,刘大磊打来电话,说杨祎住院了。

前一天,杨祎一手拿着苹果、一手拿着手机跟女儿视频,小丫头最近一直在奶奶家,杨祎很挂念她。小丫头说自己把新文具盒落在家里了,嚷着要,杨祎一时找不到,就去保姆房找方丽丽,推开门,方丽丽被吓了一跳,慌张之下手里的东西掉在了地上。

是一支验孕棒。

"这是?给我看看!"杨祎挺着肚子,虽然行动不便,但脑子没有迷糊,验孕棒她还是认识的。

"不是我的,我捡的。"方丽丽结结巴巴。

"你捡的?"

方丽丽连忙去捡,杨祎赶紧上前一步,方丽丽不敢用力争抢,只能眼看着杨祎从自己手里把验孕棒抢过去。

红色的二道杠。

"你怀孕了?"杨祎瞪大了眼睛。

"我……"方丽丽支支吾吾,说不出话。

"我怎么不知道你有男友啊,这是什么时候的事?"杨祎内心复杂,她心里隐约有一个猜想，但她努力克制自己，不敢多想。

"是我男朋友的，我在老乡会上认识的。"方丽丽连连点头。

"你怀孕了，不适合在这儿干活了，你也是孕妇，怎么照顾我呢，很危险，你结了工资回老家吧。"

"姐，我没事的，我可以工作，我不能回家，家里人要知道我未婚先孕我就完了。"

"那你就去找你男朋友，或者结婚或者商量个办法，总之你不能在我家接着干了。"杨祎态度坚决，必须让方丽丽马上离开，她太危险了。

方丽丽还想争辩，杨祎却立刻关了门离开。

门口的镜子映出方丽丽一张白皙的脸庞，不到三秒钟，一行泪沿着她的脸颊落下，她恨恨地用手擦去，久久地站在原地。

回到房间的杨祎心乱如麻，一遍一遍回想最近刘大磊和方丽丽同时出现的场景。她不是不信任自己老公，可是这种事情一旦发生在自己身上，谁都没有办法保持理智。

她必须要迅速解决这件事，越快越好。

第二天一早，杨祎早早起床，去检查方丽丽是不是收拾好了行李。

半夜才回来的刘大磊也起床了，坐在餐桌上吃着早饭，一言不发，自从上次因为请顾晓君吃饭发生的不愉快被杨祎骂了一通之后，刘大磊话少了很多。

方丽丽已经把包放在门口了，杨祎坐在刘大磊身边，对着还在厨房打扫的方丽丽说："丽丽啊，这两年真是辛苦你了，把我们照顾得很好。我的嘴都被你养刁了，以后你回老家了，我还吃不惯别人做的饭呢！"

刘大磊仍然没有说话。

"你说咱家多有福气，我要生了，丽丽也怀孕了，咱家风水真好，是不是陪我去拜送子观音的时候你也许愿了啊丽丽？"杨祎开着玩笑，看了看身边的刘大磊，"跟你说话呢，你知道了吧？丽丽怀孕了。"

"啊，怀孕了是喜事，别干活了，快吃点饭吧。"刘大磊抬起头冲方丽丽说。

"没事，不耽误。"方丽丽没有放下手里的活。

"我跟丽丽商量了，头几个月不稳定，让丽丽先回老家养身体。等生完孩子要是想接着干就再回来。过几天我妈就来了，能照顾我，再配一个专业的月嫂，也不耽误。"杨祎表面是跟刘大磊说话，但声音都是冲着厨房里的方丽丽。

方丽丽忙活的手稍微停顿了一下，很快又恢复了动作。

"丽丽什么时候走啊？"刘大磊问。

"东西收拾好了，一会儿就能走。"

"那我送你一下吧。"

"不用麻烦了，我叫个车就行。"

"还是送一下吧，你东西多，怀孕不方便。"

方丽丽没有再说话。

杨祎听着两人的对话，心里有些不是滋味，但她只能不动声色，毕竟是女演员，这点演技还是有的。

吃过早饭，杨祎站在二楼阳台上看着楼下帮方丽丽拿行李的刘大磊。这个男人一定有事情瞒着自己，她自认为是了解刘大磊的，他今天话很少，说不知道方丽丽怀孕的时候明显迟疑了，而且一点也不意外，好像早就知道了。昨晚回家的时候一直不说话，心事重重的，一点也不像往日嬉皮笑脸的样子。

看着刘大磊的车缓缓启动，杨祎迅速下楼，坐上李泽早早埋伏在楼下的车。

"跟上前面的车。"杨祎像个女特务。

"什么事啊，急匆匆地让我过来。"李泽听话地开车。

"我老公好像出轨了，我要看看他们到底去哪儿！"

杨祎心跳加快，紧张中带着一点莫名的兴奋。这个剧情她在家看

《回家的诱惑》的时候跟着电视剧演过，声情并茂，比电视里的演员还动情。在现实里碰上了，更是难以抑制内心的激动。虽然她不知道现在该不该激动，自己到底在激动个什么劲。

车开到一处酒店楼下，杨祎静静地在车里观察，心都提到嗓子眼：他们果然没有去火车站。刘大磊带着方丽丽进了大堂。杨祎没有下车跟进去，她太显眼了。她抬头看了看酒店的名字，今天的阳光格外刺眼，她突然一阵晕眩，开始呕吐。李泽被吓坏了，他送杨祎去过一次医院，已经被吓过一次了，不敢再经历第二次。

"你怎么了？我叫你老公出来吧？"

"别喊，直接去医院！"杨祎嘴唇发紫，脸色苍白，忍痛说出来这句话，她隐约觉得有水顺着自己的大腿往下流，她知道自己可能要生了。

张婉婉赶到医院的时候，顾晓君和李泽正焦急地在走廊外面踱步。

"怎么样了？怎么突然就要生了？不是还有些日子吗？"张婉婉问顾晓君。

顾晓君侧目看了一眼李泽。

张婉婉转头问李泽："怎么回事？"

李泽张了张口，没等说话呢，刘大磊急匆匆地赶到，看到李泽，不满地问："怎么又是你？我老婆呢？"

李泽想起上午在酒店门口那一幕，回想杨祎说的关于老公出轨的话，顿时一股无名火燃了起来，没好气地回应："你还知道她是你老婆，你干什么去了？"

"你丫谁啊！这么跟我说话！"刘大磊说着就要动手。别看刘大磊是个胖子，但是打架一点也不尿。

李泽也没怕，凑过去就要打。

张婉婉和顾晓君一人拉住一个："好了！在产房门口你俩打架！好看啊？！杨祎还不知道什么情况呢，都老实点！"张婉婉急了。

两个男人散开，在长椅两端坐下。

"刘大磊你还能坐这么稳当？快去找医生问问怎么回事啊？你们不是早就在这医院里预约了房间吗？"

刘大磊如梦初醒，连连点头，跑了出去。

"到底怎么回事？"顾晓君问李泽。

李泽想了想，还是没说。他不知道该不该把上午的事说出去，毕竟家丑不可外扬，万一杨祎不想让别人知道老公的不忠，他不能蹚这趟浑水，可是他已经被卷进来了，而且他隐隐约约有点心虚，觉得不该让人知道他和杨祎的关系，虽然那是很多年以前的事情了，但现在让人知道也没有什么好处，反而会被多想或添乱，多一事不如少一事。

李泽摇了摇头。

不一会儿，刘大磊请来了副院长，病房里的大夫出来了，几个人围成一个圈，围着刘大磊说明情况："你做好准备吧，来的路上羊水破了，就等产妇开指生产了。现在你需要做一个决定，是顺产还是剖宫产？"

门缝里隐约传来杨祎的惨叫呻吟。

刘大磊脑袋已经蒙了，他语无伦次地说："有什么区别啊？你们是大夫你们定吧！"

"你是产妇家属，你得做个决定。目前孕妇的身体情况可能不适合顺产，需要观察，剖宫产当然也有风险。"

"大夫你这等于白说啊！"刘大磊眉毛拧成一团，"老大是自然产，我老婆说过剖宫产会留疤，可是大夫你听她疼得直叫，要不还是剖吧，只要她别遭这么大罪就行！"

"准备签字，直接进产房吧！"

杨祎被推向产房，经过长长的走廊，她满头大汗，脸色苍白，见到顾晓君和张婉婉的瞬间便哭了出来。她有好多话想说，说她心里的委屈和难过。

她看到李泽在张婉婉身后，就用被子盖住了头，她不想让李泽看到她现在狼狈的样子。

刘大磊一路都在喊："老婆没事，老婆坚强！"

杨祎恨不得现在就坐起来抽他一顿。

杨祎被推进产房没一会儿，她妈妈金花女士就赶到了医院。

相比刘大磊的慌张和杨祎的狼狈，金花女士十分从容淡定，颇有侠女风范，回头安慰张婉婉和顾晓君道："婉婉、晓君啊，你们不要担心，女人生孩子都是要遭罪的，当妈妈就是要付出代价的，谁让我们是女人！你们早点回去，这里有我呢。要不怎么说母女连心呢，前几天接到杨祎的电话，我就心里不踏实，幸亏我提前来了，我在这儿你们就放心吧！"

其实金花女士偷偷在卫生间抹眼泪的时候被张婉婉看见了。

张婉婉和顾晓君看情况比较稳定，去医院楼下给刘大磊和金花买了点吃的，还有杨祎可能要用到的东西，刘大磊稀里糊涂的，什么都指望不上。

张婉婉和顾晓君终于有机会坐下来安静地说一会儿话。

张婉婉很关心那天研讨会的结果。

"喜忧参半。"顾晓君淡淡地说道。

"展开说。"

"项目找到了投资，可以继续创作、筹备。"

"这是好事啊，那忧是什么？"

"项目需要进几个人。"

"谁？"

"女一号要用万玲儿，制片组要进罗杰，导演暂定……"顾晓君把孟凡的名字吞了下来。

张婉婉早对这个爱搞事情的万玲儿有所耳闻，嗤之以鼻。罗杰带头在公司闹的时候她也在场，知道这个人不是善茬。

"这是闹的哪出啊？"

"那天你走之后，研讨会照常开始，我们的项目反馈很好，林奕龙见无法扭转局面，就跟老板引荐了几位投资人，其中一位是万玲儿新的金主。万玲儿怎么会放弃这个炒作的机会，放出风声要演江初尧事件里丧心病狂的女记者、影视圈令人闻风丧胆的黑寡妇，这两天就要开始买热搜了。罗杰的舅舅是集团股东之一，他要参与项目也不是难事。"

"万玲儿怎么这么不要脸啊，借话题上位还要骂你一回！她才是影视圈'毒瘤'好不好！那你怎么办啊？"张婉婉没想到会出现这样的局面。

"做！既然他们能帮到这个项目，那就一起来吧！草船借箭你知道吧？"

"箭！他们就是箭！"

"你跟骂人似的。"

"骂他们都是少的！"

张婉婉隐隐觉得这件事并没有那么简单，顾晓君好像有意把这件事情闹大，闹到不可收拾。她不知道自己为什么会有这样的想法，只是有一种感觉，她想追问，被刘大磊打断了："杨祎生了。"

杨祎还是没能如愿像事业型女强人一样，在生产前那刻说出她练习好久的台词"我晚点电话接入会议，我先生个孩子"！

她在生产之前满脑子想的都是要剁了刘大磊这个挨千刀的。她听说孕妇很容易患上产后抑郁症，她告诉自己绝对不能抑郁，绝不能死，要死也是刘大磊先死。

后来发生的一切都像一场梦，她浑身都疼，像被人打了一顿，整个人像被丢进了冰窖，意识模糊，直到一阵响亮的婴儿的哭声把她拉回现实。

男孩。

杨祎看着浑身皱纹的"小猴子"忍不住笑了，他哭的样子好丑啊。

被推出产房后，杨祎到了医院最好的病房。阳光直洒在床上，被子被照得发光发烫，消毒水味都很好闻。

刚刚在产房门口等着她的人一个不落地凑在床边看着她，跟《西游记》的情节似的，下一句台词应该是"师主你醒了"？

"你们怎么又这么看着我？"杨祎有点撒娇。

听到杨祎说话，张婉婉激动得哭了："你可吓死我了，每次都这么惊心动魄的。"

顾晓君一边抱住张婉婉，一边冲杨祎比了一个大拇指："杨老师了不起！伟大的母亲，现在儿女双全，人生赢家！"

金花女士的声音突然提高八度："是啊，我闺女能差吗？从来没让我失望过！"

只有李泽没说话，他一直没走，跟着跑前跑后的。金花女士以为他是刘大磊请的护工，问张婉婉为什么请了个男护工。

刘大磊从婴儿室看完孩子回来，满脸春光走进病房："媳妇，咱儿子可好了，已经睡着了。"看到站在床边的李泽，说："你怎么还在这儿呢！走走走！"嚷嚷着赶李泽出去。

听到刘大磊的声音，杨祎转头锁定目标，从被子里伸出一只手，用尽全身的力气，高高举起，指向刘大磊，发出惊天地泣鬼神的怒吼："刘大磊！我要跟你这孙子离婚！"

众人面面相觑。

 十

别人眼里一向乖巧可爱的杨祎从来没有这么任性过，把自己关在病房谁也不见。病房像被孙悟空用金箍棒画了个圈，她亲妈都进不去。

金花女士说得没错，杨祎从来没有让她失望过。杨祎生得貌美，学习中上，是文艺骨干，学舞蹈、学钢琴都不用金花女士操心，天赋使然。高考之前她就被艺术院校特招了，大学没毕业就开始拍戏。

最值得金花女士骄傲的就是杨祎嫁得好，用她的话说，"我家杨祎脑子灵光，拎得清，在娱乐圈乌烟瘴气地，不如早早当上豪门阔太，我家杨祎有这个条件，都是我培养得好"。所以在医院病房听见杨祎喊要和刘大磊离婚的时候，金花女士要不是顾及杨祎刚生完孩子，真的想冲过去打她两巴掌，死丫头说什么浑蛋话呢？！

杨祎不知道为什么自己看见刘大磊就烦，特别是在痛苦地生完孩子之后。她并不冲动，而是因为直觉，直觉告诉自己这一刻就是要跟刘大磊对抗，表达对刘大磊的不满，不想跟他过了。

刘大磊整个人是蒙的，他怎么也想不到杨祎生完孩子会跟他提离婚。杨祎平日里是对他严格了一点，但都带有娇嗔、玩笑的意味，两人打打闹闹，小日子热闹得很，怎么也不会到离婚这步，他觉得杨祎一定是得了产后抑郁！不然还有什么原因呢？！绝对不能是因为那件事！那件事

他已经处理好了！除了抑郁还有什么原因呢？对！这个叫李泽的男人是什么情况！难道杨祎红杏出墙了？这个孩子难道不是自己的？

想到这里，刘大磊急得坐不住了！他恨不得现在就把杨祎和李泽喊到跟前当面对质！可是他自己没有十足的把握和底气。思来想去，顾晓君和张婉婉一定知道原因。

顾晓君和张婉婉大眼瞪小眼，仰天长啸，大呼冤枉。

"我这几天回老家给我爸上坟去了，哪有心情问这些事？"

"我这几天上班跟上坟也差不多，忽略了对杨祎的关心。"

"那她到底为什么要跟我离婚啊？"

"我们这几天都没有在一起，我们怎么知道杨祎为什么要跟你离婚？"顾晓君说。

"你应该反思一下为什么你老婆要跟你离婚！你竟然不知道原因？你是不是做了什么亏心事？"张婉婉倒是不留情面。

刘大磊挺了挺身子，理直气壮地说："我能做什么亏心事？！你们是她最好的朋友你们都不知道？"

"刘大磊，现在杨祎的状况比较特殊，我们可以当她心情差，就是想跟你闹一闹。你最好能老实交代，如果你有所隐瞒，有错不认，我们就是想帮也帮不了你，你自己想清楚。"

沟通两性关系问题张婉婉是很有经验的，对于别人的问题她都能单刀直入、直击要害。

刘大磊那一刻天人交战，真的动了交代隐情的念头，但是这话不知从何说起，特别是面对着杨祎的两个闺密。这俩人都是狠角色，她们的底刘大磊多多少少是知道的，狠起来连自己人都不惯着，现在她们是敌是友尚未可知，哄着自己把实话说出来，万一又集合起来站在自己的对立面，那不是亲自把武器递到敌人手上了吗？绝对不能说，不能让张婉婉这个娘们儿把话题带跑，他现在是来治罪的！

"我能有什么问题！倒是杨祎让我不放心，外头那个男的到底怎么回事？！叫什么李泽的！他俩到底什么关系，为什么他三番两次出现在医院，每次都是杨祎身体出现状况的时候！他什么意思？"

这个问题还真把张婉婉难住了，她和顾晓君都没有追问过杨祎和李泽到底是怎么一回事，不明情况不敢多说。张婉婉看向顾晓君。

顾晓君终于抬了抬眼皮，不怒自威地盯着刘大磊："刘大磊你爷们儿一点，像个男人，你老婆为了你三年生俩，儿女双全，她在产房喊得撕心裂肺，你不是没听到。她可是在死神门口走了一圈，你倒好，开始怀疑自己老婆了，还跑我俩这儿叽叽歪歪。我要是你，我现在就给她最好的照顾，有过也好误会也罢，既然是夫妻，就要真诚付出，守护好对方。现在杨祎在气头上，你真不知道原因还是装傻你自己知道。要是你现在胡闹，就是真想奔着离婚去了。"

关键时刻还是得顾晓君出马，刘大磊被说得哑口无言，灰溜溜地去找医生问现在杨祎需要什么。

刘大磊前脚刚走，顾晓君提议去找李泽聊聊。

"你真怀疑他俩有事？"张婉婉狐疑。

"你没看见刚刚杨祎在病房喊的时候李泽在门外多紧张，刘大磊没来的时候医生都以为李泽是孩子的爸。"

"他俩不是同学吗？那肯定比陌生人要关切一些，也能理解吧。"张婉婉说话的时候有些嘴软，虽然心里不能完全打消怀疑的念头，但试图反驳顾晓君，给杨祎平反。

"那为什么每次关键时刻都是李泽送杨祎来医院，都是巧合吗？为什么不是刘大磊。当紧急关头刘大磊不在的时候，杨祎愿意让李泽来帮忙，这能说明问题吧？"

"能说明什么问题啊？"

"这不是感冒发烧，是女人生孩子，你觉得能说明什么？"

说明杨祎潜意识里更愿意相信李泽。张婉婉没说出口，无力反驳，这时候必须找李泽问个明白。

李泽可比刘大磊实在多了，相比刘大磊眼睛滴溜溜乱转，他颇有点正义之士的意思。

看见李泽端正地坐到对面，张婉婉有点理解了顾晓君的话，她明白李泽是杨祎会喜欢的男生。她没有依据，就是知道，这是闺密之间才有的默契。

寸头、皮肤黝黑、眼睛清澈、眉毛粗得像两条虫子、淡淡的胡楂，没有人到中年的疲惫感，眉宇之间透着一股劲。

没等张婉婉这个"情感栏目主持人"提问，李泽先开口了："我知道你们要找我问什么。杨祎给我打电话说有事要用车，我接她去了一个地方，具体不能说，涉及她的隐私。到了那个地方她看到了不该看到的东西，情绪一时激动，我就送她来医院了。"

"大哥，你这个描述很容易让人浮想联翩啊。"

"你们的想象力不要太丰富，真的涉及她的隐私，最好是她本人愿意说，我们再讨论。不过，正是因为那件事，她才一时情绪激动，做出刚刚的事情。"

张婉婉一心琢磨到底是什么涉及隐私的事。顾晓君看出了门道："看见刘大磊了吧？都是成年人，也都是杨祎最好的朋友，我们是在帮她，你说是不是就行，我们也不会逼你。"

李泽点头。

"看见刘大磊那王八蛋出轨了？"张婉婉几乎是喊出来的。

"我真的不能说。"

"你是没说，但还不如直说。"张婉婉不自觉地翻了翻白眼，"那你和杨祎到底是什么关系，为什么她总找你？"

李泽听到这个问题，立马站起来说自己有急事，落荒而逃，只留下在风中凌乱的顾晓君和张婉婉。

"这人真逗，是不是傻啊，有事不直说，喜欢留白，可是留白给读者留下的想象空间更大，他不知道吗？"张婉婉精准吐槽。

"看来俩人之前是真有过一段，现在应该是清白的。"

"你怎么知道？"

"他俩还停留在学生时代的恋爱萌芽阶段。"

"你怎么知道？"

"提到杨祎，他会不自觉地脸红。"

听到这个回答张婉婉差一点就要给顾晓君跪了，她这话太对了，必须写进爱情圣经里。只有初恋或学生时代的感情才会这么纯粹，苟且在一起的人早就麻木不仁了，哪还会脸红心跳？这种感觉她太明白了。

金花女士借着把小婴儿接回病房的机会才得以走进病房，小家伙在婴儿床上睡得正香。杨祎看到熟睡的孩子，久久不能平静的心舒缓了许多。这孩子的眉眼和家里的老大一模一样，长大了一定是个帅哥。

杨祎觉得自己活到三十几岁才发现，之前的自己都是假精明、浮精神。

从小她就知道美丽、可爱会给自己带来更多的关注、糖果、小红花，因此她养成了习惯，要一直保持这种美丽、可爱，这是一条捷径。这条捷径让她越来越贪心，也越来越小心，生怕哪一步走错了，久而久之只要不是捷径的路都像是绕路，所以她一旦预感到危险或困难，都会下意识地选择躲避，心安理得地去选择"捷径"，因为这是一种最"聪明"的选择。

早早嫁人当衣食无忧的阔太是一种正确，生完孩子不想被家庭捆绑重返职场也是另一种逃避。她所谓的事业上的野心和努力都不过是一个让自己安心的借口，假装自己很努力，来弥补自己心底的懦弱和贪婪。她从未像顾晓君和张婉婉那么投入、孤注一掷过，她没有享受过工作上的成就感，也没有必须用工作换取物质回报的实际需求。她早已实现了温饱，在牢笼待得太久，对金钱的概念越来越模糊。

如果不是发现了刘大磊出轨，她可能没有机会做关于人生的假设，假设自己没有嫁给他，没有婚姻的温床，她这朵小花还会绽放吗？是早就被外面的风霜摧残得枯萎，还是可以更骄傲地盛开？

"妈，如果我真和刘大磊离婚了，你会怎么样？"杨祎想了很久，她知道金花女士不会同意她离婚，在金花女士眼里杨祎婚姻幸福，但她还是想问问金花女士的意见。既然早晚都要面对，干脆直接一点。

"你疯了你，好端端的离什么婚？为什么离婚啊？你以为你还是小姑娘呢？你已经给他生了两个孩子了，你想怎么着啊？"金花女士恨不得原地一蹦三尺高。

"那你怎么能不停离婚呢？你这是'双标'啊。"

"我……你想挨打是吧？我早就想打你了，你别惹我！离婚有什么好比的？"金花伸手就要打人。

小婴儿哼唧了一声，像是被吵醒了。金花马上去看孩子，杨祎躲过一巴掌，这孩子刚出生就知道保护他娘。

"你能离我为什么不能离？我想为自己好好活一回！"杨祎看小家伙没事，小声还击。

"你越活越糊涂！你就是好日子过腻了你！你说，你到底为什么？是刘大磊有二心了还是你有二心了，还是你俩都有二心了？"

"你别管了，我的事我自己处理，你帮我看看孩子吧。你不会要走吧？"

"我是要走啊，但你这样我也不放心啊，你毕竟是我生的东西，我得对你负责啊，我不能像你一样刚生完孩子就要离婚啊，我是负责任的人啊，我和你不一样啊！"

杨祎受不了她妈的唠叨，戴上耳机，用被子盖住头，假装睡觉。看来她妈对离婚这个问题的态度的确坚决。人可真奇怪，明明自己离了又结反反复复那么多次，却反对儿女离婚，自己都处理不好的问题为什么要求儿女处理好？太可笑了。

她回想起，当年她上小学三年级，有一天回家发现爸爸在收拾地上的被砸碎的相框和撕碎的照片，她知道爸妈一定刚吵过架，她不敢多问，躲进了自己房间，关门的刹那她从缝隙里看到爸爸在看她，好像要开口叫她。她反应过来的时候门已经关上了，她没有勇气把门打开。

那天晚上她和妈妈一起睡，妈妈哭得很伤心，眼睛比兔子还红，她小心翼翼地抱住妈妈，说妈妈别哭了，我陪着你呢。第二天爸爸就走了，很长一段时间都没有回来，但她每个月都会接到父亲的电话，收到他送的礼物。小小的她并不知道爸爸妈妈为什么离婚，也不明白离婚意味着什么，她觉得离婚像是大人的一种游戏，说来就来说走就走，好像所有人都会这样。

她有一段时间很想爸爸，但不敢跟妈妈说，后来听说爸爸在南方做生意赚了很多钱，有了自己的新家，有了弟弟，之后就很少给杨祎打电话、寄礼物了。长大之后等她慢慢理解婚姻和成人世界的情感了，却再也没有机会拥有一个完整的家了。

耳机里播放着刘若英的歌，这个 MP3 是上次李泽留给她的，伴着隐隐作痛的伤口，她听着听着睡着了。

哄睡了小婴儿，成功"催眠"了杨祎之后，金花女士请张婉婉帮忙照顾这里，她要去找她的好女婿刘大磊谈谈，她女儿糊涂但她不糊涂，她不能放任小年轻胡闹。

俗话说，丈母娘看女婿越看越顺眼。刘大磊在金花女士的眼中简直是个大熊猫，国宝一般，憨厚老实，有头脑会挣钱，对杨祎也是百依百顺，找老公就得找这样的。她把刘大磊挂在嘴边，当作标杆，在亲朋好友面前分享婚恋心得。亲戚原本很是不屑，金花是出了名的浪漫风流，分享婚恋心得也得是个反面教材，哪来的勇气分享成功的婚恋经验？可是听了刘大磊如何对杨祎，杨祎如何驯夫有术，特别是听了刘大磊的家底后，亲戚们纷纷向金花女士投来艳羡的目光，谁都希望有这么一个三好女婿，或者老公。

刘大磊恭恭敬敬地请金花女士喝茶，叫了一桌子丰盛的菜肴，说妈最近要辛苦了，先犒劳一下妈妈。金花女士心里一暖，琢磨着把原本的质问改成关心。

没等金花女士酝酿出满意的语言呢，刘大磊忍不住先开口了："妈，祎祎刚生完孩子，情绪比较激动，她是怪我她要生的时候我没在身边。是我不好，一早上就出去办事了，你说还有什么事能比我老婆孩子更重要？妈你放心，我肯定把祎祎照顾好。"

金花女士很是感动，多么贴心的女婿，但她还是绷住了笑容，丈母娘的范儿要端正："大磊啊，我知道你做生意不容易，但妈从来不图你们能赚多少钱，就希望你们小两口把日子过好，一个女人给你生了两个孩子不容易，何况我们家杨祎是受过高等教育、多才多艺的孩子，当初放弃如日中天的事业都是为了你啊。杨祎的梦想是得一次最佳女主角奖，为了你她放弃了自己的梦想，如果你再不知道疼她、爱她，她该有多可怜，你怎么忍心呢？"

"妈我错了。"金花女士感情煽动得很到位，刘大磊已经眼泪汪汪了。

"老大在你妈妈那儿照顾我放心，但现在杨祎的状态不稳定，婴儿那么小，你要尽快找一个阿姨来照顾她。"

"妈，您不多在这儿待几天？"

"你是知道我的呀，我但凡身体好一些就留下来照顾你们了，可我最近老毛病又犯了，经常头晕目眩，这要是把宝贝摔了碰了怎么办呀？还是阿姨更专业、照顾得更周全。再说，我留下，免不了要和杨祎吵架，不如留下空间给你们小两口修复一下感情。你好好表现，有不懂的随时打电话请教我，这样很方便呀。"金花一套说辞下来把自己的活择得干干净净，让女婿挑不出毛病。

刘大磊在心里偷笑，他就知道杨祎这个妈什么都好，就是不爱干活，享受了一辈子，十指不沾阳春水："妈说得是，我来安排。妈你也保重身体。"

"对了，你们家不是有保姆吗？她怎么没来照顾呢？"

"丽丽她……请假了。"

"真会挑时候，这么关键的时刻请假，你快点再找一个阿姨，趁这几天我在，我还能把把关。我看电视上说现在照顾月子的阿姨猫腻可多了，喂奶、喂药什么的都要小心。"

刘大磊连连点头，接着招呼丈母娘大快朵颐。

金花女士这几天确实没有睡好，吃完就困了，她撑着眼皮，看着眼前肥头大耳的刘大磊："磊磊，妈今天再跟你说最后一句话，杨祎和孩子妈都交给你了，无论如何，你们都要好好过日子。过日子就像两个刺猬冬眠，凑近了扎，离远了冷。你们得忍着对方身上的刺，互相取暖，挨过一个又一个晚上，总之，你们不许离婚！"

"嗯！"刘大磊狠狠地点头。

金花女士这一刻觉得自己是一个伟大的生活哲学家，参透了生活里的这点事，成功地挽救了一对婚姻触礁的小夫妻，一时忘了这次她能来看杨祎，除了因为杨祎生产之外，她是要跟在一起生活了一年的老王离婚的。他们在这次旅行中发生严了重分歧，她受不了一个路痴，东南西北都不认识，以后生活怎么会有方向？太没有安全感了。她这次必须离。

想起这件事的时候她心底生出了一丝挫败感，道理都懂，依然过不好这一生。但她马上反驳了这种自怜自艾，正因为她是生活哲学家，所以她一眼就看出了生活和男人的本质，是她选择了追求浪漫纯粹的爱情，放弃了安安稳稳的生活。她的人生在经历一场爱的冒险，她比世俗的人都勇敢，都伟大，都值得歌颂。想到这里，她又舒心地喝了一碗燕窝。

顾晓君回到公司的时候已经是晚上十点了，她不想回家，最近她的睡眠越来越差，即使吃了褪黑素[1]还是睡不踏实，既然睡不好干脆打起精神工作。

---

[1] 由脑松果体分泌的激素之一。

距离好看娱乐的裁员风波过去快三个月了，她强撑着给仅存的员工发工资。集团给的资金支持不多了，距离她要实现目标的时间节点越来越近，她必须在三个月之内完成这件事，这是她现在最想做成的事。

江初尧没有更多时间了，警方一定会找到他，他躲不掉的。而且李丽霞就要从监狱放出来了，到时候她会不会继续报复尚未可知。这次能不能帮到江初尧就看这三个月了。

她只能成功，不能失败。江初尧啊江初尧，世界那么大，却没有你的容身之处。你要坚持住，我们放手一搏，就要看到曙光了。

顾晓君心里的包袱和窗外的黑夜一样，笼罩着渺小的她，她很想弯下腰，抱住双腿靠一会儿，可她习惯了昂首挺胸，她不能让敌人看到她的软弱和疲惫。

一旦泄了气，就很难再充满激情地战斗。

不远处传来一串脚步声，顾晓君下意识地握紧了手里的文件，这么晚了还有谁会来这里？

隐约出现了一个高挑的身影，微弱的光模糊照出她的脸庞，是安雅。

"姐，你也在啊。"显然安雅也被吓了一跳。

"原来是你啊，你怎么也这么晚来？"

"是啊，咱俩不都应该休假了吗？"安雅自嘲。

"看来你还是放不下，我们去喝一杯吧。"

昏暗的酒吧里，三三两两的几桌客人。顾晓君和安雅坐在角落，两个满腹心事的女人在酒精的作用下透着一股风情，即使她们聊的东西无关风月。

安雅一直希望有一个可以和顾晓君说清楚的机会，这段时间她一直在想怎么开口。她在顾晓君身边工作了这么久，可还是不能看透顾晓君到底是什么样的人。顾晓君精明又难以捉摸，总是出其不意。安雅很怕自己再说错话，或表现得不好，加深彼此的误会。

这话怎么说都别扭，干脆直说吧，通常大家把有话直说叫真诚。

"姐，我知道我错了。我不该跟了赵海，不该把你的行踪告诉他，但这不是我本意，我不是为了盯着你，我没有想过把你搞走自己上位，你要相信我。"

"我相信。"

"有的时候我也觉得自己挺烂的，明明自己很想要但一直不说，心里想着一出，嘴上说着一套，你是不是特烦我这点？"

顾晓君感受到了安雅的真诚，看来这段时间她没少反思自己。

她并不讨厌安雅，相反很欣赏安雅身上那股不服输的劲和聪明，安雅做事情懂得举一反三，提醒过的错误绝对不会犯第二次。只不过这两年市场变化太大，用各种方法获取利益和权力的人太多，安雅有些坐不住了。

顾晓君理解她，沉得住气太难了，这简直是职场的最高修为。

"安雅，你为什么觉得我会怕你成长、怕你进步、怕你上位呢？"

安雅回答不出。

"你把我看得太小了，你宁愿和赵海袒露心扉，都不敢来跟我说你的想法，你糊涂啊，我会害你吗？我们是一起工作的伙伴和搭档，不是后宫选妃，你少看点宫斗剧，你能力越强、权力越大也是在帮助我的工作啊，我怎么会拦着你呢？"

安雅被说得脸红，对啊，在这个问题上为什么她会这么怕顾晓君呢？

她原来很信任顾晓君，坚定地认为只要踏踏实实完成顾晓君交给她的工作，她一定会受到提拔和重用。她早就想做业务了，她相信自己一定不会比其他人做得差。可是她一直没等到顾晓君的提拔，公司反而从外面招了很多人，把岗位都占住了。每个季度安雅都能从顾晓君那里看到公司的用人计划，她知道公司短期内不会有晋升名额和岗位调整了，她一次一次地失望。她不知道那种失落和等不到皇上临幸的妃子有什么区别，独守寒窑不见天日，日复一日年复一年，这份工作要熬到什么时候啊？

她想过干脆跳槽，这几年她为自己积累了很不错的工作履历，还偷偷地和竞争对手公司的 HR 保持联系，但她不敢去面试，因为这个圈子太小了，她上午去，下午消息就会传到顾晓君耳朵里，毕竟这些年跟着顾晓君太惹眼，认识她的人太多了。背着顾晓君去找工作不是在打顾晓君的脸吗？到时候撕破脸皮，新公司没去成，赔了夫人又折兵。

左思右想，她还是不能跳槽，最大的原因是她知道自己的不甘心。明明是她应该得到的位置，都没真的上去坐过就走了，这是逃兵。她只需要一个机会证明自己，让顾晓君知道她的能力不止能做一个助理。

"安雅，我们不是工厂的女工，每天重复简单的操作。我们的工作需要更大的能力和更多的智慧。人到了一定阶段就会遇到边界，能不能突破那个边界，需要格局，这个格局就是你与世界的关系。你对世界真诚，对世界友好，对世界犀利，这些最终会作用于你的发展。这些不是说教，我是希望你能明白，有的位置就在那儿，不管是不是你坐，那个位置都在那里。没有人是你的敌人，非要把你拉下来，只要你自己不往下坡走，火候到了，你自然会上去。"

听了顾晓君的话，安雅陷入沉思，断断续续地讲起很久之前的一件事。

几年前，她第一次在职场上感受到失望，是在一个项目的庆功会上。

那个项目是一部偶像剧，负责项目的制片人突然生病，而顾晓君忙于应酬，叫安雅去盯这个项目的进度。安雅很聪明，先要了项目的预算和生产计划，到剧组就发现了不对劲：剧组进度很慢，肯定会超期、超支，她第一时间联系了公司的财务和质检部，请示顾晓君后带着人去剧组查账。剧组怎么会服气一个小助理，还是个黄毛丫头？安雅偏偏是个硬骨头，直接跟剧组制片人拍桌子，差一点发生肢体冲突。见安雅不怕吓唬，剧组开始哄她，邀请她吃饭，安雅应下了，等剧组放松警惕的时候安雅说服了剧组的财务，冒雨连夜带着剧组的账本开车离开。回到公司的时候她衣服都湿了，她不顾发烧组织工作，等顾晓君回来，她已经整理好了一份详细的报告，包含了超期原因分析和补救方案。

顾晓君拿到报告，一目了然，紧接着就让另一位制片人接手处理，好在发现及时，挽回了公司的损失。然而在项目的庆功会上，集团老板却表扬了接手的制片人，奖金一毛钱都没给安雅。

那天看着台上领奖的制片人，安雅的眼中带着怒火，这明明是她的机会，为什么到头来功劳是别人的？和剧组发生冲突、冒雨回公司送账本那天她都没有哭，庆功会那天晚上回到家她却哭了。她发誓一定要去争取机会，不能一直给别人作嫁衣，要拿回属于自己的东西。

听完安雅的叙述，顾晓君深吸一口气，她记得这件事。这件事确实把她吓了一跳，她知道安雅一向要强，有正义感，却没想到她这么狠，这么勇敢。一个小姑娘敢跟剧组里那么多人发生冲突，最后还把账本直接带回来了。如果发生了闪失，她自己会陷入危险境地的。

"你怪我没有让你继续接手，觉得我没重用你？这件事成了你对我有隔阂的导火索？"

安雅沉默。

"真是个傻丫头！你知不知道你带走账本，得罪的人是谁？就算你做得对，但是方法太危险，而且做了不该你做的事情，这是越界。如果不是我和赵海及时出面解决，那些因你破财的人一定不会放过你，他们什么下三烂的手段都用得出来，造谣、诋毁、诬告，任何人都惹不起这种麻烦。我要是不找一个有经验的老油子去接烂摊子，你都不知道你会经历什么。就算当时你不怕，我也不能不保护你，因为我知道接下来会发生什么，我不能看着我的人去遭本来可以避免的罪。我好不容易把你培养起来，不能让那件事把你毁了。我当时没办法跟你说得太直白，牵扯太多，有些事只能靠你自己悟，悟到了你就成熟了，悟不到也没办法，只能等。"

时过境迁，安雅听到这些话，心里百感交集。

"说说你和赵海吧。"顾晓君突然换了一个话题，把安雅从复杂的情绪里拉回现实。

"姐，你是什么时候知道的？"

"那天是我诈你的，我早知道公司里有个人和赵海暧昧，本来没当回事。那天你俩先后进入会议室，我就随口问了一句，没想到真的是你。"

"姐，你现在是不是特别瞧不起我？"

"没有，我只是提醒你，赵海这种男人不适合你，而且是个麻烦。他早晚会回归家庭，而且事业上你完全不用依靠他，你可以靠自己。"

安雅呆呆地出神。

"傻姑娘，你不会真的动心了吧？"

"不怕你笑话我，我是真的喜欢赵海，我从来没有在事业上求过他什么。"

"我知道，如果他一旦发现你是图他在事业上的帮助，他一定会第一时间甩了你，干净利落，毫不留情，反而你会背上为了上位勾引上司的恶名，他比你想的精明得多。"事已至此顾晓君没必要留情，一针见血点破他们的关系。

"我没有勾引他，我只是很崇拜他，想要走近他。"安雅有些激动，眼眶瞬间湿了。

"你必须做好和他一刀两断的准备，这样的关系太危险了，你这个年纪的小丫头处理不来，别以为真爱可以战胜一切。你能打动赵海一时，但陪他到最后的一定不会是你，因为他不缺女人。就当是一时兴起吧，看中了一件衣服喜欢就试一试，但穿在别人身上的就千万别去试了，不道德，也犯法。"

安雅再次沉默，眼泪流了下来。

"安雅，把儿女情长放一放吧，你不用害怕我，我从来都没怪过你。今天聊了这么多，我更理解你的处境了，也愿意支持你的野心。如果现在给你一个机会，你还愿意和我一起工作吗？"

安雅擦干泪水："姐你愿意继续用我？"

"为什么不愿意呢？你这么优秀，你需要一个机会，把之前的委屈和不甘心化作动力去证明自己，努力去赢。"

安雅用力点头。

"江初尧这个项目你最了解，现在的进展你也知道，一群妖魔鬼怪等着占便宜、看笑话、搞事情，我们的目标就是把这个项目做成，三个月之后开机，我要直播整个项目的创作过程。如果把这个项目交给你负责，你愿意接受这个挑战吗？"

安雅从未想过顾晓君会跟她说这些，愿意把一个项目交给她，还是对顾晓君来说最重要的项目，顾晓君不恨她吗？不讨厌她吗？然而兴奋已经多于疑虑，从顾晓君的眼神里她看到了一束光，坚定又炽热，她必须紧紧地抓住这个机会，越难的事情越锻炼人，也越能证明自己，她愿意接受这个挑战。

"我愿意，可是，姐，咱们现在已经被赵海安排休假了，而且项目进了新的制片人和演员，咱俩还能说了算吗？"安雅的眼睛一眨一眨。

"交给我吧，你早点回家好好休息，明天准时出现在公司，等待任命。"

送走安雅，顾晓君转头把车开到赵海家，她刚刚说的"办法"在这儿。

赵海睡衣松松垮垮，睡眼惺忪："什么事啊，非要这么晚了说？"

"离开安雅。"

"你说什么呢？"

"你知道我在说什么。如果你有那么一点喜欢她，就放过她吧，你知道你给不了她想要的。"

"她跟你说什么了？"

"说什么不重要。你肯定特希望她跟你要钱吧，如果你不喜欢她，就可以借此跟她分手。如果你喜欢她，你会满足她。可是她不跟你提要求，这让你发慌，女人一旦用情会不计后果，早点分手总是好的，长痛不如短痛。"

顾晓君把赵海说愣了，顾晓君敢来跟他当面说这些，肯定是知道了他和安雅的事，顾晓君这个女人到底要干什么？

"你要干什么？"

"如果你同意我的意见，我来帮你处理，保证不会让你难堪，大家都还是同事，我做事你放心。"

"绕了这么大的弯子，你到底想干什么？要我恢复你的职务？"

"不止这样，让安雅负责这个项目，算你最后帮她一把，大家好聚好散，情债一笔勾销，两不相欠。"

赵海点了一根烟，快速在脑子里过了一下顾晓君说的话。安雅对他来说是个意外，他喜欢安雅，可越喜欢他心里越慌。顾晓君说得不无道理，安雅的无所求就是有所求，她好像个黑洞，早晚会吞噬他。

可是安雅能同意吗？还是说这就是安雅的意思？

"你放心，我说话算话，我什么时候骗过你，没有这个把握我会冒险来？"顾晓君看出了赵海的疑虑。

"我需要和安雅聊一下。"

这算是同意了，顾晓君心里的石头落了一大半。进门的时候她并没有让赵海顺利同意的把握。可能是赵海没睡醒，脑子没有完全清醒。为了防止他变卦，她必须尽快安排。

"没问题，明天上午先公布安雅上任总制片人，然后你们随便聊。"

赵海这才回过神来，顾晓君这是给他下套啊，可是已经来不及了，现在顾晓君知道了他和安雅的事，如果反悔不敢保证顾晓君不会把这件事捅出去，他现在一切求稳。这种事情不利于他在集团里的发展，这个节骨眼他不能有麻烦。

赵海"嗯"了一声表示同意，顾晓君迅速告辞，一溜烟离开了赵海家。

第二天上午十点，公司例会，赵海亲自宣布，安雅担任江初尧项目的总制片人，顾晓君担任总监制，全权负责项目，其他人各司其职，配合安雅和顾晓君。

季洁等一直支持顾晓君的下属开始欢呼，他们更相信顾晓君，如果话语权被其他人夺走，他们本来就举步维艰的日子就要雪上加霜了。导演孟凡笑着点了一根雪茄，冲着顾晓君会心一笑。女一号万玲儿没忍住，翻了一个白眼，本以为顾晓君能知难而退，还是小看这个女人了，除不掉她就恶心她吧，反正谁都休想把自己换掉。制片人罗杰没有说话，他还在分析其中的猫腻。

要扫清眼前的障碍，必须不断壮大队伍，这场仗，越来越有得打了。

十一

　　新官上任三把火，安雅的火烧得着实有些猛烈。在她的领导下，整个项目的工作进展之快像提速的火车，轰轰烈烈，颇有成效。

　　安雅虽然疲惫但整个人神采奕奕，她对自己很满意，这块金子终于闪闪发光了。可在她背后没少有人指指点点。

　　"凭什么是她啊？"

　　"你看她跟偷鸡的黄鼠狼似的，浑身臊气贼得很！"

　　"她行吗？别过几天又把公司干黄了！"

　　"走了那么多高管最后上来一个助理！"

　　这些酸话、质疑声她没少听到，这次她吸取之前的经验，沉下气。不管别人怎么说，她依然按照自己的节奏干活。嘴在别人身上，但权力在她手里。

　　张婉婉是出了名的拖稿编剧，说一号交稿指不定能拖到下个月一号。这种情况在编剧圈里不算罕见，曾有传闻曰：某大编剧因为不交稿被制片人逼到家门口，开门的那一刻编剧将一沓稿纸丢到后院的湖中，痛骂制片人进门的一股风把刚写好的剧本吹飞了。制片人只能跪着多给十日，求编剧再次动笔。

　　安雅怕上门找张婉婉，张婉婉往后院丢电脑，干脆整日在张婉婉家

173

楼下等着，宛如静坐。张婉婉透过窗户看到安雅，如临大敌，心理压力巨大，知道躲不过，干脆一鼓作气写完拉倒。这一招儿虽然笨拙但真奏效，张婉婉的剧本很快就交到了导演手里。

孟凡看完剧本心里有些得意，他知道张婉婉的本事，剧本行文如流水，台词生动，顾晓君肯定没少还原故事给她听，光看这些文字，这个故事就好似在他眼前从头到尾演了一遍。他反复琢磨这个故事，隐约觉得故事的立意有些"深意"。剧本写江初尧出身寒门，偶然遇到机会，一跃成了娱乐圈顶流，后经历"私生饭"[1]的骚扰、要挟、绑架，遭人陷害，被迫退出娱乐圈，消失多年之后再次出现在公众视野时，已是落魄不堪，搜集了诸多证据为自己申冤，将当年的幕后黑手告上了法庭。这个是典型的商业片套路，有话题，有共情，男主的"触底反弹"很热血。

可是孟凡总觉得哪里不对，又说不出来。他在房间里来回踱步，足足抽了半包烟，反复地分析。这个剧本的内容有一半是大家知道的，但和新闻报道有所出入。江初尧落魄不堪地重返大众视野这段现实里并没有发生，更别提搜集证据申冤的剧情，这是怎么发展出来的？纯靠张婉婉想象？不，张婉婉擅长构建人物情感关系，而剧本对案件过程的表述非常翔实，逻辑性极强，不像是张婉婉能完成的。

如果是顾晓君授意并提供了详细的资料，甚至背后有一个专业的律师团队做支持顾问，那就合理了很多。如果是这样，顾晓君的目的是什么？仅仅是为了故事好看吗？故事前半段已经很精彩了，足够类型化，为什么要写这样的后半段，她到底要做什么？

孟凡把烟头扔掉，又点上一根。翻回剧本开头，从头到尾又分析了一遍，终于在江初尧的台词中发现了端倪。

我从未想过害人，却无奈被卷入旋涡。在我挡下那把尖刀的

---

[1] 网络用语，指肆意侵犯明星隐私、窥探明星私生活的极端粉丝。

那一刻，我就不再是一个偶像，我的命运被改写了。人要多努力，才能保全一点自尊和自己在乎的东西？如果能重新选择，我宁愿自己仍是那个在树下哼着歌忙碌的平凡人，可还是不能不去努力抓住一次相遇的机会。

这段台词乍一看觉得煽情，细读会发现把江初尧跟观众拉得很近，他甚至比观众还低，无奈、心酸、遭遇等还不如一个普通人。最后一句意味深长，重头再来也不愿意改写结局，害怕错过一次相遇的机会。

和谁相遇呢？

孟凡又翻到结局，结局是江初尧被判刑，在狱中含泪而终。

这是要把观众虐死吗？"私生饭"引发的一场意外最终害死了一个超级偶像，任何一个有同情心的人都不能接受这个结局啊。

想到这里，孟凡心里一惊，手指间的香烟燃尽，烫到了他，他"啊"的一声缓过神，骂了一句娘。顾晓君不愧是"娱乐圈黑寡妇"，简直是毒妇！他拿起外套，直奔顾晓君的公司。

孟凡赶到公司，季洁等人和他打招呼，他全然不顾，直接冲进顾晓君的办公室，重重地关上门。

顾晓君对他的到来并不意外，她知道他看完剧本一定会来找自己，只不过比她预料的时间早了一些，而且反应更大。他一定看出了剧本的内涵。

张婉婉的大纲是根据顾晓君一字一句的讲述写就的，成稿也是顾晓君审过的。张婉婉为了在有限时间内交稿写得昏天黑地，写完后只觉得又虐又爽。顾晓君隐藏在其中的用意她并未发觉，但孟凡作为导演，以他的才情和敏感，一定能察觉。

"顾晓君你在干什么？你想害死我？害死张婉婉吗？"孟凡见到顾晓君便劈头盖脸地质问，毫不客气。

"孟导演对剧本不满意？"顾晓君没有直接接招儿，她想探一探孟凡到底看出来了多少，再亮自己的牌。

"很满意！非常好！但是顾晓君，这样的剧本我不会拍，我不会帮你做这样的事情！因为你疯了！还把我当傻子！"

"我没明白孟导演的意思？"

"你还跟我装傻？我帮你什么！帮你给江初尧洗白！帮一个通缉犯申冤！帮你引导舆论！帮你影响司法公正！"孟凡越说越气，指着顾晓君的鼻子，他感觉自己差一点就被眼前这个蛇蝎毒妇带进了圈套，现在后背还满是冷汗。

"孟凡，你言重了，我哪有那么大的本事？"

"少跟我演戏，我看的戏比你多，我不吃你这一套！"

顾晓君没有急着回答，孟凡虽然语言过激，但他不傻，他看透了顾晓君藏在剧本里的心思。

没错，这就是顾晓君要拍江初尧事件的目的，她想帮助江初尧。

这个世界对江初尧不公，一直没有人能帮他。如果她也置身事外，江初尧这辈子就真的完了。她怎么能看着这一切发生？可是她能怎么做呢？不用非常手段是很难让人相信江初尧的。

讲故事最好的方法就是戏剧，戏剧最能影响人。故事讲得好观众就容易被打动，主角动情观众就动情，主角受苦观众就心痛，主角受到了不公观众就会愤愤不平。这些情绪积攒起来，就会影响舆论，引起更多的关注，她就有机会让更多的人知道真相。江初尧手里有能证明他清白的证据，她也有证据，可是证据需要别人相信啊，她只需要一个机会，她用心谋划了这么大的盘子，就是在等那个机会。

首先，她要把舆论造起来。

孟凡以为顾晓君会被自己问得哑口无言，刚有些得意，没料到顾晓君突然双腿跪到地板上，"咚"的一声，把孟凡吓了一跳。

"你这是干什么？又是什么招儿？！你快起来，一哭二闹三上吊吗？顾晓君你不至于！"

孟凡上前扶她，被顾晓君用手挡住："你等一下，等我把话说完，这一跪是跟你赔罪！我对你撒了谎，拿你的前途做赌注，我对不起你，这件事和张婉婉没有关系，她并不知道这些。"

孟凡的戒心消减了一些，他急于知道顾晓君要说什么，静静地看着顾晓君，等她说话。

"我求你帮帮江初尧，他真的是无辜的！当年的事情已经让他社会性死亡了，他没有办法再像正常人一样生活，他背负了太多。当年的事情有很多隐情，都是我之后才知道的。我当年不应该跟踪他，发现'私生饭'的时候就应该及时报道，不应该放长线钓大鱼，为了挖大新闻，幻想能螳螂捕蝉黄雀在后。我眼看着整件悲剧的发生，我对不起他。现在他又遇到了难处，我已经有证据了，但我需要时间，我需要一个机会让大家了解事情的真相，现在是最好的机会。这个项目是能够引起社会关注的最好的办法，我没必要骗你，我不敢把这些事跟别人讲，但我相信你孟凡，求你帮帮他。"

孟凡没想到牵扯出这么一大串事件，他连忙扶起顾晓君："你先起来，慢慢说，当年到底是怎么回事？你有什么证据证明江初尧是被冤枉的？"

时间一点一点过去，天渐渐黑了。顾晓君的办公室一直紧锁着，顾晓君和孟凡两人面对面不知聊了多久，顾晓君的声音已经沙哑了，孟凡的眼圈红红的，抽完了上午剩下的半包烟。

终于将故事讲出来了，这件事在顾晓君心里藏了太久。这是她第一次说完那件事，她竟然没有预想的轻松，反而更难受，她掩面而泣。

孟凡不知道如何安慰顾晓君，起身打开了窗户，看着楼下。车灯在四环桥上组成了一条长长的龙，缓缓游动。他抬头看看天空，头顶乌云密布，一片漆黑，没有星星，没有月亮，这样的日子真难过。如果江初尧此刻也在看着这样的天空，心中会如何想呢？

许久，孟凡叹了一口气，回头看着顾晓君，缓缓地说："我答应，帮他，也帮你！"

外面的人依然忙碌，没有人知道在办公室里顾晓君和孟凡聊了什么，可能是剧本吧？他们只看到孟凡走的时候整个人像被掏空了，依然没有跟任何人打招呼，静静地坐上了电梯。

顾晓君给了他太大的震撼，江初尧事件背后的真相已经足够震撼，而给他更大冲击的是顾晓君这个女人，她比他印象中更复杂、更强大，她的诡计多端、铁血手腕不单单是为了一个男人，更是在捍卫一种正义，弥补一种亏欠。现在世界上睁一只眼闭一只眼的人太多，这种飞蛾扑火显得弥足珍贵。她那一跪，犹如黑天鹅落入泥潭，请求对面的人伸出一双援手，楚楚可怜，但她却是为同伴呼救，而不是为自己，她那一刻的样子深深地印在了孟凡脑子里。

这天之后，孟凡也想过自己是不是意气用事了，还有没有别的办法？可是每每想到顾晓君当时的样子，他心里就会燃起一团火焰。他想起顾晓君跟他说："你什么都不需要做，只需要把这部片子拍出来。"于是，孟凡把自己全部的创作精力投入这个项目，他不想辜负这份信任，他愿意一起赴汤蹈火，见证一个他们期许的未来。

在这段日子里，杨祎被接回了家，因为月嫂的事情她和刘大磊又吵了一架，她现在听到"月嫂"两个字都想打人。她知道在这个城市的某个角落里还有一个"定时炸弹"呢，她现在没力气去管，不代表她不会管，她只不过在等一个时机。最近她在疯狂地重温 TVB[1] 的《溏心风暴》《珠光宝气》《巾帼枭雄》，自己有一天总能用上一句剧里的台词。

还是顾晓君带来了新的月嫂，她和刘大磊才休战。顾晓君带来的不是别人，是他们公司之前的保洁平姐。平姐手脚麻利，做饭好吃，照顾婴儿也很有一套，有空了还会看讲婴儿营养的书，看杨祎不开心能跟她

---

[1] 指香港电视广播有限公司（英文名称：Television Broadcasts Limited），英文简称：TVB，中文简称：无线电视。

聊天解闷，深得杨祎的信任。

杨祎抱着小儿子，这孩子长得很快，一天一个样，眉眼越来越清秀，虎头虎脑的，很是可爱。

大女儿也接回来了，小丫头盯着弟弟，认真地问杨祎："你为什么不能给我生一个哥哥呢？"

杨祎忍俊不禁："以后你可以把他当哥哥，让他照顾你。"

"他太小了，还是我照顾他吧。"

"你想怎么照顾他？"

"我可以把我的玩的、吃的都给他，不让别人欺负他。"

杨祎摸着女儿的头，感动得几乎要流泪了，哺乳期总是情感过于丰富。

刘大磊在门口看着这温馨的一幕，忍不住走过来抱住这娘仨，看上去真的是温馨的一家四口。

杨祎不愿意当着孩子的面表现出和刘大磊的不合，之前她怎么跟刘大磊吵闹都是像过家家一样玩笑似的。现在她心里的怨恨是真的，反倒更注意在孩子面前的表现。

"你去换衣服，外面细菌多。"杨祎眼睛瞥向一边。

刘大磊乖乖地去换家居服，等他换完衣服回来，杨祎已经搂着女儿和小儿子睡着了。

刘大磊收到一条信息之后，匆匆又换了衣服，出了门。

刘大磊刚走，顾晓君和张婉婉便带着大包小包的保健品和婴儿用品登门。

金花女士开门，客气地说："家里什么都不缺，你们还这么破费！快，平姐把东西接过去。"金花女士依然热情。

"想我干儿子了，来看看。阿姨您没走啊？之前不是说有事办吗？办完了？"张婉婉关心道。

"我的事都是小事，一上午就能办完，我闺女的事是大事，我不放心，再陪几天。"说完朝张婉婉挤了挤眼睛，意思这里需要她掌管大局。

"怎么样，都挺好吧？"张婉婉马上领会，也回了一个挤眉弄眼的动作。

"就没有我金花搞不定的事！放心吧，我吃的盐比他们吃的饭都多。"金花女士露出得意的表情。

"什么吃盐啊，少吃盐，菜不能太咸。"杨祎听到了动静。

说着大家坐到了客厅，平姐把孩子抱出来给大家看。几个大人围成一圈看着这个小家伙，顾晓君牵着杨祎大女儿的手，照顾着大女儿的情绪，不让她吃醋。

和小家伙玩了一会儿，三个闺密声称要谈论工作，钻进了书房。

杨祎已经把方丽丽怀孕和自己生产那天看到的事情都告诉顾晓君和张婉婉了，事到如今也顾不得面子了，她太需要支持和安慰了。

"现在不能断定方丽丽的孩子就是刘大磊的，只是猜测，立马下结论就太草率了。"顾晓君一如既往地冷静。

"这不是很明显了嘛，一般的保姆需要刘大磊忙前跑后地去酒店开房吗？直接送回老家不就好了？"张婉婉很是不爽。

"有没有可能方丽丽有难言之隐，刘大磊只是帮忙呢？"顾晓君还是希望事情是向好的方面发展的。

"杨祎，除了你自己的感觉之外，你就没发现什么实质性的证据吗？你太粗心了。"张婉婉提醒她。

"对了，内裤，有一次刘大磊回家时内裤颜色变了！晓君你记不记得，我还跟你当玩笑说过，我以为是我自己记错了，现在看来肯定是那个时候他就有事！趁着我怀孕干出苟且之事！狗男女不要脸！"

张婉婉刚要跟着杨祎一起骂这对狗男女，被顾晓君用眼神制止了。

顾晓君觉得现在跟着骂人没有意义，只会增加杨祎的负面情绪，想了想："你别太消极，这件事还没弄清楚，先让子弹飞一会儿。就算方丽丽怀的孩子真是刘大磊的，你也需要看看刘大磊什么态度，如果他能积极解决问题，自己能解决，就还是个可以教育的好同志。要是依然执迷不悟，你再家法伺候，要离、要闹你自己拿主意，我们永远站你这头。"

杨祎眼泪汪汪，张婉婉和顾晓君你一言我一语地安慰了好一会儿。她们不知道这一切都被来书房送水果的金花女士听进了耳朵。

金花女士刚刚还眉飞色舞的，这会儿的脸色黑得吓人。她恨不得现在就出去教训刘大磊那个花言巧语的骗子，但是顾晓君的话她觉得有道理，她不能冲动，不能冲进房间。杨祎一直不跟她说一定是怕她乱来，杨祎对她有怨言不相信她，她都知道，但关乎她女儿的终身幸福，她不能坐视不理，她要搞清楚，再出手。

杨祎别怕，你妈还在呢！你妈一定给你主持公道！金花女士悄悄地回到了客厅，思索着自己的计划。

顾晓君从杨祎家出来，回到车里，拨通了赵谦的电话。她跟赵谦说自己这边的情况虽然生变，但也算化险为夷，还是按照计划的方向在进行，让他放心。然后她向赵谦咨询了一些因老公出轨而离婚的案例，说之后可能需要更具体的专业咨询。另外，她请赵谦帮她了解刘大磊公司最近的法务、财务状况，赵谦在行业的人脉很广，打听一下不是难事。赵谦没有多问，一一应下。她再三道谢后挂掉电话。顾晓君觉得自己万幸能认识赵谦这么靠谱的朋友，又是专业的律师，总能让她感到踏实。

抬头看看车窗外，已是大雾弥漫，看不清远处的景色，只能隐约看出近处建筑的轮廓。偌大的城市被划分成无数个狭小的空间。顾晓君躲在车里，迟迟没有发动汽车，想要穿透这层层迷雾，到底需要多大的力气啊？她感到有些疲惫。

她收到了石墨的信息，今天他终于结束了外地的工作，回家了。顾晓君手机的屏幕背景是石墨的侧脸，照片上他在笑，一脸灿烂。

她开车驶向石墨家的方向，副驾驶座上放着一个纸袋，里面装的是一条项链，一位国际著名设计师的新作。她记得石墨提起过这条项链，便找人去买了回来。她一边开车一边想象石墨看到项链时开心的样子。这段日子她在等石墨拿出那枚戒指跟她求婚，尽管现在不是最佳时机，可既然已经知道石墨要拿着戒指向她求婚了，就仿佛那枚戒指已经戴在了她的无名指上，她忍不住内心的躁动，甚至急于回馈，这条项链就是她内心躁动的表现。

安雅的工作上有些成效，同时遇到了新麻烦。之前良好的自我感觉被现实打击一番后连呼吸都觉得沉重。每个环节都有问题，人际关系也是考验，同事间的不信任和分歧在项目里被放大。她安抚这个，吓唬那个，还要担心被人挖坑、甩锅、告黑状。她有点怀念之前跟在顾晓君身后看着别人干活的日子，出事了总有人站出来顶着，她指着问题提点意见、说几句漂亮话就行了。现在她活得人不像人鬼不像鬼，整日蓬头垢面，不见了之前的精致妆容，忙的时候连饭都吃不上，总唱黑脸，在公司里外不是人，更没人管她吃没吃饭了，总之就是心累。

连一向听话能干的季洁都参与罢工了，安雅彻底要疯了。

起因是上个季度的奖金并未如期发到大家手里。按照惯例，每个季度 S 集团都会批一笔奖金到各个业务的员工手里。然而一直等到这个月最后一刻，好看娱乐仅存的几十位员工也没能等到这笔奖金。大家设想过奖金减半或者延迟发放，没想到这笔奖金被取消了。大家心里极度不平衡，有的人甚至提出要辞职。

如果这事放在之前，安雅一定会和大家一样抱怨，但现在身份变了，她"身居高位"，自然要为顾晓君、赵海考虑。他们这个团队是好不容易才留下的，而且目前没有做出什么业绩，应不应该发这笔奖金确实需要和集团好好讨论。集团直接通知不发这笔奖金确实会让大家难以接受，何况外部的公司挖人很凶猛，眼看当时被裁掉的员工在其他公司都混得不错，很多人开始后悔为什么要留在这个不被看好的穷公司。

消极的情绪不断在公司内部蔓延，开始有人怨恨顾晓君为什么硬要把大家留下，强扭的瓜不甜。集团既然这么不重视好看娱乐为什么还要硬撑，公司倒闭了她也不愁找工作，何必要拉大家一起下水。

安雅这几天都睡不好，她带着大大的黑眼圈来到公司，往常热闹的会议室冷冷清清，她一度怀疑公司是不是在放假，这时她在厕所门口看到了季洁。

季洁这段时间清瘦了许多，拿掉了厚厚的眼镜，发型从齐刘海变成了中分，衣服从圆领 T 恤换成了更显成熟的浅色衬衫，双肩背书包也换成了手提包。

季洁发现安雅注意到了自己的包，默默地把包放到身后。她不想被人发现这只新包，这是她刷信用卡买的。人靠衣服马靠鞍，他们这行里没机会展现能力的时候都会先更新衣服和包，衣服和包都展现了人的品位和身价。这只包她看上很久了，托人海淘回来的，算是经典款，性价比高，为了奖励自己在工作上有了新起色，也激励自己继续努力而"出的血"。买之前她反复算了算工资卡上的钱，确保能还得上信用卡才入手的。人生一大悲剧莫过于信用卡刷完了，奖金却不发了。她难过的同时庆幸没有买别的。

"怎么就你自己在公司啊？其他人呢？"安雅问。

"昨晚大家加班，今天自动延迟上班，公司规定。"季洁言简意赅，一个字都不愿意多说，一副公事公办的模样。

公司确实有这样的规定，昨天多加班一小时，今天就可以晚来一小时，但是这个规定很早就不用了，大家自动把加班当作无偿奉献。

看来没有奖金之后大家开始行动了，第一步是"公事公办"，不让公司占一点便宜。

安雅勉强露出一个微笑，搂着季洁的肩膀："走，姐请你吃早饭，不能饿着肚子开工。"

一向高高在上、与人保持距离的安雅突然这么殷勤，让季洁感受到一种有阴谋的味道。她知道安雅一定是想从她这里套点话，她很想拒绝，可是安雅之前救过自己。尽管她也对公司十分不满，但她是知恩图报的人，不能拒绝。

安雅和季洁在附近茶餐厅面对面坐下，点好餐食，两人显得有些尴尬。安雅意识到自己很少和季洁聊天，今天要不是有事也不会坐下一起吃饭。可事到如今她必须硬着头皮上，她努力想象如果她是顾晓君，她会怎么做。

没等安雅开口，季洁倒是直截了当："安雅姐，你是想问我最近大家工作的情况吧？你放心，大家都没有耽误工作，项目依然正常推进。"

"哦，是吗？可是我看大家工作积极性都不高啊，之前大家都很热情，现在都愁眉苦脸的。"

"姐，我要是说多了或说错了你别不高兴。"

安雅求之不得，连忙表示不会。

"前几天我去找同事拿资料，同事满脸不耐烦，我以为我做错了事，同事跟我解释，不是冲我，只是完成工作没必要过多投入热情和心血，拿多少钱干多少事，好看娱乐今非昔比，没钱就没有梦想，他是来赚钱养家的，不是来奉献爱心的。公司买的是他的劳动，他根据工资匹配相应的服务。"

安雅听完汗毛都要竖起来了，这是什么言论，和"你是什么货色我是什么脸色"如出一辙，她大为震惊，一时却无法反驳。本以为季洁是最好做工作的对象，没想到一开始就丢出来一个软钉子让她碰，安雅的脸都跟着烧了起来，咬牙劝说："我知道大家对这个季度奖金被取消的事情很不满，行业不景气不是集团的错，大家不要赌气，还是要好好工作，业绩好了自然有钱赚。你不要被他们影响，你是公司最年轻的一批人，要是你都失望了，那我们就没有未来了。"

季洁听完这些没有意义的大道理，轻轻地叹了一口气，看着安雅，心里也有些不是滋味。以前，安雅是她在公司里最羡慕的女人，美丽、时尚、聪明，在高层和员工之间游刃有余，搞得定一切。可现在当了总制片人之后满脸倦容，之前做事情的果敢潇洒全都没有了，畏首畏尾。现在的安雅在季洁心里是减分的，原来有 90 分，现在剩下 70 分，其中还有 10 分是颜值附加分。

"安雅姐，你现在是不是特别累啊？"

安雅沉默。

"姐，你要是累了就休息一下，没有人能一直战斗。"

"我也想休息，可是现在这个时候，我要是松懈下来了，项目该怎么办啊？"

"明明可以靠脸吃饭，非要靠才华，我都心疼你。"

"真心疼我就好好工作，有成绩是大家的。"

季洁电话响了，她接起来说了两句，耳朵就红了，然后雀跃地挂了电话。

"男朋友？"

"还不是。"

"做什么的？"

"也是做影视的，他说他老板跟你特别熟。"

季洁说了一个名字，安雅不记得认识这个人。这个圈子就是这样，你混得好的时候，你能叫出 50 个人的名字，外面就会有 100 人说跟你熟；你混得不好的时候，50 个人里只剩 10 个敢说认识你。

她跟季洁聊了一会儿，季洁讲的很多事情都是安雅最近没有关注到的。安雅大开眼界，别看公司人现在不多，但八卦一点不少，她越听越心虚，生怕话题引向自己，不会她和赵海的事情也是这样在同事餐桌上流传的吧？安雅匆匆买单，准备去向顾晓君汇报今天了解到的情况。

在餐厅门口告别之后，季洁像只小鹿一样蹦到街对面。安雅看到了等她的那个男生，个子高高的。他们一人骑上一辆小黄车，开开心心地消失在街角。

安雅竟然有点羡慕季洁的状态，年轻就是资本，每天都在进步，未来有无限可能，工作尽力就好，不会出什么大错，即使犯错了，也总会有人站出来帮忙解决问题，还有时间跟喜欢的人在一起。

这些对现在的安雅来说都是奢侈的。她只能用"能力越强责任越大"来安慰自己。什么年纪干什么年纪的事，她要成长就得跨过那道门槛，跨过了就是成功人士，没跨过去就只能躺平，等下一次机会。

安雅找到顾晓君，汇报了最近的工作。顾晓君听到这些，并没有表现出意外，她能预料到大家会有不满和委屈，心里也明白这个时候她并不能去为员工争取更多的福利。她必须加快项目进度，夜长梦多，集团没有耐心、员工没有热情，事情就会越来越被动，她必须速战速决。

"姐，你说咱们该怎么办？"安雅很想知道顾晓君还有什么高招儿。

"我和赵海聊过了，确认了短期内集团只能维持我们业务的基本开销，没有其他福利，原因就不再多说了，请大家理解。但我和赵海也不会让大家白干，我们已经取得集团的同意，给留下的员工一些项目分红，之后的项目赚到钱了，会按比例当作奖金分给大家。具体协议财务已经在草拟了，明天可以给大家分发下，去让大家签字。"

安雅更加佩服顾晓君，这姐姐总是闷声干大事，从不废话。

"对了，别忘了一件重要的事情：我们要在下周召开电影发布会，我们需要把影响力做到最大。"

"好的，姐，可是男一号咱们一直没定呢。"

"发布会当天宣布。"

"是谁啊？"安雅忍不住问。

"要等当天才知道。"

安雅有一点点失望，看顾晓君的样子又不像是故意卖关子，估计又是个震撼性的消息，她又有点激动。

见安雅迟迟没走，顾晓君问安雅还有什么事，安雅说她和赵海已经一周没有联系了，他们断干净了。

安雅说完，眼角湿润了。顾晓君上前轻轻地抱住她，本来想说点什么，话到嘴边却没说出口。顾晓君知道此刻的安雅并不需要过多的安慰和鼓励。

这一刻，时间都可以静止，女人的心事会慢慢化开，在原来的位置长出坚韧的藤蔓。

/十二

　　交稿之后，张婉婉睡了两天一夜，最后是太饿了，肚子叫的声音太大把她吵醒的。

　　她坐起来，看着周围黑漆漆的，脑袋还没完全启动，她不知道这是她自己家，还是孟凡的房子。

　　一束金色的光透过窗帘照在墙上，像放映机投射出的一束光照亮了影院的银幕，一帧一帧画面组成了一部电影。她面前的这面墙带着雪花，她仿佛看到了她和孟凡两个人坐在沙发上吃饭、喝酒、拥抱，她把头埋进孟凡的怀里，发丝缠绕在孟凡的指尖。孟凡轻轻把她的长发拨到一侧，露出她半张脸，眼窝很深，颧骨突出，棱角分明。孟凡俯下身在她耳边吹气，她的耳朵被吹得好痒，缩了一下脖子，没听清孟凡说了什么，应该是一句好话。

　　妈妈来敲门，打断了她的思绪。那面映着两个人影子的墙又成了一面普通的墙。

　　张婉婉感觉浑身像碎了一样，强撑着起来，走到客厅，喝了一碗汤，回魂了。

　　她套了一件衣服，借口倒垃圾去楼下抽烟，翻了翻手机，除了孟凡的未接电话，再没人找她，没人催稿了她还有点不适应。

风吹得她有点头疼，扔了烟头，眼皮开始跳，觉得心里不安，加快脚步回家。果然，开门就看见孟凡的帆布鞋整整齐齐地放在门口的地毯上。

"婉婉回来了，正好留小孟一起吃晚饭，你快进来。"婉婉妈拿着炒勺从厨房探出头，说完不忘朝孟凡笑着点了点头，笑得很是含蓄。

"你怎么来了？"张婉婉直勾勾地看着孟凡。

"给你打电话没人接，就给阿姨打了电话，听阿姨说家里的灯泡坏了，不知道换多大的，正好顺路过来看看，已经换好了。"

张婉婉知道她妈妈是故意的，她妈能在菜市场杀一只鸡，怎么会连个灯泡都换不了？

"剧本看完了吧，你应该忙着筹备电影呢，忙就快走吧，别在这儿耽误时间。"

"你这孩子着什么急啊，让孟凡吃完晚饭再走，忙也要吃饭啊。小孟尝尝我的手艺哦，我都快做好了。"

"好的阿姨，我吃完再走。"

婉婉妈笑着回到了厨房，厨房叮叮当当好不热闹。

"吃完快走，我跟我妈解释。"

孟凡笑了，他最近在事业上混得风生水起，听完顾晓君的故事后整个人更像被打了鸡血，干劲十足。一个导演一辈子能遇到几个成就一生的好项目？眼前就是一个名利双收的机会，以他的才华，稍稍努力，把这几年在圈子里积攒的资源好好用一用，说不定就成了。这也多亏了张婉婉的剧本，剧本是一剧之本，孟凡太了解张婉婉的实力了，他很满意，所以对张婉婉更多了一分温柔。

张婉婉能感受到孟凡的殷勤，这让她极度不安。她一直考虑这次合作之后要彻底离开孟凡，不希望继续和孟凡纠缠，这些年她已经心力交瘁。她希望自己能体面地站在阳光下，挺起胸膛做人，不想再像阴沟里的老鼠一样，对一口残羹冷炙甘之如饴。

很快婉婉妈就做好了一桌丰盛的佳肴，比过年还隆重。

"都是家乡的小菜，不比大酒店里的精细，但阿姨用的都是最新鲜的材料，这虾和鱼都是最新鲜的，腊肉是自己腌好从老家带回来的，小孟快尝尝。"

婉婉妈一个劲地给孟凡夹菜，孟凡也不拒绝，吃得满头大汗，他还真的是饿了，很快就吃完了一大碗米饭。婉婉妈赶紧让张婉婉再去盛一碗。

"他吃不了太多。"

"我能吃。"

"你晚上吃多了胃会难受。"

"没事，这么好吃的菜我能多吃一碗。"

张婉婉无奈接过妈妈手里的碗，盛了一碗饭递给孟凡。

这一幕在婉婉妈眼里就是小情侣的打情骂俏，她笑得合不拢嘴。

吃完饭，在张婉婉的催促下孟凡乖乖地走了。婉婉妈一直送到电梯口，继续邀请孟凡常来吃饭。

送走孟凡婉婉妈喜笑颜开地去收拾碗筷，张婉婉伸手帮忙。

"妈，你不要管我的事，我和孟凡就是普通同事，你不要乱叫他来家里。"

"我真搞不懂你，孟凡那么好，事业有成，人也帅气，一表人才，怎么你还看不上了？"

"不是看不看得上的问题，总之你别管了。"张婉婉不想过多地解释，想想都烦。

"婉婉哪，女人一定要嫁得好，妈后半辈子的全部希望就是你了，你出来打拼不容易，妈知道，所以你需要一个男人来照顾你。我看孟凡对你挺好的，你要抓住机会，别犯轴，适当地示弱，温柔一点男人才能主动保护你，你总噘着嘴，一脸不高兴，再好的男人都被你吓跑了。"

"妈你少说两句吧，我头疼，总之我的事情你不要管了，我自己知道该怎么做。"

婉婉妈听到后默默地收拾桌子，没有再说话，张婉婉意识到自己的话说重了，但不知道该怎么解释，索性回到房间躺下了。

她必须尽快解决这件事，不能让误会越来越深，不能给她妈希望，不然以后会更麻烦。想到这里她给孟凡发了一条信息，约他尽快见面谈一谈。

孟凡很快回了一条信息：

发布会之后再说。

顾晓君、张婉婉、杨祎、安雅，四个女人在不同的地方同时做着一样的动作：翻衣橱找出最体面的衣服，化好精致的妆。

今天是她们筹划已久的召开发布会的日子，她们邀请了近一百家媒体到场，可谓声势浩大。

也许是影视圈寒冬已久，很久没有这么大规模的线下活动了。媒体记者手头紧得很，收到邀请后都戴着口罩争先恐后地赶到了活动现场，想抢到好位置。顾晓君不愧是玩弄人心的一把好手，没人知道今天的嘉宾是谁，只提前收到了会有神秘嘉宾的消息。大家纷纷猜测，不会是江初尧本人吧？如果真是江初尧，那可是绝对爆炸级的头版头条了。媒体的胃口已经被吊到最高了，如果今天江初尧没出现，会很难收场。

顾晓君到现场的时候安雅已经把现场安排妥当了，季洁他们前一天晚上彩排到很晚，保证每个环节都不出岔子。

活动正式开始，主持人吧啦吧啦说了一堆废话，导演讲话才算正式进入正题。

孟凡今天穿了一身灰色西装，这是他最贵的一身行头，还是大前年参加国外电影节的时候张婉婉亲自给他挑的，孟凡穿上简直不要太帅。当时张婉婉看了一眼会吃人的价签，丝毫没有犹豫地递给店员结账，心想婚礼穿也不浪费。孟凡很感动，说自己的成功少不了张婉婉的功劳，张婉婉有点骄傲地笑了笑，接着给他去挑皮鞋。

如今物是人非，再看到孟凡穿着这套西装，张婉婉只觉得心里堵得慌。她不自然地回头看了看她妈，她妈想来看女儿的作品发布会，想见见世面，央求她很久。婉婉妈看到孟凡就眉开眼笑的，恨不得把"这是我女婿"写脸上，不知道的还以为她是孟凡亲妈。

孟凡是说场面话的一等好手，该感谢的全都感谢了一遍，还透露了一点剧情。点到为止，留够悬念，可谓是滴水不漏。说完不忘侧头冲着台下的顾晓君点点头，顾晓君微笑回应。

"孟凡今天很帅啊！能排得上导演圈前三吧。"杨祎在顾晓君旁边嘀咕。

"前两名是谁？"顾晓君问。

"徐峥和黄渤吧。"

顾晓君笑了，她知道杨祎是真心的，真的觉得徐峥和黄渤帅，杨祎的标准总是夹杂着非常强烈的个人意愿。

看着杨祎神采不错，顾晓君放心不少。

紧接着宣布演员阵容，万玲儿作为女一号闪耀登场，造型不负众望地成了全场的焦点：高耸入云的垫肩，领口低到胸的长裙，比台阶还高的"恨天高"，烈焰红唇带着杀气，好像刚吃了两个保镖，被剩下的八个保镖环绕着上了台，一开口就是标准的台湾腔，比台湾本地人说得都标准。

"万玲儿是哪儿人啊？这台北口音可够重的啊？"杨祎面无表情地盯着台上的万玲儿。

"台湾口音不是你们女演员的普通话吗？"张婉婉逗她。

"那是几年前啊，现在早就不流行啦，现在都流行接地气，每句话结尾得带标准的儿化音。"

"她这衣服是从哪儿租的啊，挺贵的吧？"

"人家那是高定，可不好弄了，得跟造型师搞好关系，求着人家给弄这一身，还不一定合身，穿完就得赶紧脱下来，后面还有人等着穿呢。"

"你要不退圈是不是也这样啊？"

"我才不会呢，我可是一线，都是人家求着我穿。"杨祎骄傲地抬起头。

不得不说，万玲儿的造型特别成功，现场的记者都精神起来了，特别是男记者，都恨不得趴地上拍。万玲儿敬业地不断变换着拍照姿势，一边介绍角色一边摆造型，行云流水，尽显专业。

杨祎回头发现顾晓君离席了，她要去接待今天的神秘嘉宾。

后台休息室里，只有顾晓君和神秘嘉宾对坐。

"待会儿就要上台了，现在有什么顾虑吗？"顾晓君轻声细语。

"有顾虑现在也解决不了，这天早点来也挺好。倒是你，下了这么大一盘棋，想过后果吗？"对面的男子抬起脸，望向她。

"既然决定了就没想过回头。"

"好，接下来不管是刀山还是火海，我们都一起面对吧。"

两人即将走出休息室的时候，男子突然停下脚步，回头郑重地看着顾晓君，道："谢谢你！"然后大步踏进活动现场。

此刻现场有些躁动，万玲儿被保镖搀扶着走下舞台，主持人宣布神秘嘉宾即将登场，所有人都在期待搞了这么大阵仗，究竟谁会出现在舞台上。

现场瞬间安静了。

一束追光投射在舞台中间，一个身影缓缓地从后台走到舞台中央，所有的目光都投向他，闪光灯交替闪起，连成一片。

"是罗俊阳！"

不知道是谁喊出了第一声，开始不断有人呼喊罗俊阳的名字。后台的工作人员都跟着激动得像是脑袋缺氧了30秒。

安雅被季洁的尖叫声震精神了，连忙去捂她的嘴："别叫了，你这是狮吼功吧，音响都被你震碎了。"

"安雅姐你知道吗？我最喜欢罗俊阳了！啊啊啊啊！我要疯了！"季洁原地化身那张表情包里的土拨鼠。

"我看你是要疯了！你专业一点！别傻站着，去干活！"安雅被吵得脑仁疼。

杨祎和张婉婉也都非常震惊，千算万算没想到此刻站上台的是罗俊阳，顾晓君这个女人到底有多少本事和秘密？

罗俊阳亲自出演述江初尧故事的电影，什么样的脑子能想出来？就算想出来一般也实现不了啊！偏偏这事就让顾晓君想出来，还干成了。

谁都知道当年江初尧出事之后罗俊阳是第一个召开发布会撇清关系的，而且之前就传出过两人曾在后台发生争执、出现不和的传闻。当年江初尧给 BOY 组合带去了极大的负面影响，罗俊阳主动撇清关系也可以理解，从某种角度上来说他也是受害者，他们的组合迅速解散，已经签署的广告和演出合约都没有办法履行，赔偿基本是罗俊阳独自承担的，那时的江初尧已经没有偿还能力了。

之后罗俊阳签了新的经纪公司，东山再起，稳稳坐上了圈内一哥的位子，这么多年没有动摇过。即使在娱乐圈里新人辈出，罗俊阳依然是稳稳的流量大哥。这么多年来，所有媒体和粉丝都知道他唯一的死穴，那就是不能提江初尧，如果有人当面问他关于江初尧的问题，他会立刻终止采访。他对江初尧早已绝口不提，他们之间究竟发生了什么没有人知道。

一阵喧哗之后，麦克风发出尖锐刺耳的一声噪声，现场安静，罗俊阳终于拿起话筒。

"大家好，我是罗俊阳。这部电影将由我饰演江初尧。我会一如既往地认真用心，这个作品对我有着非凡的意义，希望大家能喜欢。"说完便转身离去，没有给记者采访的机会。等记者反应过来想追出去时，罗俊阳已经走到后台，被保镖护送着离场了。

罗俊阳的惜字如金让现场再次疯狂，记者想冲出去拍照，都被保安拦住了。有的记者甚至怀疑那到底是不是罗俊阳本人，反复看相机里的照片确认。

顾晓君走上台，拿起话筒。

"大家好，请各位媒体朋友少安毋躁，我知道大家对这部作品充满疑问。从故事内容到选角，不断有人一直在问我为什么要做这样一部电影。除了商业价值之外，我希望大家能了解事件的另一面。人言可畏和万众一心往往只在一念之间，希望大家看完这部电影能明白这个道理。接下来我们将持续同步电影的拍摄进度，希望这部作品早日与大家见面。"顾晓君说完，主持人宣布活动到此结束。

顾晓君包了一家豪华酒店，宴请所有主创，想在开机之前给大家打打气，另外想帮孟凡拉近跟罗俊阳的关系，演员跟导演要互相信任才能拍好戏。

季洁鬼鬼祟祟地在包房门口来回踱步，跟安雅撞个满怀。

"妹妹，你干吗呢？跟做贼似的？"

"安雅姐，你知道吗？我最喜欢的偶像就是罗俊阳！今天对我来说是人生中最重要的一天，我终于见到了我的偶像！我加入影视行业就是为了能见到他，能足够幸运，跟他合作，没想到这么快就实现了，我太幸福了！"季洁眼眶泛红，下一秒就要飙泪了。

"你瞎激动什么啊！你这样很不专业！你是来工作的还是来追星的！"

"那刚才你跟他打招呼时还说喜欢他、是他粉丝啊？"

"我是喜欢他啊，说是他粉丝能拉近距离，但我跟你不一样，你现在的状态太狂热了，你这样容易吓到他，以为我们把粉丝给放进来了。行了，别看了，都是人，一个鼻子俩眼睛，离近看也就那么回事，他也要吃喝拉撒，放屁抠脚，吃饭吧唧嘴。你要接受现实，不然会迷失自我。"安雅抓着季洁双手放在她自己的肩膀上，用力摇了几下。

"姐，你能让我进去看看他吗？我求你了！我肯定不失态，不吓着他，我就想近距离看看他。"季洁双手合十，满脸通红，虔诚得跟求经拜佛一样。

安雅叹了一口气，回头看了看酒桌上的情况："妹妹，我就帮你这一次，千万别给我惹出事，记住，你是好看娱乐的员工，你代表的是专业人士，你不是粉丝。"

季洁重重地点头。

安雅推门进去，季洁怯生生地跟在她身后。安雅给她倒了一杯酒，找准机会领着她凑到罗俊阳身边。

"罗老师，您好，跟您介绍一下我团队的同事季洁同学，她特别喜欢您，想来跟您打个招呼。"

罗俊阳礼貌地举杯："谢谢，你好。"

罗俊阳的声音好像是一种咒语，瞬间打开了潘多拉的盒子，季洁脑海中的回忆被激发出来，用极快的语速说了一段表白："您好，我叫季洁，一直是你的粉丝，我真的特别特别喜欢你，我是因为你才进入了影视行业。那是一次公益活动，你做颁奖嘉宾，我坐在台下看着你，当时脑子里只有一个声音，如果能跟你一起工作就好了，于是我义无反顾地选择为这个目标奋斗。"季洁有点语无伦次，情感十分饱满，最后激动得用颤抖的手去握罗俊阳的手。

罗俊阳被季洁突如其来的举动吓了一跳，下意识地甩开季洁的手。季洁被吓得脸色发白，杵在原地。安雅急忙打圆场："季洁太激动了，不好意思罗老师。"

发现这一幕的顾晓君急忙凑过来，安抚罗俊阳："你没事吧？"

罗俊阳的脸色大变，看到顾晓君，迅速反应过来："没事，抱歉，失陪一下。"他的经纪人马上走过来，带着他去了洗手间。

"你俩在这儿干吗呢？"顾晓君训斥安雅和季洁。

季洁显然还没缓过神，她刚刚太莽撞了。

"季洁就是来打个招呼，没想到罗俊阳反应这么大，我带她出去缓缓。"安雅赶紧拉着季洁走出包房。

走廊上，季洁"哇"的一声哭了出来。

"你怎么了这是，哭什么啊？"

"他为什么要甩开我的手？"

"他刚刚确实有点过了，女生来握个手至于反应那么大吗？你也是的，就让你打个招呼你怎么还上手了呢？"

"我太激动了。但是他为什么要甩开我，我这么让他讨厌吗？"

"我刚才就跟你说了要认清现实，现在你脑子里关于他的所有形象都是你的幻想，人家根本不认识你，你还要求人家接受你，这也太不公平了。"

季洁没有再说话，安雅把她送到楼下，叫了辆车送她走了，怕她在这儿哭哭啼啼的，影响不好。

坐在出租车后面的季洁哭得像个泪人，这么多年她对罗俊阳的喜欢和幻想在她的手被甩开的那一刻全都破灭了，所有美好的愿望都成了泡影。

现实给她上了一课，克制、钝感是难得的品质，在这个浮华的行业里更需要这样的品质，否则会分不清真的和假的、虚幻和现实。

不出意料，今天的活动大获成功，占据了一天的热搜。S集团的各位老板看到汇报都非常满意，林奕龙早早地去黄总办公室邀功，嬉皮笑脸地说自己这么多年维系媒体关系，在关键时刻从不掉链子，拍着胸脯保证会继续帮助顾晓君。

林奕龙走后，赵海紧接着进了黄总办公室。

两人心照不宣，黄总知道赵海是来要钱的。电影再热闹也是花钱的活，他在投资圈混了这么多年，风向看得很准。这段时间有很多人来问他这个电影投资的事情，都想占一点份额，分一杯羹，就说明这个项目有得做，没准能中。他没有废话，看了看预算，很快就给赵海批了款。

赵海出了办公室就把这个消息告诉了顾晓君。

此刻，顾晓君坐在飞机上，她收到了保险公司的消息，要去帮崔老完成他生前最重要的一个心愿——找到他儿子。

顾晓君把头轻轻靠在石墨肩膀上。她的头隐隐作痛，最近她的精神太紧张了。石墨把她的手握在自己手心里。顾晓君迷迷糊糊睡了过去，她在梦中知道自己的手被一双男人的手温暖地握住，她好像做了一个很长的梦。梦里面石墨把她举得很高，她是一个恐高的人，但被石墨举起的时候她并不害怕，反而很兴奋，叫着石墨的名字，笑成了一朵花。可是一转眼石墨就躲进了云彩里，顾晓君跑过去却找不到人，她越找越急，急得大喊他的名字，顾不得脚下的路，脚底被荆棘扎得生疼，一不小心就被绊得摔了跤，她挣扎着喊出了石墨的名字。

"墨！"顾晓君从梦中惊醒，睁开眼睛发现石墨就在她身旁。

"怎么了？做梦了？"石墨的声音把她带回现实。

顾晓君"嗯"了一声，她发现自己出了很多汗，衣服已经湿了。

石墨伸出手帮她擦了擦额头上的汗："我们到了。"

下飞机转乘汽车，车头一路向南，经过一片海滩。天黑了，远远地能看到天边有点点星光。

顾晓君一路上都不踏实，比参加发布会还紧张。她要去办的事情很重要，是崔老临终前交代她的最后一件事。

崔老第一任妻子早年离开了他，带着襁褓中的儿子出国了，彻底跟他断绝了联系。他满世界找人，无果。当年他的事业跌入谷底，债主整日找上门，无暇继续寻找儿子的下落，只听人说在美国见过前妻一面，然后又没了消息。直到事业稳定了，他再去找前妻和孩子的时候发现更是难上加难，其间偶尔有消息，最终查明都是假的，不乏有人故意伪造证明，想要骗钱。

从希望到失望来来回回几次，崔老很是伤心，不敢再提。后来崔老北上做生意，偶然认识了前妻同乡，听说前妻曾回国探亲，当时带着一个男孩，年纪和崔老儿子对得上。崔老看过照片，特别激动，觉得那个孩子和他小时候一模一样，他请了很多人追查，线索断断续续，但知道他儿子还活着，他始终没有放弃希望。

临终前他把寻找儿子的重要任务交给了顾晓君，他留了一大笔遗产给他的儿子，是为了弥补这么多年的亏欠。他说只要有一点消息都不要放弃，请顾晓君一定帮他完成这个遗愿。

昨天顾晓君终于接到消息，调查公司和保险公司联合调查的结果出来了，他们在美国找到了一个老太太，她曾把房子租给一个中国女人。女人带了一个男孩，就是照片上的男孩，男孩和女人的特征和崔老儿子、前妻几乎都能对上。据说男孩已经回到中国，他们好不容易拿到了男孩的资料，按照崔老的安排，应该由顾晓君亲自确认信息，并找到男孩，按照崔老的遗嘱分配财产。

事关重大，她一方面要核实男孩的身份属实，另外一方面要分配崔老的遗产，这必然引起崔老其他亲戚的骚动，没准要接着和他们打遗产官司。为了保证过程的严谨性，保险公司和调查公司的资料必须当面交给顾晓君本人，这就是她此行的目的。

终于到了目的地，顾晓君走进一家气派的写字楼，经过安检来到一间办公室，她一个人进去，石墨在门口等她。

进门之前石墨提醒顾晓君快一点，他订了这里最高的空中餐厅，今天是他们两人的纪念日。

顾晓君打开面前的箱子，里面有一本日记和一沓信件。

"这里的资料是美国的一位老太太提供的，她就是崔老前妻当年的房东，她对这个孩子印象很深。崔老前妻搬走的时候遗漏了一个铁盒，里面有一本日记和一沓信件，经过专业鉴定，确定信件是崔老的笔迹。

日记是崔老前妻的，大概记录了她在美国的日常生活。日记里有一张照片。"保险公司的人详细地介绍了情况。

顾晓君打开日记，娟秀的字迹映入眼帘，尽管纸张已经泛黄，却仿佛浮现出一个美丽女子的身影。顾晓君小心地拿出夹在里面的照片，是一个男孩在操场上踢着足球。男孩的肤色黝黑，笑得无比灿烂。

"这个孩子现在在哪儿？有他的资料吗？"顾晓君问。

"在这个文件袋里。"

顾晓君小心地打开文件袋，里面是一沓资料，她看着资料上的名字和照片，瞬间整个人傻了。

"这不可能，你们是不是搞错了？"

"顾小姐，我们找了这么多年，终于找到了这个孩子，您陪同我们找到他本人，做一个鉴定就能明白了。"

顾晓君瘫倒在椅子上，耳朵里嗡嗡作响，她没办法思考，呆呆地愣住了。

"顾小姐，顾小姐，你还好吗？你怎么了？"

顾晓君缓缓地回过神，站起身，转头看着玻璃窗外坐在走廊沙发上的石墨。石墨陪着她匆匆忙忙地赶路，十分疲倦，靠在沙发的角落里睡着了，安静得像个熟睡的婴儿，他的睫毛很长，鼻梁高挺，嘴角微微向上翘着，眉眼和照片上踢球的少年重合在一起。

石墨，石墨，怎么会是你？

顾晓君嗓子干得要冒烟了，她抓起桌上的杯子喝了一口水，努力让自己冷静下来。

她都做了什么？眼前的这个男子——她的男朋友石墨，竟然是她前夫的儿了！

顾晓君收起资料，交代大家保密，她现在累了，需要休息，明天继续沟通，然后迅速离开。她几乎是逃出这栋大楼的，用所有力气抓着石墨的手，头也不回地离开，等她回过神的时候车已经开出好远。

"你没事吧？身体不舒服吗？"石墨关心地问。

顾晓君抬头看着石墨，眼泪像珠子一样一对一双地落了下来，把石墨吓坏了。

顾晓君算得上见过世面的女人了，可她现在要面对的问题乱成了一锅粥。她要跟石墨坦白许多事情，可该如何说起呢？说我结过婚，那人是你爹！

石墨得知这个消息会是什么反应？是个人都无法接受啊！

这次真的完蛋了，老天一定在惩罚她，惩罚她的高高在上，惩罚她的自以为是，惩罚她造下的孽。她又要失去在乎的人了，她越想越难过，心里堵得太难受了，哭个不停，说不出一句话。

石墨一直抱着顾晓君，虽然不知道到底发生了什么事，但他知道现在问什么顾晓君都不会理的，她需要平复下来，等她准备好了，想说了会自己开口。还有，这次的求婚计划又泡汤了，兴致勃勃的他像被浇了一盆冷水，但没关系，会有更好的机会的。

今晚的月亮出奇地圆，如银盘一般，悬挂高空，静静地看着世间的林林总总。

此刻同样被月光所笼罩的郊野别墅里，贵妇模样的杨祎收起往日里的甜美笑容，面容冷峻，把自己关在书房。桌子上摊着一沓照片，照片上是她老公刘大磊陪保姆方丽丽去医院检查的照片。

刘大磊非常小心，找了一家私立医院，会面的时间地点都是精心挑选的，可还是没逃过杨祎的跟踪。

事实证明，再狡猾的狐狸也斗不过被逼急了的猎人。

人一旦动了心思，十万匹马也拉不回来。杨祎铁了心要和刘大磊离婚。

杨祎觉得打自己会动脑子开始，从来没有像现在这样有这么坚定的念头。自从知道刘大磊和保姆的脏事之后，她经常彻夜不眠，一直在思考。她并不是在思考刘大磊为什么会出轨，而是在思考现在的自己到底是谁？这么哲学的问题她之前从未想过。她是人家的老婆、孩子的妈妈、妈妈的女儿，可是离开这些人，她自己又是谁呢？杨祎，又是谁呢？一个没红过的女演员，早早嫁人、相夫教子的贵妇，为了出来工作跟丈夫斗智斗勇的独立女性，是吗？

外人不会理解自己，在他们眼里自己是一个娇滴滴的小贵妇，专职相夫教子，业余爱好假装努力，工作不过是给衣食无忧的自己找乐子罢了，这样的杨祎早已经离不开刘大磊了。

金花女士也不会理解自己，在她眼里自己不过是一个从小就会走捷径的聪明丫头，但凡一件事累一点都会选一条别的路。只要刘大磊的生意不倒，家底还殷实，宝贝女儿杨祎就还是比同龄的姑娘成功，至少比她四婶家在老家银行上班的表妹要成功。

刘大磊更不会理解自己，他甚至无法理解自己老婆这木鱼脑袋怎么会思考"我是谁"这样的哲学问题？平时怕老婆不过是刘大磊装作行为规范的假象，这样他就能心安理得地不管家务、不管孩子，心安理得地和保姆眉飞色舞。万一被抓到了，他就能哭着说你看我平常多爱你，这次是意外，是保姆先动的手。

他们都不会了解杨祎到底是什么样的人，因为他们都没有真的了解过杨祎。

杨祎知道，自己其实不傻，至少比表面的样子要有智慧，"傻白甜"不过是装样子玩玩罢了，她从小就看过"傻子要钱"的故事。

有人在傻子面前同时摆上十块钱和一块钱，傻子会毫不犹豫地拿着一块钱屁颠屁颠地跑起来。傻子不认钱，大家当个乐，都想去试一试，不管给他多少钱，他永远只拿少的。可是傻子才不傻，他知道只有这样才会一直有愿意拿钱逗他的人，他就一直有钱拿。如果他拿了面额大的钱，别人知道他不傻，就没意思了，就没有人再给他钱了。

一路走来，她太知道如何装傻了，她并不觉她的心机太重。如果别人不给她贴上"傻白甜"的标签，不用"漂亮的女孩没大脑"的逻辑去审视她，她就不会"得逞"。她可以把最真的一面留给自己，留给真正懂她的人。

杨祎知道自己不是坏人，只是需要用这样的方式伪装自己，就像海底的鱿鱼，在凶险的世界里需要保命的本领。

杨祎收起了照片，锁紧了皮箱，然后拿出厚厚的几摞资料，是刘大磊公司的财务报告和资产证明。她粗算了一下，分成三份，大部分留给刘大磊，一部分留给孩子，剩下最少的一部分留给自己。

这一刻她觉得自己有点邪恶，因为突然从她的心底冒出一个可怕的想法：刘大磊的出轨其实没有让她那么伤心，反而让她松了一口气，甚至偶尔会窃喜。她可以站在道德高点、以受害者的姿态去面对离婚这件事，她有足够的理由和底气去哭、去闹，去提出要求。往大了说，她终于有机会正大光明地换一种生活了，这是她重新选择如何做自己的机会，是重生的机会。

她不知道刘大磊能不能沉得住气，她想给刘大磊一次机会，毕竟刘大磊是孩子他爸，是睡在她身边的、不算坏的男人。如果刘大磊没有抓住机会，她会毫不犹豫地执行她的计划。

这个周末是家庭日，她要准备丰盛的一餐，和刘大磊摊牌。

家庭日这天，杨祎心事重重，金花女士却异常兴奋，她太喜欢母慈子孝的温馨场面了，人就是越没啥越要假装有啥。

金花女士迅速协助杨祎准备了一大桌子刘大磊喜欢的菜，很少下厨的杨祎几乎贡献了毕生所学，把所有菜都做熟了。

下班回到家的刘大磊很是吃惊，看杨祎亲自下厨，不由得把今晚的警戒级别提高了一个档位，嬉皮笑脸地乖乖换了家居服，洗手出来坐好。

杨祎给金花女士、刘大磊分别倒了红酒，安稳地坐到了刘大磊的对面。

"媳妇咱家这是过年了啊？"刘大磊搓着手说。

"难得把孩子都送到爷爷奶奶那儿了，咱们好好吃顿饭。"杨祎的声音有点哆嗦。她清了清嗓子，在心里告诉自己，你是一位年富力强的职业女演员，提升信念感，按节奏说背好的台词。

"是，今天都是杨祎亲自做的，我就打打下手，大磊快尝尝。"被蒙在鼓里的金花女士笑靥如花，却因为笑容太过甜美显得有些做作。

刘大磊挨个把菜尝了一遍，感动得连连叫好，很快就吃得满头大汗。刘大磊不能说是餐饮大亨，也算是行业专家了，什么好吃的没吃过？可是吃自己老婆亲手做的饭菜别有一番滋味，特别是一位十指不沾阳春水的老婆。

大家几轮碰杯之后，杨祎掐算着时机，放下碗筷，盯着刘大磊。

刘大磊察觉异样，缓缓放下手里的酒杯。

刘大磊是个聪明人，他预感杨祎肯定要说什么事，但当着岳母能说什么呢？他不太确定。男人不能打没有把握的仗，没等杨祎开口，刘大磊抢先一步开口："媳妇，我肚子疼，我先去上个厕所。"三十六计走为上策。

"你等会儿刘大磊，别想跑，一有事你就躲厕所，你以为你能在厕所里躲一辈子？"魔高一尺道高一丈，杨祎早就摸清了刘大磊的套路。

刘大磊嘿嘿地摸了摸自己肚子："真的不舒服。"

"大磊这是吃急了，要去就快去，别忍着，杨祎你不能太霸道，连上厕所还要跟你请假啊？"金花女士表面上主持正义，其实是怕杨祎口不择言，把好不容易重建起来的和谐气氛搞僵。

"妈你先别管，刘大磊我跟你说个事，憋不死人。"杨祎好不容易做好心理建设，不能错过这个机会，"你和方丽丽的事你想自己说还是要我说，我只给你一次机会。"

漂亮！单刀直入，直中要害！说完这句台词，杨祎心里很满意，这句话的情绪分寸她拿捏得很是到位。

刘大磊确实措手不及,他怎么也没想到杨祎能这么不给他面子。杨祎之前说要离婚的时候他就知道事情没那么容易过去,但杨祎好一阵都没有再闹,他以为杨祎想通了,毕竟有了小儿子,杨祎不会真的闹起来,谁知风平浪静之后酝酿着一场暴风雨。

刘大磊依然打太极,一脸无辜:"媳妇你说什么呢?我怎么能和方丽丽有事?"

杨祎没说话,挑起眉毛盯着刘大磊,就像要把他整个人看穿,看出一个洞。

"行,我跟你说了吧,方丽丽跟老乡偷偷好上了,但老乡知道她怀孕了跑了,方丽丽来找我借钱,我想着赶紧把她送回去,但她情绪挺激动的,我怕她寻了短见,毕竟在咱家工作一场,能帮一把就帮一把,是不是这事让你误会了?"

"编!真能编!你是编剧吗?这套说辞你想了很久吧?"

"怎么是编呢?你不信任我!"

"你值得信任吗?你俩在家乱搞,你内裤颜色前后不一样,我发现了你都不承认,你真以为我傻了呢!"

"真的是误会,媳妇你当时马上到预产期了,我不能让你操心,就自己处理了,可能处理得不好,你别往歪了想啊!我就是个妻管严,你说东我不朝西,你站着我就不坐着,咱妈都知道啊,妈你说句话啊?"

刘大磊想搬救兵。

金花女士很显然还没反应过来,这局面变得太快,她年纪大了,脑筋没转过来。刘大磊叫她她才反应过来,闹了半天今晚是鸿门宴啊!

"杨祎你怎么回事!大磊之前就跟我解释过了,你别胡思乱想,在这儿吓唬人!刘大磊你自己把这事交代清楚!你要是敢骗我,骗杨祎,我也饶不了你!"金花女士放下酒杯,疾言厉色。

"妈,我真是冤枉的,媳妇你误会了。"

"你就继续演吧,你还妻管严,你要是真爷们儿就承认你出轨,我们一起解决这个事，你要是骗我你就是大王八！"

"我演什么了？"

激将法对刘大磊不起作用，他今晚铁了心要装无辜，绝对不能承认。目前看杨祎好像没有什么证据，他要是现在松口就被动了。

男人，就是不见棺材不掉泪，不对，不见兔子不撒鹰。

"刘大磊，你真要等着她把孩子生出来跟你做亲子鉴定吗？你到底有没有脑子啊？那个孩子就是证据啊！还是你压根没想要那个孩子！"

"我，你、你越来越过分！你这是无理取闹！"刘大磊情绪有些激动，站起来想拂袖而去。

杨祎拿出手机，播放了一段录音，录音里是方丽丽的声音："刘大磊带我去医院不是做产检，是要带我把孩子打掉，可是我舍不得啊，这是一条生命啊，怎么能随便堕胎呢！我求求你，我不争任何财产，我不要一分钱，我就想把孩子生出来，我隐姓埋名再也不回来，求你了！"

录音被掐断，刘大磊和金花女士愣在原地。

杨祎继续说："刘大磊，你还需要我继续放吗？听你们是怎么搞在一起的？时间、地点、细节，还要我放给你听吗？"

事到如今，杨祎肯定拿到了确凿的证据，她一定见过方丽丽了。可方丽丽怎么就坦白了呢？还是说录音是假的，杨祎在诈他？刘大磊刚才的汗还没消，新的汗珠已经往下滴了，他不相信以杨祎的智慧能使出这样的手段。这都是跟宫斗剧学的吗？电视剧害死人啊！

"扑通"一声，刘大磊跪在地上："媳妇，我错了，我不该瞒你！当时你马上就要生了，我不敢跟你说实话，怕影响你和孩子，但你放心，这个事我肯定能处理好，那个方丽丽就是骗子，我是上了她的当。我马上让她拿钱走人，绝对不会破坏咱们家庭！"

"那你是承认你俩有一腿了？她是骗子那你是什么？她是给你下药了还是你失去知觉了？那孩子是凭空来的？破坏家庭的不是方丽丽，是你刘大磊！"

"都闭嘴！都不要再说了！今晚谁都不要再提了，等你们都冷静下来再说！"金花女士经验丰富，她知道再说下去肯定没有好结果，她绝对不能让这个家散了，她要保住这个傻闺女的婚姻。

"妈你别管，这是我和刘大磊的事！今天让你在这儿就是让你看清，离婚不是我无理取闹，是刘大磊出轨在先，他是过错方！"

"你给我闭嘴！两人过日子没有不经历磕磕绊绊的，谁也不准轻易说离婚！"

"怎么就不能说！你离了多少次婚！我怎么就不能离！"

"啪"的一声，金花女士的巴掌清脆地落在了杨祎脸上。

金花女士看着自己伸出去的手，她没想要打杨祎——这个被她视为掌上明珠的女儿。从小到大她都没对杨祎动过一根手指头，今天怎么就动手了呢？

整个房子安静了，杨祎捂着脸没有再看金花女士。刘大磊想过来看看杨祎的脸，却不敢乱动一下，他看杨祎的眼神要吃人，他走过去没准杨祎会抽他，把气都撒在他身上。

良久，杨祎开口："刘大磊，我一定要跟你离婚！"

说完，杨祎走出大门。

等刘大磊和金花女士反应过来追出去的时候，杨祎已经消失在夜色里，不见踪影。

沉静的夜晚，只有金花女士的哭喊声和几声蝉鸣。

这个夏天太聒噪了，注定不太平。

 十三

人不能长时间处于焦虑中，否则后果严重，轻者脱发，重者抑郁。

杨祎、顾晓君、张婉婉三个女人相约在一起，互诉衷肠，把不开心的事情说出来让别人开心开心。

顾晓君家的床很大很软，躺在上面很舒服，射灯把天花板变成了星空，屋子里飘着淡淡的花香。顾晓君叫不出花的名字，那是石墨带来的一大束花，被他插进了花瓶。

桌上摆着一杯红酒、一杯气泡酒、一杯红糖水，三人舒展地躺在床上，假装在露营。

"你真的要离婚吗？你真的想好了吗？别一时冲动，最后后悔。"张婉婉化身午夜情感节目主播。

"我不后悔。"杨祎答。

"那我这么问你，刘大磊不是真的渣，他只不过犯了天下所有男人都会犯的错误，从这个角度理解这件事，你就没有其他解决办法吗？"张婉婉为了试探杨祎的真心，换着角度刺激她。

"他自己管不住自己的伙计，烧了后院，我怎么原谅？这种事有一次就有下一次，在家是保姆，在外面能勾搭的人更多。只要有那心思，诱惑就一直存在，我要原谅到什么时候？"

"那你总不能让他结扎吧？"

"就是因为不能结扎，才干脆直接做个了断。"

"那你的孩子怎么办，你给他生了两个孩子，你不能不考虑他们吧？"

"孩子我当然会考虑，我是孩子亲妈，当初生孩子也是因为我喜欢孩子，想当妈。我觉得我肯定比我妈会当妈，生完大的生小的，我已经把我所有能做的都给了孩子。特别是生二胎的时候我多危险，用我的命去换他的命，我不求他们以后回报我什么，我离个婚，他长大之后总应该能理解吧？"

"按你说的，孩子应该理解爸妈离婚，那你还用离婚这个事情去刺激你妈，你这不是双标吗？"

"我妈离婚、结婚，再离再结，我从来也没有拦着啊！我理解她、祝福她，但她现在反过来不让我离婚，这是她双标！"

"就算你说的话在道理上是成立的，可现实问题你要面对啊。你小儿子还那么小，刚几个月，以后你要自己带他吗？刘大磊好歹是孩子他爸，缺失了父亲对孩子一辈子都有影响。单亲妈妈不是追赶流行，是很辛苦的。"

"不离婚父亲的位置就不缺失吗？刘大磊就是个名誉父亲，是个赞助商、联合出品人，真正干活的还得是我自己。我能用全部的力量去抚养我的孩子，就算不能给他们最好的，我也能给他们全部的爱。如果不离婚，在这样貌合神离的家庭里孩子能幸福吗？"

"刘大磊可不会这么想，他能轻易放弃孩子吗？你们离婚必然是一场大战，刘大磊也是有点本事的。"

"不管他怎么想，反正他休想用孩子拴住我、要挟我，逼迫我去原谅他做过的恶心事。"

张婉婉见杨祎"离"意已决，再试下去估计杨祎就要翻脸了。她用胳膊肘碰了一下身边的顾晓君："晓君你发表一下想法，我说的嘴都干了。"

顾晓君有点心不在焉地听着她们叽叽歪歪的对话。她回头看着杨祎，杨祎这段日子消瘦了不少，略显憔悴，眼神却凌厉了不少。眼睛是心灵的窗户，看来杨祎这心底藏了不少事。

"刘大磊要是不出轨你也不开心，你厌倦了当金丝雀，他出轨了你反倒有点开心，听着有点变态且不可思议，可你心里就是这么想的对不对？以往你都是闹一闹就算了，这次你动了真格，因为一切顺理成章。"换作平日，顾晓君就算想到了这点也不会直接说出来，毕竟真相往往难以启齿，奈何此刻的顾晓君在为自己的事情担忧，没有精神去润色自己的话，干脆一股脑直说了。

张婉婉不由得把身子往后靠，用余光看了看左边的顾晓君，这姐妹今晚很敢说啊，又看了看右边的杨祎，等待杨祎的回答。她夹在两人中间，有点像拳击比赛的裁判，急于分出胜负，又担心一方会受伤。

"你这么说很片面，不是我让刘大磊和保姆乱来的，现在闹出一个孩子，让我怎么处理？我只是被推到这个地步，才做出这样的选择，我只是跟着自己内心的声音，没想那么多。"杨祎一脸坦荡，尽管顾晓君的话有些赤裸，让她很不自在，"我这事一时半会儿也办不完，很可能是持久战，你们支持我就得了。"

"好好好，支持，我们要不支持你今晚你就睡大街了。"张婉婉说完，和杨祎一起回头看顾晓君，"晓君，女明星的话题先告一段落。这位女高管，你这是又遇到什么问题了？你要被公司裁掉的时候都没这么苦大仇深。"

"我的事说来话长。"顾晓君不愿意面对她的困扰，索性把脸埋进被子里。

张婉婉不依不饶，扯下顾晓君蒙在脸上的被子："说说，杨祎都面对自己了，你不能有所保留啊。"

"就是，我也帮你分担分担。"杨祎需要听一听别人的八卦，调节一下自己的心情。

顾晓君猛地坐起来，用最快的语速说："石墨就是崔老失散多年的大儿子。"说完又把脸埋进被子里。

"什么？"杨祎和张婉婉一起围上来，扯开顾晓君脸上的被子。

"再说一遍你！"

"哎，我再说最后一遍，石墨是崔老失散多年的大儿子，和第一任妻子的儿子，找了很多年，现在终于找到了，就差一张亲子鉴定了。"

"我的天哪，太刺激了，这是什么剧情，八点档电视剧都没这么狗血啊？你睡了你前夫的儿子？我这么说对吗？"杨祎咋呼起来了。

顾晓君沉默。

张婉婉接茬："确实是这么回事啊！那你注定就是崔家的媳妇啊！"

"石墨知道这件事吗？"

"我还没跟他说，不知道怎么说。"

"确实不好说，他知道你和崔老结过婚吧？"

"应该不知道，本来想跟他说的，一直没有机会。"

"那这个事情就有点复杂，你别太悲观。石墨人家是国外长大的，思想开明，没准能接受呢？"杨祎一本正经地分析。

"思想再开放，多出一爹，还有一后妈，后妈还是自己女朋友，这也够寸的，是得慎重。"张婉婉想了半天也没想出什么好主意，但舍不得放弃这次"采访"，问顾晓君："那你现在最大的担忧是什么啊？担心他知道这件事跟你分手？"

顾晓君叹气："一方面是因为这个，我怕他接受不了，这虽然是意外，但我很怕因此伤害他，让他陷入困惑和痛苦，他什么都没做错，不应该面对这样的现实；另一方面，我不希望我们之间的关系变得复杂，石墨是这个世界上我最不想伤害的人，我的前三十年已经毁了，欠的债现在都没有还清，但石墨是无辜的，我们刚刚有了崭新的开始，我不能再去伤害他。"

"这件事也不是你的错，他会理解吧？"

"但更可怕的是，这段时间他一直准备要跟我求婚。去调查公司那天我们本来准备去当地最高的空中餐厅，因为那儿能看见我最喜欢的漫天星河。戒指他都准备好了，而且是两枚，之前我发现了一枚，他这次出国回来又带了一枚，是他亲自设计的，特意找人做的。上面一排钻的最中间那块最大的，是我们第一次见面被我们撞碎的玻璃。我在医院包扎的晚上他从医院带走了那块玻璃，他说那是我们特别的纪念。"

张婉婉和杨祎大吃一惊："那你会答应吗？"

"我不知道，我心里也很乱，我想等拍完这部电影再说。"

另外两人说不出话。

顾晓君刚刚说得无比真挚，杨祎和张婉婉陪她安静地躺着，这个时候说什么都显得多余。张婉婉不敢多说，她怕引火上身，不敢把话题引到自己身上。她和孟凡那点事早就不是秘密，她不愿再提，但她想好了，一定要尽快处理干净，不然早晚被孟凡吃得骨头都不剩。杨祎则试图缓解一下哀伤的氛围，伸手打开了床头的音响，从音响里放出一段音乐，是林忆莲翻唱的老歌《问》。

谁让你心动，谁让你心痛
谁会让你偶尔想要拥她在怀中
谁又在乎你的梦，谁说你的心思她会懂
谁为你感动
如果女人，总是等到夜深
无悔付出青春，她就会对你真
是否女人，永远不要多问
她最好永远天真，为她所爱的人
谁让你心动，谁让你心痛
谁会让你偶尔想要拥她在怀中
谁又在乎你的梦，谁说你的心思她会懂

谁为你感动

只是女人，容易一往情深

总是为情所困，终于越陷越深

可是女人，爱是她的灵魂

她可以奉献一生，为她所爱的人

如果女人，总是等到夜深

无悔付出青春，她就会对你真

只是女人，容易一往情深

总是为情所困，终于越陷越深

可是女人，爱是她的灵魂

她可以奉献一生，为她所爱的人

　　听完这首歌，三个往日神采奕奕的女人眼眶泛红，卧室昏黄的灯光在她们的头上笼罩了一层光晕。

　　张婉婉不算是第一眼美人，她颧骨高挺，两片薄唇却性感迷人，最让人印象深刻的是她细长的眼睛和浓密的睫毛，盯着你看的时候好似可以夺魂。

　　杨祎是最漂亮那个，三十岁之前是可爱，三十岁之后是成熟中带着可爱，她认清了"人生只要可爱可不行"的道理。生完孩子后她的圆脸变成了鹅蛋脸，圆润的下颌变得有棱角，更有古典美人的样子。

　　顾晓君则是气质取胜，严肃起来对得起"黑寡妇"这个称号，就算笑起来嘴角的弧度也很有分寸。她的性感源自强大的内心和气场，不怒自威，她所有的温柔都给了石墨，只有石墨见过她最妩媚、最柔美的样子。

　　幸福让女人滋润，苦难让女人坚强，坚强也是一种美，今晚这三个女人各自迷人。

　　早上，急促的电话铃声把睡梦中的三人吵醒，顾晓君挣扎着疲倦的身体摸到电话："喂？"

电话那头传来季洁的声音："姐，出事了，剧组罢工了！现场的工人都堵到财务门口了，要我们付钱。现在剧组住的酒店和摄影棚现场都是人，大部分人从筹备期到现在一笔钱都没拿到，说不给打钱今天就不干活，不拿到工资不走了！剧组别想开机！"

"催工资？钱不是打过去了吗？赵总跟公司申请到制作费了啊，公司不是已经打款了吗？"

"剧组财务说没有收到集团的制作费，也联系不到赵总。"

顾晓君入行这么多年，大事小情经历了不少，剧组罢工，场务、司机闹事也见过，她知道这件事的严重性，她脑袋迅速转动，努力想到底是哪个环节出了问题。

她打赵海的电话，电话占线。

再打，关机。

糟了，赵海一定是出了什么事。

她又连忙拨安雅的电话，同样是关机。

完蛋了，这俩人不会是在自己面前做局，就为了拿到这笔不菲的制作费吧？

顾晓君来不及收拾自己，迅速换好衣服，跟被吵醒了张婉婉和杨祎交代了几句就出了门。

顾晓君上车后拨通了制片人罗杰的电话，罗杰虽然不是自己人，但做事情还算规矩，这个时候谁能解决问题谁就是自己人。

电话接通，她开门见山地问："罗杰，剧组那边是怎么回事？"

"顾总，我正要跟您汇报呢，赵总和安雅都失联了，都说他俩一起卷钱跑路了。现在不光是剧组的工作人员，连主创都急了，导演刚到现场就被人围住，还发生了口角。导演拉架，头不知道被谁用锹打了一个口子，送去医院了。万玲儿那边更过分，经纪人堵着我们要账，说我们违约，不给钱就要告我们。"

顾晓君听完气得直哆嗦，直奔集团总部。

到了总部，老板黄毅楠已经在办公室等她了。不等顾晓君说话，黄毅楠直接把平板电脑丢给她："你看吧，剧组拖欠工资、导演被打现场。孟凡差一点就破相。"

"黄总，我知道事情的严重性，是我工作失误，赵总最后批完，钱按理来说就应该直接打到剧组账户上，可是这笔款一直没到，赵总又失联了。我让同事去他家，家里也没人。"

"立刻控制住局面！"

林奕龙和财务总监郑红呼哧呼哧带喘地跑进来。看见顾晓君，林奕龙"哼"了一声，跟黄毅楠汇报："黄总，剧组闹事的视频在网上彻底传开了，评论下面都是骂 S 集团的。咱们报警吧，把闹事的都抓起来。"

"先不要报警，闹事的工人是被逼急了，他们赚的是血汗钱，干活没钱肯定要拼命的，他们也是受了别人的鼓动。我马上赶到现场去解决，不会把事情闹大。"

"你能解决吗？我当初就不同意做这个项目，你看这是造了什么孽，集团花了这么多钱还找骂，都是在胡闹啊！"林奕龙最擅长火上浇油。

"林奕龙，你现在要做的是尽快准备一篇公告，做危机公关，而不是站在这儿煽风点火。"顾晓君恐怕自己再多说一句都要爆发。

"你这是在教我做事吗？你捅了这么大的娄子还来指挥我？顾总啊，你真是临危不乱啊。不对啊，你是不是和赵海联合起来演戏？他先走了，等你脱身了跟他一起分钱？"

"胡说八道！我可以告你诽谤！"仅存的理智告诉顾晓君不要跟他纠缠，要赶快解决问题。她回身看向黄毅楠："黄总，眼前最关键的还是先把款项补上，不能支付全部费用也要堵上关键的窟窿，先把工人安抚住，然后再去跟主创沟通，毕竟都在圈里还有彼此几分面子，不会真的怎么样。"

"你的意思是要集团再批一笔钱给你？"

"不用多，剧组财务半小时之内可以拉出一张急需支付的单子，一笔一笔支付，给我一个缓冲的时间解决问题。"

黄毅楠在心里骂娘，顾晓君你可真是要脸啊，这个时候还敢管老子要钱？这时候他手机响了，是投资方的电话，他想挂掉，想了一下还是硬着头皮接了起来："喂，方总，剧组哪有不吵架的，再说这不是因为这个戏火吗，盯着的人多，有人故意搞事。人我都抓到了，放心吧，资金没问题，不会出岔子了，我也指望这个翻身呢，高度重视，放心吧！"

黄毅楠面不改色地放下电话，指着顾晓君："你以为集团的钱说动就动吗？要是你自己的钱你会这时候往里扔吗？"

"会，我还有套房子，可以抵押，可是来不及啊。黄总，这个时候我再表决心也没有钱有用。"

"你觉得呢？"黄毅楠问财务老大郑红。这个时候还得是财务说了算。

郑红想了想："就先这么办吧，但还是要报警，通知银行尽快冻结我们先付出去的那笔钱。"

"郑总，先不要报警，现在还不确定赵海是不是真的携款潜逃了，一报了警，把事情闹大了对咱们不好，财务的事情本来就很麻烦。我去找赵海，如果今天晚上十点之前我没找到他人，咱们再报警。"

郑红犹豫，他知道顾晓君的意思：一旦警方介入，最麻烦的是财务。他看了一眼黄毅楠，黄毅楠没表态等于默认了顾晓君的提议。

事情看似有了解决方案，顾晓君向郑红和黄毅楠道谢，走向门口的时候经过林奕龙，说："林总，公关这边就拜托你了，感谢你不计前嫌，为公司利益赴汤蹈火。"

林奕龙气得胡子跟脸一起抽了两下。

顾晓君反复思量，这件事情有蹊跷，赵海怎么突然就失踪了呢？以顾晓君对赵海的了解，他应该不是早有预谋。挪用公款、携款潜逃是经济犯罪，赵海一向体面，极注意自己的言行和声誉，这么多年都本本分分，而且位高权重，多少双眼睛盯着他。如果他有这贼心，这么多年经手这么多项目早就露出马脚了。更可疑的是，他可以玩消失，但安雅呢？安雅和他一起携款潜逃了？安雅发愤图强，终于得偿所愿，被委以重任，怎么会如此不珍惜机会？有光明大道不走要走上邪路？到底发生了什么呢？

顾晓君设想了好多种可能，每一种都被她自己推翻。当务之急，先解决眼前的混乱局面。

她带着财务、保安和十几个男同事赶到摄影棚，按计划解决问题，把工人按部门分出先后，按顺序挨个去领钱，又单独将每个部门的头头儿召集在一起，顾晓君亲自请吃饭、道歉，做了解释，拜托大家安抚工人们的负面情绪，同时提出一个要求：工资没到账是公司的不对，但动手闹事不应该，每个部门揪出一个率先闹事的人，让人自动离组，给导演一个交代，否则就报警，赔偿导演的损失。各部门组长出来干活是为了挣钱不是为了闹事。

罗杰和季洁你一言我一语地不停劝说，毕竟都在这个圈子里，有些情面，拿到钱大家也算消停了。

剧组不能停工，停一天就多一天的费用，现在这样的局面更不能超支，她稳定住大部分人之后带着季洁直奔医院去看孟凡。

病房里，张婉婉坐在病床旁边的椅子上，张婉婉妈妈送来了一锅骨头汤，见顾晓君进来，几人有些尴尬。

"孟导，您好些了吗？实在对不起，让你受苦了。"顾晓君放下手里的水果。

"这都是什么事啊晓君，剧组没钱了你怎么不提前跟我说啊？"孟凡急赤白脸地责怪顾晓君。

"晓君也是早上才知道，是赵海……"张婉婉立刻从椅子上跳起来替顾晓君鸣不平。

"婉婉，工作的事情我来解释，你不要掺和进来。"顾晓君打断了张婉婉。

张婉婉不悦地重新坐到椅子上。

"孟导演，这件事对不起，我们已经把剧组最紧急的资金缺口补上了，后续款项一定尽快补齐，不耽误拍摄。"

"还拍什么？你看我的头！"孟凡指着自己被包得像颗粽子一样的头。

"动手打您的人我已经开除了，如果你觉得一定要警方处理，我们立刻报警，该怎么办怎么办。但大家都是出来挣饭吃的，都不容易，是我们有错在先，对不住大家。"

"顾总倒是格局大，挨打的是我，没拿到钱的是工人，您一句大家都不容易就这么给糊弄过去了？"

张婉婉刚想站起来又被顾晓君拦住了。

"孟导演想怎么办？我都听您的。"

"增加周期，这么一闹大家都没法工作，需要时间调整，重新建立信任和默契。"

"您想增加多久？"

"半个月。"

"好，但我需要点时间重新做工作计划，需要您配合。"

时间就是金钱，增加周期等于增加了制作费用，顾晓君为了安抚孟凡只能硬着头皮先答应。

孟凡没有说话，表示同意了，顾晓君给了季洁一个眼神。

季洁叫来了大夫，当着孟凡的面问大夫病人什么时候能出院，大夫说只是皮外伤，流血多，缝了针，三天就可以出院，定期换药，之后来拆线。

孟凡气得把头扭向窗户，不看顾晓君，他知道顾晓君这是逼他三天之后就继续开工。这个女人真是不能吃一点亏，为了自己的目的能把别人逼死。

从病房出来，张婉婉一路跟着顾晓君："对不起啊，他也是无辜被打，气坏了。"

"你不用替他道歉，他生气也是应该的，是我们的问题。"

张婉婉有点尴尬，对啊，她凭什么替孟凡道歉，她是谁啊？

顾晓君看出了张婉婉的憋屈，上前安慰："只要他快点好起来就没事。现在该去找赵海了，他和安雅都失联了。"

"报警了吗？他们都说这两人携款潜逃了。"

"成年人失踪不能马上立案，而且现在没有直接证据证明赵海是携款潜逃，需要和银行进一步确认。"顾晓君不方便透露太多具体信息。

"人心难测啊，如果赵海和安雅真的串通一气携款潜逃，那他们真是够狠的。安雅刚被你提拔就能干出这么惊天动地的事，也是狠人，之前看不出来啊，整天姐长姐短的。你说如果真是合谋，谁是主谋？"

"你别瞎想了。你妈可是对孟凡很上心，你怎么想的？"

张婉婉收起了刚刚打起的精神："我知道，我会尽快解决。"

"你嘴里的尽快已经快从冬天到夏天了。"

"这次是真的，我这两天就解决，你放心吧。"

离开医院，顾晓君坐在车里不断叹气，这连续的打击对她来说太沉重了，她觉得自己被压得喘不过气。

季洁安静地坐在副驾驶座上，不敢说话。她知道以前这个位置是安雅坐的，现在安雅失联了，顾晓君一定很着急。

"被吓坏了吧？"顾晓君看出了季洁的不安，这个小姑娘刚进入社会不久，还没有见识到社会的凶残，第一次直面这样混乱的场面，一定吓坏了。

"刚开始有点，您来了我就没那么害怕了，见您像见到了救星。"

"经过这件事，你就知道了这个剧组里都有谁，都是什么样，以后注意点，防人之心不可无。戏还得拍啊。网上舆情怎么样了？"

"热搜被压下去了，官网发了公告，让上午跟记者通电话的工人重新接受了采访，说已经解除了误会，重新开始工作了。现在评论主要分两类，一类说是因为 S 集团没钱了，一类说是剧组的故意炒作，说您一向喜欢用这种手段博眼球，不愧是……"

季洁不敢往下说。

"没事，说吧。"

"说您不愧是'娱乐圈黑寡妇'，狗仔出身，就是不放过任何炒作机会。姐他们这么说肯定是被对家带了节奏，故意抹黑您，别在意。"

"嗯，没准是林总故意放出来的水军带的节奏，这像是他的话术。没关系，能扭转负评就好。"

"也有说好的，说往往剧组前期乱，最后电影都能大卖。"

"玄学，听听就算了，还是以和为贵，工作已经够累了，多一事不如少一事。"

"万玲儿那边处理怎么样了？她经纪人给我打电话，我没接。"

"罗杰在处理，她闹一闹，主要是想换掉女二号。"

"她是觉得女二演技比她好？怎么突然有这个要求，之前不是同意选角的吗？"

"这不是男一定了罗俊阳嘛，女二和男一有更亲密的戏份，她看不惯，要么改戏，把亲密戏改到她这儿，要不就换女二。"

顾晓君差一点就骂她有病，但她不想在下属面前说女一号的坏话，忍着没说出口："罗杰跟她那边聊得怎么样了？"

"正在沟通方案，但估计罗杰也做不了主，可能待会儿还得来找您。"

"知道了，让他先沟通吧，叮嘱他后天再来找我，先消耗一下万小姐的精神头。"

"还有一个事，姐，原定的男二罗俊阳那边也突然不同意了，他经纪人要带一个他刚签的新人进组，说电影里罗俊阳演'江初尧'，男二演'罗俊阳',现在的演员不像罗俊阳。他们说因为要演罗俊阳本人，他们有资格提要求，换掉现在的人，经纪人推荐了他新签的一个演员，说是按照罗俊阳当年的样子找的。"

顾晓君实在忍不住了："这些人都疯了，都要统治影视圈吗？有点资本就不知道自己是谁，什么要求都敢提，怎么不敢直接来找我？"

季洁没说话，心想谁敢直接惹您这个"娱乐圈黑寡妇"啊？！不得先可着他们几个年纪小的软柿子捏，探一探口风再见机行事吗？是得寸进尺还是适可而止，得先试探出一个态度再决定。

顾晓君此刻真想把这些烦恼都捏成一个球，开车撞飞。她有再强的心脏，也难以同时承受这么多的事情。

相比这些，她有更重要的事情要做，她发动汽车，把车往安雅家的方向开去，她心里一直隐隐觉得，安雅没有离开这座城市。她相信安雅跟她最后一次长谈时候说的那些话，安雅是一个有上进心的人，不会如此自甘堕落。

另一边，在医院里，张婉婉收拾好她妈盛汤的餐具，连东西带她妈一起送出了病房："妈你以后不要来给他送吃的，他不缺，想来看他的人很多都被他拒绝了，这不是什么体面的事情。"

"那我又不是外人。"

"你怎么不是外人呢？"

"你跟他不是在交往吗？我算长辈啊。"

"妈你别这么说，我跟他不会有什么的。"

"为什么就不会和他有什么？他条件哪儿比不上你？"

张婉婉几乎要脱口而出"他有家"，但这三个字还是被她生生吞进了肚子。她没有勇气也没有脸说出口，如果让她妈知道自己的女儿成了自己这辈子最痛恨的小三，一定会气死。

"哎呀！你就别管了！"

"真搞不懂你在想什么？整天写那些不着四六的文章，自己都弄不明白自己的事，谁还会信你写的那些字！"

"你说够了没有？这几天老家的那些人没再跟你联系吧？"

"接到几个电话，都被我挂了。"

"什么电话？"

"那个不要脸的小三打的，换着手机给我打，说一定不会放过我们，要告我们，讨回公道，要回遗产。真不要脸！"

"你怎么不跟我说呢？"

"看你那么忙就没打扰你，我电话已经关机了，没事。"

"我再给你换一张电话卡吧，省得我联系不到你。"

"好。"

母女两人说着，走出了医院。

十四

一个男人行色匆匆地在火车站穿行，他看了一眼手表和手里攥着的车票，距离火车出发还有 20 分钟。他心急如焚，加快了脚步，小跑起来，背在身后的黑色书包却被人一把抓住。他迅速回头抓住那人的手，竟是一个戴着小蓝帽的扛包工人，操着外地口音跟他说："大哥，车站门要关了，我带你走快速通道，你给我 20 块钱就行。"

男人还没反应过来，手里的车票和身份证就被小蓝帽抢去，几乎是拎着他往另一个门跑去。

"你干什么？"

"我送你上车，车就要开了。"

"你把身份证和车票给我。"

"那你先把钱给我，我带你过去。"

男人意识到自己是被他明抢了，时间紧迫，理论没有用，只会耽误时间，干脆认栽。他一边跑一边用手机扫了小蓝帽手机屏幕上的二维码，支付了 20 元。

"身份证还给我。"

"大哥你打的钱不对，刚说的是 200 块，你听错了。"

小蓝帽见这人很好说话，便狮子大开口现场加价。

面对变本加厉的小蓝帽，男人恨得牙痒痒，可是身份证在对方手里，他看了一眼远处的警察站，犹豫了，不争执还有机会赶上火车。他满头大汗，气喘吁吁又拿起手机，给小蓝帽转了 200 元："你他妈的要不给我身份证，我跟你拼命。"

小蓝帽嘿嘿一笑，松手让男人一把夺回身份证和车票："大哥你看这不就到了吗？你奔这个门进去一直往里就能上车。"

男人气得发抖，哪有什么快速通道，还是靠人腿跑得快。

踏进车厢，他浑身冒着热气，把身份证给列车员看，身份证上清楚地印着名字——赵海。

昨天还是 S 集团的高层，今天就在车站被人给耍了一通，赵海很是不甘，却无济于事。他准备往里走，去找自己的座位，一边走一边摘下帽子，用手背擦汗，面前的路却被挡住了。他一抬头，整个人愣在原地，顾晓君站在他对面。

赵海简直不敢相信自己的眼睛，确认自己没有看错，也没有做梦。

顾晓君用双手推了赵海一下："你疯了？跟我回去！"

赵海东张西望，确定顾晓君是一个人来的，身后和车下都没有警察，他的心稍微放下一点。

"快走，车要开了，你要是现在走了就没法回头了。"

赵海有一刻想过逃跑，可马上就放弃了这个念头，逃跑或挣扎对赵海来说都太不体面，特别是在顾晓君面前，他维持着惯有的绅士风度，转身下了车。

赵海和顾晓君下车的那一刻，车厢关闭，列车呼啸而过。

俩人折返回车站大厅的路上，小蓝帽在人群里朝顾晓君得意地招手。

赵海疑惑："你怎么认识他？"

"临时演员，不然我怎么知道你来没来。"

赵海感到了羞辱，想骂人却没说出口，转而说："你要带我去哪儿？"

"先回公司。"

回去的车上，顾晓君跟赵海说了她来之前的事情。

几个小时前，顾晓君去了安雅家，用安雅的生日数字打开了她的电脑，看到了购买机票的记录。顾晓君本来想去机场，但突然想起赵海恐高，从来不坐飞机，这一定是烟幕弹，很有可能只有安雅一个人去坐了飞机。她迅速联系了赵谦，赵谦找航空公司的人查到了安雅的信息，确定她已经办理了登机牌。顾晓君通过航空公司地勤的电话和安雅通了电话，劝安雅回来，她不想报警，现在还有机会补救，没必要把自己搭进去。电话那头的安雅哭了。同时顾晓君已经在去机场接安雅的路上了。

得知赵海的行程计划后，她立即买了同一班次的车票。为了不和赵海错过，她安排了临时演员在车站用赵海的照片寻找赵海。

赵海听完苦笑："顾晓君，你干影视可惜了，你应该去当警察啊。"

"我要是当了警察，现在接你的就是警车。"

赵海没有说话，良久开口："你们报警了吧？"

"他们答应我不报警，只要回去把事情交代清楚，就有转圜的机会。你先把钱退回去，其他的事情我帮你去说。"

"你要怎么说？我已经没有退路了。"

"你不要做傻事，你现在就是走火入魔了。你要是冲动了，以后一定会后悔，先把这关过了再说。"

"怎么过关？给我灌鸡汤是没有用的，你知道我欠了多少钱吗？"

"欠了多少钱也不能用公款！这是犯法！而且就算你自己要犯法，你为什么要带着安雅？她是一个女孩，她从来没有害过你！你为什么要这么对她？！把她也带到了万劫不复的路上！"顾晓君终于控制不住压在内心的怒火，吼了出来。

"她愿意跟我一起走。"

"那你更不能让她跟你一起走，她要跟你走是爱你，你要带上她是自私！是愚蠢！是犯罪！"

赵海不说话。

"钱呢？"

"还在。"

"马上退回来！"

顾晓君的电话响了，是郑红。

"喂，晓君，人找到了吗？"

"找到了，刚刚联系上，赵总遇到点事情，我们现在正往公司赶，钱款的问题他马上处理，具体情况当面说吧。"

"那就好，你们快点回来。注意安全。"

顾晓君挂掉电话看着赵海，赵海正在用手揉自己的眼睛。

从火车站到集团总部的一路上赵海都没有说话，他内心十分复杂，巨大的压力像一只一直盯着他的猛虎，随时要把他的血肉之躯撕碎。

赵海内心最大的恐惧是对下一秒的未知，尽管在做出这个决定之前他想过很多种可能，可是真的要面对的时候他发现自己还是会怕。他现在不能说后悔自己所做的决定，他最大的困难是很多事情无法自己做决定，仿佛做决定的人不是自己，是另外一个人，但这些决定的结果都要他一个人承担。

车终于停下，整座大楼都被一团乌云笼罩，明明出门的时候是大晴天。

两人一进大楼，看见在郑红等人的陪同下，黄毅楠在大堂等着他们。顾晓君注意到一行人里有两个她没见过的人，她疑惑地看着黄毅楠，黄毅楠什么都没说，示意他们跟着上楼。上电梯的时候黄毅楠回头看了一眼顾晓君，意味深长。

赵海踏入黄毅楠办公室的瞬间就停住了，面对他的是四位身着警装的警察，一股凉意顿时袭进他心里，他身后的路被刚刚一起上电梯的两个人挡住，他才反应过来，那两位是便衣警察。

顾晓君看到这样的场景也十分震惊，她皱起眉头，她怎么能这么轻易地相信黄毅楠和郑红他们呢？他们哄着顾晓君去找人的时候，其实已经想好要报警了，根本没有要保护赵海的意思。

对于他们来说钱更重要，赵海不过是一个犯错的人而已，他们之前共事的情谊随赵海的错误一同烟消云散了。顾晓君知道自己没有任何理由和立场去指责他们，本来这件事就应该报警，让警察处理，赵海没在火车站被警察带走已经算体面了。即使她被利用了，她是集团的员工，只能忍受。

顾晓君想陪着赵海进去，人是她带回来的，她想进去听一听，她可以什么都不说。她紧紧地跟着赵海，想要进去，两位便衣警察直接把她拦在门外。她只能往办公室里瞥一眼，看见了坐在角落的安雅。

顾晓君头疼得更厉害了。

没有人知道赵海进入房间之后说了什么，他和安雅一前一后出来的时候天已经彻底黑了。

顾晓君一直撑着眼皮坐在外面，见到人出来了，迎着走过去："怎么样？"

赵海盯着顾晓君看，突然哭了出来，他的情绪完全不受控制，一个字都没办法说出口。

顾晓君不知道这哭泣是他后悔自己的行为，还是因为顾晓君把他"骗"回来抓住的委屈，总之这哭声彻底把顾晓君的心理防线攻破了。

郑红几个人闻声赶过来，搀扶住摇摇晃晃的顾晓君。

警察对黄毅楠说了几句话，大意是赵海对贪污事实供认不讳，安雅是被他骗了，所以只带赵海回去继续调查。安雅可以先回家，但不要离开这座城市，等有需要再找她做证。

安雅的眼睛通红，像刚刚哭过，顾晓君抱住她安慰。

看着他们的背影，顾晓君的心被揪成一团。

赵海，自己曾经的领导、合作伙伴，一向光鲜、风度翩翩的男人，好看娱乐定海神针一样的存在，如今黯然退场，这一切令人太难以想象，她一时无法接受。同时更令她痛心的是，她的团队里少了一个骨干，安雅不能再用了，就算她再维护安雅，集团也不会在团队里放一个危险的棋子了。培养了五年的人才，最终不抵男人一句"如果我多一张船票，你愿不愿意跟我一起走"，多么愚蠢又无奈。

顾晓君和安雅就着路灯朦胧的光走在夜幕里，天空中看不到星星，月亮只有残影，顾晓君的心里堵得慌。张婉婉陪在她们身边，三人一起走进安雅住的公寓。

安雅打开门，打开灯，镜子里的她毫无神采，脸上没有一点血色，嘴唇干白得像外面的残月。

顾晓君担心安雅做傻事，陪着她一起回来。

"晓君姐，你一定觉得我特别傻吧？"

"女人哪有没犯过傻的？男人也犯过，都一样。"

"对不起，又给你添了麻烦。"

顾晓君摇了摇头。

张婉婉知道整件事之后很不解，忍不住问："安雅，看你平常是一个挺拎得清的姑娘，怎么这次就冲动了呢？赵海给你下了什么迷魂药啊？"

"当时我脑子是蒙的，只想快点帮他解决问题。"

"他怎么能欠高利贷呢？平时没见他缺钱啊。"

安雅沉默，没有回答，片刻说："你们还没吃饭吧？我去厨房给你们煮碗面吧。"

顾晓君才想起来今天她还没吃过东西，这会儿真的有点饿了。

"我去帮你。"张婉婉跟着安雅进了厨房。

顾晓君一个人来到了阳台，她想透透气，胸口很闷。准备离开的时候，余光看到阳台的角落有一个钢盆，里面是黑黑的灰烬，外面有一圈没有烧干净的纸片。顾晓君盯着那一处看，她预感安雅隐瞒了什么，赵海的种种行为也有些奇怪，有些逻辑还是说不通。

顾晓君朝屋里看了一眼，安雅还在厨房。顾晓君小心地走到盆旁边，拿出没有烧干净的纸片，看出是一份高利贷合同，她心里一惊，签名处烧得只剩了指甲盖大小，但依然能看出一个"雅"字。

欠高利贷的不是赵海，是安雅！

这个发现犹如晴天霹雳，她尽量让自己的脑子转起来，回想起赵海被警察带走时回头看了一眼安雅，目光在安雅脸上停留了几秒，像是得到了某种安慰，义无反顾地走了。

顾晓君一时无法接受。她听见厨房的动静，顺手把重要的几张纸片捡起放进口袋里。

安雅和张婉婉把面端了出来，安雅还炒了一个小青菜，切了几片火腿。

顾晓君看着碗里的火腿，心里更不是滋味，她记得每年安雅回老家都会给她带回来一些特产，最多的就是火腿。顾晓君没怎么吃过，都分给了别人。

嘴里的肉上连着筋，怎么都咬不动，硌得牙齿疼。顾晓君直接把它拿出来，放在桌面上。

安雅马上问："怎么了姐，不好吃还是太硬了？"

顾晓君忍不住了，她对别人可以算计计较，但对自己亲眼看着成长起来的姑娘，实在不愿意那样。

她盯着安雅，忍着眼泪，说："安雅，你说实话吧，现在说还有机会。"

安雅愣住，她不知道顾晓君是知道了什么，还是在诈她。

"什么意思啊姐？我去给你拿纸巾。"安雅转身要回厨房。

"不用躲了！我看到了你在阳台烧的东西。"

安雅站在原地，深深吸了一口气，转过头："之前准备走，家里没有碎纸机，有些资料搬不走，也不能留在这儿，就找个盆烧了。"

"安雅，这个时候了你还要跟我遮掩吗？欠高利贷的是你对不对？赵海为了你才惦记上了项目款对不对？还是你一直在利用赵海？我去找赵海的时候，是你撺掇郑红报警的吧？还是你自己报的警？"

安雅被顾晓君的话激怒了："你住口！你以为你说这些有用吗？事情已经发生了，赵海就是犯罪了，他跟警察说了，都是他的主意，我是被骗的！我是受害者，我什么都没拿，我的账户干干净净！我没跑，我是要回老家，我妈病了，我都说清楚了。"

"说清楚了不代表你说的是事实，赵海替你承担了责任，不代表你没有犯错。"

"我犯什么错了？"

"你自己知道！警察也会调查清楚。安雅，赵海进去了，钱根本没打出去，那些高利贷收不到钱，你以为你可以轻松逃脱吗？赵海能帮你跟警察解释，高利贷那边谁替你解释？你要一辈子躲起来吗？还是要继续用歪门邪道去搞钱？"

安雅浑身发抖，顾晓君说的每一句话、每一个字都像针一样扎在她心里。

"那你什么意思？你是不是要把我也送进去？你亲手再送进去一个？"

"你现在跟警察坦白算自首，结果不会那么严重，我可以找赵谦帮你辩护，我也可以帮你求情。"

安雅听到这里笑了出来："真可笑，一个要把我送进监狱的人还要帮我求情？真不懂你是为我好还是想害我？你不用假装关心我了，你的手段我还不知道吗？你能把整个集团都耍得团团转。"

"你好好说话！我能有什么手段？！我是为你好！我不想再看你受这些折磨，你要把事情都讲清楚，这样你能好过一点，难道你要在愧疚和躲债中度过后半生吗？"顾晓君几乎是喊了出来，安雅是她一路看着成长起来的姑娘，跟着她在职场过关斩将，聪明能干，心思活络，胆大心细，已经能独当一面了。顾晓君偶尔觉得安雅像极了当年的自己，甚至有时候觉得自己在安雅这个年纪都没有安雅这么优秀能干。

安雅泣不成声，顾晓君走过去抱住她："你怎么就欠了高利贷呢？这到底是怎么回事？"

安雅哭诉了自己的遭遇，今年年初母亲要做心脏手术，她想回家又被工作绊住。好一阵子后好不容易处理完工作想回家，发生了裁员的事，她很害怕自己丢了工作，也不敢跟家里说公司要裁员，本来家境就不好，她的体面工作是母亲在老家的门面和底气。前几个月她终于晋升为制片人，准备大展拳脚的时候，得知母亲心脏病复发，哥哥带着母亲来找她，让她安排去大医院做手术。她好不容易找到了能替母亲看病的专家。病有的治，但手术费昂贵，她所有的积蓄都拿出来还差很多，没办法她才去找赵海，赵海二话不说拿出钱给她。好不容易有了手术费，可是她母亲怎么都不同意做手术，再三逼问才知道，她哥在老家赌博，欠了巨债，利滚利已经是天文数字了，她父亲带着哥哥的孩子，在老家被人整日看守，她母亲想用手术的钱先还一部分赌债。受到如此打击的安雅彻底崩溃了，她想报警，但哥哥不让，赌博是犯罪，报警他也会被抓。母亲也跪在地上求她，宁愿死也不能让儿子坐牢。走投无路的安雅收到了催债电话，电话是她爸打来的，她气得发抖，告诫那些人不要伤害老人和孩子，钱她来还。对方马上推给她一家借贷公司，说会有业务员来找她，帮她做贷款手续。当时安雅满脑子都是她母亲的哭声和老家父亲被人堵在门口的画面，于是她做了最错误的决定，同意用自己的名义借贷，替哥哥还债。

她把这些告诉了赵海，那晚二人一夜没睡。后面的事顾晓君都知道了。

听完这件事，顾晓君也忍不住哭了，她心疼安雅，更痛心现在的安雅，安雅本不该这样。

"你傻啊，这种事情你为什么不跟我说？"

"跟你说又能怎么样呢？姐，跟你说实话吧，这几年我真的很累很累，每天都很累。我以为在一个光鲜亮丽的行业里自己也可以光鲜亮丽了，可是大家看到的光鲜大部分是假的，是谎言，是一戳就破的泡沫。我们穿名牌，喝好酒，开豪车，住高档公寓，就是为了让人瞧得起，可衣柜里的名牌永远不是新款，更包裹不住疲惫的躯壳。我越来越虚荣、迷茫，没有安全感。那些永远做不完的工作，永远解决不完的麻烦，永远看不清真假的面孔，我早就受够了！"

张婉婉听到安雅的这些话，跟着哭得稀里哗啦，她共情了。

"你工作做得很好，你已经升职了啊，这些都是对你工作的肯定啊！"

"我升职了又怎么样？要应付的麻烦和讨厌的人更多了。别人挤破头想进这个圈子，可身在其中的我早已麻木了。我努力想沾一点上流社会的光，可到头来过得还不如一个普通人！"安雅一股脑把积压在心底的话全说出来了，鼻涕一把泪一把，毫无形象可言。

"我们都是这么过来的啊，谁不是一边委屈难过，一边学着坚强？只有撑过去的人才有资格评价你遭遇的人和事，你做出选择的那一刻就代表你放弃了之前的所有努力和坚持，一切都前功尽弃了。"

"晓君姐，没有几个人能像你那么坚强，或者说狠心，为了做成一件事，所有的人你都能利用，最厉害的是你能自圆其说，用正义去包裹你的目的，你比谁都高明。你连……"

"你疯了安雅！"张婉婉打断安雅。

顾晓君想安慰她，想反驳她，告诉她这么想是错的。这个世界不是这样的，这个行业不是这样的，她太片面了，太钻牛角尖了，可最终什么话都没能说出口，现在说什么她都听不进去吧？

顾晓君觉得安雅的困境也是自己的失败，是她错了。

后来，赵谦来了，警察也来了，在赵谦的陪同下，安雅跟着警察去了警局。

安雅出门的时候，回头望着顾晓君，擦干眼泪，问顾晓君："姐，你会不会看不起我？"

顾晓君缓缓开口："只要你自己不轻视自己，永远可以重新开始。

从泥泞中站起来本身就是一种勇气，真正能打败我们的永远只有我们自己。而一个正确的选择，或许足以让我们绝处逢生。"

张婉婉握住安雅的手："傻姑娘，别放弃！"

所有人都走了，顾晓君最后关了灯，退出门。

深夜，已是风声大作，石墨在车里等着她。见她出来，石墨打开车门。顾晓君太想尽快逃离这个地方，她钻进车里，躲进石墨给她营造的安全区，就像一只夜猫钻进了树林里。

可是，这一夜，注定无眠。

顾晓君辗转反侧，安雅明明利用了赵海，以赵海的心思不会看不穿，但他甘心为她铤而走险，这就是爱情吗？为了一个人可以奋不顾身。他们都想守护住自己最在意的东西，可惜都用错了方法。

顾晓君转头看着身边熟睡的石墨，石墨轻轻地打着呼，一阵一阵有节奏地发出声音。借着微弱的月光，顾晓君看着他的喉结，像一座黑色的山峰。只有靠近石墨时顾晓君才能安心，她才能看到一些希望，可是她的爱情该怎么守护呢？

这样的日子真让人难过。所有麻烦都没有预兆，没有尽头，人们唯一拥有的是一颗强大的心脏。

经过了赵海和安雅事件，短暂休整之后，剧组重新开工。

孟凡戴着一顶大帽子坐在监视器前，手握对讲机，很有范儿。

顾晓君全程在剧组，不放过任何细节，她反思自己，前一阵因为私事疏忽了，才会出现那么大的危险。以后的工作她必须亲力亲为，不能有失。

一晃，开机差不多一个月了，杨祎和张婉婉来探班。很久不来片场，杨祎异常兴奋，这儿看看那儿转转，对拍戏有种说不出的亲切和羡慕。顾晓君看出她技痒，跟副导演沟通了一下，让她客串一个角色。

杨祎嘴上说不合适，下一秒就坐到了化妆台前，跟化妆师说自己左边脸好看。

杨祎正换衣服呢，听到外面一阵骚乱，她看热闹不嫌事大，急忙出去看，副导演和女演员万玲儿的经纪人已经剑拔弩张了。

"咱们都说好了今天有床戏，通告提前三天就发了，都准备好了，罗俊阳老师都洗完澡了，怎么突然就不拍了呢？"

"玲儿姐今天状态不好，拍不了，我们现在就得回酒店。"

"你走了我们拍谁啊？不能走啊。"副导演带着几个高大的壮汉拦着万玲儿的房车。

顾晓君闻声赶到，上前了解究竟，直接敲万玲儿的车门，经纪人张牙舞爪地拦着。顾晓君早就看他们不爽了，为了拍戏都忍了，现在在她地盘上起幺蛾子她绝不能惯着，不然剧组都由着万玲儿胡来，那成何体统？

"我看看我的女一号到底怎么了？"

顾晓君抡起胳膊把万玲儿的经纪人拨到一边，敲开车门，没等经纪人上来，她反手关上了车门。

万玲儿气鼓鼓地坐在沙发上，翻着白眼。

"怎么了，玲儿，这又是哪一出啊？"

"你不来找我我还想找你呢！这个导演算什么东西？！凭什么那么说我！"

"他说你什么了？"

"他说我不会演戏！"

顾晓君差点笑出来，说得没错啊，这不是事实吗？

"导演亲口说的？"

"那我不知道，反正传我耳朵里了，我的粉丝已经不高兴了，都让我别演了。"

"粉丝都不高兴了，那事可挺大，但我觉得肯定是个误会，孟凡对待工作一向是严肃认真的，对演员从来都是和颜悦色的，不可能说出这样的话，肯定有误会。就算说了类似的话，肯定也不是他的本意，是被别人扭曲了。"

"那我不管，反正现在人家都知道导演说我不会演戏了，那我在这儿还有什么意思啊？"

顾晓君知道，万玲儿这是在借题发挥。她借这部戏提升了不少曝光度，花大价钱雇了新的经纪团队，一番包装后成了新一代性感女神，接了不少广告，赚得盆满钵满，又傍上了新的大哥，早就无心拍戏了。今天既然敢现场罢演肯定是有底气的，要么是要顾晓君难堪，低声下气地求她，要么是要提高福利待遇，压男主角罗俊阳一头。前几日因为海报上罗俊阳名字在她前头，她就翻过一次脸了。

"那玲儿，我怎么才能留住你呢？"

"把导演开了，换导演，我们公司新签了好几个导演，都很有才华，拍得都不比这个孟凡差。"

口气不小啊，这副暴发户的嘴脸让顾晓君想吐，这话要是被孟凡知道孟凡能气得把对讲机摔她脸上。顾晓君转念一想，自己还是高估了万玲儿，她这一闹竟然是给经纪公司做业绩，难不成她有什么把柄在经纪公司手里？逼着她用这种方式换上自己家导演？不然她怎么能疯成这样，这得喝了多少假酒啊？

"行吧，我去跟导演沟通一下，看能不能换。"顾晓君说完下了车。

顾晓君这么痛快地下车反倒让万玲儿大为吃惊，这个"黑寡妇"平日那么难对付，今天怎么没跟我据理力争呢？这是什么套路，真被我吓到了？还是去琢磨新的手腕呢？万玲儿赶紧把经纪人叫上车，商量对策。

这边孟凡已经知道万玲儿要罢工了，正要出去找她理论，跟顾晓君撞了个满怀。

"你干吗去啊？"

"我去找她，她真当自己是好莱坞明星啊？现场罢工不拍！她懂不懂什么叫尊重和敬业？"

"那是她爹妈要教她的，你去算怎么回事啊，不怕惹一身骚啊？没准外面的狗仔队早就准备好了呢，你一上她车立马就能上热搜，导演上女一号房车，标题能写得多恶心就写得多恶心。"

孟凡恍然大悟："你说得对，还是你有经验。"

顾晓君没追问孟凡是不是真的说万玲儿不会演戏了，问了也没有意义，她更关心这个戏该怎么办。

想了想，顾晓君跟旁边的统筹说："她前一阵一直在外面拍广告，咱们的戏一共也没拍几场吧，你去查一下。"然后转头跟副导演说："你去安抚一下罗俊阳那边，说我马上就过去找他。"

看孟凡眼睛冒火，顾晓君知道孟凡是为了戏好，他要拍出好作品，证明自己的水准，这是他重要的转型之作，肯定不会拿自己的前途开玩笑，没准他在心里早就想换了万玲儿呢，现在万玲儿自己不演没准正中他的下怀。

但这事孟凡肯定不能自己说，他需要有人帮他说，恰巧碰上现在极度膨胀的万玲儿，她受了经纪公司的怂恿，想趁机换了导演。这么看来，现在是两方的博弈啊。

剧组这些人的弯弯绕绕顾晓君见得多了，没什么不可思议的。各自立场不同，为了各自的目的和利益，顾晓君能理解，但不代表能纵容，她的底线是不能砸了自己的戏。

统筹走过来跟她说："顾总，玲儿老师一共拍了20场戏，都不是重场戏，其中有几场等剧本改完，可能剪辑时候有改动，要删掉。"说完看了一眼孟凡，孟凡却没有看他。

顾晓君会心一笑，果然被她猜中了，开机一个月了，女一号只拍了20场戏，都不是重头戏，就算她总请假外加迟到早退，也不至于这么少，说明压根就没给她排通告，孟凡早就留着后手呢，一旦万玲儿不行换人就是了，不会有大规模的补拍，进度不会受影响。至于剧本为什么要改，几场戏白拍了，别忘了这戏编剧是张婉婉啊，孟凡明示暗示张婉婉改女一号的戏太正常了，于公于私都合情合理。

"知道了，你有人选了吗？"

孟凡心里也敞亮了，顾晓君果然是高段位的老狐狸，一眼就明白了自己的意图，只要能换人，他就胜利一半了。他实在受够了万玲儿对着镜头冲他挤眉弄眼，晚上还要去敲他的门，搞得他都不敢出门，他是来拍戏，不是来搞事的。

"我听你的，再说还有那位呢，得听听那位的意见。"孟凡瞟了一眼罗俊阳休息室的方向。

顾晓君转身往罗俊阳的休息室走去，张婉婉和杨祎为了看热闹跟在后面。

"怎么我们一来就赶上看戏啊，很难处理吧？"张婉婉不走心地说。

"沟通演员应该是我的活，我来帮你处理。"杨祎刚做完造型，神采奕奕，顾晓君免不得多看她几眼，称赞她真是个大美人。

走进罗俊阳的休息室，顾晓君一筹莫展："你都听说了吧，万玲儿闹起来了，要辞演。"

"我知道了，你什么意思？"

"要是她真不演，只能换人了，我听你意见。"

"反正都是演戏，谁演都一样，顾全大局。"

"对人选有要求吗？"

"换谁都比万玲儿强吧。"

顾晓君乐了，万玲儿这几天在剧组到底得罪了多少人："怎么？也去敲你门了？"

罗俊阳没说话，苦笑了一下。

顾晓君心想万玲儿可真是个大傻子，送上门都找错了对象。

"我知道了，我来处理吧。"说完走出门。

杨祎凑上来："这么快就聊完了？罗俊阳生气了？要不我去做做工作？"

"没有，你要有别的工作。"

"什么工作？"

"正式接替万玲儿，成为新的女一号！"

杨祎听完简直要昏过去："你说什么？"

"我说你现在是女一号，你演不演吧？！"

"嗷！嗷！"两声尖叫回荡在整个片场，所有人都安静了。杨祎掐自己大腿，又是一声"嗷"！

张婉婉捂着耳朵："你中毒了？"

"不不不！我演不了女一号，要是我没做梦，就是你疯了！别逗我了，我来玩一玩过过瘾就得了，女一号我可来不了，来不了。"

"怎么了？怕暴露出自己的演技不行？"

"少来激将法，别套路我，我都多少年没演戏了，刚生完孩子又胖又肿的，回头耽误票房，你们再赖我。"

"女一号不是明星，就要胖一点肿一点的，你现在正好。"

"不不不！"杨祎一边说着一边往后退，想躲进化妆间，回头就撞上了来势汹汹的万玲儿。

她助理偷听到导演说要换女一号，赶紧去通风报信。万玲儿听完就急了，冲过来恨不得跟顾晓君打一仗，一副"谁敢动老娘就赏他一丈红"的架势。孟凡等人都围过来了，不大的地方被人围住，形成了一块好像拳击台的地方，几个台上的女人都不好惹，战争一触即发。

"顾晓君你什么意思？你真当我好欺负是吧？"

"我能有什么意思，不是你自己不演了，要回酒店吗？你休息你的，但我的戏不能停，我找人替你还不行吗？"跟顾晓君耍无赖那就是找错人了。

"这就是你找来替我的？"万玲儿抬起眼皮，鼻孔朝天，指着杨祎，"哼"了一声。

"你哼什么，放尊重点，我演戏的时候你还不知道在哪儿呢？"

"少摆前辈的资历，你早就过气了！要认清现实，你看看你现在什么样子，你演女一号不是贻笑大方吗？"万玲儿对杨祎的不礼貌像一块抹布，直砸到杨祎做了完美妆容的脸上。

杨祎的火一下就蹿起来了，她顺风顺水半辈子哪受得了这气？而且在这么多人面前敢质疑她的美丽，简直是不想活了！

"哟呵，你还会用成语呢？我不演不代表我不能演，我要是想演还真轮不到你！你凭什么觉得自己就是女一号啊？就凭门口蹲着那几头蒜是你粉丝？那还不是每月花钱雇的？你有演技吗？有实力吗？说走就走，说不拍就不拍，你知道什么叫契约精神吗？没学会艺德倒是会撕番位，你的名字得在最前头，写前头你就会演戏了？你就能不尊重前辈了？不是片酬高就是女一号，你对得起那钱吗？"

"你说话放尊重……"凑过来的经纪人话还没说完就被杨祎一巴掌推开了。

"你又是哪根葱，轮不到你说话。"杨祎上前一步对着万玲儿，说，"我告诉你万玲儿，你在我姐妹项目里指手画脚我没理你，你在我面前胡说八道算是惹着我了，我要告诉不是谁都能让你吓唬住、让你欺负的，娱乐圈就是被你这样的人搅得一摊浑水的，因为有人纵容你，你才不知道天高地厚、自己几斤几两的。我告诉你，我是好看娱乐的艺人统筹，你要是想演，现在就给我回现场老实演，不想演就离我远点，别一条臭鱼腥了一锅汤。"

万玲儿被气得脸色煞白，扯嗓子号了两声，扭头回了房车，经纪人像个车轱辘似的跟在她身后。

杨祎吵架的场面着实精彩，比平常骂刘大磊利索多了，看出来这次是动真格的了。顾晓君双手抚摩杨祎的肩膀："消消气，犯不上跟她生气。怎么着？赢回女演员的尊严还是放任她横行霸道，祸害娱乐圈？"

"老娘今天就替天行道！"

"美少女战士上战场也得先换一套衣服。来造型师！给杨祎老师定妆！"还在看热闹的造型指导应声冲过来，一群人围着杨祎涌进了化妆间。

刚才给杨祎化妆的人就两个，现在围上来十几个一起忙乎，这女一号地位立刻凸显，让杨祎瞬间找到了点女一号的感觉。

我等了半辈子女一号，终于要当女一号了！我下一步就是影后！杨祎对着镜子跟自己喊话，噘着小嘴，一脸严肃，眼里带着杀气。

顾晓君的操作给杵在旁边的张婉婉看傻了："怎么让她捡便宜了，这大馅饼就这么掉她头上了？你这样太随便了吧，既然这么随便怎么不让我演啊？"

"我请不起你，你快去帮导演改剧本吧，估计导演要加戏喽。"顾晓君笑着出去了。

到了万玲儿的房车门口，她经纪人还在车旁边站着准备拦人呢，可这次顾晓君压根就没想上车，指挥旁边的摄像机和副导演说："万玲儿罢工辞演，对着合同看要赔剧组多少钱。玲儿的经纪团队要是有异议就让他们联系赵谦律师，赵谦律师是我们的法律顾问。"

说完又对着万玲儿经纪人说："你们可以走了，玲儿不舒服我就不上去了，辛苦你。"说完头也不回地离开了。

这波操作让孟凡也没想到，三小时之后，他傻傻地对着监视器看着杨祎。杨祎和罗俊阳躺在床上，对着词，不亏都是专业演员，一秒入戏。

张婉婉看了都竖起大拇指："杨祎老师太会了，给罗俊阳都整不会了。"

顾晓君走出片场，给黄毅楠打电话汇报了情况，然后仿佛什么事都没发生一样回到了自己的工作岗位。

看似草率，其实顾晓君一点也不傻。这个电影本身就是大男主戏，女一号戏份不多，而且设定是"私生饭"。万玲儿那么高调，恨不得每一场戏都要美到窒息，一点也不贴近角色。杨祎却不一样，刚生完孩子有点肿，最近更是浑身疲惫，状态很像一个每天心里装满负担的人，再说她演技不差，这么久没演戏，终于有机会了，一定备加珍惜，演一次女一号也算圆梦了。这么多年她嘴上说退圈了、不演了，但顾晓君知道，她心还有梦，眼里还有光。

第二天，剧组再次上了热搜，万玲儿罢演，杨妙可婚后复出。

顾晓君划着手机，这波热搜一看就是林奕龙的操作。万玲儿自从当上女一号，就再也没理过凑上来示好的林奕龙。林奕龙心眼那么小，怎么能不生气？这次林奕龙算是给自己出气了。这波"流量密码"算是被林奕龙玩明白了。

深夜，顾晓君在电脑前一遍一遍检查预算表，手边还有一摞厚厚的、要签字的账单。眼睛酸了，她拿起桌上的咖啡，咖啡已经凉了，本想去换一杯，想起石墨临走的时候交代她晚上只能喝一杯，不然会失眠，听话地放下了杯子。她想起了和石墨的未来，她不能辜负石墨；想着自己对黄毅楠的承诺，一年内扭亏为盈；想想自己不能跟外人倾诉的计划，她没有理由停下来，扭过头又钻进表格里。

张婉婉肚子饿得咕咕叫，她蹑手蹑脚地绕过妈妈的卧室，钻进厨房，从冰箱里掏出一根火腿，回到书房一边啃，一边"噼里啪啦"地改剧本。因为换了演员，所有女一号的戏份都要重新调整。她跟自己说，这是自己为孟凡做的最后一件事。

杨祎躺在床上，哄睡了襁褓里的婴儿，小宝宝睡得憨恬，眼角还有刚刚换尿布时哇哇大哭留下的泪痕，她真的盼望孩子能快一点长大，然后开心地想起还在奶奶家的大女儿，这个小胖妞应该好好听话着呢吧？明天开始她要重新站在摄影机前面了，紧张又兴奋，她不知道自己的表现能不能让人满意，她希望能成为孩子们的榜样，让他们知道，他们的妈妈不是一个懦弱、懒惰的"米虫"，是一个有思想、有能力、有自己人生的女人。

女人一旦认真起来，比老虎还可怕。

/十五

　　上帝有一只手，总是喜欢偷偷调快时间。人们突然意识到这个问题那一天，会发现自己的鬓角有了白发，身体各处的纹路加深；眼球浑浊，目光呆滞，没有十几二十几岁的时候明亮了；十几岁时候矫正过的牙齿又歪掉了，想重新矫正又觉得这把年纪弄给谁看？那么麻烦，又痛，还是算了。年纪大了最怕麻烦，怎么舒服怎么来吧。

　　可有人天生叛逆，不想顺从。

　　杨祎重新打开了演艺事业的大门，犹如枯木逢春、久旱逢甘霖，生机勃勃的，一发不可收拾，仿佛是奔着拿奥斯卡影后去的，把这些年压抑在体内的戏瘾都释放了出来，连孟凡看了都直竖大拇指。

　　为了全心全意投入演艺事业，她直接把平姐升职为经纪人，叫平姐带着孩子进了组，又聘请了一位助理。平姐收到任命，激动不已，每天都像打了鸡血一样，一丝不苟，每一项工作都做得滴水不漏，充分发挥邻家大姐的优势，热情体贴，经常把开早餐店的朋友叫到剧组给大家下面条、蒸包子，把剧组上上下下都照顾得十分到位。

　　两个女人的事业迎来了新的机遇，乐不可支，杨祎家里的男人刘大磊则要被气死了。他回家发现老婆、孩子、保姆都不见了，整个人都要爆炸了，第一时间联系杨祎："你什么意思？这个家不要了是吧？"

"还不明显吗？我早就跟你说过我要拼事业，你要不满意就离了吧。"杨祎说完，不等刘大磊说话就把电话挂了交给助理，转头一脸真诚地对导演说，"孟导演我上一条演得还行吗？我还能换一种演法。"

刘大磊气得头发丝都在冒烟，开车冲向剧组，一副准备去剧组抢人的架势。车还没开出五公里，也许是因为开了车窗，刘大磊热腾腾的脑子被风吹精神了，他觉得自己去不行，他得搬上救兵，车头一转，去接岳母金花女士。

金花女士看到杨祎复出的新闻还以为自己眼花了，跟杨祎再三核实后才真的相信。说实话，她内心是喜悦的，这是给她长面子的事情，有几个女演员生完孩子还能演女一号？她知道这是杨祎从小的梦想，可是另一方面她又为难，孩子还那么小，杨祎不顾家庭刘大磊肯定不高兴，这不是摆明了要跟刘大磊冷战吗？

时间能治愈伤口，也能加剧隔阂，她这几天都没睡好觉，思来想去该怎么办。上次在杨祎家，她本来想表现一番，结果玩现了，跟女儿大吵一架。这次她告诉自己一定要慎重再慎重，正琢磨呢，刘大磊直接找上门了。

"妈，杨祎带着孩子和保姆去剧组拍戏的事您知道吗？她也太狠心了，妈你得替我做主啊。"刘大磊就差声泪俱下了，这段时间他确实有些憔悴，人瘦了半圈。

"你把自己老婆惹生气了来找我做什么？要不是你做烂事惹她伤心，她能义无反顾地去拍戏吗？"金花女士在大是大非面前还是拎得清的，这时候必须坚定地站在女儿这边，枪口对外。上次她知道刘大磊跟保姆的恶心事，自己也跟吃了苍蝇一样。

"妈，我真心悔过了，我以后什么都听杨祎的，就希望杨祎给我一次机会，回来跟我好好过日子。你说去拍戏有什么好？娱乐圈多混乱啊，当年杨祎吃了多少苦，才好不容易跟我组成家庭。我没大本事，但足够让她安心在家，衣食无忧，何必要再出去抛头露脸啊！何况孩子还那么小，那是我的心头肉啊，那么小就没人照顾，您就是不看我，看您外孙的面儿上也得去劝劝她啊。"

"我劝她她能听我的吗？上次就是因为我错信了你，杨祎已经不信任我了，你拉着我出面只会适得其反，她肯定觉得我跟你同流合污，我不能当这个罪人。"

"妈，这个家您是明白人，也就您能主持公道，怎么能说是同流合污呢！您要不管，这家就快散了！"

刘大磊一口一个妈叫着，说得头头是道。金花女士很难不心软，她知道刘大磊有错，但她不能看着自己的闺女后半辈子受罪，演戏再风光能风光多久？何况杨祎还带着两个孩子，后半生没有保障啊。金花女士琢磨着还是得出面，她就算被女儿误会也得为女儿好，可另一方面不能这么轻易地就答应了刘大磊，她要帮杨祎解决掉后患。

"你说你啊刘大磊，你也是成功企业家了，怎么遇到这种事就脑子糊涂呢？杨祎走是为了什么啊？你现在求她回来又凭什么啊？你该做的事都做了吗？该处理的麻烦都解决了吗？"

"妈，都解决了，方丽丽我已经安排回老家了，那孩子也处理妥当了。"

"什么叫处理妥当了？"

刘大磊不说话，怎么说那也是他的亲骨肉，他实在不能下毒手。他准备了安抚金和抚养费，内心的打算是等方丽丽把孩子生下来就把孩子接回来让自己父母带，但这是以后的事情，他得先解决眼前的事。

"你要是说不清楚，现在就回去吧，以后别来找我！"

"妈，妈，孩子我肯定不能认也不能要，这个我对天发誓！"

"我要能信你，我白结这么多次婚！你们男人发誓比发福还快，都是嘴上功夫！"

"妈，真的，你信我一次，我这么辛苦挣钱是为了谁啊？还不都是为了杨祎和孩子，我在沿海买了一块地皮，一半建酒店，另一半都给杨祎，杨祎想干什么干什么，这次接她回来就是想跟她商量这件事。"

金花女士深吸了一口气，认真地盯着刘大磊："真的？"

"真的！地就在那儿呢，咱们随时能去看啊。"

金花女士的身体明显软了下来，她本不是一个为钱折腰的女人，但她不能眼看要进自己女儿口袋的钱就这么飞了。

金花女士尽量控制着自己的语气和表情："刘大磊，我不是看中你的钱才同意杨祎嫁给你，是看中你的人品和对杨祎好，你要是再在外面胡闹，我真的再也不管你了！"

"妈，我绝对不会了，我以后一定一心一意对杨祎。"

"等我换身衣服再去！"

说服丈母娘的刘大磊也有了底气，他今天势必要把老婆孩子接回来。

杨祎收工时候已经天黑了，她走出影棚时脸上还带着泪痕。今天是一场绑架的戏，她的情绪还在戏里，迟迟没有走出来，身体没有太多知觉，只觉得胸口好闷。

顾晓君知道今天拍重场戏，全天都在影棚监督。她轻轻地抱住杨祎，帮杨祎一点一点擦眼泪，又送杨祎回酒店。

刚到酒店楼下，就见刘大磊和金花女士在大堂像两尊大佛一样坐着。

杨祎知道他们的来意，也没废话，直接请上楼，在房间里聊。

剧组安排杨祎住总统套房，她之前拍戏最多就住过三星酒店，这是她第一次演女一号，住的是最好的。顾晓君为了照顾她还特意安排了厨师，专门给她和孩子做母婴特餐。

电梯里几个人都没有说话，平姐紧张地抱着孩子，倒数着电梯里的楼层数字，终于到了15层，门口站着一个高大的身影，是李泽。

电梯内的人看见对面的人都愣了几秒，只有平姐不知道这人是谁，满头雾水。

刘大磊第一个冲了出去，猛地用双手把李泽推得一个趔趄："你怎么在这儿？你要干什么到底！"

杨祎赶紧上前拦着："刘大磊你干什么啊，怎么打人呢？"

"我打他你心疼了是吧？我说怎么不回家呢，原来是在这儿有情人等着呢！"

"刘大磊你别血口喷人，这是我同学，你客气点！"

"老同学最容易搞破鞋！"刘大磊伸手甩开杨祎。

"你嘴巴放干净点！"李泽也不是吃素的，虽然他没有刘大磊的块头大，但高出一头，轻松地抓住刘大磊的手。

刘大磊眼看要吃亏，气得想跟他拼了。

听到走廊里有动静，有人开门出来看。

"都吵什么！不嫌丢人，回房间说！"顾晓君压低声音，把这几位大神都请回房间，往回走的时候还不忘给制片组发信息，让叫几个高大威武的壮汉来房间门口，万一打起来，有人能拉架。

几人进屋，关了房门，杨祎示意平姐和助理把孩子带到套间休息。

刘大磊先请金花女士坐到沙发中间，然后自己一屁股坐到旁边，毫不客气地对杨祎说："说吧，怎么回事？"

"什么怎么回事！我刚收工，你没看见啊！"

"别跟我打马虎眼，我问你这傻大个儿怎么回事！他三番五次在你身边，你别以为我没看见！你俩到底什么关系！"

"同学！"

"什么同学总在你身边？是你的情人吧？"

"刘大磊你是怕你头顶不'绿'吧？你以为我跟你似的啊？"

"那你说他来干什么？"

"我哪知道！"杨祎反应过来自己不能站着，跟被教导主任训的小学生一样，也坐到了沙发上，回头问李泽，"对啊，你干什么来了？"

李泽本不想介入杨祎的家庭战争，但知道杨祎的家庭情况之后，他总是有些不放心，特别是知道杨祎现在开始拍戏了，就想来看看，前几天联系杨祎要了地址。

他知道自己来不是很方便，但他就是单纯地想看看杨祎，还有杨祎的孩子，毕竟孩子出生那天是他把杨祎送到医院的，他想看看孩子好不好。

可是眼前这个情况，实话实说也容易引起误会，他黑着脸，指着顾晓君："我是来找她的。"

"对，来找我的，剧组最近用车紧张，一时找不到熟悉路的司机，就想让他来帮帮忙。刘大磊，你不要误会。"顾晓君接着李泽的话往下说。

"呵，你以为我三岁小孩啊？这么好糊弄！顾晓君你是什么人我能不知道吗？死人都能在你嘴里说活了，你别想在这儿蒙我，我不吃你这套！"

"刘大磊你真的误会了，我最近真的很忙，没空跟你打马虎眼。"

"顾晓君，顾总，我还没来得及找你呢，你就自己往前面凑！你们那赵总卷钱跑路了，您这片子资金链断了，要不是我找人把钱给你补上了，你这片子还拍得下去？你不感谢我就算了，回头就把我老婆拉下水，逼良为娼，拆散我们家庭，你也太不是人了！"

刘大磊这个话把大伙都说愣了，顾晓君两眼一抹黑。

"你说什么？这个片子的资金是你投进来的？"杨祎指着刘大磊。

"对，按道理说我是联合出品人！"

杨祎想问顾晓君，话在嘴巴问不出口。电影投资的事本来就复杂，刘大磊当初为了拉拢顾晓君，叫一帮人出来拿钱砸她的场面杨祎也见过，片子开机赵海跑路了这事闹得多大她也知道。如果说顾晓君需要资金的时候去找了刘大磊，她一点也不觉得奇怪，这事顾晓君干得出来，顾晓君铁了心做这个项目，什么困难都不能阻拦她，再说这是公事，商业投资行为，杨祎管不着，谈不上被姐妹背叛，没必要搞出《小时代》里的阵仗。

反过来说，如果顾晓君拿了刘大磊找来的钱又不顺着刘大磊的意，坚持让杨祎拍戏，这就有点说不通，所以有两种可能：顾晓君根本不知道这个钱的事，或者她是让杨祎当了女一号之后才知道。眼前不是掰扯这些事的时候，是解决刘大磊的时候，她宁愿不拍戏了，也不能让刘大磊这个时候占了主动。

杨祎想到这儿，做了一个出人意料的动作，她抬手甩了刘大磊一个嘴巴子。

刘大磊从来没见过杨祎这么凶，整个人都被巴掌打蒙了。

金花女士怕刘大磊还手，赶紧拦着杨祎，冲着杨祎大喊："疯了你！我还在这儿呢！你要翻天啊！"

金花女士出面了，刘大磊委屈地缩到金花女士身后，指着杨祎："妈你看见了，这刚出来几天啊，她整个人都变了，都开始家暴了！"

金花女士瞪了杨祎一眼，恨她这不省心的闺女，怎么就有福不知道享呢？！非要搞这一出，不让她有消停日子过。

"大磊你刚刚说的什么话，什么叫逼良为娼，你这是骂谁呢？"金花女士恨恨地批评刘大磊。

刘大磊知道自己冲动嘴欠，一脸委屈没说话，等着金花女士主持大局，他坚信他丈母娘肯定会站他这头，不会眼看着自己闺女"误入歧途"。

"杨祎，你出来拍戏跟谁商量了？我要不是在电视上看见新闻都不知道！你知不知道你孩子多大？知不道你还有老公，有家，有我这个妈？"

"我十年前就跟你说过我要拍戏了，我本来就是演员，我出来拍戏怎么了？再说孩子一直在我身边，晓君和平姐把我和孩子照顾得很好。你少听刘大磊给你洗脑，他骗得了你骗不了我，你忘了他在家里搞得乌漆麻黑的事了？我是怎么被他当傻子骗，当脑残蒙的，都欺负到眼皮底下了！"

"哪家还没个矛盾，没点误会？你这么跑出来就是不对！你赶紧跟我回家，回家把你们的事处理好再该干吗干吗！你这样也给别人带来麻烦！"金花女士说着看了一眼李泽。

金花女士第一次见李泽时就觉得眼熟，这会儿更是越看越眼熟，杨祎好像真有这么一个同学，上学的时候总送她回家。刘大磊怀疑李泽和杨祎有事，金花女士一直回避，说实在的，她真不敢替自己闺女打包票，说自己闺女完全没动过心思。自己闺女什么样她自己知道，杨祎绝对不是水性杨花的人，可老公对婚姻不忠这种事简直像在女人心里凿了一个洞，这时候如果有一个人能补上这个窟窿，哪怕只是一点点，也是温暖至极的，能渡人到避风港。

"别看了，这真是我同学，别说我俩没事，就算我俩有事，我也没有对不起你刘大磊，咱们顶多扯平！就兴你们男的胡作非为，我们女人就不能有点寄托吗？"

"妈，你听听，她说的是什么话！"刘大磊脸红得像个大猴屁股。

"我听见了！你别老'妈妈妈'地叫我！"金花女士被刘大磊叫得有点烦了，指着杨祎，喊，"你少在这犯浑！越说越离谱！你赶紧回家，我不想当着外人说你！"

"回不去了，我不可能跟刘大磊回去。"

"你要不回去，我就撤资！这戏都别拍了！"刘大磊终于说出了一句有底气的话。

"就你有钱是吧？有钱不是万能的！刘大磊你真下作，别告诉我你投这个电影是为了献爱心，说白了你还不是为了赚钱吗？跟我演不演戏一点关系都没有！现在你竟然用撤资威胁我，我可真是高估你的底线了！你让我越来越恶心！你今天把我妈叫来又给我妈许什么愿了？刘大磊我今天就告诉你，不是什么事花钱都好使的！咱俩结婚生孩子是咱俩自愿的，谁也没委屈谁！你跟保姆搞上了就是你错了，我伤心了，你弥补不了！我要把这事翻篇，就得彻底翻篇，你怎么求我都没有用，我也不想当你老婆了，跟在家守着孩子、守着偌大的房子相比，做自己喜欢的事情更有意义，庆幸的是我还有机会做自己喜欢的事情，我还没有彻底麻木，我有机会重新选择！"

"不可能！杨祎，咱俩在一起这么多年，我什么事都宠着你，但这次我绝不能依着你！你必须跟我回家！"

"刘大磊你这样有意思吗？你有钱不代表你是个好丈夫、好父亲，你只是用钱建立了一个家的样子，就像你小时候搭的积木一样，随时可以拆了再搭一个新的。我不过是满足了你的虚荣，我们就像积木一样一碰就塌了，你根本不是真的爱我、爱孩子，你来了这么长时间看没看过孩子？走进这间酒店后你看过孩子吗？"

刘大磊被杨祎说得哑口无言，结结巴巴地辩解："我、我、我怎么不爱你？我没看孩子还不是因为他在这儿我才没来得及看孩子。"

"你别狡辩了，刘大磊，你根本就不关心我想要什么！想做什么！我的梦想和希望在你眼里一文不值，每次我只表达了一点点，你就带着不屑敷衍我，习惯性地用钱解决。你知道吗？有时候看你花钱我都恶心，在你心里我的所有都不过是数字而已。你不过是需要有人在一栋房子里等你回家，给你生孩子，给你洗衣服做饭，让你每逢节假日能带出去见亲戚朋友，方丽丽挺好的，能满足你需要的一切。刘大磊，真的，我们离婚吧。"

杨祎从未想过说出真心话之后自己可以这么轻松、这么平静，之前反复折磨她的情绪像一颗被丢进大海的石头，沉入海底，看不到涟漪，彻底消失不见了。

杨祎把话都说到这份儿上了，刘大磊彻底熄了火，他想争辩却不知道该说什么，杨祎的话不无道理，他开始回想自己这些年除了给家里花钱，到底有没有真的关心过家里的人。

套间内传来了孩子的哭声，打破了沉默。平姐从房间里出来："你们快来看看，刚给孩子洗澡的时候我发现孩子的脖子上好像长了一个东西，一碰他就哭了。"

一群大人围着孩子看了半天，看不出个所以然来，立刻带着孩子赶到医院，医生发现孩子脖子处皮下有一个脓包，但孩子太小，不能直接外科处理，需要先观察一下再想办法在里面上药。

孩子的嗓子越哭越哑，杨祎的心越来越痛，现在婚姻和事业什么的都不重要，她只希望孩子可以健康平安。

顾晓君守在她和孩子身边："放心，一定有办法的，我们已经去联系最权威的儿科专家了，明早就来给孩子看病，你休息一下吧。"

渐渐地，杨祎枕着顾晓君的胳膊睡着了。月光映在杨祎的侧脸上，勾勒出完美的银色弧线，杨祎的眉间终于舒展了些许。

刘大磊送金花女士回家了，年纪大的人不能这么熬着。病房楼下停了一辆红色的轿车，李泽坐在里面，静静地看向楼上的窗户，仿佛能看见房间内憔悴的杨祎和幼小的宝宝。

出院后，杨祎带孩子住回了家。顾晓君给杨祎放了假，让她安心照顾生病的孩子，剧组通告排得开。罗俊阳知道杨祎孩子生病了，主动表示可以先集中拍他的戏，他不用休息，没关系。

杨祎知道了很是感动。她这两天把眼睛都哭肿了，带着孩子四处求医，想找到最佳治疗方案。

功夫不负有心人，终于打听到一位退休的儿科专家。这位专家不仅精通外科手术，还擅长中医。顾不得等刘大磊回来，杨祎抱着孩子急匆匆出门，金花女士和平姐紧紧跟着，到楼下就看到了李泽。

杨祎没有说什么，但她知道这几天李泽一直在等她。现在给孩子治病最重要，她顾不得其他的，直接上了车。金花女士犹豫了片刻，还是跟着上了车，在车上一言不发。

专家提出了一个方案：在孩子的脖子上开一个细小的口，将带有药的特制药捻伸到脓包里，定时换药，观察三日。听了那么多方案，只有这个方案对孩子的伤害最小，最可行。杨祎看着孩子，他已经连续哭了几天几夜，嗓子哑得都听不到声音了，但脸上的表情显示他一直在哭。孩子哭，杨祎便哭。现在终于有办法了，杨祎当机立断，马上让专家给孩子用药。

说来神奇，上完药之后，孩子竟然睡着了。

回来的路上，车里的四人终于轻松了一些，杨祎抱着孩子，头靠着车窗睡着了。

李泽通过后视镜看到这一幕，回想她之前也是坐到后排，跟自己有一搭没一搭地讲笑话，跟现在疲惫的样子判若两人，如今的她令人心疼。

这一刻，李泽没有别的想法，只想让杨祎别再这么辛苦了。

这夜，连续几日为外孙和女儿操劳、担忧的金花女士终于体力不支，在厨房晕倒了。水盆"咣当"一声摔到地上，里面的水洒了一地。平姐和杨祎闻声赶来，配合着把金花女士扶起来。

心急如焚地杨祎把刘大磊从书房叫出来："开车送我妈去医院。"

金花女士从来没有正经地帮杨祎看过孩子，老大都上幼儿园了，老二也快百天了，金花女士都是只动动嘴，见孩子的时候热闹一阵，眼看要干活的时候就躲得远远的。她不是不爱孩子，她也想给孩子买玩具、买衣服或者直接发钱，可是女儿女婿家殷实得很，什么都不缺。她也有心帮忙照顾，可是始终不敢担起照顾孩子的重任，一方面她知道自己和杨祎脾气不对付，时间长了难免吵架；另一方面，她对照顾孩子这件事有些怯懦，杨祎小时候她就没照顾好，她觉得自己对孩子的教育和抚养是不成功的，她自己都经常说幸亏杨祎从小到大没怎么让她操心，不然她可不知道该怎么办。也许，往往妈粗枝大叶，女儿反倒能早当家。

要不是最近杨祎和刘大磊的感情遇到了危机，为了保住这个家她才紧紧跟着，不然早就过自己的日子去了。这几个月她和杨祎的相处和交流是近几年来最长、最深入的，她体谅女儿当家庭主妇的不易，也心疼女儿为了家庭牺牲自己，更担心外孙的健康，不忍心看女儿为了孩子日渐憔悴。她一直在努力地试着分忧，孩子哭她就不睡，女儿好不容易睡着了她还得接班照顾孩子，每次杨祎看到她，她都是醒着候在床边的。现在孩子的病情终于好转了，她松了一口气，自己倒下了。

刘大磊和杨祎把金花女士送到医院，平姐留在家里照顾孩子。

在医院的走廊里，杨祎身心疲惫，瘫坐在长椅上，等待医生的诊断结果。刘大磊来回踱步，他对杨祎的不满没有牵连到丈母娘，他是喜欢这个一阵风一阵雨、能折腾的丈母娘的，他知道丈母娘是真心对他和杨祎好，这段时间没少帮他在杨祎面前说好话。现在丈母娘累倒了，他心里很不是滋味。

"你能别晃了吗？安静坐一会儿行吗？"

"咱妈之前身体不错啊，你知道咱妈得过什么病吗？怎么突然晕倒了？"

"可能就是这段时间太累了，大的小的都让她操心，毕竟妈年纪大了。"杨祎嘴上这么说着，心里回想，金花女士很注重健康，保健药不断，不光自己注意，还让杨祎从小就每年定期体检，前年因为杨祎没按时去，金花女士还跟杨祎急了一回。

两人正聊着，医生推门出来，刘大磊和杨祎连忙凑过去："我妈怎么样，医生？"

"老人醒了，但我建议你们去肿瘤科拍个片子。"

"什么意思，怎么去肿瘤科啊？"

"现在不好说，得拿片子看。"

杨祎不悦，但也不敢跟医生辦扯："我能去看看我妈吗？"

"可以，老人身体比较虚脱，别聊太久。"

刘大磊跟着医生，想详细问问情况，杨祎快速走进病房，坐到金花女士床边。

金花女士睁开眼睛："我怎么在这儿啊？"

"妈你都要吓死我了。你好点了吗？"

"我没事，就是有点没劲。躺一会儿咱就回家吧。"

"你先躺一会儿，待会儿可能要再去拍个片子。"

"拍什么片子啊，我没事，我现在就能走。"金花女士说着就要起身下床。

"你快躺下。"杨祎连忙拦住她，"医生说拍一个片看看，你怎么反应这么大啊？你害怕啊？"

"我怕什么啊？我这么大岁数什么没见过。我自己的身体自己知道，肯定没事，花那钱干什么啊？"

"妈，你要哪儿不舒服，千万别瞒着，咱早看早好。"

"嗯嗯，我知道，我瞒着你干什么啊！我要不舒服我早就说了，藏着掖着不是我的性格。"

看金花女士说话时候有些神采了，杨祎稍微松了口气："那你平时吃的都是什么药啊，待会儿正好问问大夫，别跟待会儿医生给你开的药有什么冲突。"

"不会，不会，我那些药都是保健药，吃不坏。"

"那也不能乱吃。你先躺会儿，我问问刘大磊手续办好了吗，待会儿去做个检查。"

"我累了，我先躺一会儿，你去吧。"

杨祎出来，小心地关上病房的门，回想刚刚金花女士的神情，感觉哪里不对，她还是有些不放心。她好像从来都没有看过金花女士吃的到底是什么药。她拨通了平姐的电话："平姐，你去我妈那间卧室，找找我妈那个药包，帮我看看里面都是什么药。"

平姐答应下来。

刘大磊回来，满头大汗，焦急地催促道："媳妇，快让咱妈去拍个片子吧，做一个全面检查。我问你，咱妈做过乳房切除手术你知道吗？咱妈的乳房是假的。"

"你说什么呢？"

"你别急啊，是医生说的，医生检查的时候发现的，他问咱妈，咱妈没说，所以才让咱们去给妈重新拍个片子。"

杨祎瞬间心乱如麻，怎么可能？金花女士怎么能把这么大的事瞒着自己呢？她不相信，她想返回病房去问个清楚，这时电话响了，是平姐。

"平姐你看到了吗？"

"杨祎啊，我刚刚拍了照片发到你手机上了，我上网查了，是抗癌的药。"平姐说得很小心。

杨祎脚一软，跌坐在地上，刘大磊上前扶住她："媳妇，你别激动，你得保持冷静啊，有病治病，你别倒下啊。"

杨祎撑着身体挪到椅子上，眼泪止不住地顺着双颊流下来。她在心里痛骂自己，杨祎啊杨祎，这些年你一直怨恨自己的妈妈不靠谱，不是称职的妈妈，那你是称职的女儿吗？你也从来没有好好关心过她啊！你连她做过乳房切除手术都不知道，你是怎么做女儿的啊？

可能是听到了房间外面的动静，金花女士喊了两声杨祎，杨祎擦干眼泪，深吸了一口气，尽量平复自己的情绪，答应着走进去。

"你怎么了？你哭什么啊，我没事，你怎么跟小孩似的，一点都不像当妈的人。"

杨祎还是没有忍住，一把抱住金花女士，哭了出来："妈，你生病怎么不跟我说啊？"

金花女士知道瞒不住了："哎呀，那都是多少年前的事了，提它干什么啊。"

"我说你怎么从来都不跟我一起洗澡呢，你要瞒我到什么时候啊？"

"我不跟你洗澡是嫌你废水，我才没瞒你呢。"

"你答应我，以后不准瞒我，待会儿咱们就去拍片。"

"不用啊！"

"不行，这事必须听我的！"

"那你别离婚！"

"这是两码事！"

"那我就不去拍片。"

"你耍赖是吗？"

"很不明显吗？"

"行，我答应你，暂时不离！"

金花女士想说什么，却没说出口，她知道自己女儿的性格，女儿从小就爱笑，不爱哭，除了生孩子很久都没在自己面前哭了。金花女士实在不忍心看自己女儿再难受了。

接下来的两天杨祎一直在医院陪金花女士做检查，检查结果并不理想，金花女士的癌细胞扩散了。拿到结果的杨祎泣不成声，金花女士却好像早就知道结果一样，劝着女儿："哭什么啊，我这不还活蹦乱跳的吗？回家就没事了，在医院一检查，哪儿都得有点毛病。"

杨祎第一次这样害怕，小时候夜里她一个人待在家，外面打雷下雨，她都没有现在这么害怕。她不记得是谁说过这样一句话，父母是儿女和死神之间最后的一道墙，父母要是不在了，孩子才真的成了没人要的小孩。

杨祎回想起这些年被母亲拉扯长大的过往，她只记得母亲在自己每一次的婚礼上都会笑着敬酒，走到她身边的时候往她嘴里放一块水果糖。

糖果被她咬碎，硌得牙疼。

短短的几天里，杨祎经历孩子生病、母亲生病，她早起洗脸时发现自己一直引以为傲的、乌黑的长发里夹了几根白发。果然人到中年，身不由己。

医院给金花女士制定了保守治疗的方案，金花女士执意要回家，杨祎拗不过她，让金花女士出院回家了。刘大磊难得张罗了一桌饭菜等着她们娘俩回来，平姐带着病情好转的小宝宝，杨祎的大女儿也从奶奶家回来了，等姥姥一起吃饭。一家人整整齐齐，金花女士心里美滋滋，好像用自己的病换来这样其乐融融的美满家庭也是值得的。

夜里，把孩子们哄睡了，杨祎却翻来覆去地睡不着，她想起小时候自己睡不着就会缠着金花女士给自己讲故事。金花女士只会讲牛郎织女的故事，每次讲到鹊桥会那段她就会先打呼噜了。杨祎会用小手扯着金花女士的衣角，闭上眼睛，想象七仙女到底长什么样呢？

杨祎轻轻地打开了金花女士的卧室门，金花女士也没有睡。娘俩好久没有像这样躺在一张床上，互相搂着，安静下来聊聊天。

"大女儿越来越懂事了，你看你多幸福，现在一儿一女凑成好字。"金花女士故意用嫉妒的语气说。

"我命好。"

"接下来还要去拍戏吗？"

"肯定要拍，晓君已经放了我很多天假，剧组困难，超期一天多花一天的钱，我要完成我该做的工作。妈你不想让我拍戏了吗？"

"我知道你喜欢拍戏，但我不想让你太辛苦。我原来一直认为你最聪明，什么都拎得清，这段时间才反应过来你也没那么聪明。生完孩子就傻了，又闹离婚，又要复出拍戏的，自找苦吃，你说你是不是傻？"

"我才不傻呢，我现在知道自己要什么了，之前没勇气完成的，现在有机会就一定要抓住。你才是真傻呢，自己生病了也不跟我说，手术这么大的事都不跟我说，你还把不把我当你闺女啊？你跟那个王叔叔还是李叔叔离婚了是因为这个吗？"

"这些个男人啊，特别是再婚的这些，结婚之前都温柔体贴，以为走过弯路的更知道珍惜，能彼此带着之前的伤互相取暖，可是遇到大难马上各自飞，都藏着心眼怕连累自己。我是跟你那个林叔叔在一起的时候做的手术，当时他还帮我签字来着，我躺手术室那床上还挺感动的，可术后恢复没多长时间他就受不了了，我一看那咱也别耽误人家，就赶紧离了。之后我谁也不想告诉我手术的事。后来认识了你王叔叔，我一直瞒着他，领完证那晚，他看到刀疤就被吓到了，但还是跟我在一起过了两年，那会儿我是真想开了，就想到处去玩。世界那么大，我也得去看看。好景不长，他原配生病了，儿女逼着他回去照顾，非要他跟原配复婚。我知道他俩还有感情，就成全了。最后这个李叔叔，他最浑蛋，想骗我买保险买保健药，我金花是个多聪明的人啊，他这动机一早就被我识破了，但我一直没揭穿他，我就跟他绕，花一点钱就让他伺候我这么长时间，比去疗养院便宜多了，我也是想看人能坏到什么程度，相处这么久一点感情也没有吗？事实证明你永远焐不热狼心狗肺。后来他看我一直不交实底，也没耐心了，连吵带闹的，也分了。"

这是杨祎第一次听金花女士讲自己的情感经历。杨祎听着听着眼泪就掉下来了，她第一次心疼妈妈，如果一次就能幸福，谁愿意三番五次地跟男人折腾？

金花女士突然想起了什么："对了，今年你的体检结果都正常吧？"

"正常啊，怎么了？"

"我之前一直没告诉你，怕你心里有负担，现在跟你说了吧，咱家有遗传史，我一直特别害怕你也遗传我这个病，所以每年都让你体检。你以后一定也要注意，千万不能生气，不能乱吃东西，不能累着。"

"因为这个你才不让我离婚的？"

"有这个原因吧，万一真生病了，身边有个知根知底的人，总好过一个人面对。一日夫妻百日恩，你们是一个家庭，你们要一起面对风雨。"

"但如果不告诉刘大磊这件事，那也很自私啊。"

"谁还没有秘密呢？夫妻之间就是不能完全坦荡，这个道理你要明白，婚姻长久的秘诀就是要睁一只眼闭一只眼，这是你娘我传授给你的真理，你要记得。"

娘俩有一搭没一搭地聊了很多，这次是杨祎先打的呼噜，说着说着就睡着了。

金花女士看着身边的杨祎,杨祎遗传了她姣好的外貌和高雅的气质,一直都没有让她失望过,她为这样的女儿骄傲。

杨祎收拾好东西,准备继续带着孩子回剧组拍戏。这一次刘大磊没有阻挠,他知道自己说什么都没用,金花女士都没拦着,他更不敢多嘴。

平姐把收拾好的行李一件一件搬上车,一家人准备告别的时候,方丽丽竟然挺着肚子出现在杨祎家门口。

刘大磊看见方丽丽,脸瞬间变绿了:"你怎么来了?不是送你回老家了吗?"

方丽丽的眼睛像有开关一样,眼泪一秒不差地噼里啪啦从眼眶里掉出来:"大磊哥,杨祎姐,我知道我错了,我老家发了洪灾,房子都冲没了。我实在没有退路了,只能回来再工作挣钱,求求你们让我回来干活吧。"

杨祎听了心里难受,她这几天难受的事情太多了,实在不想再听:"平姐走吧。"说完就要上车。

没等杨祎上车,方丽丽一把抓住杨祎,跪在地上:"求求你了,你已经帮过我一次了。我知道大磊哥不想要这个孩子,我们都到医院了,是你赶去闹了一场我才能留住这个孩子的。你是我的救命恩人,你再帮我一次吧,我绝不会破坏你们,你相信我。"

金花女士被眼前这一幕闹剧气得发抖:"什么?杨祎,她说的是真的吗?你脑子有病啊!这是一颗定时炸弹,是这个家最大的不安定因素!"

杨祎回想起那天的场景,杨祎知道刘大磊下定决心带方丽丽去医院堕胎,那时候杨祎刚刚生下老二,精神十分脆弱,听不了这种事,而且又跟自己有关。她跑到医院逮住刘大磊,劈头盖脸地骂了一通,骂刘大磊没有担当,自己造的孽最后还要女人遭罪。经过这么一闹,方丽丽保住了这个孩子。也就是那时候,杨祎心里更加坚定了要离婚的想法,这件事总得有一个相对合理的解决办法。

"妈你快回去休息，别再管了。刘大磊，你的事你自己处理，别又来折磨我们娘俩，我已经够累的了。"

刘大磊把方丽丽扶起来："你这是干什么啊？我说的还不清楚吗？"

"大磊哥我真是走投无路了。"

"你先去住酒店，我来想办法。"

剩下的对话杨祎没听，抱着孩子上了车。

杨祎以为自己会流泪，可是眼睛一直干干的，她的心像结冰的湖面一样平静。

"平姐，你说这事该怎么办呢？"

平姐伸手给孩子披了披衣服："这些天我看着你经历这些，也是心疼，但人总得经历这些沟沟坎坎，没有办法的时候先别急，任何麻烦总会有一个出口。"

十六

杨祎回到剧组后连夜开工赶进度，顾晓君和张婉婉陪伴左右，帮衬不少。

至于顾晓君知不知道刘大磊投资的事，杨祎没有问过。

张婉婉最喜欢杨祎的孩子，经常抱在怀里不放下，也不嫌累。顾晓君看了都开玩笑说不知道的还以为张婉婉是孩子亲妈。张婉婉笑着不说话，她之前很抗拒生小孩，曾坚决说自己要当丁克，早就做好了孤独终老的准备。她觉得自己绝对不会是一个合格的家长，给不了孩子幸福圆满的家，她不能让自己的不幸殃及一个条无辜的生命。

"可千万别让我妈看见我抱孩子，不然肯定又得来催我。"

"阿姨最近怎么样，跟你住在一起都习惯了吧？"

"她应该习惯了，但我挺窒息的。"

"怎么呢？"

"前一阵催我谈恋爱，没少骚扰孟凡，我也解释不清。后来在小区里捡了一只流浪狗回来，我看狗还挺可爱的，互相陪伴也是好事，我就给狗买了狗粮、狗窝什么的，谁知道我妈舍不得给狗吃狗粮，说在老家的土狗都吃杂粮，人吃什么狗吃什么。我家门口不是有一个小饭馆嘛，我妈晚上就去人饭馆要吃剩的折箩喂狗。"

"阿姨很有爱心啊，家里多只小动物挺好的。"

"你听我说啊，前一阵我不是一直跟组改剧本嘛，终于抽空回家一趟。晚上饿得慌，去厨房看见一盆回锅肉，忍不住盛了一碗米饭吃了，盘子都见底了，我妈起来上厕所路过厨房，问我为什么把她要喂狗的菜吃了。合着那肉是从饭馆捡回来的！"

顾晓君笑出声："心疼我们大编剧，待会儿带你吃点好的。"

正说着呢，助理提着剧组特餐走过来："晓君姐、婉婉老师，组饭到了。"说着打开饭盒，是一盒油腻腻的回锅肉。

"吁，快拿走，我看见回锅肉就想吐。"

顾晓君看了一眼盒饭里的菜："厨子换了？"

"嗯，您上次说完就把之前的厨子开了。"

"知道了，你去吃饭吧。"

张婉婉看了一眼顾晓君的神情，意识到情况不对："怎么了？"

"安雅之前安排的厨子吃回扣，前一阵天天吃冬瓜，孟凡都要吃吐了，我就把厨子开了。"说到孟凡，顾晓君停顿了一下。

"他活该，就他嘴刁，你们不用伺候他，就让他尝尝人间疾苦。"

"我们导演吃得不好怎么有力气干活啊？"

"你说实话，你觉得孟凡拍得怎么样？"

"你想听我说好话？"

"说实话，你觉得孟凡拍完这部戏之后能成功吗？"

顾晓君想了一下："就看能不能再来一点运气了。"

"前几天我去大明山见了一个大师，大师说他今年会有一件大事，改变他的格局，把握好了，他之后的人生轨迹就会越来越旺。"

两人聊着聊着，孟凡从拍摄现场走过来，身后跟着一群人，风风火火的，气势很大。顾晓君还以为又出事了呢，赶紧起身。

"听说今天组饭不错，来一起吃啊。"孟凡脸上有些疲态，但依旧笑得灿烂，见张婉婉抱着杨祎的孩子，伸手去逗孩子。

张婉婉下意识地把身子往后挪了一下："你别吓着孩子。"

"怎么可能，小孩都喜欢我。对不对啊小宝贝。"

这小孩平日里很怕生，今日不但没哭，反倒"咯咯"地笑。

"你这小东西可真势利眼，知道在剧组谁说了算啊，导演逗你你就不哭了，还笑，真是随了你妈，从小就会演戏。"张婉婉把孩子还给平姐，又说，"你们刚从片场出来，身上细菌多，都离孩子远点。孩子她妈呢？"

杨祎换好衣服从服装间走出来，几个人围坐在一起，把剧组的特餐摆成两排，跟小时候学校聚餐一样，气氛轻松愉悦。

孟凡前一阵压力大得每天都在片场骂人，摔坏了好几个对讲机，后来顾晓君凑过去跟他说你再摔坏对讲机就从你片酬里扣钱，于是他再想摔的时候就努力控制自己的手。

顾晓君非常理解他压力大，剧本在不停修改，每天都有飞页[1]，中间还换了女一号，杨祎许久没有演戏，表演时难免有些进入不了状态，不是情绪过了就是台词记不清，自己又要强，坚持不说"1234"，再后来孩子生病时请了长假，拍摄进度耽误了一截。

这些压力累积起来，孟凡又看见猪食一样的饭，简直想杀了剧组的厨子。现在好了，剧本顺了，女一号归位了，剧组饭也好吃了，眼看拍摄进入倒计时了，胜利在望，他整个人都轻松了不少。

吃饭的时候，杨祎面前只有一小碗青菜和三只虾，每一口都细嚼慢咽，她说这是一个女演员的自我修养。马上要拍女一号年轻时候的戏了，她为了能诠释好角色迅速瘦身，很有成效。

张婉婉羡慕不已，又忍不住抱怨："跟你一起吃饭太罪恶了，你吃那么一点，我们还哪好意思吃啊？"

孟凡听了不停地给张婉婉夹菜，张婉婉有意避开，在桌子底下踢了

---

[1] 拍摄影视剧时，剧本中没有具体的剧情、一边拍一边写的部分，称为"飞页"。

孟凡一脚。剧组人多嘴杂，她不想节外生枝，被人捕风捉影地在背后议论。如果是前几年，她很乐意有人八卦她和孟凡，甚至一脸享受，还会观察孟凡的反应，变相给孟凡压力。可现在她完全变了，想想当年的自己，真是好傻、好天真。一个女孩的名声多重要啊。

"怎么了？这儿又没外人。"孟凡一脸坦荡。

"不是有没有外人，现在是工作场合，你是导演我是编剧，咱们都专业一点。"

"行，大编剧，以后咱都不能一起吃饭了，吃饭显得不专业。"

张婉婉刚翻了个白眼，电话响了，是她妈妈。

"婉婉，不好了，那个不要脸的带着她儿子还有一群亲戚闯到咱家了，快报警啊。"

张婉婉来不及多问，电话就被急匆匆地挂掉了，这个消息犹如五雷轰顶，她立刻冲出帐篷。

众人来不及反应，顾晓君跟了出去："怎么了，家里有事？我陪你回去。"

顾晓君马上叫来了剧组的车，两人一起往张婉婉家赶去。

路上，张婉婉心乱如麻，她从来没有跟别人讲过自己家里的破事，她担心待会儿顾晓君见到她家里的情况被吓到，于是简单地交代了一下情况。

顾晓君表现得很淡定，为了防止她们人少吃亏，把地址发给了赵谦，请了救兵。

见顾晓君气定神闲、有条不紊地安排，张婉婉才想起顾晓君是谁啊，什么场面没见过，这点事情她肯定有办法，揪着的心好受了一点点。

终于赶到家，大门已经被砸得凹了进去，门外写了脏字。

张婉婉焦急地打开门，她妈妈正跪在地上捡花瓶的碎片，见到婉婉回来，"哇"的一声哭了。

张婉婉扶起妈妈反复检查："妈他们把你怎么了？你没受伤吧？"

"他们来闹，说不给钱就不走，还抢了我的手机，是邻居听到动静叫了物业，才把他们赶走。"

"你报警了吗？他们这是入室抢劫！"

"我没有啊，家丑不可外扬，我怕报警把事情闹大，影响你工作啊，你们都是有头有脸的人物。"

张婉婉气得浑身发抖："他们走的时候说什么了吗？"

"他们翻了半天，没找到什么值钱的东西，留了一个电话让你联系他们，不然这几天还会再来。"

"这是敲诈，这帮人太过分了。"

顾晓君一边帮忙收拾地上散落的物品，一边说："待会儿赵谦来了跟他商量一下，婉婉我觉得这个事情还是要解决，不然提心吊胆的这日子还怎么过？"

张婉婉妈妈眼睛通红："不会影响你们的工作吧？"

"没事的妈，晓君说得对，咱们主动面对，又不是咱们的错，咱们凭什么躲？再怎么说他们也人生地不熟的，我们都在这座城市生活这么久了，人脉我们比他们多，他们耍横没有用。"

不一会儿赵谦赶来了，了解了情况，张婉婉按照赵谦说的报了警，到警局做了笔录。警方直接联系了红姨他们，把那群人都请到了警察局，协调双方协商解决问题。

有赵谦在，事情办得很顺利，赵谦对着张婉婉父亲的遗嘱，一条一条跟红姨他们讲得很清楚，按照遗嘱，张婉婉父亲的遗产全部属于其女儿张婉婉。红姨听到这里情绪激动，被警察安抚住了情绪。赵谦还提到张婉婉父亲生前和红姨共同居住的那套房子有一部分也属于张婉婉继承，红姨听到这儿彻底崩溃了，哭得梨花带雨，大骂赵谦不是人，红姐儿子还要动手，直接被警察按住了。红姨他们不甘心，想闹却不敢，怕被拘留。

赵谦和张婉婉沟通之后提出了解决办法，红姨尊重张婉婉爸爸的遗嘱，张婉婉答应不要父亲生前和红姨共同居住的房子，以后两家各不相欠，红姨他们不许再去找张婉婉闹，双方签署一个合约。红姨那方虽然不满，却没有本事再闹，只能认了这个结果。

临走之前，红姨想和张婉婉妈妈单独聊聊，被张婉婉拒绝，可她妈妈却同意了："在警局她不敢乱来，我也想跟她说几句话。"

走廊里，张婉婉紧张地盯着调解室里的情况。调解室里，张婉婉妈妈和红姨两个女人第一次这么安静地近距离面对面。

婉婉妈妈一身灰色，十分朴素。她的眼窝深深地下陷，显得眼睛很大，岁月在她的眼角留下深深的痕迹。这些年她太累了，跟男人吵，跟男人外面的女人吵，早已心力交瘁，鬓角的白发很久都没有染过了；红姨不同，她早年文眉的痕迹依然明显，嘴唇上也有文的唇线，只不过没有擦口红，一圈暗红色的边框围住了惨白的、有些干裂的嘴唇。红姨这个样子和婉婉妈妈印象里的那个妖艳的女人相差甚远。

两个女人互相看了很久，红姨终于开口："没想到那个死鬼真的这么绝情，死了什么都没给我留下。"

"你想他给你留下什么？"

"你特别恨我吧？"

"恨得我想把你挫骨扬灰！"

"你知道他为什么不要你吗？"

"还不是因为你这个不要脸的勾引他！"

"你太不了解他了，他受不了你才跟别人好的，不跟我也能跟别人，这点不能怪我。人上了岁数会越来越不值钱，男人也是，老了都要靠人伺候。他这辈子挣得多要得也多，原来我以为他还能有点良心，我跟了他这么多年，他能念我的好，没想到结果他还是藏着心眼，想着你们娘俩，这个狗东西。"

"你跟我说这些干什么？你为他的钱跟我们闹，那我们要跟谁闹？我俩结婚的时候一穷二白，生完孩子，生活稍微有点滋味的时候他就出去要了，最有钱的时候找了你。我们不要钱，我只要个踏实的丈夫，孩子要个回家的爸爸，我们这些年损失的是用钱能衡量的吗？人有钱的时候你要人，人没了你要钱，你可真是比谁都聪明！"

红姨哑口无言，她很不服，但话到这个份儿上她确实没有道理和底气再争辩，她心里最后一道防线随着她一点点接受现实而渐渐瓦解了。良久，她说："人都死了，再说什么都没用了，跟你说了吧，他死的那天在酒桌上喝醉了，散局的时候，他是在往你家走的路上心脏病发，人没了的。如果他往家方向走我在路上迎着他，就算他发病我也能及时发现，不一定这么没了。"

"他活该！"婉婉妈妈强撑着颤抖的身体，用力咬着牙，不让自己崩溃。

红姨说完头也不回地走出来，她把这个像刺一样扎在她心里的秘密说了出来，她不想一个人受折磨，她要把这根刺拔出来刺到另一个同样悲惨的女人的心上。

红姨走出房间，张婉婉立刻冲进去看妈妈。

婉婉妈妈抱着婉婉哭得泣不成声，她不知道自己是为这个男人哭还是为自己哭。从他们第一次吵架开始，他们之间的缘分就开始变质了。男人第一次离家，她就成了一个怨妇，提起男人的名字就会令她气愤，男人的脸上不再有当年的光泽，只剩下狰狞和丑恶，即使男人回来嬉皮笑脸地求和，她也无法再想起他当年的样子。

她的生活好像只剩下了怨恨和咒骂，有时候她都不知道去骂那个男人是为了让他回家，还是为了不让他回家，她彻底被怨气控制了，她不再是自己了。这些年，她错过和失去的太多了。现在人已离世，往事不可追，再说什么都没有意义了。

张婉婉家里的这出闹剧终于收场了，父母的感情经历像一面镜子照着她自己。她无数次地在心里挣扎，原本做好的决定现在反倒有些动摇。她最青春的年华消耗在这个男人身上，她真的分得开吗？她不想坐以待毙，又没有足够的理智和勇气。要做到"行到水穷处，坐看云起时"，到底需要多大的气魄？

半个月后，电影终于杀青了。

杀青那天林奕龙代表集团赶到现场"与民同乐"。

林奕龙见到杨祎，脸油腻得像颗油桃，颠颠地跑过去打招呼："哎呀，这不是我们女一号杨祎老师吗？"

"这不是我们的林总吗？您日理万机，怎么来我们这儿了？"

"杀青这么重要的日子我当然要来给大家庆祝一下。"

"那您可真是有心了，您一向不怎么支持我们的啊，这会儿还能来看我们，真是让人感动。"

"杨祎老师真能开玩笑，我什么时候不支持你们了？哈哈哈。"

"那我听说我们公司差点都没留下，你横扒着竖挡着不让我们继续做项目，难道我记错了？"

林奕龙被杨祎说得一愣一愣的，这样的对话怎么跟他设想的和女演员的对话不一样呢？能把这些话当面说出来自己还不尴尬的人太少了。

顾晓君在一旁忍着笑，这种大实话也就是杨祎敢当人面直接说，还说得自然，软钉子一个一个飞出去，扎不死人也够让人眼花缭乱的。

见林奕龙脸通红得像红烧猪头，她出来解围，对杨祎说："你没记错，但也没记对，林总对咱们的感情很复杂，自己家人嘛，就是要吵吵闹闹的才热闹，日子才红火。"

"还是顾总说得对！"林奕龙说完赶紧借口去跟导演打招呼，离开这个女人堆儿。

林奕龙刚走，张婉婉终于忍不住笑出声："杨祎，可真有你的，你真是有仇必报啊，很小心眼啊。你没看见林奕龙脸都垮了？"

"我这都是女一号了我现在不损他什么时候损他？等我再过气了就损不着了，这个圈子就是这么简单、这么现实，谁腕儿大谁有资本，谁有资格生气！"

"那你也不考虑一下晓君的工作啊，以后晓君的项目还需要他在提案会上投票呢！"

"项目好不差他一票。"杨祎说完回头问顾晓君，"他那么不专业的一票你需要吗？"

顾晓君笑了："不专业的票也是一票，也有作用。"

"那我们项目好他就算记恨我，他投票的时候也得良心发现吧，人总有良知吧？"杨祎忽闪着大眼睛。

"我对人类的良知从来不抱希望。"顾晓君说完转身离开。

"对，特别是男人。"张婉婉说完紧随其后。

留下杨祎一人原地思考。

剧组准备了一块比桌面还大的蛋糕，一群主创围在一起。顾晓君把话筒递给孟凡："孟凡导演跟大家说几句吧。"

孟凡接过话筒，清了清嗓子。张婉婉看出了他的紧张，这部戏对孟凡太重要了，而且发生了这么多的情况，每一步都是铤而走险，孟凡难免感触。

"首先，感谢大家一直没有放弃，没有放弃这部电影，没有放弃对彼此的信任，没有放弃自己的理想。在今天这样的市场环境下，感谢顾总的信任和支持，谢谢我们团队里的每一个人，大家紧紧地凝聚在一起为了一部电影，本身就是一件很浪漫的事情。我们都不是第一天入行，我们遇到了太多意料之外的困扰和阻力，就像电影里的人物一样，被伤害过，绝望过，妥协过，但只要有一个机会、一线希望，我们都牢牢地抓住了，我们都需要证明我们可以，哪怕只有一线希望。"

孟凡说到后面声音有些哽咽，他怕自己落泪，说完快速把话筒换给一旁的罗俊阳。

罗俊阳接过话筒，现场记者对着他大拍特拍："和导演一样，感谢大家，这部电影对我意义非凡，希望大家支持。"

罗俊阳一如既往地言简意赅，话筒递到了杨祎手上，杨祎还没准备好，显得有些慌乱。

"大家好，我是演员杨祎。"杨祎站得笔直，声音甜美带着胆怯，像要参加艺考的学生，现场一阵笑声。

"杨祎加油！"张婉婉在下面喊。

"我真的很紧张。我想说，我从来没有这么努力过，我高考要这么努力我都能考上清华了。"

现场又是一阵爆笑。

"大家都知道我很多年没演戏了，我早早地就退圈生孩子去了，我刚刚生完孩子没几天，天上就掉了这么大个馅饼，让我演女一号，导演真的是慧眼识珠，有眼光！我想跟所有演员和工作人员说，感谢你们包容我，给我机会让我一遍一遍重来；感谢这部戏，给了我一个重新开始的机会，我如此幸运，我好好地珍惜了，希望结果可以让大家满意。"

现场掌声如雷，人群里的刘大磊举起了条幅。

恭喜女神杀青，欢迎回家！

杨祎看了忍不住想翻白眼，生生地憋了回去。

大家让顾晓君说几句，顾晓君此刻脑海中浮现出十分复杂的画面，黄毅楠、赵海、安雅、江初尧依次出现，每个人都对她说着什么，声音嘈杂混乱地叠加在一起。

她开始耳鸣，晕眩，然后重重地倒在了地上，失去了意识。

再次醒来，顾晓君躺在医院的病床上，石墨在床边守着她，睡着了。

顾晓君没有叫醒他，静静地看着石墨，石墨近日有些消瘦，喉结更加明显。头发也长长了，发梢能盖住浓密的睫毛。

病房很干净，窗帘拉了一半，透过半边窗户，能看到外面树上郁郁葱葱的叶子，枝头零星地点缀着白花，随着风送到房间阵阵香气。她很久没有看过树叶和花了，内心有些许喜悦。

"你醒了。"石墨发现顾晓君醒了。

"嗯，我怎么了？"

"你在剧组晕倒了，把我们都吓坏了，张婉婉、杨祎她们刚走。医生说你血糖低，最近太劳累，身体吃不消，需要静养。"

顾晓君想到自己确实很久没有吃东西了，她都想不起上一顿吃的是什么了，肚子开始咕咕叫："我好饿啊。"

石墨很久没有听到顾晓君像个小孩一样，声音软软糯糯地要一样东西，忍不住笑了："你想吃什么？"

"萝卜糕。"

"就这个？不想吃别的？"

"红豆小鱼饼。"

"好说好说，我这就去给你买，你好好躺着不要动，再睡一会儿，再睁开眼睛就能吃到热腾腾的萝卜糕和小鱼饼了。"石墨拿起皮夹克外套和摩托车头盔快步走出病房。

看着石墨匆匆离去的背影，顾晓君心里觉得好暖，这辈子这么努力，能换来这一刻的温暖值得了。

石墨刚出去不久，病房的门被打开了，顾晓君以为是石墨这么快就回来了，睁开眼睛，是赵谦。他身后跟着两位警察，顾晓君想坐起来，却没有力气。

赵谦连忙过来："你不用动，没事，就是跟你说几句话。"

顾晓君看到警察，大概也知道找她是什么事："怎么了？"

"江初尧回来了，警察想找你了解一些情况，别紧张，我在呢。"

江初尧回来了，顾晓君的心不由得沉了一下，她早就知道会有这么一天，这是她早晚要面对的事情，可是当这一天真的到来了，她的心还是感到难受。

一位警察上前，问顾晓君："顾女士，江初尧已经向警方自首了，关于他涉嫌的经济案件他已经交代了，具体内容我们还需要进一步核实。他说是你劝他自首的，对于他的案子你了解多少，请你把你知道的情况跟我们讲一下。"

"他是被迫的，他这么多年躲避媒体、远离人群就是为了保护家人。可是一直有人要挟他、勒索他，他是被迫加入那个组织的。"

"你是怎么知道的？"

"其实这么多年我一直都跟他有联系，一开始他不愿意见我，是我害他变成这样的，但我一直没有放弃找他，我想赎罪。也许他看出我没有坏心，慢慢变得信任我。去年他拜托我帮他一个忙，说自己要去办一件事，从那时候开始，我渐渐知道了他的近况和遭遇。"

正说着，石墨拎着两袋吃的进来，打断了对话："你们在干什么？警察是你带来的？"石墨对赵谦一直很有敌意，这种情况看到赵谦，难免向他发难。

"石墨，没事，警察来找我了解一些情况，赵谦是我的代表律师，是来帮忙的。"

"那你们能不能让她吃完饭再问？她现在身体很虚弱。"

赵谦和警察对视，警察说："那我们晚点再来。"说完转身要出去。

"等一下，我能不能见一见江初尧。"

十七

树上的知了一直叫啊叫，不知疲倦，叫醒了整个夏天。

顾晓君睁开眼睛，坐在床上用力地伸展筋骨。她吃完药整整睡了一天，现在像一只从沉睡中苏醒的大猫。

一阵香气钻进她的鼻子，她光脚踩在地毯上，打开门。石墨围着围裙，已经把早餐端上了餐桌，正在冲着她笑。

石墨总能让顾晓君想起很多温暖的事物，比如夏日时光。

有石墨在的地方就会自带柔光，美得像一幅画。

石墨摘了围裙，白色 T 恤还带着淡淡洗衣液的甜味，黑色短裤，露出两条大长腿。

顾晓君走过去，两人面对面。

"你光脚会着凉的。"石墨抱住顾晓君，把她抱起来，又轻轻放下，顾晓君冰凉的脚板落在了石墨的脚背上。

石墨一手握住顾晓君的手，另一只手扶着她的腰，身子晃啊晃："能请你跳一支舞吗？这位美丽的女士？"

他的话逗得顾晓君笑了出来，她将头靠在石墨的胸膛，能听到他的心跳。

石墨一直把顾晓君抱到餐桌前，两人坐下，顾晓君的盘子被鸡蛋、火腿、虾仁摆满了，手边是一杯纯牛奶，杯子前面还有一只炸鸡腿。

"多吃点。"石墨把鸡腿朝顾晓君这旁推了推。

"我青春期的时候我爸总给我买鸡腿，我怕胖从来不吃，要是当时坚持吃这么营养的东西，估计能发育得不错，能长到一米七，没准也能当上模特。"

"你比模特都好看。"

石墨的每一句话顾晓君都很受用。

"对不起，这几天让你担心了。"

石墨伸出手在顾晓君的头上揉了揉："你没事就好。"

顾晓君的心都要化了，三十几岁还能遇上这么乖的弟弟，陪在身边自己比神仙还开心。可瞬间她的眼里的光又暗淡了下来，越是这样温暖，顾晓君心里越是复杂，她担心这样来之不易的温存很快会被风吹走，一切都化为泡影。

石墨似乎看出了顾晓君隐藏的伤感，他知道顾晓君一定是有事情在瞒着自己。他几次要向顾晓君求婚，但都能感觉到顾晓君的躲闪，他觉得自己要给顾晓君更多时间。他有点责怪自己，也许是自己不够成熟，不能给顾晓君足够的安全感。他希望顾晓君能慢慢放下内心的包袱，把自己交给他，他的胸膛足够给顾晓君一个安全的避风港，让她把自己全盘托出。等顾晓君处理完手里的麻烦，他准备带顾晓君去一个远远的地方，远离这么多烦恼，跟她再次求婚，他期待那一天快点到来。

吃过饭，顾晓君换上一身简单干净的衣服，脸上不施脂粉，她今天终于要见到江初尧了。

在看守所里，顾晓君见到了江初尧。那是一张永远不会老的脸，虽然头发凌乱，鬓角有零星白发，可是脸上依然带着稚气和浅笑，嘴角上扬，两个酒窝工整地挂在两颊。

这一笑让顾晓君心里五味杂陈，眼泪止不住地涌出眼眶。

"嗨，好久不见，晓君，给你添麻烦了。"

顾晓君看到江初尧洗得发白的衬衫领口，手指上都是裂口，手臂上还有一道长长的疤，那是他当年经历那场意外时留下的啊。想到这里顾晓君的两行眼泪直接掉了下来。这段时间以来，再难再苦的日子她都没有哭过，江初尧一开口她就忍不住了，她带着哭腔："对不起。"

"别这么说，如果不是万不得已真的不想打扰你，你最近还好吗？"

顾晓君想说不好，却说不出口："你回来了就好。"

江初尧又笑了一下，眼睛里泛着光。

顾晓君指了指身边的赵谦："你放心吧，我已经叫了最好的律师赵谦，他的团队会帮你的，我也会做你的后盾，动用我所有的能量来支持你。你只要把你知道的全部都跟他讲出来，配合警察的工作，事情一定会水落石出，我一定不会让你再受苦。这些本来就不该是你承受的，说到底还是我的错。"

"人各有命，怎么能怪你？你已经帮了我很多。谢谢赵律师。晓君，他们还好吧？"

听到江初尧这么问，赵谦疑惑地看看顾晓君，心想："'他们'是指谁？"

顾晓君心照不宣，"他们"是指孩子和罗俊阳。她点了点头："都好，放心。"

之后江初尧和赵谦讲了他的遭遇，以及案子的前因后果。一晃几个小时过去了，其间顾晓君几度哽咽，她虽然很难过，可从现在开始她才感到了踏实。之前辛辛苦苦铺了那么多牌，是时候替他赢一局了。

故事像电影一样，一帧一帧的画面在顾晓君的脑海里闪过。

那一年江初尧 16 岁，他和罗俊阳一路披荆斩棘，从近千位练习生中脱颖而出，坚持到最后。只要能通过最后的考核他们就可以成功出道，成为真正的偶像，就能摆脱无休止的训练、前辈的霸凌，还有同期练习生的捉弄。

江初尧和罗俊阳像世界上两束同样孤独的火苗，在空中找到了彼此，轻轻一碰便汇聚成熊熊燃烧的火焰，照亮暗淡荒凉的世界。

在他们训练期间，公司里的人都心怀鬼胎。最明显的就是他们的经纪人，当地的娱乐环境和国内完全不一样，艺人在练习生时期要备受经纪人的折磨，经纪人对他们有十足的掌控力，不按时训练或训练不达标都会被揍，而且这些行为都是光明正大的，经纪人会直接对练习生说现在你们不是偶像就要受我摆布，当然有一天如果你们火了可以报复我，我等你们加倍奉还，但前提是你们得火。练习生尽管恨经纪人恨得牙痒痒也不能反抗，只要反抗就会被开除，付出的所有努力都会付之东流。

相比经纪人的残暴，前辈艺人的摧残更加恶心，前辈会在新人中挑人一起去酒吧，除了给前辈倒酒之外，前辈喝一杯酒，练习生必须陪上三杯，不能拒绝，拒绝就会被揍。前辈这么做一方面是因为在高压的娱乐圈里需要宣泄的出口，二是用这种方式打压后辈。

同期练习生之间的竞争就更不必多说了，江初尧和罗俊阳相识就是因为江初尧被同期练习生锁在浴室里围殴，罗俊阳出手相救。只有出道的人才能摆脱被折磨的厄运，所有竞争者都是自己的敌人。

然而最恐怖的是娱乐公司的老板，相比经纪人、前辈、同期生，老板的恐怖是杀人不眨眼的，他会永远笑嘻嘻地安排各种试镜和录音，不断给你机会，让你以为自己马上就可以出道，然后进一步剥削你，逼你签下霸王条约，吃人不吐骨头。

在这样的情况下，江初尧和罗俊阳可以杀出一条血路，没人知道他们是怎么熬过来的，但那必然是热血又悲壮的路程。

当时娱乐公司的所有人都知道，只要江初尧和罗俊阳能站上最终考核的舞台，他们一定会成功。

在他们最终考核的前一晚，公司举行了一场盛大的酒会。

也就是这一晚，两个少年的命运发生了更深更久的羁绊。

那晚，江初尧和罗俊阳坐在中心位置，所有人都轮流来敬酒，说了很多恭维的话。这种场面两人司空见惯，还应付得来，并不知道在不远处有人正在酝酿一场可怕的阴谋。

有一个人守着卫生间的门，而在卫生间的角落里，另几个人围在一起。

"怎么样？放这么多行吗？这样会不会药死人？"一个人一手拿着酒瓶，一手往瓶子里倒白色粉末。

"迷药没事，之前又不是没用过。"另一个笑嘻嘻地挑着眉回答道。

"待会儿把他们分开，他俩在一起难对付。"

"对，这次我看他俩还有什么本事，想出道哪有那么容易？"

"老板如果知道了会不会把事情闹大？"

"不会的，事情闹大对老板没有好处，老板只想赚钱，我们几个都能代替他们，只要他们把出道位置空出来。"

"没错，待会儿我们分头行动，走。"

几个人七嘴八舌商量好，先后走出卫生间，其中一个人把下了药的酒悄悄放在吧台上，另一个指着江初尧的方向示意服务员去那桌上酒，眼看着服务员拿起他们做过手脚的酒走了过去。这时第三个人出现，拿着一杯酒凑到江初尧身边给他俩敬酒。

服务员把那瓶酒倒进两人的杯子，黄色的、带着气泡的酒从酒瓶中流出，顺着杯壁盛满了酒杯。

江初尧已经喝了很多酒，脸红到脖子，正准备接过酒杯。酒杯被罗俊阳先接了过去："灿民，这杯酒我要先跟你喝，感谢你对我的照顾。"

叫灿民的男人笑着跟罗俊阳碰杯，喝完之后马上又给罗俊阳倒了一杯酒。

江初尧知道罗俊阳在给自己挡酒，知道罗俊阳怕自己喝多。他确实也该清醒一下了，连说了两声"失陪"，离开了座位，去了卫生间。

卫生间里，江初尧洗了两把脸，水打湿了他的发梢，看着镜子里的自己，他长长地叹了一口气，终于熬过了最难的时光，还好有罗俊阳，让地狱般的日子能过得快一点，回想两人一定要一起出道的约定，现在这个约定马上就要实现了，他不禁笑了，整个人清醒了不少，想着罗俊阳还在外面挡酒，他准备快一点回去吸引那些人的火力。

他顺手把纸巾扔进门口的垃圾桶，正要开门，余光看到垃圾桶里有一个绿色的药瓶。这种小药瓶颜色特殊，并不是常见的药瓶，他忽然想起自己好像看过这个小瓶子，在哪儿见过呢？

对了，大约半年前发生过一件事，公司的女性练习生在公寓自杀了。她生前在日记里记录了自己曾被迷奸并被拍下视频，被人要挟的事情。日记指向同公司三个男性练习生。

警察把男性练习生挨个询问了一遍，江初尧和罗俊阳都接受过询问，但不知为何，事情不了了之了。

那事发生没多久的某个晚上，江初尧无意在楼梯间听到几个同辈的练习生的对话。

"没想到上次那个那么脆弱，玩玩就自杀了，这次要找一个坚强一点的。"

"警察已经问过一遍了，再来一次会不会被发现？"

"不怕，就是因为警察查过了都没事，姑娘们不会再报警了。"

"这个药还真好使，你收好，千万别被人发现。"

江初尧听到这些话，马上意识到那几个人可能就是女孩自杀案的元凶。他躲在角落，没有发出声，冒着被发现的危险小心地探出头，只看到一双红色球鞋。

从楼梯间返回公寓之后江初尧满头大汗，把事情马上告诉了罗俊阳。

"咱们快报警吧，这些伤天害理的禽兽。"江初尧气得眼睛发红。

"我们现在没有证据，就凭你听到的这些，警察不会继续调查的，而且我怀疑公司有意压下了案子，公司不希望练习生出事。我们这些人都有机会成为公司的摇钱树，公司不会轻易放弃那些人的。"

"那怎么办？就看着那些人逍遥法外？"

"你看到他们是谁了吗？"

"没有，太危险了，我没暴露，只看到其中一个人穿着红色球鞋。"

"红色球鞋……我知道是谁了，我们先别打草惊蛇，最好我们能找到他把那个药藏在哪里，有证据了再报警。"

顺着红鞋的线索，江初尧和罗俊阳很快就锁定了一个叫阿才的练习生。两人暗中观察阿才每天的行动路线，趁他洗澡的时候偷偷打开了他的衣柜，在底层暗箱里找到了绿色的小药瓶。江初尧拍下照片，交给了警察。

很快警察找到了阿才，药瓶被带走化验。化验结果表明，瓶子里是可以致幻的迷药，人使用之后第一阶段是兴奋、出现幻觉，之后会沉睡不醒，最长可持续十个小时。

阿才认罪，但并没有交代其他人，被判入狱十年。

江初尧想跟警察反映还有同伙，但在公司的运作下这件事很快就过去了。罗俊阳分析警察多半是被公司贿赂了，也许其他同伙的家世显赫，轻易摆平了这件事，让阿才一个人顶罪。他们两个要快一点出道摆脱这里，多一事不如少一事，那几个人有办法脱罪，这里是国外，他们无能为力，能抓到一个人已经尽力了。

江初尧和罗俊阳恢复了正常的训练生活，可是他们能感受到，暗中一直有一股势力盯着他们。

此刻卫生间垃圾桶里的就是一样的绿色药瓶，江初尧意识到了危险，快速返回酒会，他们的位置现在空无一人，他到处寻找，罗俊阳不见了。

江初尧慌了神，回想刚才几个人围过来敬酒的场面，那个酒一定有问题！他恨不得在心里骂自己一万遍，那个酒本来是敬给他的，被罗俊阳挡掉了，他怎么能这么掉以轻心，竟然把罗俊阳一个人留在那里？！

江初尧疯了一样冲出去，看见刚刚来敬酒的一个人上了一辆黑色面包车，车很快关门发动。江初尧知道罗俊阳一定在车里，他拼命追，跑过一个路口，拦了一辆出租车追上去。

黑色面包车迅速消失在黑夜里，江初尧坐的出租车没有跟上，但黑车开向山顶的豪华别墅区，只有一条路。江初尧逼司机开到山上去，他必须尽快找到那辆黑色面包车。

黑色面包车停在了一幢别墅前面，几个人架着罗俊阳，吵闹着走进别墅。别墅里正放着音乐，一波又一波的音浪冲击着人的大脑，让人身体发热。几个穿着火辣性感的女孩迎了上来，热情地招呼罗俊阳。失去理智的罗俊阳同样热情地回应着，他体内的热浪已经要冲破整个皮囊，他只想找个地方钻进去。

罗俊阳被一个女孩带上二楼，房间里幽暗的灯光将气氛照得暧昧至极。拥抱，热吻，舌头打结，撕碎的衣服散落一地，两个人像蛇一样纠缠难分。

床对面，一台摄像机闪着红灯。

楼下的几个男人知道罗俊阳今晚插翅难飞，他们的目的达到了，得意地跟身边的女孩们喝酒庆祝。

江初尧一栋房子一栋房子地找，终于找到了那辆黑色面包车。他疯狂地敲门，门被打开，他冲那个叫灿民的男人脸上重重地砸了一拳："罗俊阳在哪儿？"

灿民被打倒在地，其他人围过来冲江初尧还击。

绚烂的灯光，躁动的音乐，女孩的尖叫，几个疯狂的男孩扭打在一起，江初尧意识不到身上的疼，他已经打红了眼。他一次次被打倒在地，又一次次站起来，顾不得头上流下的血，他只有一个信念，就是把罗俊阳马上救出来。

终于在一声惨叫之后，所有人都停止了攻击。

那个叫灿民的男人被一个酒瓶打破了头，酒瓶被打得粉碎，灿民倒在了玻璃碎片里。其他人看着已经疯了的江初尧，心生胆怯，担心真的出人命，扶着灿民逃离了这幢别墅，几个女孩也跟着逃窜。

江初尧拉住一个女孩，怒吼："罗俊阳在哪里？"

女孩被吓得说不出话，楼上的女孩听到下面的动静跑了出来，见到如此混乱的场景，衣不蔽体地想要逃跑。

江初尧冲上二楼的卧室，打开灯，不省人事的罗俊阳赤条条地躺在床上。

江初尧无法形容那一刻的心情，他气得浑身发抖，冲过去拍打罗俊阳的脸，却怎么也叫不醒他。江初尧用尽所有力气把他拖到浴室，打开喷头，将水淋在他的头上、脸上，他依然像一具没有任何反应的尸体。

江初尧真的被吓坏了，他返回卧室，地上破碎的衣服已经穿不了了，他脱掉自己的衣服给罗俊阳穿上，将床单系在罗俊阳的腰间蔽体，背起罗俊阳，转头却看见床头对面的摄像机。

这帮杂碎，他拿起摄像机狠狠地摔在地上。

出门那一刻，他又捡起了摄像机，像拿着一颗手榴弹一样攥在手里，他不能把这些东西留下，太可怕了。

江初尧背着罗俊阳走出别墅，上了出租车，直奔医院。

在他们出去之后，从刚刚那间卧室的衣柜里钻出来一个女孩。那个女孩手里拿着一台摄像机。

第二天早上，医院病房里。

罗俊阳睁开眼睛，第一个看到的就是江初尧："我怎么了？"

他想起来却起不来，头疼得要命。

"你先别动，我们中了那帮狗杂碎的计了。"在罗俊阳醒之前江初尧想了很久，不知道该怎么跟罗俊阳说这件事，也不知道他自己记得多少。

"我记得他们带我出去，然后我好像做了一场梦。"

"对，就是做了一场梦。"

一群人走了进来，练习生出了这种事，如果被爆出去，经纪公司一定会颜面扫地，损失巨大。公司的老板带了十几位代表、律师出面解决，说好听的是来跟罗俊阳谈补偿和解，说难听的就是给他压力让他闭嘴。

　　老板跟罗俊阳说了一些关心的话，叽里呱啦，大部分江初尧都没听懂。紧接着律师递过来一份合约："你是我们公司这两年培养的最优秀的练习生，你一定会成为最闪耀的偶像，发生这样的不愉快我们也是始料未及的，但我们会继续支持你的梦想，正好我们和中国的娱乐公司有合作，公司决定送你们回国出道，这是新的经纪合约，酬劳分成都是最优待的。有中文翻译，你可以看看。"

　　没等罗俊阳接过合约，江初尧一把夺过合约摔到地上："你们什么意思，这样就想把他送走？那些杂碎呢？他们不用受到惩罚吗？"

　　老板弯腰捡起合约，摘下眼镜，看着江初尧："你也是很优秀的练习生，我很看好你，我知道你和罗俊阳关系很好。我们也是为了他好，我这是两全其美的办法，保护了他又成就了他。不然万一以后媒体知道了这件事，他该怎么办？当然，我们会准备一笔钱，让他不用有后顾之忧。他回国后的生活会很好，不用急着马上工作。"

　　眼看江初尧额头的青筋暴起，罗俊阳知道他下一秒就会爆炸，连忙说："好的老板，我认真考虑，你们先回去吧，我头疼得厉害，江初尧帮我叫一下医生吧。"

　　江初尧关切地站起来，把那些人毫不客气地轰了出去，准备出去叫医生的时候被罗俊阳叫住了。

　　"初尧，你跟我说实话吧，昨晚到底发生了什么？我是不是被人下药了？"

　　江初尧痛苦地坐到罗俊阳旁边，犹豫再三，挑挑拣拣地把事情的原委说了个大概，他全程小心翼翼地，时刻观察罗俊阳的情绪变化。

　　罗俊阳安静地听完，说："我知道了，你先出去吧，我一个人待一会儿。"

"你别胡思乱想，这不是你的错，我们被人下套了。都怪我，那杯酒本来是给我喝的，我更不该中途离开，都是我大意了。你放心，我一定会帮你讨回公道，让那些人付出代价。"

"我知道了，我真的头疼，我想再睡一会儿。"

罗俊阳闭上了眼睛。江初尧无奈，只能默默地退出病房，他有好多话想说却不知道该怎么说，怎么才能安慰罗俊阳。

罗俊阳把自己关在病房里三天，除了医生之外没有让任何人进去，饭也没吃，整整安静了三天。这种安静对于江初尧来说可怕极了，他宁愿罗俊阳能吵能闹，能发泄，哪怕去报复，上刀山下火海他都一起去。可是这种安静让江初尧不知道他到底怎么想，罗俊阳本来就心思重，比一般男孩细腻，这样憋着一定会出事的。

在江初尧冲进病房之前，罗俊阳穿戴整齐地出来了，他换了一件纯白色的衬衫，戴上金丝框眼镜，脸上毫无血色，像是换了一个人，让江初尧陌生。

"初尧，我饿了，我们去吃东西吧，我想吃一顿贵的。"

"好！"

一家高档餐厅里，罗俊阳大口大口把面前的山珍海味都塞进嘴里，完全不顾吃相。

"你慢一点吃，我不跟你抢，你别噎着。你三天没吃东西，胃是空的，这么吃你会难受的。"

"我就是饿。"

"那也不是这个吃法。"江初尧去抢罗俊阳的筷子。

"好了好了，最后一口，吃完我就不吃了。"罗俊阳吃下一只虾，又往嘴里送了一勺汤。

江初尧很久没看到罗俊阳这么疯狂地吃东西了，因为要保持身材，他们平时对饮食相当注意，很少这么放开了吃。

"饱了。初尧，我决定了，我回国。"

"什么？你同意他们的方案了？"

"嗯，也许这是最好的解决办法，又能挣钱，又能重新开始。咱们来这儿本来不就是为了挣钱吗，能挣钱在哪儿都一样。"

"那那些人呢？就放任他们做了坏事，没有受到一点报应？他们应该为他们的错误付出代价！"

"你是警察吗？我是法官吗？他们做过坏事都没有人管，他们之前做了那么严重的事情都能逍遥法外！咱们在这个破地方举目无亲，没有人认识咱们，咱们怎么办？我去杀了他们？还是两败俱伤？"

江初尧说不出话，罗俊阳说的这些道理他都明白，但他就是过不去这道坎儿，他心疼罗俊阳。

"你不用自责，这件事情不怪你，换作你被他们害，你会更冲动，还不如我承担这个结局。"

罗俊阳这句话说得很轻，语气平淡。江初尧听了，却像一道霹雳砸到他头上，他整个人都麻木了，眼睛通红，张着嘴说不出一个字。

"别傻了，我一个大老爷们儿，又不是小姑娘，你要是把这个事当回事，那它就真是个事了。"

"我跟你一起回国。"

"你马上就能出道了，回国一切未知，可能要重新开始，没必要。"

"怎么没必要！你想把我自己留在这儿面对那些狗杂碎吗？"

罗俊阳知道江初尧是不放心他一个人回去，也知道江初尧的脾气。把他一个人留在这儿他会更痛苦，而且他会一直放不下这件事，这件事会成为他心里的一块石头。

"好，初尧，谢谢你。"

"谢个屁！"

"你也吃点？"

"吃，这么贵的东西不吃浪费！"

江初尧和罗俊阳回国的时候，正值盛夏，整座城市都被大太阳晒得发光。

江初尧光着膀子在一间半地下室里刷墙，嘴里哼着曲儿，不时地回头看看在角落里收拾衣橱的罗俊阳。

"嘿，你说这公司是不是也太抠门了，就给咱俩弄了这么一个地下室。"

"所以我说你就别刷那墙了，就这样吧，估计住不了多久咱就能搬到大公寓里了。"

"也是，咱很快就能成了，你没看昨天咱们去录音棚试音的时候，唱片公司的音乐总监激动得都有点热泪盈眶了，他们还没看到咱们跳舞呢！"

"低调点，我们一击即中。"

"明白，你说的嘛，拳头收回来，再出拳的时候才更有力。"

"孺子可教。"

"给你脸了！"江初尧说着拿手里蘸了油漆的刷子往罗俊阳脸上画。

罗俊阳一边用手里的衣服挡，一边起身躲开。

"你大爷的，这是我的衣服！"

罗俊阳说得没错，没过几天他们就受到了唱片公司的高规格待遇，搬到了高档公寓。唱片计划、影视剧本接踵而来。两人白天拍戏、晚上录歌，几乎没有休息的时间。

一个月之后两人就发了组合的首支单曲，歌曲 MV 在各大电视台循环播出，大街小巷的商场、影像店、饭馆都能听到这首歌。歌曲的热度迅速为他们积累了一大批粉丝，广告、杂志邀约蜂拥而至。

三个月后他们主演的偶像剧播出，他们承包了剧里的全部歌曲。偶像剧如龙卷风一样迅速席卷亚洲，他们真正成了新一代偶像组合中的翘楚。

聚光灯下两人活力四射，回家之后却总是疲惫不堪，超负荷的工作让两人吃不消。

"我要死了。"江初尧每天想说上一万遍，可总是不敢说出口。他硬撑着，不想给罗俊阳带来压力。只有他知道，罗俊阳仍然有那件事留下的阴影，每晚都会做梦，夜里惊醒都会一身冷汗，T恤湿透了黏在身上。江初尧担心他，劝他不要这么拼，工作可以停一停，可罗俊阳依然一副战斗力一百分的样子，他说现在就是拼事业的时候，等赚够了钱他就可以退圈了。江初尧知道他是在用这样的方式麻痹自己，心里更难受，除了跟他一起拼，没有别的办法。

可是没过多久，发生了一件怪事。

一日两人回到公寓，车刚进入停车场，江初尧就感觉后面有人跟着，下车后两人快步走进电梯，电梯门关上那一刻江初尧仿佛看到对面阴暗的角落里有一双眼睛盯着他们，不自觉打了一个寒战。

"你怎么了？"

"咱们可能被盯上了。"

两人下了电梯，观察了一下，确定周围的环境没有异样，打开门，一个白色的信封掉落。

"信怎么会发到这里？"江初尧关好门，坐到餐桌前犹豫着打开，几张照片散落在桌面上。

罗俊阳倒了一杯水走过来，江初尧想去捂住照片，已经来不及了。

照片上，罗俊阳浑身赤裸，身边是一个长发女子。两人肌肤雪白，纠缠的曲线宛如一幅名画。

罗俊阳疯了一样地撕碎照片，怒吼之后痛苦地栽倒在地。

江初尧从后面抱住他："冷静！你冷静一下！我们一起想办法。"

"他们为什么不能放过我？！我都回国了，为什么还会有这个东西？！那件事为什么还要再被翻出来？！"

江初尧答不上来，思索着说："这不像是那帮狗杂碎拍的，他们的摄像机放在床头，已经被我砸了，而且我带走底片销毁了，照片上的这个角度明显不对。"

"你说什么？还有摄像机？"

"已经被我销毁了，我没跟你说是怕你有负担！"

"那这些照片是怎么回事？"

"这个角度……"江初尧站起来把照片碎片拼起来，照片像是从床的右侧照的，他努力回想当天那个房间的布局，"衣柜！是衣柜！衣柜里有人！"

"你怎么知道？！"

"一定是，只有那个位置能拍到这个角度。那晚有人躲进了衣柜里。"

"我想起来了！"罗俊阳站起来，抓着江初尧的手，"你记不记得，我们训练的时候总有一个女孩在角落拍我们，被公司警告过很多次，她还是不肯罢休，还有一次混进了我们宿舍，被其他人发现了，手机也被没收了，里面都是我们的照片！"

"你说那个留学生？"

"对，当时我们还报过警。"

江初尧记得那个女生，总是戴着鸭舌帽，被抓住的那天江初尧从她身边走过，她还差点扑倒江初尧，把江初尧吓了一跳。想到这里，江初尧再次打了一个寒战，难道刚刚他在电梯里仿佛看到的眼睛是她的？

江初尧冲到门口，打开门，左右张望，确认走廊没有人，才把门关上。

"别怕，如果真的是她，她肯定会来找我们，我有办法，有我在！"江初尧把手搭在罗俊阳肩膀上。

十八

　　人们常喜欢回忆过去，把自己定格在过去的某时某刻，然后反复打量那时候的自己，感叹那时候自己多努力，多快乐，多自由。反之，人们也会有一些自己永远都不希望想起的时候，那些让人窘迫的、狂躁的、心碎的时光。

　　那一年顾晓君还是一个落魄的杂志社实习生，居无定所。杨祎和张婉婉冒着被房东轰出去的危险偷偷收留她，后来她干脆在办公室打起了地铺。她知道自己只有一个出路，就是努力抢到大新闻博到头版，在那个媒体是甲方大哥的年代，只要肯吃苦，不是不能实现鲤鱼跃龙门的理想。

　　可无奈的是，顾晓君只是一个实习生，想采访到大明星是天方夜谭，只能整理整理花边新闻，给大记者打杂。

　　就在顾晓君为了选题一筹莫展的时候，一对归国偶像引起了她的注意。

　　"全民偶像""乐坛双子""影视红星"，一夜之间，到处都是这些名号。有一种流行就是你不关注娱乐圈，你也能对那些人如数家珍。顾晓君决定剑走偏锋，她从主编那里知道了江初尧他们保姆车的车牌号，千辛万苦挖到两人的行踪，骗过保安，全副武装蹲点在两人公寓的地下车库里，彻底化身为一个狗仔。

她想着把她骂得狗血淋头的主编的嘴脸，想着自己可怜的钱包，咬着牙坚持，一蹲就是三天。

那日，顾晓君蜷缩在车库的角落里，江初尧两人的保姆车回来了，两人下车，迅速走进电梯，毫无异样。本以为又是扑空的一天，她打算收起相机眯一会儿，突然一个黑影从她的镜头里划过，她睁大眼睛，发现一个纤细的身影尾随江初尧两人，乘下一趟电梯上了楼。

直觉告诉顾晓君不对劲，这个女孩她好像有印象，对，下午就有行踪古怪的人进了公寓大楼。当时顾晓君要上厕所，她看到电梯在江初尧住的那一层停住。不会这么巧，那女孩一定有问题。

顾晓君的心跳得飞快，她感觉自己的身体都在跟着发抖。不知哪来的勇气，她鬼使神差地快步跟着女孩上了楼，随着电梯上升，她预感自己离大新闻越来越近。

电梯门突然开了，一个女孩迎面跟她撞在一起，两人四目相对，她还没看清那个女孩的脸，女孩就迅速钻进电梯里，一言不发地坐电梯消失了。

顾晓君知道她就是刚刚上楼的女孩，正在思考下一步该怎么办，走廊里响起开门声。顾晓君扭过头把相机抱在怀里，躲进安全通道。随后响起关门声，一切恢复正常。

从那之后，顾晓君好似拿到了藏宝地图一样亢奋，她从蹲点彻底变成了跟踪。她发现那个女孩也在跟踪江初尧两人。螳螂捕蝉黄雀在后，果然，就在她疲惫不堪的时候，情况有了实质进展。她发现那个女孩是一个"私生饭"，断定女孩手里一定有她不知道的信息。既然无法直接从江初尧两人那里直接挖料，干脆从女孩那里下手，她决定去调查那个女孩。

街角的一家"苍蝇馆"里，女孩独自坐在角落，鸭舌帽挡住大半张脸，书包紧紧地贴着胸口，一只一只地往嘴里填馄饨。

顾晓君搬了一把椅子，坐到她对面。

女孩一惊，顾晓君不等她反应，低声说道："我都知道了，东西拿出来，不然送你去警局。"

顾晓君还是第一次使诈，心里发虚，她学着香港电影里的桥段，尽量装出一副阴森的模样，直勾勾地盯着女孩。

女孩下意识地把怀里的包抓得更紧："你说什么？我听不懂，我不认识你，你认错人了。"

顾晓君看到女孩脸上的汗珠都跟着她惊恐的表情在跳动。

"我看见你跟着他俩上楼了，你把东西交出来，我不会为难你。"

"你是谁，你凭什么来管我？"

顾晓君窃喜，这是承认了她手里真有点有价值的东西。

"你跟踪，私闯民宅，我可以去警局举报你寻衅滋事、蓄意伤害，有盗窃嫌疑，你还是学生吧？你家里人知道你这样吗？你惹这样的麻烦，学校一定会开除你。"

顾晓君并不想真的吓到这个女孩，但她觉得不说狠一点，这个女孩不会配合。

"我什么都没有，我只是粉丝，我什么都没干！"

女孩起身要跑，被顾晓君一把抓住，两人开始撕扯。慌乱中顾晓君扯住了女孩的书包，书包拉锁"刺啦"一声滑开，掉出了几张照片。

顾晓君看到照片，十分震惊，照片上的人难道是……她来不及细想，伸手去抢照片。抢夺中照片被撕成两半，女孩带着大半张相片卷起包冲出了餐馆，钻进一辆出租车，顾晓君追出去的时候已经来不及了。

看着手里照片的一角，顾晓君脑子开始充血。今天的"收获"简直大到爆炸，当红偶像被拍下了那种照片，简直是天大的新闻，况且照片在一个"私生饭"手里，她怎么会有这些照片？照片到底是真是假？她要干什么？

顾晓君自己都慌了，这下该怎么办啊？

好巧不巧，顾晓君接到了主编的电话，让她迅速回杂志社开会。

回到杂志社，主编劈头盖脸地质问她这几天都去干什么了，一个新闻都没有，还不在公司，就这么实习不如直接回家！顾晓君一言不发，主编看她这个样子更生气，凑过来闻到顾晓君几夜没换的衣服上的味道，捏着鼻子说："你一小姑娘怎么这么不注意个人卫生啊？你都臭了你知道吗？你说话啊，你不说话我就能留着你是不是？你说这几天到底在跟什么新闻，你要是能说出来我就不开除你！"

顾晓君的心七上八下，她知道她一旦把自己的发现说出来，今天她一定能过关，可要是说了，就等于把一个定时炸弹彻底扔在人头攒动的广场上，放到公众面前。一旦爆炸，死掉的不是民众，而是当红的偶像。

我不能这么做，这个声音出现在顾晓君心里，她攥紧拳头，咬着牙说："对不起，我没挖到什么有价值的新闻，但我会继续努力的，请您再给我一次机会。"

主编刚要继续骂，社长从他们身边路过。两人跟社长打招呼，社长看了顾晓君一眼，说："别就知道在公司这儿晃悠，晚上去跑一下江初尧和罗俊阳的音乐会。"说完又跟主编说："你给她一张活动记者工作证，你晚上跟我去见崔总。"说完头也不回地离开了。

主编没好气地甩出一张工作证到顾晓君面前："今天算你运气好，晚上把稿子发到我邮箱。"

"没问题，谢谢。"

顾晓君碎步走出办公室，躲到走廊里，深呼一口气。

晚上，她进入江初尧和罗俊阳的音乐会现场，现场座无虚席，粉丝的荧光棒汇成一道银河。舞台上两人卖力唱跳，可是罗俊阳却频频出错，后来干脆整首歌都交给江初尧一个人完成。

顾晓君全然没有欣赏歌曲的心思，满脑子都是从那个女孩书包里散落的照片。

音乐会在尖叫声中结束，她冲到后台采访区，没有见到江初尧和罗俊阳，只有一个工作人员面对媒体，以两人工作时间冲突为由取消了采访环节。

顾晓君猜想，他们一定是知道了什么，所以心神不宁，在舞台上连连出错，也许他们知道了照片的存在？要揭开谜底，现在唯一的办法就是找到那个"私生饭"女孩。

另一端，江初尧和罗俊阳卸完妆，换好衣服，江初尧把罗俊阳送回家，反复确认环境安全之后，他一个人关起门，打了多通电话，联系当时的经纪人和代表，拜托找到当年那个跟拍被抓的女孩信息。

不久后，他们终于联系到了当地的警方，查明了女孩的身份。

与此同时，顾晓君在江初尧公寓保安的帮助下，找到了女孩登记的身份证号码，还有女孩的名字。

李丽娇。

顾晓君疲惫地回到杨祎和张婉婉的出租屋里，浑身酸痛，在狭小的浴室里冲了一个澡，她想着今天主编捏着鼻子骂她的样子，心里不禁酸楚。她一个正经大学中文系毕业的学生，为了成为媒体人的梦想一路北上，好不容易找到杂志社的工作，却被分到娱乐版块。她对明星歌手不感兴趣，可是不做这份工作前路渺茫、无法立足。她在心里恨恨地发誓，自己一定要抓住机会，报道真相，抢到独家，以后不再被主编欺负。

顾晓君带了两包方便面、两瓶矿泉水出门，和进门的杨祎撞个满怀。

"晓君，你急匆匆地干什么去啊？"

"最近有个新闻我要去跟一下。"

顾晓君看到杨祎在怀里宝贝似的抱着一张江初尧和罗俊阳的专辑："你喜欢他们啊？"

"是啊，哪有人不喜欢他们呢？他们可是最棒的偶像呢。"

"你对他们了解吗？"

"当然，如数家珍！他们在海外秘密训练，是亚洲最大的娱乐公司的秘密武器，明明可以以考核第一的身份出道，却在最终时刻放弃了，毅然回到祖国，填补了国内乐坛唱跳组合的空缺。他们是天才一样的存在，被大导演看中，拍的第一部戏就证明了他们的演技，而且他们人特别好，每次演出都特别卖力，对粉丝亲切有爱。你知道吗？他们俩一个热情阳光，一个冷酷帅气，简直是完美的梦中情人啊。"杨祎说得神采飞扬。

"那如果，我是说如果，他们中的一个人谈过恋爱，你会伤心吗？"顾晓君小心翼翼地措辞，生怕自己说错。

"不会的！他们怎么会谈恋爱？！他们是我们的梦中情人！是我们的人！"杨祎尖叫。

"好好好，不要叫，我知道了，我要去工作了，你好好欣赏你的情人。"顾晓君赶紧走出去关上门。

看到杨祎刚刚那夸张的一幕，跟平时的她判若两人，顾晓君意识到偶像对于粉丝的吸引力，他们让粉丝欲罢不能，分不清现实还是梦境。想到这里她的心情更加复杂了。如果这新闻报道有偏差，是会出人命的。

顾晓君在脑海里做了详细的计划，翻墙跃进江初尧二人所在的小区，蹲在车库里，守株待兔，她预感今晚一定会有进展。

这一等就是将近十个小时，地库阴冷，顾晓君连打了三个喷嚏。这样不是办法，她扶着墙站起，用力捶了几下已经麻木的双腿，这时才看到手机里来自主编的十几条信息，质问她为什么还没发江初尧二人音乐会报道的新闻邮件。

她仿佛能透过手机看到此刻主编凶神恶煞的样子，赶紧打开电脑查看，发现邮件发送失败。她点击重新发送，电脑却没有了信号，地下停车场的信号实在太弱，无奈的顾晓君只能背着包往小区后院走。

她找了一个安静隐蔽的角落，这里是园区的死角，她靠着一个正好能把她挡住的大石头坐下，急忙打开电脑。

就在这时，她听到了窸窸窣窣的声音，是两个人在说话，一男一女好似在争吵。顾晓君以为自己被发现了，吓得立刻坐直，紧紧靠着背后的大石头，竖起耳朵听。

"你为什么要这么做？你到底要干什么？"一个男人的声音。

"我就是喜欢你，你们为什么不理我！"一个女孩的声音。

"所以你就一直跟着我们？那些照片也是你拍的？"

"我不是有意拍的，我跟他们翻窗户进了别墅，我发现了他的异常，想去救他，但我不敢，只能躲进柜子里，当时我也被吓坏了。"

"那你为什么要拍照？"

"我也不知道，你别问了！"

"你说，你到底有什么目的？"

"你不要逼我，我什么都不知道！"

"你什么都不知道为什么拍照？为什么把照片塞给我们？你说你到底要干什么？"

"我什么都没干！那一刻我也不知道我要干什么，我脑子里乱极了，手里不自觉地按了几下快门，我知道我肯定是疯了！他、他太好看了，我以为、我以为床上跟他在一起的那个人是我！"女孩歇斯底里地喊叫。

"你真变态！"男人咬着牙低声怒骂道。

顾晓君意识到这两个人是江初尧和李丽娇，她连忙拿出相机，用石头做遮挡，将镜头对准不远处的两个人，按下录像键。

"我是变态？在你们心里我就是变态？我喜欢你们有什么错！我那么喜欢你们你们知道吗？为了你们我在国外被警察抓，学校不要我了，我只能辍学！家也没有了，我什么都不要了，我就希望能跟你们见一面，我有什么错！为什么你们所有人都要骂我？"

"你喜欢我们就能跟踪我们吗？好了，不说那么多了，你冷静一下，你把那些照片给我，在你那里不安全，你这样会害了罗俊阳。"

"我那么爱他怎么会害他呢？我在保护他。"

"你根本就不爱他，你就是在害他。"

"我没有！我要见他！你带我去见他！"

"他不会见你的，你把东西给我。"

"他是我老公！他凭什么不见我？！"

"你疯了！"

"对，我就是疯了！他要是不见我，我就去闹！我能爱他，我也能毁了他！我跟你说了吧，除了那些照片，我还有别的！"

"你还有什么？"

"我有孩子！我跟罗俊阳的孩子！"

"你胡说什么？怎么可能！"

"你可以不信，但孩子我已经生了，我一个人去生的，现在孩子在玛利亚医院里，我可以去做亲子鉴定，然后告诉全世界，我、我是罗俊阳的老婆，罗俊阳孩子的妈！"

李丽娇已经精神失常了，声音极其瘆人，在角落里的顾晓君都被吓得发抖了，紧紧地闭上了眼睛。

"你真是疯了！胡说八道，你怎么可能跟他生孩子？！"江初尧快要失控了，他没想到这个女人会如此疯狂，每一句话都令他头皮发麻。

"哈哈哈哈，我不告诉你！那是我跟他的事。"

"你要是不说，我是不会信的，罗俊阳也不会来见你！"

"好！我说，你听好了！那晚，那个女的还算有人性，给他戴了安全套。你们走之后安全套被我捡起来了，我是学医的，我把精液用试管注入我体内，一开始我只是想离他近一点，亲密一点。没想到，我真的怀孕了，而且胎儿很健康，我回国没多久就生了。你说这是不是缘分？我们是天生注定的！"女人笑得像鬼。

"你这个神经病！"

女人的笑声停了，她发出痛苦的呻吟。

顾晓君睁开眼睛，看到江初尧冲过去抓住了女人的相机。

顾晓君几乎忘了呼吸，她彻底被吓傻了。

下一秒，女人从包里拿出一把刀，冲着江初尧胡乱刺去。一道银光闪过，意识到危险的江初尧把女人一把推开，可是刀已经在他的手臂上划出一道长长的口子，鲜血很快流了出来。

　　不等江初尧反应，女人又冲过去，高高地举起手里的刀，对着江初尧的胸膛狠狠地刺下去。江初尧侧身闪躲，去抢女人手里的刀，撕扯中两人被脚下的石头绊倒，同时倒地。女人在倒地的那一刻发出一声呜咽，她手里的刀被她压在自己身下，刀从背后贯穿了她的身体。

　　看到这一幕的顾晓君发出一声尖叫，江初尧发现了不远处的她。

　　"不是我，不是我，我不是有意的，我不是有意的。"江初尧盯着顾晓君梦魇一般地说道。

　　顾晓君手里拿着相机愣了几秒，意识到手里的相机后连忙收了起来："我能证明你不是有意的，她还没死，还能救，快报警吧。"

　　"等一下！"江初尧从地上捡起女人的包，把里面的东西一股脑倒出来，捡起几张照片，撕碎。

　　顾晓君马上明白了他的意思，从包里翻出打火机，递给他。

　　江初尧迅速接过打火机把照片烧掉："刚刚我们的对话你都听到了？"

　　顾晓君不敢回答。

　　"我不会伤害你，求你能不能帮我个忙，我没杀人，但我肯定回不了头了，求求你帮帮罗俊阳，他没有害人，能不能帮他保守这个秘密。"

　　顾晓君看着江初尧的眼睛，她觉得自己永远都不会忘了这双眼睛。这双眼睛干净得像湖水，倒映着天上的月亮，眼神里充满了乞求和绝望。

　　女人在地上呻吟，顾晓君来不及多想："你打120，我有办法。"

　　顾晓君把相机的记忆卡拿出来，插进电脑，导出视频，把视频前面剪掉了，只留下了李丽娇挥刀刺向江初尧之后的部分。

　　"好了，我保证，前面的画面都被删了，那些对话不会有第四个人听到，我向你保证！这样能证明你是正当防卫，我也是目击证人，我会跟警察说你不是有意的，是她刺你。"

江初尧闭上眼睛，眼泪从他眼角流下来。

他拨了120，之后又拨了110："喂，你好，我要报警，地点是……"

在警察赶来之前，江初尧对顾晓君说了几句很重要的话："求你保护罗俊阳，不要让他知道刚刚的对话。另外，替我去玛利亚医院找到那个孩子，核实他的身份，先不要告诉罗俊阳。我回来之后一定会报答你。"

顾晓君点了点头："那你有什么话要跟罗俊阳说吗？"

江初尧想了想，摇头："没有。"

警察和急救车几乎同时赶到，周围已经聚起了一些围观的群众。李丽娇被抬上了救护车，江初尧被警察带上了一辆警车，顾晓君是目击证人，坐上了另一辆警车。

车门关上那一刻，在人群中，江初尧似乎看见了罗俊阳，他用力推开旁边的人，试图冲过来，嘴里喊着什么，看口型应该是江初尧的名字。可惜警笛声太响，警车发动，很快把距离拉远，直到不见。

这个夜晚，成了顾晓君多年以来的噩梦，她总是会梦到一把闪着银光的刀刺过来，鲜血流成河，一个女人痛苦地呻吟，一个男人苦苦地向她哀求，然后有一阵警笛响起，她才会从这场噩梦中惊醒。她再也没有做过一次好梦。

和好梦一同消失的，还有江初尧。江初尧虽是正当防卫，但还是受到了非议，那之后彻底消失在了大众视野，只留下了漫天的流言蜚语。娱乐圈少了一个偶像，多了一段人们津津乐道的绯闻传说。故事经过媒体报道和口口相传，不断进化，衍生出多种版本，根本没有人知道这件事的真相。

顾晓君因为拿到了这个事件的独家素材，在业内名声大噪，创造了由实习生一跃成为主编的行业佳话，曾经羞辱刁难她的主编成了她的下属。坏处就是，顾晓君成了一个透明人，她被推到了大众面前，她在各个版本的故事里都是那个吃人血馒头的狗仔，借当红偶像杀人事件上位，多次被江初尧的狂热粉丝攻击，她的人生短暂地跌入谷底。因为崔老的出现才终于回到正轨，她从此不再畏惧，坚不可摧。

顾晓君信守了对江初尧的承诺，她去医院找到了那个婴儿，偷偷送到了国外寄养家庭，等江初尧出狱之后，将孩子还给了江初尧。

顾晓君想，如果不是这次江初尧被通缉，他的人生不会再有这些波澜，他会守着他的秘密和这个孩子安安静静地过一辈子吧？

可命运总是捉弄人，给你关上一扇门，接着就会放一条狗。

江初尧隐姓埋名带着孩子，为了不影响罗俊阳的事业，他从罗俊阳的世界里消失了。为了让孩子上学，他打了很多工，他不怕吃苦，小时候就是吃苦过来的，可是偏偏遇到了诈骗，把他的积蓄洗劫一空。为了把钱要回来，江初尧不惜深入贼窝，把自己搭了进去，最后也被通缉了。

在赵谦的帮助下，这件事的来龙去脉被梳理得很清晰了。证据齐全，赵谦很清楚，一旦开庭，江初尧难逃法网。

因为孩子的关系，这些年，顾晓君跟江初尧一直秘密地联系，顾晓君会定期收到一本杂志，第二天则会收到一束花，装着祝福卡片的信封里面还有一张写着数字的纸条。像破解摩斯码一样，他们要说的话就是数字指向的杂志文字。

这种秘密的联系持续了很多年，顾晓君一直关心着江初尧的情况。她为江初尧所做的一切牺牲感动，她告诉自己这次她必须为江初尧做点什么。她不能眼看着一个好人再次受苦，她希望这份苦难能轻一点，去得快一点。

她和赵谦讨论了很久，分析了很多，她知道法律的结果难以改变，法律不会对犯罪的人留情，但她不能坐以待毙。法律无情，人有情，她不能改变法律的判决，但她能尽量挽回一个人的声誉，她要替江初尧申冤。

那部电影不仅是她的业绩，更承载了她的希望，是她给世人的一封讲述江初尧的信，一封关于守护和牺牲的信。这部电影意义非凡。

她用不同的理由先后说服了黄毅楠，说服了孟凡，说服了罗俊阳，眼看要大功告成，她在等待最后的时刻，犹如在深夜里对着窗户等待黎明，漫长，寂寞，无怨无悔。

同时令她煎熬的，是如何面对石墨。石墨是崔老的儿子，是顾晓君前夫的儿子，石墨还被蒙在鼓里。她知道石墨在准备跟她求婚，她必须跟石墨坦白这一切。越在乎越怕失去，可即使再不愿面对，也要面对。

她能为别人赴汤蹈火精心布局，面对自己的事情，却显得手足无措。

想到这里，她悲从中来，紧紧地抱住身旁的石墨，不肯放手。

十九

　　顾晓君喜欢这座城市的秋天，金黄色的落叶铺满整个街道，人们围在一起嬉笑着拍照，捡起落叶一捧一捧朝空中扬去。风把叶子吹得像蝴蝶一样翩翩起舞，有种诗意的美。

　　从衣柜里翻出一件早年入手的灰色外套，上面一股淡淡的樟脑丸的味道，顾晓君没有喷香水，她喜欢这种带着年代感的味道。

　　今天是电影首映的日子，早上石墨问她是自己开车还是让他骑摩托载她，顾晓君想起自己很久没有坐石墨的摩托了。

　　"你骑摩托载我吧。"她喜欢坐在后座双手环住石墨的腰，石墨的腰很细，让她都有些嫉妒。

　　因为是电影首映，杨祎激动得一晚上没睡着，焦虑自己的礼服不够合身，又担心颜色太浅显胖。经纪人平姐连夜去设计师那里换了一套黑色洋装回来，可背后的拉链却差一截拉不上，气得杨祎直跺脚，后悔自己最近吃东西不够节制，关键时候还是金花女士出手，给她在衣服的腰部放出了一块，拉链总算是拉上了。

　　张婉婉最近有点火，虽然新片还没上，但名声是打出去了，多家影视公司前来洽谈合作，出版社编辑也来约稿，她忙得不亦乐乎。一方面能赚钱，另一方面能少去想自己感情的那点破事。孟凡也隔三岔五来骚扰她一次，她烦得要命，一开始说自己忙，后来干脆关机，不予理会。想到今天发布会要跟孟凡见面，她心里有点硌硬，她已经铁了心跟孟凡彻底断掉。

顾晓君到影院的时候，季洁正在现场指挥，媒体签到、演员采访、主创合影等环节都井然有序。顾晓君看着眼前这个短发干练的姑娘不由得有点恍惚，半年前她还在楼顶歇斯底里地大哭，需要被保护，现在已经可以独当一面了。顾晓君很欣慰，同时心里又有些酸楚，原来站在这个位置的人是安雅，不知道安雅此刻好不好。

"晓君快来，黄总马上到了，林奕龙已经去地库接驾了。"杨祎在不远处一边拍照一边招呼顾晓君。

"你是女一号，不要操心这些事，让林奕龙去接，他积极一点我就能省点心。"顾晓君递给杨祎一瓶水，"渴了吧？"

"我不能喝，我这裙子紧，喝水有小肚子，我也不方便上厕所。"杨祎凑到顾晓君耳边小声地说。

"说什么悄悄话呢，我听听！"张婉婉走过来，张开双臂把顾晓君、杨祎二人抱住。

"你这是什么动作啊？绿茵场上踢足球啊？你注意点自己的言行举止，端庄一点，我可是女明星，有记者拍呢。"杨祎假装甩开张婉婉的手，一脸傲娇。

"哟呵，您这就开始摆架子了，待会儿电影播完您不会不认识我是谁了吧？"张婉婉挑眉。

"待会儿看你表现吧。上台好好发言，要是有人质疑电影或评论不好，你别现场骂人！别跟开剧本会似的，往死骂人。"

"我以为只有林奕龙能这么教育我呢！杨祎女士当了明星果然不一样了啊。"

"你俩省着点力气，待会儿上台说，看见罗俊阳了吗？"顾晓君打断两人。

"看见了，他戴了一巨大的墨镜把自己关化妆间了，谁也不让进，我都不敢去跟他合影。"杨祎抱怨。

顾晓君绕过人群，走到最后一间化妆间。经纪人丧着一张脸守在门口，通报是顾晓君来了，才敲开了门。

罗俊阳这阵子明显清瘦了许多，脸瘦得都快架不住墨镜了。

"你还好吧？"

"他还好吗？"

"这些年他把身体造坏了，需要做个小手术，我已经联系了医生，你放心吧。赵谦申请了延期开庭，材料也准备差不多了，算了一下时间，刚刚好。"

罗俊阳没有说话，轻轻地摘下墨镜，露出一双通红的眼睛，好似刚刚哭过。

当年出事之后罗俊阳一度堕落，工作全部停了。那时候顾晓君就找过他一次，但顾晓君保守了秘密，她答应过江初尧有些事情永远都不讲。可是随着江初尧的状况越来越差、李丽娇的姐姐把她刺伤之后，顾晓君知道有些事瞒不住了，她看到罗俊阳活在痛苦之中于心不忍，和罗俊阳深谈了一次。

那晚两人把各自的痛苦一一摊开，把那些难以启齿的秘密一层一层剥开，就像掀起皮肤上伤口的结痂，流出脓血，痛过之后，静静地等待伤口慢慢愈合。

"片子很快就播完了，你知道你要面对的是什么吗？"

"我早就准备好了，牺牲一个人换来的日子我早就受够了，该看的风景我都看过了，没有辜负他。人生下半场，该换我去守护他了。"

话说到这个份儿上了，再说什么都是多余的，顾晓君把一颗纽扣放到他的手心里。

"外面的事他都知道了，他让我把这个交给你，让你放心。"

罗俊阳盯着这颗纽扣，片刻，用力握紧手，手臂颤抖，泣不成声。

这颗纽扣原本就是罗俊阳的。十年前两人在宿舍打闹，江初尧扯掉了罗俊阳演出服上的扣子。

"衣服坏了，你赔我！"

"你穿我的，你这是残次品，我换新的扣子缝上。"

罗俊阳毫不客气地扒了江初尧身上的演出服套在自己身上，照了照镜子，通过镜子他看到窗外的天空上布满火烧云，夕阳洒进宿舍，江初尧手里的一颗纽扣闪着金光，好像一颗钻石。

电影内容劲爆，首映现场沸腾了，主创见面环节媒体火力全开，那些藏在电影里的现实剧情一一被扒出，先上场的孟凡和杨祎被媒体问得头昏脑涨，提前准备的答案完全不够用。

杨祎的汗顺着额头流下来，刘海湿哒哒地贴在额头上，时不时给顾晓君使眼色求救。孟凡回答前两个问题时还面带微笑，后来越来越严肃，脸都僵了。

媒体的好奇心已经被拉到最高，顾晓君示意工作人员请罗俊阳上场，解救孟凡和杨祎。

罗俊阳刚露半个头，记者的长枪短炮就"噼里啪啦"地发动，闪光灯闪得像打闪电。好不容易安静下来，一个记者从椅子上蹿起来，连续问了几个问题，恨不得把江初尧和罗俊阳的老底全揭了，现场一度失控。

罗俊阳依然戴着大墨镜，面无表情，接过话筒，音响发出一声尖锐的噪声让现场瞬间安静下来。

"众所周知，这部电影改编自真实的故事，其中很多情节是从未公开的。首先感谢制片人顾晓君的努力，愿意把自己的过往摊开在大家面前，让大家看到事件的另一面；感谢导演孟凡，在故事基础上做了艺术加工，把这段令人唏嘘的故事拍得很唯美；感谢大家来看这部电影，如果你们在电影中得到了自己想要的答案，那这部电影就有价值。"

前排的一位记者站起来："罗俊阳先生，你在电影中饰演自己的好朋友，那些事情到底是不是真的？"

"那些你看见的、看不见的、存在的、虚构的、听到的、听不到的，现在对我来说都不重要了。人生如海，最后能留下的不多，我已经失去了自己最重要的东西，现在有机会重新开始，我不能再错过。今天将是我最后一次出现在公众面前，我正式宣布我从此息影，退出娱乐圈，希望关注我、喜欢我的人能理解我此刻的决定。再次感谢大家，谢谢。"

罗俊阳说完，转身在两排保安的簇拥下离开，活动现场彻底炸了，一片哗然，这个结果对任何一个人来说都太意外了。

不出所料，电影首映之后，网络上的热度冲到第一，娱乐新闻循环播放着罗俊阳宣布息影的片段，粉丝发出一片哀号声。这部罗俊阳的息影之作在电影院的排片量遥遥领先，票房预测被不断提高。黄毅楠乐开了花，恨不得现在就开庆功会。林奕龙也提议乘胜追击再追一波热度。

第二天，潮水般的信息把顾晓君的手机轰得像座活火山，她一个都没看，静静地坐在医院的走廊里，手术室门上的灯关了，江初尧被推出来，顾晓君起身快步过去，打了麻药的江初尧睡得像孩子。医生说手术很成功，大家晚一点可以去病房探望。

病房门口，两位民警并排而坐。透过窗户，顾晓君注视着病房里的情景：江初尧躺在床上，罗俊阳牵着一个男孩静静地守在床边，等他醒来。

一阵风吹过，吹来了淡淡的泥土味道，下过雨的空气湿湿的，顾晓君迟迟没有离开，探头望向窗外，树枝上有一个大大的蜘蛛网被雨打湿了，少了一半。蜘蛛在网上来来回回地缝补，很快将一张网补得工工整整。顾晓君没有急着离开，她望向更远处，想要看看远处天边有没有一道彩虹。

张婉婉把自己关在书房，坐在电脑前，眼神空洞地盯着屏幕，一个字都敲不出来，好似灵魂被抽走，只剩下一具躯壳。

电影发布会之后，张婉婉使出吃奶的力气才从人群中挤出来，绕到电影院的后门"逃跑"，庆幸自己没有上台面对媒体，还有没带她妈来看热闹。好不容易准备松一口气，前面的路被人死死地挡住。

"不好意思让一让！"

一抬头，面前站着的是孟凡。孟凡穿着几年前张婉婉给他挑的西装，深蓝色，有暗色的条纹。孟凡本就身材匀称，穿上西装潇洒倜傥，特别是今天还戴了一副金丝框眼镜，简直是电视剧里"斯文败类"的标准反派模样，足够迷倒一些未经世事的小丫头们。

"这么着急去哪儿啊？待会儿黄总请大家吃饭，你不去啊？"

"我答应了我妈回家吃饭。"

"那我也跟你回去。"

"孟凡，你还不明白吗？我们分手了！我们本来就不应该在一起。你结婚了，新娘不是我，你应该去找她！"

"我没结婚！我骗你的。"

"你说什么？"

"我没结婚，差一点，登记那天我没去，我跟她已经说清楚了。但我答应她不对外说，因为她家世显赫，不能接受这样的事，我们只能假装在一起，后来因为这件事我的电影全部被撤资了。现在我要成功了，婉婉，我们可以正大光明在一起了。"

一个巴掌重重地落在孟凡脸上，张婉婉的手心通红，疼得发热，刚刚那一刻她感到孟凡腮边的胡楂像仙人掌一样刺进手掌。她努力忍着眼泪，想骂他却说不出一句话。

孟凡知道自己伤害了张婉婉，用力把她抱住，却被张婉婉拼命推开。

"婉婉，你听我解释，我刚刚说的都是真的。"

"所以你一直看着我心碎，看着我难过，看着我背负着歉疚，这些痛苦多少次差点毁掉我！"张婉婉终于哭了出来。

"对不起，是我的错。"

"你太自私了孟凡！你为了你的事业伤害了两个人，对不起，我无法原谅你！"张婉婉说完哭着离开了，孟凡想追，被涌出电梯的人挡住，只能看着张婉婉决绝的背影。

张婉婉很委屈，她觉得自己自始至终在孟凡面前都像个笑话，她被这个男人耍得团团转。她经过了无数个没有尽头的夜晚，绝望吞噬着她，她的心就像水面的月亮，风轻轻吹过就会碎得一片凌乱。可是这个男人却一直在骗她，从来就没有信任过她，他只在乎自己的事业，把她当成一个没有感情的玩意儿，召之即来挥之即去。更可恨的是，他竟然觉得自己现在翻身了，可以顺理成章地来告诉她真相，让她欣然接受，好像他所谓的成功可以和她承受的痛苦抵消，这对她来说简直是一种侮辱。

她妈妈在外面敲门，她不想去开，隔着门她妈妈喊她："婉婉，孟凡在楼下，不管你们发生了什么不愉快，你不要这么倔强，男人需要面子，你给他台阶他就下来了，女人何必那么要强？！"

妈妈的话像一万根针，刺痛她。门被她"呼啦"一下猛地打开，她红着眼睛，说："妈我再跟你说最后一次，我跟孟凡没有可能！你不要再逼我了！男人要面子那我就不要脸吗？我的自尊就可以被他随意践踏吗？你为什么不知道心疼我，反而要替他讲话？"

妈妈不知道发生了什么，但女儿很少激动成现在这个样子，她知道这次一定非同小可，悻悻地闭着嘴，回到沙发上一言不发。

片刻，张婉婉发现妈妈在沙发上偷偷抹眼泪。张婉婉知道妈妈这辈子不容易，她后悔刚刚说了那样的话斥责妈妈。

"妈，你怎么又哭了，你别这样。"

母女二人抱在一起，张婉婉给妈妈擦眼泪，这个苦命的女人一生跟眼泪做伴。

"婉婉，妈妈从来没有跟你说过，其实这么多年，我恨你爸爸，把恨他当成了一种习惯、一种活着的动力。到我老了，到他人不在了，我才知道后悔，如果当时我能换一种活法儿，我能试着跟他和解，或者跟我自己和解，我都不会像现在一样心里难受。女儿啊，人这一辈子很短，有些误会可以解开，有些路不能回头，有些人走了就不会再回来。孟凡也好，别人也罢，妈妈不奢求你荣华富贵，只希望你能幸福，不要像我一样，一辈子活在怨恨和苦闷中。"

这是这么多年来，母女第一次说心里话，张婉婉哭得像个泪人。

电影还在宣传期，杨祎一本一本杂志地拍，换各种造型，画各种妆容，美得像仙女。这次拍照结束后她匆匆忙忙卸了妆离开影棚，她要去一趟民政局，晚上还想陪一陪金花女士。

金花女士的病情有所好转，精神依旧亢奋，一边指挥保姆在厨房做饭，一边在客厅哄着杨祎的两个娃儿，忙得不亦乐乎。最近家里总是能接到找金花女士的电话，金花女士每次都得意扬扬地去接，声音温柔性感，满面红光。

杨祎跟刘大磊并排坐在民政局，刘大磊面无表情："你都想好了？不后悔？"

"我提的离婚，我后什么悔啊。"

"杨祎，都到这时候了，有些话说了你别不爱听。"

"知道我不爱听就别说。"

"不说我憋得慌。"

"那你快说，我一当红女明星在民政局听你上课太危险了。"

"女明星，如果你早就想要这种生活，你为什么还跟我结婚啊？"

"当年想结婚，现在想当女明星。"

"算了吧，我知道，你心里就是放不下外头那司机。"

"别诬陷我啊，小心给你发律师函。"

"知道我跟方丽丽擦枪走火的时候你特开心吧？终于抓到我的把柄，可以跟我提离婚了，对不对？"

杨祎抬起手扶了扶鼻梁上的墨镜，捋了捋头发："你变态啊刘大磊，哪个女人愿意自己老公跟自己保姆有一腿？为什么离婚我早跟你说清楚了，你别在这儿信口开河。"

"女明星你就在这儿跟我演戏吧，我知道你心虚。行，今天离了你就解脱了，我也对得起你了。"

"你自以为是，自作聪明，自怨自艾，自我感觉良好！"杨祎把自己会的"自"字开头的成语都说了一遍，说完还不解气，她不知道为什么自己有一种被当场揭穿、恼羞成怒的感觉。

工作人员叫号，两人不紧不慢地坐过去，杨祎递过去两本结婚证，没等工作人员开口，杨祎抢先说话："自愿协议离婚，没有争议，财产分完了，孩子都归我，不能复合，不用调解，直接办手续吧。"

刘大磊看她着急的样子想骂两句，又憋回去了，抬眼看着一脸蒙的工作人员，说："对，直接离吧。"

工作人员无奈地摇摇头，接过结婚证，开始办离婚手续，不一会儿就办好了，把红本换成了绿本递回来。伸手过来的时候，一直盯着杨祎看："我看你怎么这么眼熟啊，你是不是上过电视啊？"

"对，杨妙可，现在最火那电影她是女一号，现在火了就忘恩负义了，女版陈世美……"杨祎一手接过离婚证，一手捂住刘大磊的嘴，把刘大磊拖出民政局。

"你缺德啊，诋毁我。"

"我句句属实！"

"得了，没空跟你贫，我还得回家看我妈，俩孩子我怕我妈照顾不了。"

说到金花女士，刘大磊态度马上变得温和了："咱妈身体好些了吧？"

"我妈！"

"对，你妈！"

"还行，孩子你也放心，我现在是独立女性，坚强自主，有钱有事业，有用得着的时候会找你的，不会跟你客气。咱俩离了，但你还是孩子的爸爸，我们是家人。"杨祎说最后一句的时候声音有些颤抖，她知道自己要是再多说一句刘大磊就该哭了，"快走吧，死胖子，被拍到不好。再见！"杨祎挥手道别，转身跑过街角，上了自己的商务车。

车开动，她看到刘大磊一个人站在一棵很高很高的银杏树下，头发被风吹起，她印象里像唐老鸭一样扭着身体、挺着肚子从厕所出来的男人不见了，现在树下的人暗淡、顺眼了很多。

顾晓君来到墓地，面前是两座并排的墓碑。一个下面躺着崔老，一个下面躺着她父亲。

顾晓君是父亲带大的，她没见过自己的母亲。当年她父亲做生意被合伙人坑了，欠下巨债，父亲精神受到极大刺激，在顾晓君大学毕业那年跳楼自杀了。

顾晓君一向要强，从未跟人提起过自己的家事。她曾恨父亲为什么狠心抛下她，为什么不能坚强地活着，活着才有希望。等她长大了，经历了很多事情后才释然。她没有经历父亲那样的痛苦和压力，没有办法感同身受，她的指责、怀恨显得如此狭隘。

她后来把崔老和父亲的坟迁到了一起，这里躺着的是她生命里最重要的两个男人。每次来的时候，她都会给崔老带一瓶威士忌，给父亲带一瓶二锅头。

"爸，今年事情多，来晚了。我终于去了了当年的心结，那件事情马上就要有结果了，不管结果怎么样我都尽力了。有时候挺累的，可我必须坚持下去，不去争取就永远看不到结果。我不能放弃。"

她在父亲的墓碑前洒了一杯酒。

"崔老，我找到你儿子了，他很好，你放心吧。可是，事情我还没有办完，有点复杂，但我已经想好怎么处理了。我会实话实说，不会对他隐瞒，他也是我最在乎的人，我会小心地呵护他。希望他能明白。"

她在崔老的墓碑前洒了一杯酒，对着墓碑分别鞠躬，然后缓缓离去。

不远处的花丛里传来花香，不远处一对蝴蝶飞过来，相互缠绕，像极了这人世间的人，相互纠缠，乐此不疲。

一个月后，江初尧的案子终于开庭了。赵谦帮江初尧辩护，向法院提交了几份有力的证据，证明江初尧是被胁迫的，而且有自首情节，并配合警方将犯罪团伙全部追捕归案，有立功行为。

审判长是一位严肃的女性，戴上眼镜，仔细核实证据之后宣布休庭，十分钟之后宣判。

法院里，罗俊阳紧张地坐在下面，石墨陪在顾晓君身边。杨祎和张婉婉坐在后排，她俩坚持陪顾晓君一起来。

十分钟之后，审判长宣布结果，她摘下眼镜，缓缓端详江初尧片刻："现在宣布，嫌疑人江初尧参与经济诈骗，证据确凿，因有自首情节和立功行为，且诈骗金额大部分已被追回，判处有期徒刑8个月，继续追缴未追回的财产，你有异议吗？"

坐在被告席的江初尧，静静地看着法官，轻轻点头："没有异议。"

众人终于松了一口气，这已经是他们能争取到的最好的结果。

江初尧站起来，向审判长深深地鞠躬。然后回头向顾晓君轻轻点头，表示感谢。最后他的目光停在了罗俊阳身上，他一脸轻松，突然笑了一下，露出虎牙。时间好似回到了某个午后，两人并排而坐，一起唱歌。

这件事尘埃落定了，顾晓君终于去了一块心病。

一众人先后离开法院，石墨紧紧握着顾晓君的手："你终于可以放心了吧？我去取车，你在这儿等我。"

顾晓君站在法院门口跟赵谦道谢，目送赵谦等人离开后等待石墨把车开过来。她漫无目的地看着脚下灰色的石头，石头缝里长出了一朵小粉花，而现在不是开花的季节。她弯腰仔细看，然而就在这时，趁她没有防备，她身后冲过来一个人，一把匕首擦过她的肩膀，她尖叫一声摔倒在地。

她定睛一看，一顶黑色鸭舌帽下面一张凶神恶煞的脸，她想起这个人刚刚也在法庭上，坐在角落的位置，她恍然大悟，是李丽娇的姐姐李丽霞，她出狱了。

"你这个贱人！我杀了你！"李丽霞第一刀没刺准，再次用力把刀挥过来。

顾晓君连滚带爬要起身逃跑，却来不及，只能使出双手全部的力量握住李丽霞的手腕，阻止刀刺向自己。

"你疯了，这里是法院你敢行凶！"

"我要替我妹妹报仇，你和他们都该死！"

李丽霞力气巨大，挥手便把顾晓君再次甩倒在地，紧接着又一刀刺过来。顾晓君连喊救命，法院里的武警听到呼救跑出来，可是来不及了，眼看刀要刺进顾晓君的胸膛。刹那间，一道身影闪过，挡在了顾晓君的身前，锋利的尖刀刺入胸膛，看到这一幕顾晓君尖叫："石墨！"

被刺中的石墨倒在顾晓君怀里，那一刻顾晓君觉得昏天黑地，世界变成了黑色，她听不到任何声音，呆滞地一声一声呼喊着石墨的名字。她看不到面前被武警制伏的李丽霞，眼里只有倒在自己怀里的石墨。

救护车上，石墨的血还在不停地流，顾晓君跪在地上握着他的手，泣不成声。

石墨还有意识，小声跟她说："我口袋。"

顾晓君赶快去摸石墨的裤子口袋，翻出一个黑色的丝绒袋子，里面装着一对钻石戒指。

"本来想跟你求婚的，怕你又不答应，你先替我保管吧，我怕到医院弄丢了。"

顾晓君一边用力点头，一边把小的那枚戒指用力套在自己的无名指上，尺寸正好。她知道石墨每次牵手的时候都喜欢十指交扣，还趁她睡着的时候偷偷拿毛线量过她的无名指，当时她故意装睡，没有起来。

"我答应你，我答应你，我都答应你，你答应我不要有事好不好？

求求你。"顾晓君哭着说完，把另一枚戒指套在了石墨左手的无名指上，可是他手上都是血，鲜血染红了戒指上的钻石。

石墨点头，说："我都知道了，崔老的事，我看过档案了，我也犹豫过，装作不知道，因为我害怕面对自己的心，怕自己动摇，可是相比自己的恐惧，我更恐惧会离开你。我知道你还有心事没有完成，我想等你把事情都办完再跟你讲的。你不用担心，只要我们能在一起，什么都不重要。"

顾晓君靠在石墨身旁，泪水浸透了石墨的肩膀。

三个月后，顾晓君对黄毅楠承诺的"扭亏为盈"的期限到了。S集团顶层最大的一间会议室里坐满了人，高管们几乎到齐了，包括之前被顾晓君当面刁难过的几位。所有人都正襟危坐，等着这场热闹非凡的大会。

顾晓君坐在圆桌最里面的位置，季洁从身后递给她一沓材料。顾晓君点头接过，安雅离开之后，季洁成了她的得力助手。

黄毅楠姗姗来迟，屁股没等坐到椅子上，就开心地笑了起来："不好意思各位，刚刚送走投资人，我们今年的财报喜人，虽然不及前几年的辉煌，但在如今这个市场环境下能排到全国前十，已经是非常值得骄傲的成绩，感谢各位同人的付出。"

林奕龙得意地开始鼓掌，双手拍得像《动物世界》里的海豹，大家纷纷加入。

"今天有几个重要的事情要宣布，第一件就是关于我们影视业务的，大家都知道去年影视寒冬，本来我们都不抱有信心了，但顾晓君一直坚持，力排众议，带领仅存的几十位员工，为公司取得了巨大效益，单单一部电影就赚了两个亿，好看娱乐名声大噪，连带电视剧、网剧都顺利发行，不仅没有亏损，还实现了不小的盈利。晓君辛苦了。"

黄毅楠带头鼓掌，林奕龙眯着眼睛挤出一个微笑对着顾晓君点头。

"为了取得更好的成绩，接下来我宣布一下视频业务上的调整。经过董事会的商议，任命林奕龙正式成为好看娱乐的总裁，带领团队继续开疆拓土，产出更多优秀的影视作品。"

黄毅楠说完，现场响起窃窃私语。

"怎么是林奕龙上来了，不应该是顾晓君吗？"

"顾晓君得罪的人太多，果然老板还是不喜欢太厉害的女人。"

"'黑寡妇'用那种手段赚的钱毕竟不光彩，老板为了声誉，做这样的决定很正常。"

"还以为自己多厉害呢，最后不还是一枚弃子？成了笑话。"

这些声音顾晓君全当没听到，心不在焉地度过了这场工作总结大会。

散会后，顾晓君到黄毅楠办公室喝了一杯茶，出来的时候正面碰上在门口徘徊的林奕龙。林奕龙看见顾晓君，不由得打了一个哆嗦。

顾晓君不禁笑了："恭喜林总高升，以后好看娱乐就靠你了。"

"什么意思？顾晓君，你不跟我争了？"

"有什么好争的，该是你的就是你的。之前是我意气用事，我那些剑走偏锋的工作方法都是靠着运气和你们的帮忙，特殊时期还算有效。现在公司业务恢复正常，一切回到了正轨，需要更稳定的管理才有持续的发展，这个总裁位置林总最合适。我说真的，没跟你开玩笑。"

顾晓君的坦荡反倒让林奕龙有些脸红，他很少听到顾晓君对他说这么多漂亮话，内心莫名有丝丝感动："晓君啊，之前我们吵吵闹闹都是为了工作，你也不要灰心，你的成绩大家有目共睹，老板心里也一定有数，好好工作还会有机会的。"

"我还有机会吗？您看着身体比我好，把你先熬走的概率不大。"

"你果然还是顾晓君，嘴巴还是这么厉害。"

两人相视一笑，一笑泯恩仇。

顾晓君走出大厦，电话不停地响，是杨祎和张婉婉交替的夺命电话轰炸。

今天是张婉婉的新书发布会，杨祎作为嘉宾出席，顾晓君给张婉婉新书写了推荐，也要到场支持。

顾晓君气喘吁吁地赶到活动现场，书店外面的书粉排了很长的队，书店里面座无虚席。看见顾晓君，杨祎站起来冲她挥手。

张婉婉看到顾晓君，举着话筒说："这本新书的名字叫《她们不是你想的那样》，讲了三个女人为了事业和爱情一路跌跌撞撞、左右摇摆的生活。她们努力却依然迷茫，生活就是这样，要用一次次的失败证明自己坚强。我有幸请到我的好朋友顾晓君为这本书写了一篇推荐。顾晓君是我特别欣赏的人，她用实际行动告诉我，从泥泞中站起来本身就是一种勇气，真正能打败我们的，永远只有我们自己。而一个勇敢的选择，足以改变绝境，迎来一场胜利。"

晚上，三个女人躺在一张大床上，卸下白天的疲惫，此刻相互依偎。回想上一次三人躺在床上互诉心事的时候还都苦大仇深的，现在终于守得云开。

"你真的要出国读书啊？"杨祎问张婉婉。

"对啊，我已经申请好学校了，下个月就去报到。"

"你妈怎么办？"

"我先过去把房子弄好，然后回来接她。"

杨祎抱住张婉婉："婉婉我舍不得你。"

"少在这煽情，自从当了女明星怎么这么爱演哭戏了？"

"只有哭戏最能体现演员演技嘛！说真的，我是真的舍不得你嘛。"

"你怎么样？真的从好看娱乐退出了？之前那么努力终于成功了，现在舍得放弃？"张婉婉问顾晓君。

顾晓君手指轻轻拂过张婉婉的头发："有舍才有得，给别人打工有什么意思，人生想要的还有很多呢。"

"你们都有进步，就我没有，我不开心！"杨祎嘟起嘴巴，像极了她那个不爱上幼儿园的女儿。

"你还没进步？你现在坐拥千万财产，住别墅，没老公，儿女双全，妈妈在身边，事业有成，成为影后指日可待，更牛的是追你的人整天开着跑车满城跟着你，还是学生时期的初恋。偶像小说、大女主剧本都没你爽，你才是爽文人设好吗？"张婉婉用手指用力点杨祎的额头，恨她不知足。

"哎呀，别戳人脸啊，破相了。"杨祎撒娇，"我这算什么啊，晓君这个泡了一线超模的'黑寡妇'才是爽文剧本呢，老子儿子通吃……"意识到自己说错话了，杨祎赶紧闭嘴，偷偷地观察顾晓君的神情。

顾晓君前一秒面无表情，下一秒突然笑了出来，伸手去掐杨祎的脸蛋："我看看女明星的脸抗不抗蹂躏。"

三人用枕头打作一团，羽毛雪花一样飞满天，笑声穿过窗户，飘满整座城市，就像多年前一样。

上飞机前，张婉婉跟顾晓君和杨祎挥手作别，见不得杨祎和妈妈哭得梨花带雨，张婉婉骂了一句没出息，赶紧拿着行李登机。坐到座位上，看窗外一片白茫茫，她想起自己第一次来到这座城市时，天气也是这样。

空姐拿来水和杂志，她随手翻开杂志，看到一篇报道：《娱乐圈女魔头顾晓君自立门户，女明星杨祎剪彩》，仔细看照片，顾晓君神采依旧，杨祎站在她左边，站在她右边的人很眼熟，仔细看，是黄毅楠。张婉婉笑了，黄毅楠还真会做生意，虽然把好看娱乐总裁的位置给了林奕龙，但同时投资了顾晓君的新公司，一举两得。

看到好朋友们都好，她心里涌起一阵暖意，不知不觉睡着了，睡梦中感觉自己的头靠着一个人的肩膀，那人身上的味道很熟悉，令她安心不少，不知不觉睡得更沉了。不知道睡了多久，空姐通知打开遮光板，一道金色的光照到她的眼皮上，她睁开眼睛，看到窗外一片金色的云海，云海翻滚着，像山川湖泊、大江大河。她努力坐起来，才意识到自己刚刚靠在了身边人的肩膀上，她连忙回头道歉，眼前的人竟然是孟凡。不知道为什么，见到孟凡那一刻，张婉婉泪如雨下，不能自己。

看着飞机划过天空，杨祎和顾晓君带着张婉婉妈妈离开机场，李泽开车把她们送回家。

车上，顾晓君看身边的杨祎不时地通过后视镜偷看李泽，忍不住偷笑。

顾晓君没有直接回家，而是在家附近的菜市场下车。她对着手机里存的清单一样一样把食材挑好。高跟鞋把脚勒得通红，但她不觉得痛，开开心心地拎着两个大袋子回到家。

洗菜、切菜，她按部就班地把每一道菜都做得精致美味，端上餐桌，然后回到卧室，扶着石墨走到餐桌旁。

"好香啊。"

"对啊，这道菜是从我爸那儿来的，我爸可会做饭了。"

"老婆真厉害。"

"谁是你老婆，我还没答应跟你结婚呢。"

"但你的戒指可一天都没摘过。"

顾晓君夹起一口菜塞进石墨嘴巴里，石墨顺从地吃完，咽下去之后张开嘴巴像小朋友看牙医一样让她检查。

"乖，嘴巴可以合上了。"

石墨乖乖地闭起嘴巴，紧接着，顾晓君的嘴巴贴了上来，轻轻地触碰，然后她睁开眼睛，静静地看着石墨："我爱你。"

石墨二话不说，继续亲上去，用实际行动回应这份爱。

到这里，三个女人终于可以踏实地睡一个好觉了。她们在危机中携手，互相给予力量，说是逆袭，不如说是一场华丽的冒险。顾晓君用自己的经历做赌注，险胜一局；杨祎终于知道自己要什么，抓住机会转换赛道，不再走捷径；张婉婉用自己多年的委屈换来一场别离，迎来一次成长，懂得了"放开了拳头，反而更自由"的道理。

女人的成长不是发现镜子里的脸庞上有了皱纹的一刻，也不是跟男人分手哭得撕心裂肺的一刻，更不是被职场伤得体无完肤的一刻。她们的成长是自己决定自己想要的生活的一刻。也许在这个过程中她们仍然冲动任性，身不由己，判断失误，就像站在屋顶的季洁、把路走偏了的安雅，只要她们有机会重新开始，谁能说她们不能成功或不曾灿烂。

相信有很多人和她们一样，迷茫着，骄傲着，固执着，都需要一场冒险。生活从来没有标准答案，它总是特别狡猾，只会给你挖坑，只给你一个侧面，不告诉你困境的全貌，需要你一点一点去寻找线索，慢慢得出一个自洽的结果。

幸运的是，生活对每个人都公平，有好就有坏，逆天而行和顺势而为往往是一件事，只不过角度不同。

可是，女人们总是不满足，想要的永远还有很多很多。人生的灿烂，就是能在困境中绽放。也因此，故事才越来越精彩。

深夜，顾晓君关上电脑，准备洗漱睡觉，想起白天收到的一件快递。她小心地拆开，里面是一封没有署名的信。

顾晓君你好，

我是你父亲当年做生意时的合伙人，他是被崔老害得生意失败。

看到这里，顾晓君瞬间起了浑身的鸡皮疙瘩。她努力控制自己的呼吸和心跳，好似有一双眼睛正在暗处监视着她的一举一动。

她缓缓站起，走进卧室，靠近床，石墨已经睡着了。

顾晓君小心地掀开被子，躺了进去，还是吵醒了石墨。

石墨下意识地握紧顾晓君的手，十指相扣，侧过身，把她拥进温暖的怀里。

顾晓君静静地看着石墨，他的脖子上还留着她的吻痕。

不管是阴谋还是报复，一切都冲着她来吧，她什么都不怕，只要石墨能在她身边。